Lisa Unger

Devi t...
per se...

Traduzione di
Mariairene Annoni

Titolo originale:
Fragile.
Copyright © 2010 by Lisa Unger.
Traduzione pubblicata in accordo con Crown Publishers, imprint del Crown Publishing Group,
Random House, Inc.

http://narrativa.giunti.it

© 2012 Giunti Editore S.p.A.
Via Bolognese 165 – 50139 Firenze – Italia
Via Dante 4 – 20121 Milano – Italia
Prima edizione: novembre 2012

Ristampa							Anno				
6	5	4	3	2	1	0	2016	2015	2014	2013	2012

Ai miei genitori,
Joe e Virginia Miscione.

Non si capisce cosa significhi essere genitore
fino a quando non lo si diventa.

Vi voglio bene, mamma e papà.
Grazie di tutto. Oggi come allora.

Prologo

Da giovane, Jones Cooper non credeva agli errori. Era convinto che ogni strada portasse da qualche parte e che, ovunque si arrivasse, quello fosse esattamente il punto in cui ci si doveva trovare. I rimpianti erano per gli sprovveduti, per i meschini. Oggi, invece, non la pensava più così: quella era la visione del mondo arrogante dei giovani e la giovinezza, insieme ad altre cose, lo aveva abbandonato ormai da tempo.

Quanto ai rimpianti, ne sentiva tutto il peso mentre lasciava la stradina secondaria e azionava la trazione integrale della sua Ford Explorer per immettersi nel caos della via principale. Nell'ultima settimana, il clima tardo autunnale si era sbizzarrito: caldo un giorno, gelido con rovesci il giorno dopo e di nuovo mite quello successivo; ora si preannunciava un temporale, come se il cielo avesse deciso di protestare energicamente contro quelle condizioni incostanti: l'indomani mattina non sarebbe rimasta alcuna traccia del suo passaggio.

Ciò che lo aveva sorpreso allora, e continuava a sorprenderlo dopo tanti anni, era la rapidità con cui si era spogliato di se stesso. Si era liberato di tutte le convenzioni, dei princìpi morali che lo definivano: un manto imponente caduto a terra sganciando un unico fermaglio. L'uomo al di sotto era qualcuno che, ormai, stentava a riconoscere. Negli anni aveva cercato di convincersi che erano state le circostanze a cambiarlo, che lo avevano costretto a un comportamento aberrante, ma in cuor suo sapeva. Sapeva ciò che era. Debole. Meschino. Lo era sempre stato.

Mentre si fermava, il bagliore di un lampo illuminò i dintorni per un istante. Spense il motore e rimase seduto, inspirando. Nella sua tasca, il cellulare vibrò. Non aveva bisogno di guardarlo per sapere che era sua moglie: dopo tanti anni insieme a una donna, sai benissimo quando è lei al telefono e persino che cosa, probabilmente, sta per dire. Non rispose, ma il suo orologio mentale si mise in moto: aveva circa mezz'ora per richiamarla, prima che provasse a fare altri numeri. Non era da lui essere irreperibile, non a quell'ora, nel tardo pomeriggio, quando lei aveva finito con l'ultimo paziente e sapeva che il marito, salvo impegni imprevisti, si apprestava a concludere la giornata.

Il pensiero che la normalità fosse ormai perduta lo fece scoppiare in singhiozzi. La loro forza lo sorprese, come una tosse secca che gli veniva dal profondo, piegandolo al punto che si ritrovò la testa sul volante. Il lamento riempiva l'abitacolo: stentava quasi a credere che quel suono – come di animale in agonia – provenisse dall'interno del suo corpo, ma non era in grado di arrestarlo e non poté far altro che soccombere. Poi cessò: di colpo, come era arrivato, lasciandolo tremante. Mentre si asciugava gli occhi, una pioggia battente cominciò a cadere. Un altro lampo e Jones sentì il rombo del tuono vibrargli sotto i piedi.

Allungò la mano sotto il sedile del passeggero, dove teneva la pesante cerata gialla. Se la infilò, stringendo forte il cappuccio intorno al volto, poi scese, fece il giro fino al portello del bagagliaio e lo sollevò, mettendosi al riparo dalla pioggia e sbirciando all'interno. Il fagotto sul retro era incredibilmente piccolo: difficile immaginare che il suo contenuto rappresentasse tutto ciò che di brutto e di oscuro esisteva in lui, ogni strada sbagliata, ogni scelta vigliacca. Non avrebbe voluto toccarlo.

In tasca, il cellulare ricominciò a vibrare, interrompendo quelle elucubrazioni, e Jones si sporse all'interno del veicolo per prendere il grosso sacco di plastica. Tra le sue braccia non sembrava più piccolo e inconsistente: conteneva il peso del mondo intero. Sentì un moto di orrore, ma represse l'istintiva ripugnanza. Non aveva tempo per altre lacrime, né poteva permettersi il lusso di un nuovo crollo.

Reggendo il sacco, si mosse sotto la pioggia e si chinò agilmente sotto il nastro che delimitava il luogo dell'incidente, per ritrovarsi sull'orlo di una buca. Un ragazzino di The Hollows di nome Matty Bauer era caduto in un pozzo minerario abbandonato, che si era aperto sotto i suoi piedi mentre giocava con gli amici. Nella caduta si era rotto una gamba. Polizia e soccorritori avevano impiegato quasi tutto il giorno per tirarlo fuori, mentre la buca continuava a franare, trascinando il ragazzino in profondità.

Alla fine era arrivato Jones con un carro attrezzi. Era stato il primo a offrirsi volontario e lo avevano calato su una barella di salvataggio in modo che potesse sistemare la vittima per poi issarla. Anche se era appena rientrato in servizio, e lui stesso si stava riprendendo da un infortunio, era voluto andare.

Quando era giunto sul fondo della buca, Matty Bauer lo attendeva silenzioso, con gli occhi vitrei, il panico che lo attanagliava, la gamba orribilmente contorta. Persino mentre l'uomo lo adagiava sulla barella, mormorando parole rassicuranti – *Tieni duro, ragazzo, sei in salvo ormai* – non aveva emesso un solo suono. Poi Jones era rimasto dentro il pozzo a guardare, mentre la barella si alzava sempre più, ruotando lentamente, come le lancette di un orologio, contro il cerchio di luce sovrastante. Aveva atteso quasi venti minuti, che nel buio della fossa gli erano sembrati ore, prima che gli calassero l'imbracatura per tirarlo fuori. E in quella buca aveva rimuginato a lungo.

Con comodo, lassù, ragazzi.

Spiacente, signore, stiamo facendo il più in fretta possibile.

Che, evidentemente, non è molto in fretta, Cristo santo.

Ma una volta superata la sensazione iniziale di claustrofobia, si era sentito stranamente in pace nell'oscurità, con un filo di luce che arrivava dall'alto e le voci che echeggiavano e rimbalzavano fino a lui. Il timore di una frana non lo aveva preoccupato. Sepolto vivo: una morte da eroe poteva essere persino una prospettiva allettante, rispetto alla vita ignobile che stava conducendo.

Il riempimento del pozzo era in programma per l'indomani alle prime luci dell'alba: un bulldozer e un grosso cumulo di terra erano già pronti. Jones aveva lasciato la stazione di polizia dicendo alla sua assistente che sarebbe passato a controllare se tutto era a posto. Ed era esattamente ciò che stava facendo.

Aveva aggiunto che, la mattina seguente, sarebbe stato sul posto per sovrintendere ai lavori.

Non possiamo permettere che altri ragazzi finiscano là dentro: siamo fortunati che Matty si sia solo rotto una gamba.

Jones Cooper era un bravo poliziotto: The Hollows era fortunata ad averlo, lo dicevano tutti.

Senza false cerimonie e parole vuote, lasciò cadere il sacco nella buca e, un istante dopo, sentì il tonfo attutito sulla terra bagnata. Poi tornò al suv e recuperò la pala che teneva sempre in auto. Trascorse venti sfiancanti minuti a rovesciare terra nella fossa: giusto per coprire sommariamente quello che, comunque, era impossibile scorgere dalla bocca del pozzo. Mentre spalava, la pioggia si infittì e il cielo fu squarciato da un reticolo di fulmini.

Un mese prima

1

Quando la porta a zanzariera sbatteva, lei sentiva sempre un moto di felicità nel suo cuore, subito seguito da un tuffo, dall'a-prirsi di una piccola voragine. Le pareva quasi di sentire il bambino di un tempo: sempre di corsa, sporco dalla testa ai piedi dopo una partita di calcio, oppure pronto a balzare in sella alla sua bici per ficcarsi in chissà quale guaio in giro per il quartiere. Aveva immancabilmente fame o sete e andava dritto al frigorifero. *Mamma, voglio qualcosa da mangiare.* Era affettuoso, allora, la baciava e l'abbracciava volentieri: non come i suoi amici, che già sgusciavano via dalle braccia delle madri e sopportavano controvoglia i baci, neanche fossero punture. Rideva spesso e faceva il buffone, voleva far ridere anche lei. Non erano poi così lontani quei giorni, i giorni in cui suo figlio era ancora Ricky, non Rick. Ma se fosse salito su una navetta spaziale e volato sulla luna, il ragazzino di un tempo non avrebbe potuto essere più lontano.

Entrò in cucina, più alto di lei di tutta la testa, vestito di nero da capo a piedi: un paio di jeans, una canotta strappata ad arte, Doc Martens con i lacci alle caviglie. Stivali piuttosto pesanti nonostante il clima autunnale ancora decisamente mite. Una scelta quasi soffocante, pensò Maggie, ma forse erano solo gli ormoni.

L'anellino al naso, invece, non la sconvolgeva più: ormai persino lei lo trovava quasi fico.

«Ehi, mamma.»

«Ciao, tesoro.»

Ricky cominciò ad aprire i pensili. Lei cercò di non fissarlo. Appoggiata al piano di lavoro della cucina, stava sfogliando un catalogo di cianfrusaglie inutili, ma con la coda dell'occhio osservò il tatuaggio con cui era arrivato a casa il giorno prima, una sorta di motivo tribale che copriva tutta la parte superiore del braccio. Orrendo. E non era finito: c'era solo il contorno, mancavano i colori. Occorrevano molte altre sedute per completarlo e lui avrebbe dovuto lavorare per pagarsele. Lei certo non gli avrebbe dato soldi perché si deturpasse – e Ricky del resto non li aveva chiesti. La pelle intorno al disegno appariva gonfia e irritata, lucida per la vaselina che lui ci aveva spalmato sopra. E quella vista la faceva star male.

Riusciva solo a pensare a quanto fosse stata pura, intatta, morbida e rosea la sua pelle di neonato, alla sensazione di avere tra le braccia quel corpicino perfetto, minuscolo e inviolato, e a come lei ne baciasse ogni centimetro, stupita di fronte a tanta bellezza. Nei primi tempi le era sembrato di non potergli staccare gli occhi di dosso. Ora li riabbassò rapidamente sul catalogo, perché non voleva guardare suo figlio e quello che era stato capace di fare al proprio splendido corpo.

Il litigio del giorno prima era archiviato: quel che doveva dire lei lo aveva detto. Tre settimane e Ricky avrebbe compiuto diciotto anni; la sua integrità fisica non era più sotto la responsabilità materna. *Non hai il diritto di controllarmi* era sbottato lui, sprezzante. *Non sono un bambino*. Naturalmente aveva ragione: era questo che le faceva più male.

«Non è niente di che, mamma» disse in quel momento, leggendole nel pensiero. Stava sfogliando rapidamente la posta sul piano di lavoro. «Un *sacco* di gente si fa i tatuaggi.»

«Ricky» disse lei e avvertì il calore che le affluiva al volto, ma, invece di proseguire il discorso, espirò lentamente, a lungo. Il tatuaggio era una cosa – una delle tante – per cui non c'era rimedio: se lo sarebbe dovuto tenere a vita. Magari lei avrebbe smesso di farci caso, come ai capelli che cambiavano colore di continuo: corvini, quel giorno. Il figlio le si avvicinò e la baciò sulla testa.

«Non sono un bambino, mamma» disse.

«Ma sei sempre il *mio* bambino, Ricky» ribatté Maggie. Lui tentò di scostarsi, lei lo trattenne, lo abbracciò velocemente, e lui ricambiò.

«*Rick*» la corresse, poi le diede le spalle e si diresse al frigorifero.

«Sempre Ricky» insisté lei. Sapeva di comportarsi in modo puerile e cocciuto: il figlio aveva il diritto di essere chiamato come preferiva, giusto? Non gli avevano forse insegnato a ragionare con la propria testa? A non farsi condizionare dagli altri? Ad avere rispetto per se stesso?

«Mamma.» Una parola sola. Un bonario ammonimento e, al tempo stesso, un'esortazione a non prendersela tanto.

Maggie sorrise e sentì in parte dissolversi la tensione. Per quanto fosse triste o arrabbiata, tra lei e il figlio c'era quella sorta di alchimia che rende difficile litigare. Avevano le stesse probabilità di scoppiare in una risata che di sbattere la porta o gridarsi contro. Tra Ricky e il padre, invece, era tutta un'altra storia: quando il marito e il figlio si scontravano, Maggie capiva perché la pace nel mondo fosse un'impresa impossibile, la comprensione reciproca una chimera.

«Come va la band?» domandò. Cambiare argomento avrebbe fatto bene a tutti e due.

«Non benissimo» rispose Ricky. «Charlene e Slash hanno litigato e lei gli ha fracassato la chitarra. Lui non può permettersene una nuova; non che ci sia qualche serata in vista, comunque. Forse dovremmo prenderci una pausa di riflessione.»

«Chi è Slash?»

«Lo sai, Billy Lovett.»

«Oh.» Billy dai capelli d'oro e dagli occhi verde mare; l'incantatore, il campione di calcio, il rubacuori della quarta elementare. Lui e Ricky erano entrambi all'ultimo anno del liceo e ormai si preparavano al diploma. Erano irriconoscibili rispetto alle fotografie di un tempo, in cui parevano risplendere di luce propria. Ora sembrava passassero le ore del giorno a dormire in una bara. Che Billy poi si facesse chiamare Slash era una novità assoluta.

«Mi spiace» disse. La band, per la verità, era abbastanza penosa: la voce di Charlene era banale; Ricky suonava la batteria fin dalla quarta elementare e aveva una tecnica passabile, ma, a quanto le era dato capire, non aveva un vero e proprio talento; Billy, alias Slash, era un chitarrista decente, ma tutti insieme producevano un baccano rabbioso che le ispirava solo imbarazzo.

«Wow» aveva detto ai ragazzi, dopo che lei e Jones erano stati a sentirli l'anno precedente a un concorso musicale organizzato dalla scuola. «Sono molto colpita.» Erano arrivati in finale, ma poi avevano perso contro un gruppo dal sound altrettanto atroce.

Ricky si versò un bicchiere di succo d'arancia, riuscendo a rovesciarne un po' sul piano di lavoro in granito e, poi, sul pavimento appena lavato. Maggie afferrò uno straccio e gli andò dietro, pulendo.

È questo il problema: gli stai sempre alle costole, per rassettare dov'è passato lui. Crede di potersi permettere qualunque cosa. Le liti peggiori con il marito avvenivano sempre a causa del figlio, il loro unico figlio. Jones non sembrava dar peso al fatto che «il fricchettone», come lo chiamava lui, avesse un'ottima media e quasi il punteggio massimo nei test di valutazione scolastica. Le lettere di ammissione arrivate tempestivamente da Georgetown e dalla New York University erano in bella mostra sullo sportello del frigo, dove un tempo lei appendeva i disegni a pastello del bambino e le pagelle. Ed erano solo le prime due.

Che differenza fa, tanto non vuole nemmeno andare al college! Così intelligente e la sua unica aspirazione è farsi sforacchiare quel maledetto naso!

Ma Maggie conosceva suo figlio: non avrebbe spedito con tanto anticipo le domande d'ammissione, se, da qualche parte sotto la capigliatura punk e i tatuaggi, non fosse stato consapevole dell'importanza di un'istruzione superiore. Ricky non voleva lavorare a vita nel negozio di dischi dietro l'angolo.

«Allora,» gli disse «tu e Charlene andrete al ballo d'inverno?»

Il ragazzo le lanciò un'occhiata, posando su di lei il suo tipico sguardo strafottente. Gli occhi erano scuri, due pozze nere, gli stessi del nonno materno. A volte Maggie ci vedeva la forza, persino la saggezza del proprio padre, ma per lo più ne coglieva il luccichio subito prima di un commento impertinente o di una mossa spavalda.

«Stai scherzando» le disse lui.

«No» rispose, allungando la "o". «Non sto scherzando. Potrebbe essere divertente.»

«Uhm, no, mamma, non ci andremo. E comunque mancano mesi.»

«Potreste vestirvi a modo vostro, secondo il vostro stile.» Con lo straccio ancora in mano cominciò a spolverare cose che non ne avevano bisogno: il portapane cromato, il fornetto elettrico, la zuppiera di ceramica italiana in cui tenevano la frutta fresca, quando c'era… e al momento non c'era: bisognava proprio che facesse un salto al minimarket; figurarsi se Ricky o Jones si sarebbero mai sognati di prendere la lista della spesa e andarci, senza essere pungolati a dovere per tre giorni almeno.

Si domandò che cosa significasse «il vostro stile» per Ricky e Charlene. Tutte le altre madri che incrociava a scuola o al supermercato stavano già facendo preparativi in vista dell'evento: compravano abiti, noleggiavano smoking. Maggie avrebbe potuto tollerare un abbigliamento formale, anche se in stile gotico. Ce la poteva fare. Era stata trendy anche lei un centinaio di anni prima, alla New York University; aveva passato serate folli nell'East Village – al Pyramid Club, al CBGB –, si era vestita da dark. Il look di suo figlio non la disturbava quanto disturbava Jones: era la faccenda del college, semmai, a toglierle il sonno. E Charlene, anche Charlene la preoccupava.

Una ragazzina smarrita, che si nascondeva dietro una maschera di eye-liner nero e rossetto da vamp. Chissà come, riusciva a essere disinvolta e disperata, impetuosa e fragile al tempo stesso: il tipo di ragazza che scatena guerre, remissiva e spavalda insieme. Aveva tessuto una tela intorno a suo figlio quasi inconsapevolmente, senza nemmeno averne l'intenzione. E la tela di ragno è più letale di una catena, se la preda è una mosca.

Quando Ricky le aveva parlato per la prima volta di Charlene, c'era stato qualcosa nel tono della sua voce che l'aveva indotta a interrompere quello che stava facendo per ascoltare. Qualcosa nell'espressione del suo viso… *Guai in vista*, si era detta.

Viveva nell'attesa di un annuncio funesto – *Mamma, Charlene è incinta. Ci sposiamo* – ma era abbastanza intelligente da tenere la bocca chiusa e accogliere la ragazza in casa, in famiglia, per quanto Jones era disposto a consentire. Non era una cattiva ragazza, Charlene: Maggie ci vedeva persino un po' di se stessa da giovane. Be'… Solo un po'.

Ricordava bene le scenate e i moti di ribellione contro i suoi genitori, quando avevano tentato di allontanarla da un ragazzo di un liceo vicino, con cui usciva. Phillip Leblanc, con i suoi capelli da punk e gli abiti neri macchiati di pittura (un artista, ovviamente), era tutto ciò che i ragazzi di The Hollows non erano: esotico, artistico, affascinante. Lei lo aveva amato come amano le adolescenti: annullando la propria volontà. E quello, naturalmente, non è amore. Peccato che, a diciassette anni, nessuna se ne renda conto e, con le prediche e i divieti, i suoi erano riusciti solo a spingerla ancora di più tra le braccia di lui: un bel pasticcio, da cui si era tirata fuori a fatica. Ma quella era un'altra vita. A volte pensava ancora a Phillip, si chiedeva che fine avesse fatto (qualche ricerca occasionale su Google si era dimostrata infruttuosa). All'epoca era un ragazzo problematico, oggi le era chiaro, e con ogni probabilità era diventato un uomo problematico.

Persino la madre di Maggie aveva recentemente ammesso, mentre la figlia si lamentava per l'ennesima volta di Charlene, che la faccenda di Phillip era stata gestita male. Lei se ne era sorpresa, perché, di solito, quella donna non ammetteva mai i propri torti. Ma evidentemente, in quel periodo, si lasciava andare all'autocritica, quando non era impegnata a farsi ossessionare dai rumori in soffitta che diceva di sentire.

Per fortuna, persino Jones capiva che con Charlene Ricky era come sull'orlo di un precipizio: qualunque mossa inconsulta, compiuta nel tentativo di aiutarlo o indirizzarlo, avrebbe potuto provocare una caduta. E non l'avrebbero più recuperato.

Quella ragazza va a letto con nostro figlio le aveva detto una sera, mentre sorseggiavano vino accanto alla piscina.

Lo so era stata la risposta di lei, non priva di una punta di rabbia. O di gelosia, o di tristezza. Proprio il giorno prima aveva sorpreso Charlene con la mano sul cavallo dei pantaloni di Ricky e, per qualche ragione, le era tornato in mente quando un tempo gli cambiava i pannolini, gli faceva il bagnetto. Aveva avvertito un'altra fitta di dolore. A volte le pareva che fosse tutta lì la maternità: dolore, senso di colpa e paura; dirgli addio, ogni giorno un po' di più. Dal momento in cui lasciava il tuo grembo, al momento in cui lasciava la tua casa. Ma no, non era solo questo. C'era quell'amore, quell'amore lacerante, impossibile. Era dura a volte – dura al punto che, lavorando entrambi, non avevano voluto un altro figlio – ma tutto passava troppo in fretta.

C'è qualcosa che non va in quella ragazza.

Lo so.

Jones le aveva lanciato un'occhiata sorpresa dall'altra parte del tavolo. *Credevo ti piacesse.*

Maggie aveva scosso la testa. *Mi importa di lei perché mi importa di Ricky. E lui la ama.*

E il marito, espirando bruscamente: *Che vuoi che ne sappia dell'amore?*

Non abbastanza. Perciò è così pericoloso.

«Pagherò io lo smoking e la limousine» disse. Stava supplicando?

«Andiamo, mamma.»

«Facci solo un pensiero. Chiedilo a Charlene. Persino la tipa più alternativa può nutrire fantasie segrete su balli e abiti da sera.» Tentò di sorridere, ma ebbe la netta sensazione di apparire solo disperata.

«Okay, okay, glielo chiederò.»

Era soltanto una risposta compiacente, ma lei avvertì lo stesso una lieve scarica di eccitazione. Non si era mai considerata *quel* genere di madre, eppure eccola lì, a premere perché il figlio andasse a uno stupido ballo in modo da avere le fotografie e fare comunella con le altre mamme che si esaltavano parlando di fiori, abiti lunghi e noleggio limousine. Era imbarazzante.

Per darsi un tono, tornò a sfogliare un volantino promozionale: un sensore d'allarme per piscine, una rana portachiavi in ceramica, una ghiacciaia galleggiante. Aveva voglia di comprare qualcosa, qualunque cosa, poi l'occhio le cadde sulle unghie di una mano: le serviva disperatamente una manicure.

La porta di casa sbatté di nuovo. Quando alzò lo sguardo, il figlio non c'era più; al suo posto c'era il marito intento a controllare rapidamente la corrispondenza. Se quei due avessero saputo quanto erano simili, in tutti i sensi, sarebbero esplosi entrambi per la rabbia.

«Dov'è Kurt Cobain?» chiese Jones senza entusiasmo.

«Era qui un minuto fa.» Ripiegò il volantino e lo buttò nella spazzatura.

«Mi avrà sentito arrivare» disse l'uomo. Aprì la bolletta del telefono, le diede un'occhiata e la posò sul bancone.

«Probabile» confermò lei. Poi: «Niente più scontri per oggi, okay?».

«Per cosa vuoi che ci scontriamo! La guerra è persa, ormai, non resta che arrendersi.»

Maggie sentì un nodo in gola. «Questa non è una guerra. Non ci sono vincitori né vinti. È nostro figlio.»

«Vallo a dire a lui.»

Lo guardò, ma era impenetrabile, gli occhi fissi sul resto della corrispondenza – solo altra spazzatura. Non sapeva più come placarlo, come ammorbidirlo. Gli anni, il lavoro lo avevano reso più duro. Non sempre, certo. Però, in passato, la sua era una rabbia incandescente: gridava, tuonava; ora invece si chiudeva in se stesso, tagliava fuori tutti gli altri. E non c'era bisogno di essere uno strizzacervelli per capire che non era una cosa positiva.

Jones le lanciò un'occhiata rapida da capo a piedi. «Stai bene. Hai fatto qualcosa ai capelli?»

«Giusto una spuntatina, un paio di giorni fa.»

Scrollò i ricci color rame e ammiccò al marito in uno scherzoso «Vieni qui».

Lui le si avvicinò, la cinse con le braccia robuste e lei si abbandonò, sentendo il suo ampio torace attraverso la morbida camicia di jeans, poi lo fissò in volto.

«Mi perdo ancora nell'azzurro di questi occhi, Maggie» le disse lui con un sorriso.

Gli anni, il figlio, le preoccupazioni economiche, gli stress di ogni genere non avevano fatto svanire il suo amore per lui, anche se a volte lo temeva. Amava ancora il suo profilo, il suo odore, il suo contatto. Solo, qualche volta, le pareva che non si guardassero più. Come l'orologio d'oro che Jones aveva ereditato dallo zio, o gli orecchini di diamanti che erano stati della nonna di lei: elementi preziosi del paesaggio della vita, serbati con cura, ma per lo più inosservati. Da esibire nelle grandi occasioni, forse, ma più spesso dati per scontati.

C'erano cose peggiori: aveva visto il matrimonio di molte sue amiche implodere e dissolversi, lasciando una distesa di rovine emotive. O, semplicemente, colare a picco, le seconde nozze non meno delle prime. A lei non sempre *piaceva* Jones: a volte moriva dalla voglia di mollargli un cazzotto in piena mascella, così forte da spaccarsi le nocche. Però lo amava con la stessa totalità con cui amava il figlio: era un sentimento altrettanto completo, era parte di lei non meno dell'altro. Jones era la sua metà, nella buona e nella cattiva sorte.

«Ricky sta bene» disse, dandogli una strizzatina alla vita. «Starà bene.»

Silenzio. L'uomo inspirò a fondo e lei sentì il petto di lui sollevarsi contro il suo.

Perché di quello si trattava, vero? Non solo di rabbia; non di una smania di controllo, come spesso accade; non di una mancanza d'amore o di comprensione nei confronti del ragazzo. Era paura. Paura che, dopo tutti gli anni passati a proteggere la sua salute, il suo cuore, la sua mente, a stabilire limiti e orari, a metterlo in guardia dagli sconosciuti, a ricordargli di guardare a destra e a sinistra prima di attraversare, quegli sforzi non fossero stati sufficienti. Paura che, proprio alle soglie dell'età adulta, forze estranee al loro controllo lo conducessero per un sentiero sul quale i genitori non potevano raggiungerlo; paura che si lasciasse sedurre da qualcosa di brutto e lo seguisse. E a loro non restasse che assistere impotenti. Maggie credeva negli insegnamenti che gli avevano impartito, e pregava che bastassero: perché suo marito invece era tanto sfiduciato?

«Lo spero» le rispose in tono meccanico, come sottintendendo che era già troppo tardi.

Lei si scostò per guardarlo, per ammonirlo, ma, dall'orologio sul microonde dietro di lui vide che mancavano solo dieci minuti alla seduta successiva: non aveva tempo per gestire uno sbalzo di umore. Capì che Jones aveva notato la deriva del suo sguardo, poi l'uomo si allontanò e, imitando inconsapevolmente Ricky, aprì il frigo, scrutandone l'interno.

«Via, a salvare il mondo!» sentenziò lui. «Un'anima disperata alla volta, ma… E suo marito, signora?»

«Mio marito cosa?» ribatté lei, versandosi una tazza di caffè prima di dirigersi nel corridoio che collegava la casa allo studio in cui riceveva i pazienti. «È un'anima disperata?»

Stavano scherzando, giusto? Quando si girò a guardarlo, era ancora intento a perlustrare il frigorifero e aveva un'aria strana: troppa stanchezza negli occhi.

«Jones?»

Si voltò verso di lei con un sorriso a trentadue denti. «Disperata *per la fame*» precisò, strizzando l'occhio. Un gesto forzato?

«C'è un avanzo di lasagne. E un'insalata fresca che ho preparato giusto poco fa» lo informò, con una piccola fitta di senso di colpa per aver mangiato in fretta senza di lui, anche se sospettava che sarebbe passato a casa per pranzo. La scacciò rapidamente. *Sono una moglie, non una serva. Sono una madre, non una cameriera.* Quante volte si era ripetuta quelle due frasi? Forse un giorno avrebbe cominciato a crederci davvero.

«E il mio colesterolo?» disse il marito, inarcando le sopracciglia.

«Formaggio a basso contenuto di grassi. Pasta integrale. Carne di tacchino.»

«Puah» fece lui, individuando le lasagne dietetiche e allungando la mano per prenderle. «Da quando siamo così salutisti?»

«Non siamo salutisti, Jones. Siamo vecchi.»

«Mmm.»

Gli diede un rapido bacio sulla guancia e andò a ricevere il paziente.

2

Lo amava. E sapeva benissimo che cosa significasse, qualunque cosa dicessero gli altri. Era impossibile non riconoscere l'amore, giusto? Un incendio che divampa fuori controllo, un movimento tellurico in fondo all'oceano. Cambiava la topografia della vita, distruggeva e ricreava. Ogni volta che dovevano incontrarsi, il cuore le batteva così forte e aveva la bocca così secca, come se stesse per venirle una crisi di panico. Quando sarebbe arrivato? *Sarebbe* arrivato? La amava veramente anche lui? Avrebbe cambiato idea? Quella deliziosa agonia dell'attesa, e poi l'incontro, il tepore della sua carne, la pelle del collo di lui sotto le sue labbra, i sospiri profondi... La passione, simile al sollievo che si prova lasciando andare il fiato trattenuto sott'acqua. Come poteva non riconoscere l'amore? Era stata con altri: solo cottarelle. Non aveva mai provato nulla di simile.

«Un momento di piacere può condurre a una vita di dolore» l'aveva ammonita sua madre, Melody, durante una delle sue melodrammatiche prediche sulle conseguenze delle proprie azioni. A Charlene, qualche volta, dispiaceva per lei, si chiedeva se quella donna ricordasse che cos'era il piacere, se ricordasse l'amore. O aveva vissuto così a lungo, era arrivata così lontano da aver smarrito la via, diventando incapace di riconoscerlo anche se lo avesse ritrovato?

C'era un vecchio album di fotografie che Charlene aveva scovato in casa di sua nonna, in fondo a uno scatolone, nel polveroso armadio della camera degli ospiti. Lì, tra le immagini di estranei che non riconosceva, ne aveva trovata una di Melody il giorno delle nozze. La madre appariva esile come un giunco, nel suo grazioso abito vintage di pizzo. Era così bella, semplicemente. Ma il motivo per cui si era infilata la foto nella borsa era un altro: l'espressione sul viso della giovane donna mentre guardava il novello sposo, illuminata da una gioia perfetta, con un ampio sorriso e gli occhi scintillanti. Per tutta la sua vita, Charlene non aveva mai visto la madre così. Non una sola volta. La ragazza della fotografia era una sconosciuta: una sconosciuta che a lei sarebbe piaciuto incontrare. Sembrava una tipa divertente, sveglia, a cui piaceva fare battute sconce e bere un bicchiere di troppo.

Charlene aveva trovato la fotografia dopo la morte della nonna, mentre ripulivano la sua casa in vista della vendita. Lei, però, avrebbe voluto tenerla quella casa, trasferirsi lì e sbarazzarsi della topaia in cui vivevano.

«Scordatelo» diceva la madre. «Hai idea di quanto lavoro ci sia da fare per mantenere un vecchio posto come questo?»

Ma era una bella casa: tre piani, tendine di pizzo alle finestre e pavimenti in legno massiccio, balaustre a spirale e imposte cigolanti. Ogni scala cantava una canzone unica e, d'estate, ogni porta si deformava per l'umidità. A Charlene pareva sempre di sentire nell'aria il profumo della nonna, una lieve fragranza floreale che, per qualche ragione, le faceva venir voglia di canticchiare *Rock-a-bye Baby* a labbra chiuse.

Ma non era per le fatiche della manutenzione che la madre si era decisa a vendere: Charlene glielo leggeva in faccia. Non era neppure per i soldi, benché anche questi avessero in qualche misura pesato. Non sapeva esattamente *perché* Melody volesse cedere a tutti i costi la dimora della propria infanzia a degli estranei, lasciando che ci si trasferissero per «ristrutturarla», ovvero privarla della sua personalità e della sua storia.

«Sei troppo giovane per capire. A volte si desidera solo che il passato svanisca, che non resti lì a batterti un colpetto sulla spalla per ricordarti cose che preferiresti dimenticare.»

«Tipo? Che cosa vuoi dimenticare? Credevo amassi questa casa.»

«La amo infatti. E la nonna avrebbe voluto che rimanessimo, lo so.»

«Allora *perché*, mamma?»

«La vendo e basta, Charlene. Ci servono i soldi, fine della discussione.»

E la figlia aveva notato in lei qualcosa di così strano e triste che, per una volta, aveva chiuso *immediatamente* il becco, come richiesto. Era una tredicenne, allora, colma di una rabbia intensa, feroce, di una soverchiante tristezza per la perdita della nonna e della casa che amava. Ma con Melody non c'era stato verso di discutere. *La vita è perdita, Charlene. Rassegnati.* Era vero? – si domandava la ragazza. La vita era davvero tutta lì?

Aveva già perso suo padre, lei. All'epoca era stata troppo piccola per piangerlo, ma intuiva come le altre ragazze possedessero qualcosa che lei non avrebbe mai potuto capire. Su tutto questo aveva scritto una canzone: *Ricordi in vendita*.

Ciò che vorresti tenerti se ne va
Ciò che vorresti perdere rimane
Tu vendi la tua storia
La tua anima…
Ma resti sempre a mani vuote, e vecchio e stanco.

E i ricordi resistono!
Si avvinghiano a te quando hai freddo.

Il ritornello era un urlo rabbioso che ripeteva il titolo a oltranza. Non male. Certo non peggio di alcune delle merdosissime cover che il gruppo ripeteva all'infinito. Recentemente aveva tentato di convincere Slash ad aiutarla con qualche pezzo nuovo, ma niente da fare.

Slash trovava i suoi testi e i suoi versi troppo fioriti, troppo pieni di fronzoli. Come se uno che si è dato quel nome e va in giro con il rossetto nero avesse il diritto di criticarla. Litigavano spesso e appassionatamente. Charlene non era d'accordo: il suo linguaggio riproduceva la sua vita interiore. *Melodrammatica* la definiva la madre e lei sapeva che, se costretti a esprimere un giudizio, quasi tutti i suoi amici avrebbero concordato, persino Rick. Ma non le importava di ciò che pensavano gli altri: meglio vivere al massimo, fare scenate, essere troppo emotivi, che crepare da automi decerebrati nello squallore delle periferie.

Non fosse stato per Rick, avrebbe mollato quella stupida band secoli prima. Era stufa di cantare cover alle feste: versi altrui, pensieri altrui malamente imitati. Slash non aveva una sola idea originale in testa. Sapeva leggere la musica, copiare i suoi chitarristi preferiti, ma non sarebbe riuscito a scrivere un nuovo accordo neanche sotto tortura. Non era stata sua intenzione distruggergli la chitarra. Mentre gliela strappava dalle mani le era sfuggita finendo contro il muro, sbattendo forte e proprio con la giusta angolazione. Lui era sembrato lì lì per mettersi a piangere, ma poi si era limitato a raccogliere lo strumento – il manico spezzato e penzolante, le corde molli – e a portarlo via, come un bambino, tra le braccia.

«Ma bene, Char» l'aveva bacchettata Rick.

«Non l'ho fatto apposta» aveva detto lei, guardando smarrita il ragazzo. Ci stava ancora male, si chiedeva quanto sarebbe costato comprare una chitarra nuova. Le succedeva spesso: agiva d'impulso, sull'onda della passione, a volte feriva davvero la gente e si sentiva una merda. Ma, a quanto pareva, non riusciva mai a rimediare: aveva il dono di causare danni che non si potevano riparare.

Era seduta nella sua squallida stanza, nella sua squallida casa, a tingersi le unghie di un verde iridescente. Odiava la villetta, con i vani perfettamente quadrati e le pareti sottili, identica a metà delle abitazioni di quel complesso: era come vivere rinchiusi nell'immaginazione limitata di qualcun altro. Come si fa a raggiungere l'apice della creatività in una gabbia di cartongesso? Lei non ne era capace. E neppure voleva provarci: tra sei mesi avrebbe compiuto diciotto anni e, appena preso il diploma, sarebbe sparita dalla circolazione. Il college? Altri quattro anni di schiavitù volontaria, passati a vivere secondo le regole altrui? Manco a crepare.

Dove credi di andare? inveiva la madre. *Pensi di sopravvivere con il sussidio a New York? Perché senza un'istruzione finirai a lavorare al massimo da McDonald's.* Ma Charlene aveva un piano di evasione. Ed era già in corso.

Puoi sempre venire qui da me, Charlene, quando sarai pronta. Lui glielo aveva promesso l'ultima volta che si erano visti. *Potrai rimanere tutto il tempo che vorrai.*

Stava sorridendo a se stessa, quando udì un crescendo di voci al piano di sotto. Si immobilizzò, il pennellino con lo smalto verde brillante sospeso sopra l'alluce, e rimase in ascolto. Certe volte, dai decibel e dal tono di voce, capiva se ci sarebbe stata una rapida esplosione sonora, destinata a concludersi con lo sbattere di una porta e la rabbiosa accensione di un motore, o un movimento lento, che avrebbe poi acquistato velocità e volume, migrando da una stanza all'altra, finché non raggiungeva il culmine e qualcuno si faceva male. A volte quel qualcuno era sua madre, a volte il suo patrigno, Graham, a volte persino lei, Charlene, se decideva di lasciarsi coinvolgere. Cosa che quel giorno avrebbe accuratamente evitato. Dopo l'ultima lite, si era ripromessa di non ricascarci più: aveva dovuto impiastrarsi l'occhio con chili di ombretto e eye-liner per una settimana. Si scannassero tra di loro, stavolta! E pareva anche una di quelle brutte…

Non riusciva a distinguere le parole, solo quel tono quasi isterico della voce di sua madre. Allungò la mano verso l'iPod, si infilò gli auricolari nelle orecchie e alzò il volume. I Killers.

Cercò di cantarci sopra, di raggiungere un luogo di beata indifferenza, ma il cuore le batteva forte e avvertiva quella secchezza in fondo alla gola. Finì di darsi lo smalto con la mano che aveva cominciato a tremare lievemente, quindi riavvitò il cappuccio e posò la bottiglietta sul comodino sbattendola con forza incontrollata. Odiava i gesti ribelli del suo corpo: la mente era tosta, non aveva paura di nulla, ma il corpo era quello di una ragazzina che tremava nel buio.

Stese la mano e mise in pausa la musica, ascoltò l'aria intorno a sé. Espirò. Silenzio. Per un momento fu quasi sollevata, ma quel silenzio non suonava normale: non era vuoto, privo di energia. Era come vivo: nascondeva qualcosa. Si alzò dal letto, camminò con le dita dei piedi flesse e divaricate, attenta allo smalto verde ancora umido. Tese l'orecchio dietro la sottile porta di legno scadente, con il pomello d'oro tutto scrostato. Niente. Neppure la tivù, che sua madre teneva *costantemente* accesa: programmi del mattino, quiz, soap opera, poi i talk show pomeridiani. Oprah, il dottor Phil… Come diavolo faceva quella donna a sentire anche solo l'eco dei suoi pensieri?

Si sorprese a tastare la porta, come ti insegnano a fare in caso d'incendio. *Se la porta è calda, non apritela*: era questo che ti inculcavano a scuola. Fermarsi, buttarsi a terra, rotolare. Lungo tutto l'arco della carriera scolastica, ti fanno uscire in fila indiana al suono della campanella. Ma gli squallidi abusi della vita di periferia, un matrimonio andato a male che inquina l'aria che respiri, le occhiate fuori luogo di un patrigno e gli apprezzamenti volgari che ti fanno sentire piccola e sporca, una madre stupida ed egoista, apparentemente incapace di decidere tra il ruolo di severissima tutrice e migliore amica, lasciandoti esausta e confusa… Nessuno ti dice come far fronte a *queste* calamità. Nessuno viene a salvarti su un bel camion rosso a sirene spiegate. Sei costretta a conviverci. Solo che fa male, nuoce alla salute come una tossina nell'acqua: inodore e insapore. La malattia si manifesta soltanto in un secondo tempo. E ti ritrovi sul lettino di uno strizzacervelli per il resto della vita.

Pensava questo mentre apriva la porta e percorreva il corridoio verso l'inquietante silenzio. Le unghie umide di smalto, ormai dimenticato, lasciavano una scia verde sulla moquette a ogni passo. In cima alle scale si fermò.

«Mamma?» chiamò. Non ci fu risposta, ma ora sentiva qualcosa. Qualcosa di sommesso e tremolante, irregolare nel ritmo e nel tono. Un pianto. Qualcuno stava piangendo. Scese lentamente le scale.

«Mamma?»

3

Marshall Crosby stava ricadendo nella depressione, Maggie lo vedeva chiaramente. C'erano tutti i segni fisici, a partire dai capelli flosci e non lavati sugli occhiali spessi. Era stata una delle prime cose che aveva notato di lui: raramente si prendeva il disturbo di scostarsi le ciocche dagli occhi. Invece, sbirciava da dietro con espressioni varie: disprezzo, strafottenza, timidezza. Oppure, come quel giorno, una sorta di tristezza scontrosa, un qualcosa che si avvitava su se stesso. Le spalle ossute ciondolavano in una logora felpa blu col cappuccio, le ginocchia erano divaricate, le mani sprofondate nelle tasche dei jeans. Sotto gli occhi, solchi profondi di stanchezza.

«Allora, come va oggi, Marshall?» chiese. Sedeva sulla poltrona in pelle di fronte al divano su cui era stravaccato lui. Si lisciò la gonna e posò il blocco in grembo.

«Bene, credo.»

«Hai l'aria stanca.»

«Già. Credo.»

«Fatto le ore piccole? O hai difficoltà a dormire?»

Un'alzata di spalle. Il ragazzo si voltò a guardare la finestra, come se aspettasse qualcuno, poi si riappoggiò allo schienale.

«È importante» insisté, cercando di intercettare i suoi occhi.

Ma lui si limitava a fissare il tavolino basso in mezzo a loro. «Se hai problemi a prender sonno o a restare addormentato, forse bisognerà modificare la terapia.»

«Sono rimasto alzato fino a tardi.» C'era un lievissimo accenno di insofferenza nella voce?

«A studiare?» gli chiese.

Lui le rivolse un sorriso sprezzante. «Lo studio è per le fighette.»

«Questo chi te lo ha detto?» Domanda inutile: Maggie conosceva fin troppo bene il padre del ragazzo.

Marshall rispose con un'altra alzata di spalle. Lei lo osservò un momento, poi abbassò gli occhi sul taccuino. Sulla pagina vide scarabocchiato: «Mi sta sfuggendo lentamente». Non ricordava di averlo scritto, ma era proprio così che si sentiva nei confronti del giovane Crosby.

Anni prima, un'insegnante frustrata aveva classificato Marshall tra gli alunni con difficoltà d'apprendimento e l'etichetta gli era rimasta appiccicata dalle elementari alle medie, fino al liceo. Per anni il ragazzo aveva arrancato – triste, svogliato, oggetto di maltrattamenti domestici e vittima del bullismo a scuola – finché Henry Ivy, insegnante di storia e consulente scolastico, aveva riconosciuto ciò che era sfuggito a tutti gli altri: Marshall Crosby era uno studente vittima di abusi, solo apparentemente lento. E Henry gli aveva teso una mano: un po' di tutoring, qualche consulenza extra. Tra lo stupore generale, gli ultimi test attitudinali avevano rivelato che il giovane possedeva quasi il quoziente intellettivo di un genio.

Il padre, nel frattempo, era stato arrestato per guida in stato di ebbrezza e così Marshall aveva vissuto con gli zii Leila e Mark e due cugini più grandi, Tim e Ryan. Leila aveva seguito il consiglio del signor Ivy e accompagnato il nipote da Maggie per una valutazione e un parere. Avevano lavorato tutti insieme per rimetterlo in carreggiata e i progressi compiuti erano stati pressoché miracolosi. Fino a sei settimane prima, quando il padre di Marshall era stato rilasciato.

«Allora? Com'è abitare di nuovo con papà?»

«Okay, credo. Come cuoco non è granché.»

Il ragazzo aveva avuto la possibilità di scegliere se restare con Leila e Mark Lane, ma aveva preferito tornare con il padre. Era a casa solo da tre settimane circa ed ecco che i voti stavano calando, l'igiene lasciava a desiderare, l'espressione assente rispuntava. Secondo Maggie era solo questione di tempo perché sospendesse i farmaci e cominciasse a saltare gli appuntamenti. Tutto ciò la faceva infuriare, sì, ma soprattutto le ispirava un senso di tristezza impotente. Dopo l'ultima seduta, una settimana prima, si era sentita così sopraffatta da quei sentimenti da chiamare il proprio terapeuta.

«La terapia funziona soltanto se il paziente vi partecipa volontariamente» le aveva ricordato il dottor Willough. «Vale per gli adolescenti come per gli adulti. Il paziente deve *volere* aiuto. E noi dobbiamo riconoscere i nostri limiti, i confini da non superare.»

I ragazzi vittima di abusi sceglievano sempre di tornare a casa. A volte si riusciva a impedirlo, a volte no. Il padre di Marshall era un poliziotto; senza lavoro, ovviamente, dall'epoca del suo arresto, ma non privo di conoscenze. Nella fattispecie, il giudice che aveva consentito al ragazzo di ricongiungersi con il genitore era un ex compagno di bevute di quest'ultimo. Nell'aula di tribunale, Leila, la sorella di Travis Crosby, aveva pianto tra le braccia di Maggie. *Lo abbiamo perso* aveva sussurrato. Maggie sperava che si sbagliasse; ricordava ancora il ghigno crudele che si erano viste rivolgere da Travis, mentre si allontanava con il figlio.

«Okay» disse. «Allora, se non hai studiato, che cos'hai *fatto* ieri sera per rimanere sveglio fino a tardi?» Controllò il tono di voce, mantenendolo leggero e disinvolto.

«Ho aiutato papà.» Marshall raddrizzò un po' la schiena e gli apparve in volto l'ombra di un sorriso. Era ciò che ogni ragazzo desiderava: stare vicino a suo padre. Maggie avvertì una piccola fitta, al pensiero di Jones e Ricky.

«Aiutato a fare cosa?»

«È un investigatore privato, adesso, sa?»

«L'ho sentito dire.»

Durante uno dei loro frequenti pranzi, Henry Ivy le aveva detto che Crosby stava aprendo una sua attività, anche se nessuno dei due riusciva a immaginare chi mai potesse ingaggiarlo.

«L'ho aiutato a imbiancare l'ufficio» continuò Marshall. «Dopo il diploma, diventerò suo socio.»

C'era così tanto orgoglio in quella voce. Maggie avrebbe voluto sentirsi felice per lui. Poiché era un tipo sensibile, Marshall colse immediatamente la sua mancanza di entusiasmo; lei si accorse che la sua gamba destra cominciava a fare su e giù: il ragazzo era nervoso. Un secondo più tardi, aveva il pollice in bocca.

«E il college?» gli domandò. «Il signor Ivy mi ha detto che, con i tuoi punteggi, potresti aspirare a una buona scuola: Rutgers, Fordham…»

Lui liquidò l'osservazione con un gesto della mano. «Mio padre dice che non ci sono soldi per quello.»

Maggie si ritrovò a gestire il proprio nervosismo, sforzandosi di rimanere pacata. *Vattene da questa città* avrebbe voluto urlare. *Sta' alla larga da tuo padre. Fatti un'istruzione: è la tua unica possibilità.*

«Esistono borse di studio, prestiti, aiuti economici» disse invece. «Possiamo aiutarti anche noi.»

Gli occhi di lui si posarono a terra: meglio cambiare argomento. «Come vanno le cose con tua madre?»

«Mia madre è una puttana» disse Marshall. Il tono era calmo, ma l'afflusso di colore alle guance tradiva ben altro.

«Perché dici questo?» Un lieve accenno d'ansia la indusse a farsi un po' più avanti con la sedia.

Lui storse le labbra in una smorfia beffarda. «Ha un nuovo compagno.»

Prima di rispondere, Maggie si costrinse a inspirare ed espirare, sperando che in quel silenzio lui si soffermasse sull'ultimo scambio di battute. Il ghigno svanì e il ragazzo apparve solo inconsolabilmente triste.

«Questo non fa di lei una puttana, Marshall. Quando è stata l'ultima volta che vi siete parlati?»

Fuori, sentì suo figlio avviare l'auto rombando, per poi partire a tavoletta. *Troppo forte. Quel ragazzo va troppo forte e il macchinone che si è scelto non aiuta.* Assorta per qualche secondo nei suoi pensieri, quasi non udì la risposta di Marshall – qualcosa sulla madre che gli aveva mandato un messaggio via Facebook.

«Ha scritto che gli manco.» Fece una risatina amara. Suonava stonata in bocca a lui, troppo adulta, troppo disincantata.

«Ma non vi siete visti? Telefonati?»

«Ha detto che non ha tempo. È troppo occupata.»

Maggie non sapeva se fosse vero o no: magari, invece, era Marshall a evitare la donna. Cinque anni prima, Angie Crosby aveva lasciato Travis dopo un brutale pestaggio (del quale il marito non aveva dovuto rispondere, perché anche lui si era preso qualche colpo) e, in seguito, i due si erano imbarcati in un divorzio al vetriolo, con conseguente battaglia per l'affidamento. A The Hollows, dove abitavano entrambi – dove erano cresciuti gomito a gomito – lo scontro aveva assunto toni da leggenda. Chiacchiere e pettegolezzi si sprecavano: non c'era occasione pubblica – la festa di Natale del distretto, la colazione annuale alla caserma dei pompieri – dove qualcuno non mormorasse in proposito.

«Andavate d'accordo, una volta, no?»

«Credo.»

Quando era stato decretato l'affidamento congiunto, Angie era scomparsa. Era ansiosa di staccarsi da Travis ed evidentemente, secondo lei, questo significava anche staccarsi da Marshall. Se non poteva tenerlo lontano dal padre, aveva ammesso recentemente con Maggie, non lo voleva. Si era rifiutata di partecipare a una seduta con il figlio, ma aveva inviato alla terapeuta un'e-mail spiegando la sua «versione dei fatti»: all'età di nove anni, aveva scritto Angie, Marshall si era già mostrato incline a violenti accessi di rabbia, l'aveva picchiata due volte e ripeteva sistematicamente gli insulti che le rivolgeva Travis.

Ho sempre avuto paura di Travis, persino quando lo amavo. E devo ammettere con rammarico che provo la stessa cosa per Marshall. Voglio una vita in cui nessuno mi colpisca, in cui mio figlio non mi dia della puttana o della stronza. Questo fa di me un mostro che abbandona la carne della sua carne? Forse.

Era stato un piacere, per Maggie, assistere a un tentativo di riavvicinamento, mentre Travis era in prigione e Marshall al culmine dei suoi progressi, ma forse, dopo il ritorno del padre, dopo che il ragazzo aveva scelto di andare a vivere con lui, Angie si era allontanata di nuovo. Annotò mentalmente di chiamarla, per scoprire che cosa stesse accadendo.

«Prendi le medicine?»

Marshall annuì, ma lei non era sicura di credergli.

Maggie non era particolarmente favorevole alla terapia farmacologica per i giovanissimi: tendeva comunque a ritenerla l'ultima spiaggia. Come psicologa per famiglie e adolescenti, aveva perso molti giovani pazienti per la sua riluttanza a chiamare subito il dottor Willough per un consulto. Quasi diciassettenne, però, Marshall non era più un bambino, e alla prima seduta era apparso gravemente depresso. Non bipolare, non iperattivo, non borderline (negli anni aveva collezionato tante diagnosi quanti terapisti), ma – Maggie lo aveva visto chiaramente – afflitto da una depressione così profonda che lei stessa non aveva esitato a prescrivergli un antidepressivo, incurante dei rischi.

Il ragazzo sembrava poter contare su un valido supporto: una zia che gli voleva bene, uno zio che appariva altrettanto affezionato e preoccupato del suo benessere e, cosa forse più importante, i cugini Ryan e Tim, giovani sereni e ben inseriti, che erano felici di coinvolgerlo nelle loro attività. Lo portavano alle partite, lo facevano lavorare alla vecchia auto che stavano tentando di restaurare, gli offrivano consigli sulle ragazze. Maggie li aveva informati dei rischi cui si esponeva un teenager depresso sotto farmaci, aveva indicato loro i segnali da monitorare, ma il paziente aveva risposto bene alla cura.

«Hai notizie di Ryan e Tim?»

«Sì, ci vediamo.» Ora fissava un punto imprecisato, non lei: evitava ancora i suoi occhi. Parve rendersi conto del ginocchio ballonzolante e ne riacquistò il controllo.

«Andiamo, Marshall. Facciamola finita, d'accordo? Che succede?»

Lui sembrò studiare il soffitto. Quando riabbassò lo sguardo, sorrideva. A Maggie era sempre piaciuto il suo sorriso, dolce e infantile, inaspettatamente luminoso, come un raggio di sole fra le nubi di un temporale. Ma questo era un brutto sorriso, un sorriso che le provocò un brivido lungo la schiena.

Il ragazzo si sporse in avanti, all'improvviso, guardandola fisso. «Sa che c'è, Doc?»

Lei batté le palpebre, lentamente, con condiscendenza, per mostrargli che non era intimidita né impressionata dal suo cambiamento di tono. La turbava, però, notare come la sua voce fosse passata da una piatta cantilena adolescenziale a un tono più sordo, quasi un ringhio.

«Che c'è, Marshall?»

Lui emise una strana risatina. Maggie superò l'impulso di ritrarsi, raddrizzò le spalle e si preparò a parare il colpo. «Non sono certo di volerla ancora nella mia testa.»

Maggie sfoderò il suo sorriso più convincente e sostenne lo sguardo del ragazzo, i suoi occhi verdi e profondi come un lago di montagna.

«Che tu venga qui o meno è solo una tua scelta, ovviamente» gli disse.

Sul volto di lui era in corso una specie di battaglia – l'acne sul mento e sulla fronte si accendeva di un rosso rabbioso. Gli angoli della bocca si abbassarono in una espressione di tristezza, gli occhi si spalancarono, come se stesse per piangere, poi si assottigliarono a fessura, abbruttiti dall'ira e dalla diffidenza.

«Parla con me, Marshall.»

Cercò di non suonare disperata, supplichevole. La madre che era in lei avrebbe voluto sederglisi accanto, cingerlo fra le braccia e stringerlo forte. Ma non poteva: il ragazzo non avrebbe mai accolto quel genere di amore, neanche se lei avesse potuto offrirglielo.

Lui si alzò rapidamente, ergendosi in tutta la sua statura, raddrizzando le spalle perennemente curve. Maggie non si era mai resa conto di quanto fosse alto, l'aveva sempre visto come un ragazzino magro, dinoccolato, non forte o imponente come sembrava ora. *Deve essere più di uno e ottanta* pensò, sorpresa. Senza volerlo, si spinse indietro sulla sedia per alzarsi a sua volta. Evidentemente Marshall registrò la sua espressione stupita, perché sul suo volto infuriò una nuova battaglia, che sfociò in un ghigno malevolo. Maggie non aveva mai constatato di persona le tendenze aggressive di Marshall. Quello a cui assisteva la allarmava. Che cosa era successo? Che cosa era cambiato?

Lui si chinò a raccogliere lo zaino malridotto, uscendo senza voltarsi e chiudendo piano la porta dietro di sé. Maggie rimase seduta per un minuto buono, il cuore che le martellava nel petto, poi si alzò, arrivò alla scrivania e prese il telefono.

4

Roditori. Erano ovunque. La gente non lo sapeva, non voleva saperlo. Lui aveva visto colonie di topi, ratti, scoiattoli, procioni. Dentro soffitte, scantinati, intercapedini, capanni degli attrezzi. Colonie che vivevano a un passo dagli uomini per anni, separate solo da tre centimetri di muro a secco. C'era una sorta di bellezza in loro, nei loro corpi guizzanti, nella loro natura selvatica, nei dentini aguzzi e negli occhietti neri. I cuccioli erano carini, come i piccoli di ogni specie: minuscoli batuffoli di pelo grigio lanuginoso, ciechi e strepitanti.

Il ratto morto che aveva nella trappola in quel momento – un maschio adulto – *non* era carino, decisamente. Era brutto, con i denti scoperti e gli artigli protesi. Era anche grosso: doveva pesare più di due etti, a occhio e croce. Charlie Strout ne aveva visti pure di più grossi, delle dimensioni di un piccolo gatto. E ne aveva visti di veramente cattivi. Era stato morso due volte: in un caso (un vero agguato!), nella soffitta di un'anziana signora, che poi gli aveva medicato la pelle tra pollice e indice e gli aveva fatto il tè; nel secondo caso (banale disattenzione!), mentre toglieva dalla trappola un animale che credeva morto. Per lo più si limitavano a scappare, volevano essere lasciati in pace come chiunque altro.

Buttò la trappola sul pianale della Ford: atterrò con un tonfo sordo e lui la coprì, insieme ad altri due corpi, con un telo impermeabile.

«Preso niente?»

Si voltò scorgendo la donna che lo aveva chiamato, in piedi all'inizio del vialetto. Era abituato all'espressione di ripugnanza e alla postura difensiva dei clienti. La signora teneva le mani saldamente sprofondate nelle tasche, le braccia strette lungo i fianchi, le spalle rigide. Lo guardò, strizzando gli occhi alla luce ancora intensa del tardo pomeriggio. Era carina: quaranta e qualcosa, ben portati. Oggigiorno le donne rimanevano attraenti, continuavano a sembrare delle ragazzine molto più a lungo: non ricordava che le amiche di sua madre fossero così belle, quando lui era un bambino come il figlio della cliente.

«Sì, signora.»

«Magari è l'ultimo?»

«Ho sigillato le vie di uscita. Se anche ne resta qualcuno, comincerà a innervosirsi. Tendono molto più facilmente a cadere in trappola quando sono affamati e non possono uscire.»

Le palpebre di lei si fecero ancora più strette. «Ma non entrano in casa, vero?»

«No, signora. È improbabile.» Lo facevano eccome, invece. Erano intelligenti, furtivi. Sarebbero passati attraverso buchi di cui lei non conosceva nemmeno l'esistenza, magari dietro il mobile tivù, su per gli scarichi, se possibile, attraverso le bocchette del condizionatore, se trovavano un'apertura e sentivano odore di cibo. «Non lasci niente fuori dal frigo. Si assicuri di buttare sempre la spazzatura nel bidone fuori casa.»

La donna annuì nervosamente.

«Presto li faremo fuori tutti» assicurò Charlie.

Lei sorrise con riconoscenza e si avvicinò per porgergli un biglietto da dieci piegato a metà. Dava buone mance. Era gentile e amichevole con lui. «Grazie per il suo aiuto.»

«Nessun problema. E non si preoccupi.»

Charlie si sentì un po' a disagio. Non c'erano così tanti ratti come il consulente della compagnia l'aveva probabilmente indotta a credere dopo il primo sopralluogo. Di certo aveva usato parole come "infestazione". *Be', sono sicuro che non ce n'è più di una trentina lassù.* Poi aveva accennato a come i batteri provenienti dalle feci e dalle carogne in decomposizione potessero penetrare in casa attraverso le prese d'aria e causare disturbi respiratori. Aveva posto domande tipo: *Lei o i suoi bambini vi siete presi più raffreddori del solito?* Alla fine del colloquio, la signora aveva firmato per un intervento da duemila dollari, richiedendo il loro «piano in tre fasi»: cattura e rimozione, sigillatura delle vie d'accesso, eliminazione di feci e residui con il detergente dalla «formula brevettata» (in realtà un semplice disinfettante all'aroma di ciliegia che spruzzavano ovunque). Una rapina bella e buona. Di solito gli interventi non richiedevano più di tre ore: per piazzare le trappole, rimuovere i cadaveri, tappare qualche buco e spruzzare il detergente. Lui aveva diluito le visite nell'arco di due settimane, perché sembrasse un lavoro più lungo di quel che era, ma la gente era disposta a pagare *qualunque cifra* per liberarsi dei ratti, specie se c'erano dei bambini in casa. Tutti chiedevano soluzioni più umane per procioni, talpe e scoiattoli, ma a nessuno importava dei ratti, di come venissero eliminati. Non amavano sentire lo scatto della trappola o lo squittio che poteva seguire, ma ben pochi chiedevano che i ratti fossero presi vivi e liberati altrove.

Forse era per via della peste nera: una brutta storia avvenuta secoli prima. I ratti erano considerati portatori di contagio e di morte. Nelle periferie di New York correva voce che strisciassero fin dentro le culle e mordessero i bambini nel sonno. Charlie non aveva mai visto nulla di simile a The Hollows. Per lui, i ratti non erano diversi da tutti gli altri animali che la gente non voleva tra i piedi: solo bestiole che tentavano di cavarsela.

Salì sul camion. Era uno dei veicoli migliori in dotazione alla compagnia. Quel giorno, al centralino, era di turno Wanda. Lei lo apprezzava, lo considerava un gentiluomo, così aveva fatto in modo che gli venisse assegnato uno dei mezzi più nuovi, con un climatizzatore decente e la radio satellitare.

Accese l'aria condizionata. Ottobre, e faceva ancora un caldo d'inferno. Il riscaldamento globale: ecco di che cosa avrebbe dovuto preoccuparsi la gente. Pagavano migliaia di dollari per avere Charlie Strout che si aggirava in soffitta, ma quanti di loro avrebbero dato un centesimo per salvare il pianeta? Non che lui fosse un filantropo, ma guadagnava quindici dollari l'ora, e non viveva certo in una villa di quattrocento metri quadri.

Mentre lasciava il ricco complesso, superando le imponenti abitazioni in stile Tudor e quelle, più recenti, in stile vittoriano, gli alberi centenari, i giardini curati come orti botanici, le auto costose ultimo modello che oziavano su vialetti serpeggianti, si domandò che cosa facesse la gente per permettersi dimore così opulente. Quanto costava riscaldare o rinfrescare quei posti? Curare quei giardini e quelle piscine?

Si era sempre immaginato in una bella casa; con un lavoro importante in una grossa società, una splendida moglie e dei pargoli bene educati. Ma ormai aveva superato i trentacinque ed erano passati tredici anni dalla laurea. Anche se era sempre stato parsimonioso e aveva risparmiato qualche soldo, soprattutto grazie a un generoso lascito di sua nonna, dubitava di averne abbastanza anche solo per pagare l'anticipo di una reggia come quella. E non era mai neppure andato *vicino* a sposarsi.

Mentre si immetteva nella via principale, verso il centro, per tornare in ufficio, il Nextel squillò. Premette il tasto di risposta senza alzare il telefono dalla console centrale.

«Ciao, miss Wanda» disse. «Una buona giornata, oggi?»

Wanda era una bella donna – forse si truccava un po' troppo e quei capelli erano di un rosso un po' vistoso – ma non aveva ancora superato la soglia dei quaranta, con un corpicino sodo e un sorriso dolce dolce. Ultimamente Charlie si era domandato se non le andasse di cenare con lui: con Wanda non avrebbe dovuto temere domande su ciò che faceva nella vita. Non era esattamente un lavoro affascinante il suo. Una donna fa le fusa se le dici che sei un medico o un avvocato, inarca con interesse un sopracciglio se le racconti di essere un professore o un architetto. Ma spiegale che fai lo sterminatore di ratti e farà subito dietrofront arricciando il naso disgustata.

Che cosa ti ha portato ad abbracciare questa attività?

Che razza di domanda. Il più delle volte, a fare un mestiere ci finisci per caso, giusto? Ti metti a fare qualcosa dopo gli studi, per sbarcare il lunario mentre decidi che direzione prendere nella vita e, tredici anni dopo, non lo hai ancora capito.

Ma ciò che davvero vorrei fare è scrivere si affrettava di solito ad aggiungere. A queste parole le più artistoidi, a volte, si rianimavano un po', ma per qualunque donna cercasse in lui l'indizio di una minima possibilità di successo nella vita, quella era l'ultima goccia.

«Tutto bene, Charlie, grazie» rispose Wanda. Gli piaceva l'inflessione lievemente strascicata che coglieva nelle sue parole. Di dov'era, a proposito? New Orleans? «Com'è andata l'ultima chiamata?»

«Bella bestiaccia» disse. «Morto stecchito. Forse ce n'è ancora qualcuno, lassù. Vedremo quando ci torno la prossima volta. O magari invece era l'ultimo…»

«Hai tempo per un'altra chiamata?»

Merda. Non desiderava altro che andarsene a casa, lavarsi via il tanfo, aprirsi una birra e dimenticare la sua giornata, la sua vita – o la mancanza di una vita. Stava anche pensando di buttare giù qualche pagina del romanzo, anche se non scriveva una riga da mesi. Naturalmente lo pensava tutte le volte che rincasava: poi entrava, si piazzava alla tele con la cena presa al takeaway e si ficcava a letto.

«Qualsiasi cosa, per te, Wanda, lo sai.»

«Sei galante, Charlie.» Senza lasciargli il tempo di flirtare ancora un po', snocciolò l'indirizzo. «Te lo rimando via sms con le indicazioni. Non ti disturberei a quest'ora, ma la signora sembrava davvero sconvolta, e la squadra dei consulenti ha già staccato. Dice che in soffitta deve esserci qualcosa di enorme: fa un sacco di rumore.»

«Davvero? Di solito i roditori sono silenziosi durante il giorno.»

«Così mi ha detto.»

«Darò un'occhiata.» Decise di buttarsi. «Ehi, Wanda. Ci sarai ancora quando rientro alla base?»

Nel silenzio crepitante che seguì, avvertì un moto di imbarazzo: aveva toppato alla grande. Lei flirtava solo per gentilezza, non era interessata. E ora lui aveva rovinato anche l'amichevole rapporto di lavoro che si era creato. Gli conveniva fare marcia indietro, chiedendole di firmargli il modulo degli straordinari.

Ma poi: «*Potrei* esserci, Charlie». Di nuovo quel sorriso nella sua voce.

«C'è qualcosa che posso fare per te?»

Si schiarì la gola. Sapeva che, a volte, la sua voce suonava un po' da ragazzino, e alle donne non sempre piaceva. Cercò di modularla leggermente. «Stavo solo pensando… Ehm, mi chiedevo… magari ti va di bere qualcosa.»

Quando lei rispose, lo fece sottovoce. Non voleva farsi sentire dai colleghi in ufficio. «Mi andrebbe, Charlie.»

Sentì spuntare il primo vero sorriso della giornata, forse della settimana. Diavolo, forse del mese.

«Allora aspettami, miss Wanda» disse. «Non ci metterò molto.»

«A presto.»

Secondo l'esperienza di Charlie, tecnici e lavoranti di vario genere erano quasi invisibili per i ricchi: non appena scompariva in soffitta, i clienti tendevano a dimenticarsi della sua esistenza. Attraverso i soffitti sottili di case mal costruite, li udiva dire e fare «cose». Cose terribili, divertenti, imbarazzanti... Alcune se le segnava, sperando che tornassero utili per il romanzo. Se mai si fosse deciso a rimettersi al computer per qualcosa di più costruttivo che scaricare un porno.

Aveva sentito un moccioso di tre anni dare della stronza a sua madre; lei gli aveva mollato un ceffone (si era sentito lo *sciac* del palmo sulla pelle), poi tutti e due si erano messi a piangere. E, tappando il cunicolo scavato da un topo in un muro a secco, non aveva potuto impedirsi di ascoltare un uomo che faceva sesso telefonico e se lo menava in garage, mentre la moglie era in cucina a preparare la cena.

Ti amo. Ti odio. Sbattimi. Non toccarmi. Mi manchi. A che ora arrivi? Non dimenticarti di chiamare tua madre. È via per lavoro questo weekend; non vedo l'ora di farti godere nel suo letto. Puoi prendere un po' di latte rientrando?

Era il testimone silenzioso dell'intero spettro dell'esistenza umana, dagli aspetti più normali ai più scabrosi, ma quella condizione non stava alimentando la sua vena artistica come avrebbe sperato: piuttosto, lo induceva a preferire la compagnia dei roditori.

«C'è qualcosa lassù, qualcosa di grosso.»

La cliente era irrimediabilmente vecchia, con una testa imma-colata di riccioli fitti e la pelle del viso simile a cera sciolta, ma arguta e lucida di mente. Lo scrutò da cima a fondo con i suoi occhi azzurri, ma non sembrava giudicarlo: piuttosto, dimostrava la serenità dei saggi, la capacità di accettare quel che ci si trova davanti. Portava un paio di jeans aderenti e una felpa extra-large con la scritta PERSONALITÀ DISTURBATA sul davanti. Le sue Nike avevano l'aria di essersi sorbite chilometri e chilometri di strada.

Wanda l'aveva definita sconvolta, al telefono, ma di persona a lui non pareva poi tanto.

«Non riesco più a salire in soffitta, altrimenti lo scoverei da me e gli darei una lezione con questo.» Lanciò un'occhiata al suo bastone da passeggio e lo sollevò appena per rendere l'idea. «Ho avuto tutti i roditori possibili e immaginabili lassù: vivo in questa casa da oltre cinquant'anni. Mai sentito un fracasso del genere.»

Alzò lo sguardo verso il soffitto e lui si sorprese a fare lo stesso.

«Ma che tipo di fracasso?» le chiese. Erano saliti insieme per due rampe di scale – malgrado il bastone, lei era veloce – e ora si trovavano sotto la botola della soffitta. Lui stava ancora riprenden-do fiato. Era una grande, vecchia casa, un vero e proprio museo di tappeti polverosi, dipinti a olio mediocri con nature morte e per-sonaggi impettiti, mobili pesanti, troppo decorati. Un pianoforte a coda coperto di libri, caminetti funzionanti con foto in cornice sulle mensole. Una casa vera, che riecheggiava di vita vissuta, col-ma di ricordi e di stanze dalla forma irregolare.

«Colpi, battiti. Una cosa quasi… *ritmata*.»

Probabilmente non erano dei ratti. I procioni tendevano a bat-tere e picchiare parecchio, chissà poi perché.

«Okay, signora Monroe» disse Charlie, allungando la mano

verso la fune che consentiva di abbassare la botola e la scala pieghevole. «Vediamo che c'è là sopra.»

Lo sportello venne giù senza difficoltà e lui aprì la scaletta finché non toccò terra. La signora Monroe accese una luce contro l'oscurità incipiente. Charlie guardò l'orologio: già le sei passate. Si domandò se Wanda lo avrebbe aspettato sul serio o se era stata solamente gentile; forse, al suo arrivo, avrebbe trovato un biglietto: *Mi dispiace, sono dovuta scappare. Facciamo un'altra volta?* Nulla di sconvolgente: non aveva molta fortuna con le donne; dopo qualche appuntamento, preferivano tutte «restare solo amici» e lui avvertiva la bruciante delusione fin dalle prime uscite.

«Stia attento» disse la signora Monroe. «E se le serve qualcosa urli.»

Charlie si mise la sacca in spalla e cominciò a salire, sentendo la vecchia scala gemere sotto i piedi.

L'unica fonte di luce dentro la soffitta era una piccola finestra circolare sulla parete opposta, ma a quell'ora serviva solo a creare una zona d'ombra. Charlie riusciva a stare in piedi, ma con la testa scomodamente piegata e le spalle curve. Tirò fuori la torcia e puntò il raggio qua e là, aspettandosi di sentir svolazzare o di scorgere un volatile. Niente. Solo silenzio, scatoloni, una vecchia sedia a dondolo, una scrivania con la ribaltina... Un paesaggio di cose dimenticate. Perché la gente non si liberava delle cianfrusaglie? Eppure la Monroe aveva ammesso di non mettere piede lassù da anni.

Ispezionò in giro, cercando tracce di feci sui pavimenti, annusando l'aria per captare un puzzo di urina rivelatore, ma sentiva solo muffa e polvere, mentre si addentrava tra i cumuli di ciarpame: una vecchia radio, una scatola con pezzi di telefoni a disco, pile e pile di libri...

Stava respirando rumorosamente e trattenendo uno starnuto, quando giunse alla fine dello spazio disponibile. Guardò fuori dalla finestrella e scorse i tetti delle altre case, la cupola della chiesa che spuntava fra i toni oro, bruno e arancio dell'autunno settentrionale: querce, aceri, qualche vecchio pino, betulle, pioppi, platani. Venendo dalla Florida, apprezzava quelle carrellate stagionali del nord: le primavere verde brillante, gli autunni sgargianti, gli inverni in bianco e nero. All'epoca in cui era arrivato lì per frequentare il college, conosceva soltanto l'estate perenne, le palme ondeggianti, la sabbia bianca contro il verde dell'oceano; una splendida, unica nota, che variava soltanto in caso di fenomeni climatici estremi, come uragani o nubifragi. Sole caldo, luminoso, e aria ferma, soffocante, oppure cieli neri e venti impetuosi, pioggia scrosciante. Un paio di mesi di clima invernale secco, perfetto, sui ventuno gradi, seducevano la gente del Michigan e di New York, solo per lasciarla agonizzante quando agosto cedeva il posto a settembre, poi settembre a ottobre, e ancora la temperatura faceva concorrenza a saune e altiforni.

Riattraversò la soffitta, tenendo gli occhi fissi sulle assi del pavimento, sempre senza che olfatto, udito o vista gli rivelassero la presenza di roditori. E poi, eccolo lì, proprio mentre stava per tornare di sotto: uno spiffero gli portò un lievissimo odore di qualcosa di corrotto, il sentore insinuante, inconfondibile della morte.

Si guardò intorno ancora per un po', spostando scatoloni, sacchi di indumenti zeppi di vestiti, cartelle a soffietto piene di documenti ingialliti, ma il raggio della torcia non rivelò nulla. Se qualcosa si era trascinato a morire fin lì, non gli sarebbe stato facile trovarlo in mezzo a quel caos. Avrebbe dovuto attendere che l'odore diventasse più forte. Per fortuna faceva caldo: entro l'indomani nel tardo pomeriggio il fetore sarebbe stato intenso al punto giusto. E lui avrebbe seguito il suo naso.

Scese di sotto, ritrovando la signora Monroe dove l'aveva lasciata.

«Trovato niente?»

«Be', no, ma un odore l'ho sentito. Metterò un paio di trappole "soft" e tornerò domani pomeriggio a vedere che cosa abbiamo. Credo si tratti di un procione.»

Lei annuì, ma sembrava scettica. Lo seguì giù per le scale e fuori, fino al pickup, dove Charlie prese le trappole. Avrebbe dovuto cercare di venderle il pacchetto completo, avvisarla che era in corso un'infestazione, farle firmare per più interventi di quanti ne servissero: c'erano dei bonus per gli operatori, se piazzavano un contratto oltre a sbrigare il lavoro. Ma lui, semplicemente, non c'era portato. Non aveva la personalità del venditore, quella capacità di cogliere un bisogno, una paura, un desiderio e manipolarli. Suo padre era stato agente di commercio, sempre in grado di plasmarsi in modo da compiacere gli altri, di lavorarsi le persone, di blandire i clienti. Il gene, però, non era passato a Charlie: lui sapeva solo essere se stesso.

In ufficio avrebbe detto che la Monroe era una tipa difficile e l'avrebbero lasciata in pace. C'era abbondanza di gonzi là fuori: le persone difficili non valevano lo sforzo, specie in un'epoca in cui la gente postava i reclami online. Sarebbe tornato a controllare le trappole l'indomani, a fine giornata, e le avrebbe fatturato quell'unico intervento.

Nell'ultima luce del crepuscolo, la signora Monroe non gli sembrava arcigna come gli era apparsa dentro casa. Lanciò un'occhiata timorosa all'abitazione, stringendo le carte che lui le aveva consegnato.

«Non si preoccupi, mi sbarazzerò dell'intruso, lassù. Chiunque sia.»

Lei fece un risolino. «Alla mia età ci vuole ben altro che un roditore in soffitta per spaventarmi.»

Ma Charlie intuì che era tutta spavalderia: nel retrovisore, la signora Monroe era solo una minuscola, fragile ombra all'imbrunire.

5

Maggie trovò la casa buia e silenziosa. Accostò la porta che separava il suo studio dall'abitazione e girò il chiavistello, avvertendo il ben noto sollievo misto a un lieve fremito di nervosismo. Chiudere quella porta era una cosa che si assicurava di fare alla fine di ogni giornata, un modo per lasciarsi il mondo alle spalle: certi giorni era più facile di altri. Ed era, quella, una porta che scoraggiava Jones e Ricky: se avevano bisogno di lei, dovevano chiamarla al telefono. Loro, sorprendentemente, rispettavano la regola, benché il figlio qualche volta si permettesse di bussare, se aveva visto ripartire il paziente ed era certo che non ci fosse nessun altro all'interno. *Mamma, ho bisogno di soldi! Mamma, non trovo la mia t-shirt dei Ramones!* Jones amava chiamarla Zona Strizzacervelli. C'era un filo di risentimento in questo, Maggie lo sapeva, ma era stato proprio lui, a suo tempo, a proporre di costruire una dependance anziché affittare un ufficio altrove. Il dottor Willough era sempre stato dell'idea che fosse meglio avere uno studio a sé stante, che un semplice corridoio non bastasse a proteggere la privacy dei pazienti, a garantire la necessaria separazione tra famiglia e vita professionale. Ma Maggie, soprattutto quando Ricky era piccolo, aveva apprezzato la comodità di essere a due passi da casa e famiglia, di poter fare una lavatrice tra una seduta e l'altra, svolgere una rapida commissione, leggere una storia al bambino, dare un attimo di tregua alla babysitter part-time.

«C'è nessuno?» chiamò, entrando in cucina.

Si era aspettata di sentire la televisione di Jones accesa o i bassi a palla dello stereo in camera di Ricky, al piano di sopra. Aveva addirittura pensato di trovare il marito seduto fuori, accanto alla piscina, con la bottiglia di vino già aperta, il suo bicchiere che l'attendeva. No, invece. Il sole era già sprofondato sotto l'orizzonte, e in casa non c'era nessuno ad accendere le luci per arginare il buio della sera. Avvertì un'ansia leggera, una punta di solitudine.

Passò da una stanza all'altra, premendo interruttori, riempiendo l'abitazione della luce e del calore di cui aveva bisogno, accendendo il piccolo televisore a schermo piatto in cucina solo per udire il suono delle notizie di cronaca locale. Quando l'ambiente le parve più vivo, si sentì meglio.

Sbirciò in frigo e per un momento pensò che avrebbe potuto dare sfogo alla vena creativa e cucinare veramente qualcosa. Ma siccome non aveva fatto la spesa e Jones si era spazzolato tutti gli avanzi – non solo le lasagne, ma anche la zuppa di fagioli neri che aveva preparato in settimana – abbandonò rapidamente l'idea. I ripiani offrivano giusto qualche carota rinsecchita e una busta di lattuga prelavata. Una confezione di cheddar, qualche vasetto di yogurt greco e mezza bottiglia di succo di melagrana. Ovviamente c'erano gli alimenti base (latte, uova, burro e svariati condimenti): non lasciava mai che il frigorifero fosse *completamente* vuoto. Sua madre era sempre ben fornita: mai una volta le era mancato questo o quello, per tutta l'infanzia di Maggie. *Essere sempre in condizione di improvvisare un'omelette o un panino al formaggio grigliato. E comprare un rotolo di carta igienica a ogni spesa, anche se non serve. In questo modo, ci sarà sempre una scorta.* La saggezza domestica di Elizabeth: elogio dell'abbondanza.

Ma era un buon consiglio e Maggie l'aveva seguito, fin dai tempi del college. Come cuoca, moglie e madre si atteneva almeno a quella norma. Persino ora aveva più rotoli di carta igienica nell'armadietto di quanti ne sarebbero mai serviti all'intera famiglia.

«Perché abbiamo così tanta carta igienica dappertutto?» chiedeva sempre Jones.

Prese il telefono e fece il suo numero, ma rispose direttamente la segreteria.

«Dove sei?» disse. «Pensavo di ordinare pizza e insalata per cena, ti va? Chiamami.»

Poi compose il numero di Ricky. Segreteria, di nuovo.

«Che ne pensi di una pizza, stasera? Magari vuoi invitare Char?»

Probabilmente era una pessima idea, visto l'umore di Jones per la faccenda del tatuaggio, ma… E allora? Se Ricky e Jones non avessero litigato per quello, avrebbero litigato per qualcos'altro. Forse, con un'ospite a tavola, si sarebbero comportati meglio e la cena si sarebbe svolta relativamente in pace.

Ordinò due pizze da Paesano's (Jones e Ricky preferivano quelle di Pop's, ma per i suoi gusti erano troppo unte), e rimase al telefono a scambiare convenevoli con il proprietario, Chad Donner, che era stato suo compagno di liceo. Forse una volta si erano persino baciati: aveva il ricordo sfocato di un momento piccante a una festa di Halloween. In ogni caso, Chad faceva sempre battute stupide quando le rispondeva al telefono del ristorante, e le trasmetteva un certo trasporto, benché non corrisposto, come se ricordasse qualcosa che era importante solo per lui, ma che lei, evidentemente, aveva dimenticato da tempo. Dopo che ebbe riappeso, sentendosi vagamente a disagio, Maggie tornò con il pensiero a Marshall Crosby.

Quando il ragazzo aveva lasciato il suo studio, era stato come se si fosse portato via tutta l'aria. Lei era rimasta lì seduta, senza fiato, anche se non avrebbe saputo dire di preciso perché. Non era come se le avesse fatto una sfuriata, come se avesse perso il controllo o l'avesse addirittura aggredita fisicamente, ma Maggie aveva percepito ondate palpabili di ostilità sprigionarsi da lui. Non appena se n'era andato, aveva chiamato il liceo e, per combinazione, era riuscita a trovare Henry Ivy in un momento di pausa.

«Non viene a scuola da una settimana» le aveva detto il professore. «Te l'ho scritto via e-mail.»

«Davvero?» aveva chiesto lei, aprendo la posta elettronica per la prima volta quel giorno e individuando, tra i messaggi in attesa di risposta, quello di Henry, inviato nel tardo pomeriggio del giorno prima. Non era una fanatica dell'e-mail, di cui odiava la distanza impersonale: privava il dialogo di espressione e tono, indicatori essenziali di significato, e le persone la usavano fondamentalmente per nascondersi. La evitava il più possibile e preferiva di gran lunga alzare il telefono.

«È cambiato qualcosa, Henry» si era sfogata. «Lo stiamo perdendo.»

«Che è successo?»

Aveva descritto a grandi linee la seduta, evitando di riportare i discorsi del ragazzo, nel rispetto della privacy e dell'etica professionale. Si era concentrata, invece, sull'umore di lui, su quell'aria malevola e sulla brusca uscita di scena finale.

Henry era rimasto in silenzio per un momento. Se all'altro capo della linea ci fosse stato Jones, quel silenzio l'avrebbe irritata: sarebbe stato un indizio che il marito stava facendo, al solito, tremila cose insieme, senza prestarle la dovuta attenzione. Ma si trattava di Henry, suo amico fin dai tempi del liceo: per lei era evidente che stava semplicemente elaborando, vagliando mentalmente le possibili implicazioni dell'episodio.

«Magari passo da lui, tornando a casa» aveva detto infine il professore. «Per vedere cosa sta combinando.»

Il problema, a The Hollows (per lo meno in certi frangenti), era quella familiarità che contaminava i rapporti fra le persone. La tua dottoressa era anche la tua vicina di casa, e magari era andata al ballo di fine anno insieme a tuo fratello; il poliziotto che bussava alla tua porta era il tipo strafatto d'erba che finiva costantemente nei guai ai tempi del liceo. In questo caso, se Henry si fosse presentato a casa di Marshall, Travis Crosby rischiava di non vedere in lui l'insegnante del figlio, ma il ragazzino che aveva malmenato senza pietà per anni, e che poi – dopo un'inaspettata crescita lampo durante le vacanze estive – l'aveva riempito di botte davanti a tutta la scuola, il giorno della partita. Una batosta tale che Travis, di fatto, era finito in lacrime. Nessuno si era mai più lasciato intimidire da lui dopo quell'episodio, almeno finché non si era appiccicato un distintivo sul petto e non aveva cominciato a girare con la pistola.

«Pensi che sia una buona idea?» aveva chiesto Maggie.

«Penso che sia il mio lavoro» aveva risposto Henry. Nella sua voce si coglieva una nota difensiva, il che aveva riportato alla mente dell'amica una questione mai davvero affrontata: quanto del suo interesse per Marshall era dovuto a Travis Crosby?

«Sei un insegnante, non il responsabile della frequenza scolastica.»

Henry aveva buttato fuori il fiato, sbuffando. «Hai una proposta migliore?»

«Chiamiamo Leila. Potrebbe mandare i suoi ragazzi a trovare Marshall. È un approccio meno diretto.»

Ancora silenzio. In sottofondo Maggie aveva udito la campanella che annunciava la fine dell'ora, e un improvviso prorompere di voci e di passi.

«Okay» aveva detto lui. «La chiami tu?»

«D'accordo.»

Ma non l'aveva chiamata subito. Il paziente successivo era arrivato presto e poi c'era stata una perizia da redigere per il tribunale. Dopodiché si era ritrovata nel buio dello studio, l'ambiente illuminato solo dallo schermo del computer, e aveva preso il telefono senza disturbarsi ad accendere la luce. La zia di Marshall aveva risposto al secondo squillo.

«Sono Maggie.»

Leila Lane aveva trattenuto il respiro. «Mi aspettavo la tua chiamata.»

Le aveva riferito dell'ultima seduta con Marshall, suggerendo che Tim e Ryan passassero a trovarlo, ma non aveva ottenuto la reazione sperata.

«Non credo, Maggie, mi dispiace. Tanto per cominciare, penso che abbiamo già dato. I ragazzi... Be' non mi hanno raccontato molto, ma si stanno tenendo a distanza dal cugino.»

«Leila...» si era affrettata a dire lei e, quando l'altra non le aveva lasciato finire la frase, aveva provato qualcosa di molto simile a un moto di disperazione. *Se ti senti così*, ammoniva il dottor Willough, *sai di avere oltrepassato il tuo confine interiore*. Le era quasi parso di vedere la donna che alzava una mano e chiudeva gli occhi. Negli anni erano state amiche, poi rivali, poi di nuovo amiche.

«Conosci Travis, Maggie» aveva detto Leila. «È nocivo, meglio non toccarlo, corrode tutto ciò che sfiora. E anche Marshall: quando ha suo padre vicino, diventa diverso. Detesto ammetterlo, ma ho paura di lui. Ho paura di entrambi. Di mio fratello, di mio nipote.» Si era interrotta, evidentemente per fare un respiro profondo e ricomporsi. «Devo proteggere i miei ragazzi dal… veleno di quei due.»

Lei non aveva risposto. Il fatto era che *conosceva* Travis, e altri uomini come lui. Leila aveva ragione a proteggere se stessa e i suoi figli e Maggie era stata a un passo dall'ammetterlo.

«Io e la mia famiglia abbiamo fatto tutto quel che potevamo per Marshall, credo» aveva continuato Leila di fronte al suo silenzio. «È quasi un adulto. Qualche volta dobbiamo anche difendere noi stessi, Maggie. Tu dovresti saperlo.»

«Un ragazzo come tuo nipote può non avere gli strumenti per difendere se stesso.»

«Mi dispiace» era stata la risposta. E lo stesso aveva pensato lei, sentendo che l'altra riattaccava.

In seguito aveva chiamato anche la madre di Marshall, trovando la segreteria, e aveva lasciato un messaggio, con la netta sensazione che, attorno al ragazzo, si stessero chiudendo tutte le porte. Succedeva così: i bambini maltrattati diventavano uomini pericolosi e le persone vicine – anche quelle che li amavano – cominciavano ad allontanarsi per istinto di autoconservazione.

Ripensava a tutto questo, fissando la televisione senza vederla né sentirla, quando la porta d'ingresso si aprì e si richiuse fragorosamente. Udì passi pesanti sulle scale. Entrò in anticamera: ormai poteva vedere solo i piedi del figlio, al piano di sopra, che giravano l'angolo e si dirigevano in camera sua.

«Ho ordinato una pizza» gli gridò dietro.

«Non ho fame» urlò lui, sbattendo la porta.

Un istante dopo, ondate furibonde di thrash metal invasero le scale: riff vorticosi e bassi aggressivi. A volte Maggie si sentiva separata dal figlio da una barriera acustica, da quella musica orribile che non riusciva proprio a capire. Persino quando lui stava giù, nel seminterrato, picchiando sulla batteria, il frastuono la teneva a distanza. Lei ricordava le canzoni che ascoltava alla sua età – Smiths, The Cure, Joy Division – e le emozioni che provava, così tipiche: angoscia, nostalgia, forse un pizzico di rabbia. Ma la musica di Ricky sembrava grondare risentimento, tanto da farle domandare che cosa rivelasse esattamente di lui, se dentro il ragazzo si celasse un intero universo a lei precluso.

Anche Jones era stato un giovane pieno di ostilità. Verso il padre, che lo aveva trascurato e infine abbandonato; verso la madre che, in assenza del marito, si era appoggiata a lui, asfissiandolo. Maggie ricordava risse nei bar e liti al volante, un paio di lamentele sul lavoro, di cui una finita addirittura davanti alla commissione disciplinare cittadina. Ma nel tempo si era ammorbidito, benché lei vedesse riaffiorare il giovane impetuoso ogni volta che lui litigava con il figlio. Forse la rabbia era ereditaria. Forse era un morbo che restava latente nell'infanzia, per poi esplodere alle soglie dell'età adulta. In seguito, si estingueva prima di riuscire a far danni, oppure prendeva il sopravvento.

Maggie andò di sopra, si piazzò davanti alla porta di Ricky e poggiò la mano sul muro, sentendo sotto i polpastrelli i rilievi della pittura giallo sole. La parete vibrava per la musica che proveniva dall'interno. Bussò esitante. Nessuna risposta. Provò più forte.

«Che c'è?» gridò lui da dentro.

«Ne vuoi parlare?»

«No.»

Il volume aumentò. Maggie poteva entrare o andarsene. Poteva imporre a forza una conversazione che rischiava di trasformarsi in una lite, o lasciare che Ricky venisse da lei quando si fosse sentito pronto. Esitò un momento, combattuta, poi optò per la seconda soluzione, scendendo silenziosamente le scale e avvertendo di nuovo quella strana solitudine. L'inutilità, pensò, era la condizione permanente dell'essere genitori. In studio, con i pazienti, sapeva sempre che cosa fare, che cosa dire. Perché, allora, con la sua famiglia si sentiva così spesso impotente?

Per un po' aveva nutrito qualche illusione di controllo. Poi, proprio all'epoca in cui Ricky aveva smesso di fare il sonnellino pomeridiano, si era finalmente resa conto che, malgrado la fermezza, l'intransigenza sugli orari, le punizioni e i premi, è il bambino, in definitiva, a scegliere come comportarsi. Il genitore ha la responsabilità di fornirgli un ambiente sicuro, regole prevedibili, disciplina amorevole e alimentazione sana, ma, in ultima analisi, è lui a doversi ficcare in bocca i broccoli, masticarli e mandarli giù. Jones campava ancora nell'illusoria convinzione di poter piegare Ricky al suo modo di pensare, di poterlo costringere, con la rabbia, le parole dure e i castighi severi, a essere ciò che lui desiderava, malgrado vi fosse tutta l'evidenza del contrario.

Mentre raggiungeva l'anticamera, Maggie notò la luce di due fari scorrere sulla parete di fronte. Andò alla finestra e vide l'auto della pizzeria d'asporto sul vialetto. Diede un'occhiata all'orologio, poi si diresse in cucina a prendere il portafoglio. Quando tornò, il ragazzo delle consegne stava sbirciando in casa dai vetri. Gli aprì la porta, sorpresa di notare quanto l'aria fosse diventata gelida, dopo il tramonto.

«'sera, dottoressa Cooper.» Il ragazzo aggiunse qualcos'altro – qualcosa circa l'arrivo di un fronte freddo – ma lei lo sentì a malapena: gli occhi si erano posati su una figura in piedi dall'altra parte della strada, un uomo appoggiato a una vecchia quercia, inondata dalla luce del lampione. Era troppo lontano perché Maggie potesse leggerne l'espressione, ma riconosceva il portamento, quelle spalle perennemente chine.

Varcò la soglia e si avvicinò al ragazzo delle consegne. Le giunse alle narici un misto di pizza calda, dopobarba scadente, fumo di legna. Si massaggiò le braccia per il freddo.

«Marshall?» chiamò.

Attese una mano alzata in segno di saluto, o che lui si mettesse a camminare, dall'altra parte della via. Forse si era sentito in colpa per come era finita la seduta e voleva parlarne; sarebbe stato buon segno. Ma il giovane Crosby non muoveva un passo.

«Marshall, va tutto bene?»

Vedendo che si ostinava a tacere, sentì il cuore aumentare i battiti. Stava per andargli incontro, per attraversare la strada e invitarlo a entrare. Lo avrebbe affrontato a testa alta: doveva mostrargli che non la intimidiva, se era questo che credeva di fare. Ma in quell'istante, Marshall se ne andò di corsa. Lo guardò allontanarsi: un paio di sneaker bianche rapidamente inghiottite dal buio della notte. Un attimo dopo udì sbattere una portiera, un motore accendersi, rombando.

«Ventiquattro e cinquanta» disse il ragazzo della pizza a domicilio. «Dottoressa Cooper?»

«Sì, scusa.» Gli porse trenta dollari, dicendo di tenersi il resto, e anche lui tornò a passo spedito verso l'auto. Poco più di un ragazzino: si stentava a credere che avesse l'età per guidare. Non parve molto colpito dall'insolito episodio, troppo preso dalla prossima consegna. Maggie rimase lì, con in mano le due pizze fumanti nei cartoni e il contenitore dell'insalata, lo sguardo nella direzione in cui Marshall si era allontanato. Non aveva motivo di sentirsi impaurita. Ma scoprì di esserlo.

Un'ora dopo stava ancora aspettando Jones. Le pizze giacevano impilate sui fornelli spenti della cucina, l'insalata era in frigo, Ricky non sarebbe sceso. Alla centrale di polizia la linea era libera:

evidentemente l'assistente di Jones, Claire, era già andata via. E lui continuava a non rispondere al cellulare. Cercò di non allarmarsi: come moglie di un poliziotto aveva imparato a non farlo. Jones le aveva insegnato fin dai primi anni di matrimonio che, se ci fosse stato qualcosa di preoccupante, lei sarebbe stata tra i primi a saperlo. A quei tempi, peraltro, girava di pattuglia: oggi invece dirigeva la sezione investigativa di un dipartimento relativamente piccolo e c'era ancor meno ragione di stare in pensiero.

The Hollows era una cittadina piuttosto florida, a circa centosessanta chilometri da New York. C'era qualche zona problematica nel circondario, episodi di spaccio, di violenza domestica. Alcuni mesi prima era avvenuta una rapina in un negozio di liquori e, di recente, un uomo aveva ucciso la moglie, poi se stesso, sopraffatto da un crollo emotivo dopo aver scoperto la sua infedeltà. C'erano le solite effrazioni, i soliti reati minori. Non era il tipo di cittadina in cui tutti si conoscono e non succede mai nulla, ma una comunità relativamente tranquilla e sicura. Molti fra quanti erano cresciuti lì spesso ci tornavano a vivere con la famiglia, dopo il college. C'erano medici, avvocati, manager che lavoravano a New York e facevano i pendolari dal lunedì al venerdì, ritornando a casa in treno. La località aveva quel fascino d'altri tempi che gli abitanti agiati della metropoli cominciano ad avvertire sui quarant'anni, quando le luci della città perdono il loro fascino. Era un bel posto in cui vivere, con buone scuole, un centro vivace dalle boutique eleganti, una libreria indipendente, un paio di bei ristoranti e la Hollows Brew, caffetteria di lusso che ospitava settimanalmente un reading di poesia, esponeva opere di artisti locali e fungeva da luogo di ritrovo per la comunità. Maggie non si sarebbe mai sognata di finire nuovamente lì, e invece così era stato. Non rimpiangeva di aver lasciato la grande città e avviato lo studio nel luogo in cui era cresciuta, ma a volte, nei momenti di sconforto, si chiedeva come sarebbero andate le cose se suo padre non fosse morto, se sua madre non fosse rimasta sola. In quel caso, sarebbe mai tornata a The Hollows?

Prese il telefono e fece il numero della madre. Fu solo al quarto squillo che Elizabeth rispose. Nelle ultime due settimane, Maggie aveva notato che impiegava sempre più tempo per raggiungere l'apparecchio.

«Ehi, mamma» disse. Cercò di sembrare allegra, pur essendo perfettamente consapevole che non serviva a nulla: Elizabeth sapeva sempre ciò che si agitava nel petto di sua figlia, per quanto lei potesse sforzarsi di nasconderlo.

«Ciao Maggie.»

«Come stanno i tuoi ospiti in soffitta?»

«Silenziosi, troppo silenziosi» disse la madre, simulando un tono sinistro. «Forse sono procioni.»

«È venuto qualcuno?»

«Sì, un giovanotto. Ha messo qualche trappola, dice che tornerà domani.»

Maggie annuì senza parlare, quasi dimenticando di trovarsi al telefono.

«Che c'è che non va?»

«Probabilmente nulla.» Raccontò a Elizabeth di Marshall Crosby, di come avesse indugiato dall'altra parte della via, per poi darsela a gambe quando lei l'aveva chiamato.

«Quel ragazzo ha sempre portato guai.»

«Non lo conosci nemmeno.» Ma sapeva che sua madre non si riferiva a Marshall.

«Intendo dire Travis.»

«Marshall non è Travis.»

«Non ancora.»

Avvertì un familiare moto d'irritazione di fronte a quel tono condiscendente, altezzoso, che sconfinava quasi nell'arroganza. Elizabeth Monroe credeva che i suoi settantacinque anni di vita, venticinque dei quali trascorsi come preside della Hollows High, le avessero insegnato tutto ciò che c'era da sapere sulla natura umana. Perché Maggie aveva avuto la malaugurata idea di parlarle?

«Hai chiamato tuo marito?» domandò l'anziana signora, quando la figlia non rispose.

«Non riesco a contattarlo.»

Ora fu la madre a non aprire bocca. A Maggie pareva che, tra loro, fossero molto più significativi i silenzi di qualunque parola pronunciata.

«E Ricky?» chiese infine Elizabeth. *Non riesco a contattare neanche lui* pensò Maggie, ma non lo disse. *E per motivi completamente diversi.*

«È di sopra a studiare» rispose.

«Be'.» Una pausa. Un sospiro. «Chiuditi in casa. Se il giovane Crosby ritorna, chiama il nove-uno-uno.»

Elizabeth era sempre pragmatica e impassibile. Da molto tempo Maggie aveva smesso di aspettarsi comprensione e una pacca sulla spalla da sua madre: in effetti, era giunta ad accettarla e persino ad apprezzarla per quel che era… quasi sempre. Un processo non facile, anche per una strizzacervelli.

«Lo farò.» Arrivò alla porta con il cordless in mano e sbirciò fuori: solo la via silenziosa, il bagliore arancio delle luci sulla veranda, il fremito degli alberi. «Buonanotte.»

«Maggie.» La voce di sua madre le giunse debole e metallica, mentre si scostava il telefono dall'orecchio.

«Sì, mamma?»

«Chiama se hai bisogno di me.»

Sentì un sorriso sollevarle gli angoli della bocca. Quella donna era alta uno e sessanta, pesava al massimo quarantacinque chili con i vestiti addosso.

«Verresti a difendermi con il tuo bastone?»

Elizabeth scoppiò in una risata chioccia. «Se necessario, sì.»

«Grazie, mamma. Buonanotte.»

«Buonanotte, cara.» C'era un che di malinconico nella sua voce? O Maggie stava solo lavorando di immaginazione? Suo marito le pareva teso e affaticato, suo figlio rabbioso, sua madre sola. Che fosse soltanto una proiezione? Quando intorno a te tutti sembrano sofferenti, forse è il momento di guardarti allo specchio.

Proprio mentre riagganciava, sentì Jones che si fermava sul vialetto con il grosso suv fornito dall'amministrazione statale. Era una mostruosità bordò dal consumo spropositato, con stelle d'argento a ornare le portiere. Dipartimento di polizia di The Hollows. Sul tetto spiccava una serie di fari. Guardando da dietro la porta, Maggie vide il marito spegnere il motore e poi restarsene semplicemente lì seduto per un momento, lo sguardo fisso davanti a sé. Alla luce che veniva dal garage, riusciva giusto a distinguere il suo braccio e il profilo della testa. Lo vide portarsi le mani alle tempie e massaggiare. E avvertì una tristezza lancinante. A volte le pareva lontanissimo, intoccabile, anche quando erano solo a pochi centimetri l'uno dall'altra. Che cosa era successo? Quando era sorta quella strana distanza tra loro e perché lei non aveva la forza di aprire la porta, raggiungere la macchina e accompagnarlo in casa?

6

Era una delle cose che odiava di più dell'autunno: il buio preco-
ce. Le giornate d'estate allungavano pigramente la mano verso la
notte, tendendo dita arancioni contro l'avanzata dell'oscurità, per
poi cedere con un'alzata di spalle. In autunno, la luce si dileguava
rapidamente, quasi fosse troppo tardi per qualunque cosa, quasi
non dovesse più tornare. Dopo pranzo Amber cominciava a sentirsi a disagio, aveva l'impressione che la giornata stesse correndo
via e che lei rimanesse indietro. Sua madre diceva che era troppo
giovane per sentirsi così, che aveva tutto il tempo del mondo, ma
lei non riusciva a scacciare quella sensazione, quando, già mentre
rincasava in autobus, il cielo cominciava a farsi scuro.

Era scuro adesso, scuro come a mezzanotte, e non era nemmeno
l'ora di cena. Allontanandosi da casa, tirò fuori una sigaretta e la
schermò con la mano per accenderla. Fu solo dopo il primo tiro
che lo vide, lì seduto. Non sapeva che avesse un'auto.

Giunta quasi alla sua altezza, lo sentì abbassare il finestrino e
la curiosità ebbe la meglio. Anziché passare oltre fingendo di non
riconoscerlo, come faceva di solito se lo incrociava a mensa o nei
corridoi, si chinò a guardare dentro l'abitacolo.

«Che ci fai qui?» gli chiese.

Aveva detto a sua madre che usciva a fare due passi, le sigarette e l'accendino nascosti in tasca. *Mettiti una giacca. E non allontanarti troppo: la cena è quasi pronta.* Si domandò se la mamma sospettasse che andava a fumare. Comunque, che cosa avrebbe potuto dire? Ogni tanto Amber trovava un mozzicone schiacciato sul terreno morbido dietro il capanno della piscina, macchiato del suo rossetto. Una piccola abitudine segreta che avevano in comune. Fingere di ignorare che la figlia fumava, risparmiandosi lo stress di proibire e di punire, sarebbe stato tipico di sua madre: lei preferiva che la superficie della loro esistenza fosse calma e immobile, anche quando le acque ribollivano in profondità.

Il ragazzo era parcheggiato un paio di case più avanti e fumava anche lui. Accostandosi al finestrino, Amber vide le Lucky Strike – senza filtro – sul cruscotto e bastò l'immagine del pacchetto floscio, bianco e rosso, con una sigaretta che spuntava dal lato aperto, perché di colpo le apparisse meno imbranato. Anche la macchina era una figata: vecchia ma tosta, una di quelle cosiddette *muscle car* dal grosso motore.

«Prendo il fresco. Aspetto il mio uomo.» Odiava quando i bianchi delle periferie si atteggiavano a gangster, adottando la camminata da fico o quello sguardo indifferente, con le palpebre semichiuse. In un attimo, lui precipitò di nuovo nella categoria dei perdenti.

«Chi? Justin?»

L'altro annuì lentamente. Amber non sapeva che i due si frequentassero. In effetti, ne dubitava: non ce lo vedeva proprio Justin Hawk, quarterback della squadra di football, spacciatore d'erba e cotta ufficiale di tutte le ragazze dell'ultimo anno, degnare quel tipo di uno sguardo. A meno che…

«Ne hai?» chiese. «O la stai aspettando?» Sarebbe stato piacevole sballare un po', anche in compagnia di uno sfigato. La marijuana era l'unica cosa in grado di attenuare il ronzio costante dell'ansia che avvertiva ultimamente. La calmava, la rilassava, la faceva ridere.

Lui alzò lentamente le spalle. «Nella mia tana, sì, se ti va.» *Tana. Per favore!*

«Non posso» disse, accennando a casa sua con il capo. «Mia madre sta cucinando.»

«Andiamo e torniamo in una ventina di minuti. Giusto a un chilometro e mezzo su questa via.»

Davvero? Lei non sapeva dove abitasse e non credeva che stesse così vicino. Medici, avvocati, manager di fondi di investimento, come suo padre: quelli erano gli abitanti dei dintorni. Non sapeva neppure cosa facessero i genitori di lui. Il padre non era stato in galera, dicevano?

«Grazie,» rispose, tentando di essere gentile «ma devo rientrare.»

«Come vuoi.»

Così, di colpo, la tagliò fuori, la spense, fissando il vuoto con uno sguardo privo di espressione, come se lei nemmeno fosse lì. Amber sentì di dover dire qualcosa per scusarsi: da Justin Hawk ci sarebbe andata, o a fare un giro in macchina con Brad, se l'avesse visto sulla stupenda Bmw che i suoi gli avevano regalato. Non avrebbe detto di no nemmeno a Rick Cooper, anche se era un fricchettone *gothic*. Se non altro, aveva una band.

Si avviò verso casa, sentendosi un po' in colpa. Sapeva di avere fatto la figura della stronza, di quella che se la tira. Lo pensavano tutti, del resto, ma non era vero.

Lui la richiamò. «Ehi, devo chiederti una cosa.» Si fermò, voltandosi.

«Devo prendere qualcosa alla mia ragazza. Qual è il regalo più bello che ti abbiano mai fatto?»

Tornò verso la macchina, contenta di quell'opportunità di chiudere la conversazione su una nota positiva. Lui accese la luce interna e lei si accostò al finestrino aperto del lato del passeggero. Da vicino, il tessuto dei sedili appariva sudicio, letteralmente nero ai bordi e nelle cuciture. Persino dalla sua posizione, Amber sentiva il puzzo di vecchio: vomito, sigarette, fast food... Stava per sporgersi all'interno dell'abitacolo, ma si sorprese invece a ritrarsi, non tanto per lo schifo, quanto per la sgradevole sensazione di estraneità: verso quel ragazzo con i suoi abiti troppo larghi e la pelle rovinata, verso quella vecchia auto, verso il cattivo odore. Sapeva per istinto di non appartenere a quel mondo e ne era sollevata.

«Chi è la tua ragazza?» chiese, indietreggiando ancora.

«Non la conosci.»

Ovvio. Probabilmente non esisteva nemmeno e Amber lo sapeva.

«Il regalo più bello che ho mai ricevuto è un paio di orecchini con diamanti dai miei genitori.» Sapeva di suonare snob come la giudicavano tutti.

«Da un tipo!» disse lui con un ghigno. «Dal tuo ragazzo. Come si chiama... Josh?»

La domanda la fece arrabbiare un po', e vergognare anche: lo sapevano tutti che tra lei e Josh era finita! L'aveva beccato a flirtare con una tipa su Facebook, a lasciarle commentini dolci e ammiccanti in bacheca: Bella questa foto. Sei troppo carina! Me lo dai il tuo numero?

Josh giurava che gli avevano piratato l'account e le telefonava ancora ogni giorno.

Solo a pensarci avvertì una vampata di calore in volto. Da una settimana a scuola non si parlava d'altro. Di sicuro, persino le sue migliori amiche le spettegolavano alle spalle: la consolavano davanti e poi se la ridevano tra loro. Amber sapeva che anche Tiffany aveva messo gli occhi su Josh. Quel tizio la stava per caso prendendo in giro?

«Un ciondolo» mentì. «Un ciondolo d'oro con dentro la sua fotografia.» Era il tipo di regalo che avrebbe voluto ricevere, qualcosa di adulto, qualcosa con un significato. Ma Josh, in realtà, non le aveva mai comprato altro che peluche, fiori presi al supermercato, scatole di caramelle che non si sarebbe mai sognata di mangiare. Naturalmente si mostrava sempre al settimo cielo. *Oh, Josh, sei così dolce. Grazie, grazie, grazie!*

Il ragazzo annuì. «Fico» disse. «Mi piace.»

Non aggiunse altro, le tenne solo gli occhi addosso. Amber notò l'ombra di barba sul mento, le mani grandi, che ora si allungavano verso le sigarette. Si scostò dall'auto e si diresse nuovamente verso casa. Sentì accendersi il motore e cominciò a correre. Non avrebbe saputo dire di preciso che cosa la spaventasse, ma non smise di correre fino alla porta d'ingresso. Spinse il grosso pomello ed entrò nella luminosa anticamera dal soffitto alto, dove le giunse il profumo del sugo di pomodoro di sua madre, con tanto aglio e basilico. Chiuse la porta a chiave e osservò dalla finestra il ragazzo che passava lentamente, poi dava gas e si allontanava rombando.

«Ha chiamato Josh» disse la madre dalla cucina. «Di nuovo.» Lei pensò che forse quella sera avrebbe potuto sentirlo. Non le piaceva stare senza un ragazzo. Mentre andava a cena, si chiese improvvisamente se Marshall Crosby fosse davvero lì per incontrare Justin.

7

Sciacquando i piatti, Maggie si tagliò un dito con un vassoio scheggiato. Un po' di sangue gocciolò nell'acqua saponata. Pareva una cosa da niente, poco più di un taglietto, ma non smetteva di sanguinare. Si mise il dito in bocca, avvertendo la dolcezza salata del sangue misto a detersivo. Il colpevole faceva parte del servizio per tutti i giorni che lei e Jones avevano ricevuto in regalo al matrimonio, un set Royal Doulton ormai fuori produzione. Si chiese come avesse fatto a sbeccarsi.

«Tutto okay?» domandò il marito, materializzandosi alle sue spalle.

«Sì» disse, mostrando il dito. Lui se lo portò alle labbra e ci stampò sopra un bacetto, poi finì di caricare la lavastoviglie, mentre lei si premeva un tovagliolo sul taglio. Quando smise di sanguinare, Maggie pulì il piano di lavoro con un vecchio asciugamano sbrindellato, buono per fare stracci, e diede anche una passata veloce agli elettrodomestici, come le avrebbe suggerito sua madre se fosse stata lì. *Tieni le superfici lucide e la casa sembrerà sempre pulita* era una delle regole d'oro di Elizabeth. Di sopra, la musica di Ricky era cessata: lui non era sceso a cena e Jones le aveva detto di lasciarlo in pace, di lasciargli digerire... qualunque cosa gli fosse successa.

«Magari siamo fortunati ed è stato mollato da Charlene» disse, avviando la macchina.

«Jones!»

«Be'?»

L'uomo versò un bicchiere di vino per entrambi, il Merlot che avevano stappato la sera prima, e lei lo seguì fuori, pur sapendo che faceva troppo freddo. Non le andava di perdersi il loro rituale; forse era per il vino, o per la semioscurità in cui si ritrovavano seduti, ma, negli ultimi anni, era il momento in cui Jones le appariva più aperto, rilassato. Più tardi avrebbe acceso il televisore… e spento se stesso. Lei si sarebbe piazzata sul divano a guardare qualunque cosa il marito avesse scelto – in genere un programma su Discovery o su History Channel (Jones non amava particolarmente lo sport, né gli show televisivi, e neppure i film, a dirla tutta) – oppure se ne sarebbe andata a letto a leggere, o di nuovo nello studio, se c'era del lavoro da finire.

A cena gli aveva raccontato di Marshall, del modo in cui si era conclusa la seduta e di come il ragazzo fosse apparso, in seguito, dall'altra parte della strada. Aveva anche accennato a Travis e alla sua nuova attività.

«Come se qualcuno in questa città potesse sognarsi di ingaggiare Travis Crosby» aveva replicato Jones. «Bisogna essere il più grosso idiota sulla terra per affidare i propri affari a quel tizio.»

A suo marito non era mai piaciuto Travis, benché lei ricordasse che, al liceo, giocavano insieme nella squadra di football ed erano più o meno amici. Erano entrati al dipartimento di polizia nello stesso anno. Travis era rimasto assegnato al servizio pattuglie, mentre Jones era passato alla sezione investigativa, per poi arrivare a dirigerla – una posizione che occupava ormai da dieci anni.

Avevano fermato Crosby in autostrada mentre guidava contromano a centotrenta l'ora, con un tasso alcolemico superiore a 0,2 e la pistola d'ordinanza in vista sul sedile del passeggero. Fosse stato a The Hollows, l'incidente sarebbe passato sotto silenzio, ma Crosby aveva avuto la sfortuna di incappare in un agente della polizia di stato. Era la terza infrazione in dieci anni, il che implicava un periodo di reclusione, oltre che la perdita del lavoro.

«Non so se quel tipo sia più pericoloso con un distintivo o senza,» disse Jones, proseguendo il discorso «ma immagino che lo scopriremo presto.»

«Sono preoccupata per Marshall.»

«Fai il possibile per lui, Mags, ma tieni le distanze. Sei una consulente, non un'amica. È un rapporto di lavoro.»

Aveva ragione e tuttavia lei rizzò il pelo per quell'avvertimento. Avvertì l'impulso di ribattere: *Credi che non sappia mantenere un distacco professionale?*, ma dopo la lite della sera prima, era stanca di parole dure. Era cominciata con Ricky e il suo tatuaggio, poi si era trasformata in qualcosa di più grosso tra marito e moglie: una vecchia discussione su come lui fosse troppo severo e lei troppo morbida, su come lei prendesse sempre le difese del figlio, lasciando al padre la parte del cattivo. Pensandoci, non ricordava nemmeno chi avesse detto cosa: era solo un ricordo dai contorni indefiniti, come un paesaggio intravisto dal finestrino di un'auto che va troppo veloce. Erano rimasti in piedi fino a tardi a litigare, per giungere infine a una pace appena borbottata prima di andare a letto. E Maggie non voleva un'altra serata così.

Lui le posò una mano sul braccio. «Non arrabbiarti» proseguì. «So che ti importa dei pazienti. Voglio solo che tu protegga anche te stessa.»

L'irritazione si dissolse in un istante. «Certo» disse lei. «Hai ragione.»

Ovviamente sapeva bene dove cadeva il limite professionale, ma non sembrava in grado di operare lo stacco anche interiormente: non sempre capiva quando o come smettere di interessarsi a livello personale. Talvolta questo la lasciava svuotata, benché riuscisse comunque a difendersi meglio di quando era più giovane.

«E tu?» chiese. Si sistemò sulla sedia, pensando che i cuscini stavano diventando scomodi ed era ora di sostituirli. «Stai bene?»

Nella piscina galleggiavano delle foglie: bisognava chiamare qualcuno a ripulire e a coprirla in vista dell'inverno. Ogni autunno ripensava al proposito estivo di nuotare tutti i giorni, di godersela di più nei weekend, e si guardava indietro con rammarico, sapendo che le volte in cui lo aveva fatto si contavano sulle dita di una mano.

«Sono solo stanco» disse lui. «Davvero molto stanco.»

Maggie lo fissò nella semioscurità: aveva la testa poggiata allo schienale e guardava in su, verso le stelle. Dalla mascella contratta, dal modo in cui le braccia erano conserte sul petto, capì che non avrebbe aggiunto una parola. Vuotò il bicchiere e pensò di berne un altro, poi si accorse che il taglio sul dito aveva ripreso a sanguinare.

Si alzò per bendarlo e, quando tornò, Jones era già rientrato. Lo trovò steso sul divano, con in mano il telecomando.

«Ti va di vedere qualcosa?» le chiese, ma Maggie sapeva che lui avrebbe fatto zapping fino a soffermarsi su un programma di suo interesse.

«No» disse. «Mi porto un po' avanti con il lavoro.»

Lui, però, non ascoltava già più e le rivolse appena un cenno del capo. Maggie indugiò un istante sulla soglia, lo guardò estraniarsi. Poi andò di sopra e rimase in ascolto fuori dalla porta di Ricky, lo sentì cantare su una musica che probabilmente stava sentendo in cuffia. La preoccupava che non avesse mangiato, ma si disse che sapeva che c'era una pizza in frigo. Poi migrò nuovamente nello studio, aprendo quella porta, varcandola silenziosamente e richiudendola alle proprie spalle.

La casa di Marshall e Travis era *sempre* buia, non come da Leila e Mark, dove le luci erano costantemente accese e c'era la tivù che vociava in una stanza, la radio in un'altra. Tutti parlavano continuamente, gridando da un locale all'altro. I suoi cugini entravano e uscivano di continuo, chiacchieravano al telefono, alzavano la voce, ridevano, discutevano, facevano casino.

Ragazzi, per favore: l'eterna supplica di zia Leila. Ma lei non sembrava mai veramente arrabbiata, non nel modo in cui Marshall era abituato: anche quando li sgridava, sembrava sul punto di mettersi a ridere.

Il frigo era costantemente pieno e qualcosa cuoceva sempre in cucina. In quella casa non c'era posto per l'oscurità, il freddo, il silenzio.

«Sembra di essere al circo» si era lamentato una volta suo padre. «Come facevi a sopportarlo?»

«Il circo è *divertente*, papà. La gente ride ed è contenta.» Aveva tentato quel tipo di umorismo bonario, che veniva accettato in casa di sua zia. Ma con Travis non funzionava.

«Il circo è per gli idioti.» Le parole dell'uomo avevano avuto l'effetto bruciante di uno schiaffo. Poi, come se la beffa non fosse già implicita: «Ti ci sarai trovato bene».

Marshall ci si *era* trovato bene. Davvero. Ma quando il giudice gli aveva chiesto dove desiderasse vivere, aveva detto: «Voglio stare con papà». E aveva risposto sinceramente.

«Perché, figliolo?» aveva chiesto il magistrato con un filo di incredulità nella voce. Marshall ricordava quell'ufficio, polveroso e con il riscaldamento al massimo. L'uomo sedeva dietro una gigantesca scrivania di legno che – ci avrebbe scommesso – doveva essere stata progettata per farti sentire piccolo piccolo. Gli scaffali erano carichi di libri, di volumi tutti uguali rilegati in pelle. Lui si era ricordato che, alcuni anni prima, quello stesso giudice che ora gli pareva così imponente, nella sua toga nera, aveva dormito sul divano di casa loro, troppo ubriaco per guidare dopo una partita a poker. «Perché mai dovresti volerlo?»

«Perché è mio padre.»

Non aveva saputo dire altro. C'era qualcosa dentro di lui che teneva duro, che non si rassegnava a mollare. Persino nei momenti in cui odiava suo padre – e a volte lo odiava veramente – una parte di lui continuava tenacemente ad aspettare un osso, come un cane. Qualunque cosa: un sorriso, una pacca affettuosa sulla spalla. Qualunque cosa.

Sentì il padre che martellava nel seminterrato. Accese il neon in cucina e andò al frigorifero. C'erano piatti accatastati nel lavandino e la spazzatura cominciava a puzzare. In frigo, solo una confezione da sei birre e gli avanzi del cinese della sera prima, assai poco invitanti. Richiuse lo sportello, poi, riluttante, percorse il corridoio e scese di sotto.

«Sei in ritardo» disse Travis. Marshall si lasciò cadere sull'ultimo gradino delle scale e circondò i polpacci con le braccia.

«Mi dispiace.»

L'uomo non alzò gli occhi. «Dov'eri?»

Lui non rispose. Travis smise di martellare e guardò il figlio. Qualcosa in quello sguardo, e il martello che teneva in mano, fece battere forte il cuore del ragazzo, gli prosciugò la saliva.

«Ti avevo chiesto di non andarci più» continuò secco il padre.

«Gliel'ho detto» si affrettò a rispondere. «Le ho detto che non la voglio più nella mia testa.»

Anche solo ripeterlo, ricordando come lei l'aveva guardato, lo faceva star male. Non disse al padre che era rimasto a gironzolare per ore intorno alla casa, che era stato lì lì per andare a scusarsi, poi era scappato quando lei lo aveva visto, troppo impaurito e imbarazzato, troppo confuso per dire quel che avrebbe voluto dire. Le parole erano emozioni che gli restavano intrappolate in gola e nel petto. Era riuscito solo a correre via.

Travis rivolse al figlio un sorriso cattivo. «E lei che ha detto?»

«Che andarci o no è una mia scelta.»

«Eccome se lo è» commentò l'uomo. Tornò al suo lavoro – sollevava delicatamente il martello e lo calava con energia. Stava costruendo delle scaffalature per l'ufficio. Aveva un vero e proprio talento per quel genere di cose. Le pareti erano state dipinte, la nuova moquette posata e il posto cominciava ad assumere un aspetto gradevole. Avevano rimediato una scrivania, preso un computer a credito. Avevano fatto installare una linea telefonica e ordinato una targa: «Travis Crosby investigazioni». Marshall era fiero di essere stato d'aiuto a suo padre, anche se la dottoressa Cooper non gli era parsa troppo impressionata. Che ne sapeva lei?

«Perciò dove sei stato tutto questo tempo?»

«Sono andato a trovare una ragazza che conosco.»

«Ah sì?» Travis alzò gli occhi su di lui, un sorriso malizioso in faccia. C'era una traccia di complicità, un lievissimo accenno di approvazione.

«E?»

«Siamo stati un po' insieme, l'ho portata a fare un giro in macchina. Ma doveva rientrare: ha una madre molto severa.»

«È una poco di buono o una brava ragazza?»

Marshall abbozzò un risolino. «Non lo so» disse. Sentì il calore bruciargli il volto.

Travis gli lanciò un'occhiata. «Era una domanda trabocchetto, figliolo. Sono tutte poco di buono.»

Fu lui a ridere, questa volta: una risata che sembrava più un accesso di tosse. Marshall abbassò gli occhi sulle punte degli anfibi che aveva preso allo spaccio dell'esercito, in città. Provava la sensazione che lo coglieva immancabilmente con suo padre: come se non fosse riuscito a superare un test che non sapeva di avere sostenuto. Qualunque risposta era sempre sbagliata.

«Se non altro ti vedi con una in carne e ossa, invece di passare la tua vita appiccicato a quella scatola.» Si riferiva al computer. Perché insistesse a chiamarlo «scatola», come se non sapesse che cos'era e a che cosa serviva, il figlio non l'avrebbe mai capito. Non era *così* vecchio.

«Non ti ho sentito protestare più di tanto» ribatté «quando siamo entrati nell'account di mamma su Facebook.» Citava l'episodio il più possibile, perché faceva inevitabilmente sorridere suo padre.

Infatti Travis si mise a sghignazzare. «Quella è stata proprio una figata pazzesca. Se n'è mai accorta?»

«No. Ma quel tizio non lo vede più.»

Marshall aveva una certa capacità di indovinare le password. Davvero, non era poi tanto difficile. La maggior parte della gente era pigra, voleva qualcosa di facile da ricordare e poi usava la stessa parola d'ordine per tutto. Lui sapeva che, per il router di casa, la madre usava il suo nome più il suo anno di nascita, e aveva immaginato che, per Facebook, facesse lo stesso. Non si era sbagliato. La settimana prima, con il padre seduto accanto, era entrato nell'account di Angie e aveva postato un messaggio sulla bacheca del suo boyfriend: Non ti voglio più vedere. Il tuo cazzo è troppo piccolo. Non mi hai mai soddisfatta.

Marshall non aveva ancora visto né sentito la madre, da quel giorno: se Angie sospettava che fosse stato il figlio a piratarle l'account, non aveva telefonato per dirglielo. Notò che aveva comunque tolto l'amicizia allo sfigato con cui usciva (o lui l'aveva tolta a lei). Missione compiuta.

Con Josh, il ragazzo di Amber, era stato altrettanto facile. Nella squadra di football lo chiamavano All-Star. Marshall aveva supposto che usasse il soprannome come password e, ancora una volta, ci aveva azzeccato. Ora a scuola si faceva un gran parlare della rottura tra i due. Non per questo, naturalmente, Amber si interessava a lui, neanche dopo averlo visto con le sigarette e quella figata di macchina. In effetti quel giorno se ne era praticamente fuggita a gambe levate.

Il padre tornò a martellare e Marshall impiegò un istante per capire che, qualunque chiodo avesse voluto piazzare, era già completamente affondato nel legno. Perché si accaniva così? Si alzò e fece per andarsene.

Non aveva molti bei ricordi legati a quell'uomo. Un giorno la dottoressa Cooper gli aveva chiesto di pensare ai momenti in cui si era sentito felice e al sicuro con suo padre. Non sapeva con certezza quale fosse lo scopo dell'esercizio – se farlo stare ancora più di merda di quanto non si sentisse già – ma alla fine aveva scovato due episodi.

C'era la volta in cui erano stati insieme allo zoo e Travis gli aveva comprato il gelato (lo ricordava perché era un cono tutto suo, non da dividere come al solito). Di fronte alla gabbia delle tigri, il padre aveva detto: «Dio, sono belle, vero?». Marshall ricordava di averlo guardato in viso e di aver colto un'espressione indecifrabile: forse meraviglia. L'uomo aveva posato il braccio intorno alla sua spalla, l'aveva stretto forte. Lui rammentava la felicità provata come un gonfiore nel petto.

Un'altra volta erano stati alla spiaggia. Nessuno dei due aveva il costume e così si erano tuffati con i jeans. Avevano saltato i cavalloni e riso quando si ritiravano, poi erano tornati a casa in auto, rabbrividendo, bagnati dalla testa ai piedi, avevano ordinato una pizza e si erano guardati la partita.

Con Travis ti sentivi al sicuro quando stava costruendo qualcosa: difficilmente perdeva le staffe se aveva un lavoro in mente o un progetto da realizzare. Quelli da evitare accuratamente erano posti come il tavolo da pranzo o il divano, le occasioni in cui se ne stava ozioso, in cerca di qualcosa verso cui rivolgere la propria attenzione.

«Ti serve una mano?» gli chiese Marshall.

Il padre lo fulminò con un'occhiata, una sorta di rapida valutazione, che si concluse con il solito ghigno di disprezzo. «Un'ora fa, magari. Ora non più.»

Marshall restò lì in piedi ancora un momento, guardando il braccio robusto che faceva su e giù con il martello in mano. Avrebbe voluto dire: *Papà, ci sei. Puoi smettere di martellare*, ma non lo fece. Poi, quando gli fu chiaro che l'uomo non intendeva più alzare lo sguardo, si voltò e salì le scale, strascicando i piedi. Prese il sacchetto degli involtini primavera dal frigo, li schiaffò nel microonde per qualche secondo e se li portò di sopra.

Chiuse la porta della camera e guadò faticosamente il mare di roba sparpagliata alla rinfusa sul pavimento: riviste di videogame, abiti bisognosi di entrare in lavatrice… Senza volerlo, colpì con un calcio una lattina vuota, che finì rumorosamente sotto il letto. Si avvicinò al computer e si lasciò cadere sulla sgangherata poltroncina grigia, davanti alla sua scrivania fai-da-te: due assi di legno in equilibrio su cassette del latte impilate. Lo schermo si riaccese, e lui inserì la password, sperimentando un senso di sollievo familiare.

Online era tutto diverso. *Lui* era diverso. Poteva interagire con persone che, nella vita, non lo avrebbero degnato di uno sguardo. Come Charlene Murray. Entrò in Facebook e controllò la casella di posta. Era prevedibilmente vuota, anche se a volte riceveva notizie da una ragazza di nome Maya, che aveva conosciuto in un forum di fantascienza su Aol, l'anno prima: possedeva una cultura sconfinata in materia, ma usava l'immagine di Hello Kitty come avatar in tutti i social network, quindi, probabilmente, era brutta o grassa. Malgrado ciò, gli piaceva parlare con lei e fu deluso nel constatare che non aveva risposto all'ultimo messaggio.

Andò dritto alla pagina di Charlene, come faceva sempre, controllando subito se ci fosse qualche nuova foto. Poi guardò i post in bacheca. Nessuna novità. Rilesse l'unico messaggio che lei gli avesse mai mandato da quando l'aveva aggiunta agli amici: Ehi, Marshall! Grazie per la richiesta. Ci vediamo al Nook, venerdì?

Sulle prime aveva creduto a un invito personale, poi finalmente si era reso conto che Charlene suonava in quel locale – un club per minorenni dove si servivano bibite e fast food invece degli alcolici – e aveva mandato lo stesso messaggio a tutti. Eppure... non c'era qualcosa di diverso in quello inviato a lui? Gli pareva di sì, anche se non avrebbe saputo dire cosa.

Devi solo parlarle, amico. Conoscerla e darle la possibilità di conoscere te, tutto qui. Le ragazze adorano parlare. Saggio consiglio di suo cugino Tim. Ed era un buon consiglio... se eri alto uno e novanta, con i capelli biondi e i muscoli da surfista, se ogni ragazza che incontravi si innamorava di te, se tutto ciò che dovevi fare era *scegliere*. Ma quello non era decisamente il suo caso: Marshall era il classico volto anonimo, il tipo a cui non si pensava mai, che non spiccicava una parola. A volte, quando si guardava allo specchio, gli sembrava quasi di non vedersi nemmeno. Riusciva a distinguere singoli aspetti – i capelli ispidi, l'acne sulla pelle, le braccia sottili e i pettorali inesistenti – ma non arrivava a cogliere l'immagine creata dalle varie parti messe insieme.

Quando fai esercizio fisico, gli aveva detto Ryan, *hai un'idea più precisa del tuo corpo, conosci meglio te stesso.* E da Leila si era allenato con i cugini, nella palestra che avevano improvvisato in garage: c'erano una cyclette, dei bilancieri, una panca per il sollevamento pesi e una per gli addominali. I ragazzi gli dicevano che cosa fare e lui lo faceva, pur dovendo ammettere che lo sforzo fisico non lo esaltava quanto esaltava loro: dopo l'allenamento, Ryan e Tim erano fatti di adrenalina, scalpitavano per uscire; lui aveva solo voglia di sdraiarsi. Da quando, poi, era tornato a vivere con suo padre, non aveva più nemmeno fatto una corsetta e qualunque miglioramento ottenuto durante la permanenza dai Lane era svanito.

Guardò tra le note di Charlene, in cerca di nuove poesie o canzoni.

C'è un posto segreto dove potremo essere liberi
Dove il mondo chiuderà gli occhi su di noi
E potremo essere
Il grembo o la tomba
Siamo soli... insieme
È un inizio e una fine.

Andò subito sulla bacheca di lei e le lasciò un post: Bello il nuovo testo, Char. Hai un sacco di talento.

Se avesse provato a dirle una cosa del genere in faccia, sarebbe diventato rosso, magari avrebbe persino cominciato a balbettare, facendo la figura dell'idiota. Ma lì poteva commentare gli aggiornamenti di Charlene, esprimere ciò che pensava della musica e dei video che postava. Lei non gli rispondeva mai, ma a Marshall bastava sapere che quelle osservazioni le finivano sotto gli occhi.

La settimana prima le aveva scritto dell'auto che aveva ricevuto da suo padre. *Se ti serve un passaggio, fammi un fischio!* Non era stato a specificare che Travis gliel'aveva lasciata solo perché doveva sottostare al divieto di guida per altri sei mesi, e che lui gli faceva praticamente da autista, scarrozzandolo ovunque anche quando avrebbé dovuto essere a scuola.

Ma un giorno che invece era davvero andato a scuola, aveva visto proprio Charlene nel parcheggio e lei gli aveva gridato: *Ehi, Marshall. Bella macchina!*

Le aveva rivolto un cenno di saluto con la mano e la ragazza aveva fatto lo stesso. Per Marshall, quello scambio significava che lei, anche se non gli rispondeva mai, teneva ai suoi messaggi, perciò si affrettava a commentare ogni aggiornamento, ogni fotografia, ogni nota. Anche se si rivolgevano appena la parola – lei lo salutava con la mano se si incrociavano nei corridoi, gli sorrideva se lo vedeva in mensa – Marshall Crosby la *conosceva*. Sapeva che cosa stava pensando (Charlene è triste oggi… per nessun motivo in particolare), o leggendo (A Charlene piace la Saga di *Twilight*), o dove stava andando (Con Brit @ 14.00 @ centro commerciale!). Sapeva quando la sua band avrebbe suonato a una festa o se aveva litigato con la madre. Lei postava tutte le sue nuove poesie, i testi delle canzoni, e a Marshall pareva che ciò gli spalancasse una finestra sulla sua anima. *Conosceva* Charlene Murray, soprattutto perché sapeva leggere fra le righe. A volte gli sembrava di conoscerla più di quanto lei non conoscesse se stessa.

«Andavo a scuola con sua madre.»

Si voltò sulla poltroncina girevole, trovandosi di fronte Travis, che riempiva il vano della porta, e sentì immediatamente il nodo allo stomaco, il volto avvampare. Odiava che il padre entrasse in camera sua: i suoi diversi "io" entravano in conflitto. Con lui, Marshall era una persona totalmente diversa rispetto a quando si ritrovava solo nella quiete della sua stanza, e quelle due realtà non si conciliavano.

«Era una puttana» aggiunse Travis.

«Charlene non lo è» ribatté lui, brusco.

«No?» L'uomo si avvicinò e venne a mettersi accanto al figlio, abbassando lo sguardo sul monitor. «Ho una notizia per te, figliolo. Sono *tutte* puttane.»

Non aveva mai niente di nuovo da dire sulle donne? Era patetico: praticamente le stesse perle di saggezza elargite nel seminterrato. Eppure Marshall avvertì la consueta, familiare tempesta interiore: un'angosciosa combinazione di rabbia e di paura, il desiderio di stabilire un contatto, di essere complice, di strappare un sorriso di approvazione al padre e quello, altrettanto intenso, di prendere le distanze.

Ora che il figlio era quasi alto e forte come lui, Travis non gli metteva più le mani addosso. Marshall non aveva paura di suo padre *fisicamente*. Erano le cose che diceva a restargli come lividi sulla pelle, a intossicargli gli organi, ad avvelenargli il sangue. Quella voce costantemente nella sua testa: non riusciva proprio a farla tacere. E, ultimamente, anche le altre voci concorrenti – zia Leila, il signor Ivy, la dottoressa Cooper – non erano abbastanza forti da sovrastarla.

«È una brava persona» disse piano, voltandosi a guardare la foto del profilo di Charlene. Era carina: non troppo makeup nero, un sorriso luminoso…

«È quello che pensavo anch'io di tua madre. Ovviamente è stato prima che cominciassi a capire le donne. Imparerai anche tu, sbattendo il muso. Come tutti.»

Ridacchiando tra sé, Travis si avviò verso la porta. Sarebbe stato più furbo lasciarlo perdere, e Marshall lo sapeva: aveva già una birra in mano e sicuramente si sarebbe seduto davanti alla tivù, bevendo fino ad addormentarsi. E se avesse continuato a dormire, forse lui sarebbe riuscito a sgattaiolare a scuola, l'indomani, prima che al padre venisse in mente di farsi accompagnare chissà dove. Qualcosa di oscuro dentro però gli impedì di lasciarlo uscire.

«Secondo la dottoressa Cooper, solo perché mamma ha un nuovo uomo, non significa che sia una puttana.»

Travis si fermò sulla soglia e si voltò. Aveva quello sguardo spento, quell'espressione maligna, quegli occhi vuoti.

Marshall provò l'impulso di intervenire in difesa di Maggie: non voleva sentire il padre che dava della puttana anche a lei.

«È una brava persona» proseguì, accorgendosi troppo tardi di ripetere quel che aveva appena detto di Charlene.

«È una brava persona. È una brava persona» gli fece il verso Travis. «Se valessero davvero qualcosa, figliolo, credimi, non vorrebbero avere a che fare con te.»

Quelle parole colpirono nel segno come una spruzzata di acido sulla pelle – corrosive, brucianti. Di colpo la rabbia lo abbandonò, lasciando il posto a un'ondata di vergogna. Sentì la voce indebolirsi, un senso d'impotenza impadronirsi di lui: si stava facendo piccolo piccolo. Era pronto a un'altra aggressione verbale, ma il padre si sgonfiò. I suoi occhi assunsero una vacuità quasi vitrea, come se cercassero qualcosa oltre la testa del figlio. Quindi girò sui tacchi e uscì dalla stanza. Lui non aveva neppure la forza di odiarlo.

Rivolse nuovamente lo sguardo allo schermo e si accorse con sorpresa che c'era un messaggio. Quando vide che era di Charlene, quasi non credette ai suoi occhi.

Ehi Marshall diceva. È ancora valida l'offerta di quel passaggio? Potresti venire tra la Persimmon e Hydrangea?

Quando Charlie si svegliò, gli servì qualche istante per ricordare dove fosse e come ci fosse arrivato. In principio registrò il dolore pulsante dietro gli occhi che avvertiva sempre quando beveva troppo vino rosso, poi si accorse delle lenzuola morbide e pulite, così diverse dal lurido groviglio in cui dormiva di solito. Infine, ecco il respiro lieve di una donna assopita accanto a lui. Lentamente il ricordo della serata prese forma nella sua coscienza. Quello, in genere, era il momento in cui cominciava a raccogliere gli indumenti sparsi in giro, usciva nudo dalla camera, si vestiva rapidamente in corridoio (in bagno, in soggiorno o quel che era) e spariva il più in fretta possibile.

Ma ora non sentiva quell'urgenza. Si voltò a guardarla, a contemplarne il profilo. La rotondità della spalla, la curva del bacino sotto il lenzuolo, le dita lunghe e l'incavo del palmo posato sul cuscino accanto al volto. Oh, era bella, di una bellezza vera. Non aveva bisogno di tingersi i capelli o di mettersi troppo makeup. Non era il genere di bellezza, la sua, che si lava via col trucco, che sfiorisce, che stinge nella notte. Aveva una pelle di pesca e fiordilatte, occhi da gatta color jeans scolorito. Forse da ragazza era stata una bomba sexy, ma l'età aveva portato alla luce la tempra della sua bellezza: non sarebbe sbiadita con il tempo.

Il suo respiro sapeva di menta piperita, rivelando che era andata a lavarsi i denti dopo che lui s'era addormentato. E in questo c'era qualcosa... qualcosa di carino.

C'è qualcosa in te, Charlie. Ho sempre pensato che, un giorno o l'altro, sarei arrivata in ufficio e non ti avrei più trovato, perché ti eri messo a fare ciò che avevi sempre voluto fare mentre lavoravi qui. E ogni volta che ti vedo sono quasi sorpresa. Sai che cosa intendo?

Lo aveva detto con una sorta di tristezza malinconica che lo commuoveva e lo lusingava. Gli piaceva che lo vedesse in quel modo.

So che cosa intendi, Wanda.

Allora? Che cos'è? Cos'è questa cosa che hai sempre voluto fare?

Scrivo. Aveva abbassato gli occhi. Si era schiarito la gola. Era imbarazzante, come se avesse appena ammesso di essere innamorato di una star del cinema, o di voler scalare l'Everest. *Sono uno scrittore.*

Quando l'aveva guardata di nuovo, lei stava sorridendo. Non ridendo, con quello sguardo ironico che sottintendeva: *Tanti auguri. Meglio se non molli il lavoro.*

Lo sapevo aveva detto invece. *Lo sapevo.*

Lui aveva sentito qualcosa dentro, qualcosa che germogliava e cominciava a crescere. L'espressione che le vedeva in faccia gli aveva fatto desiderare di essere ciò che, evidentemente, lei credeva che fosse: qualcuno con un talento segreto, qualcuno che contava i giorni in attesa del momento in cui avrebbe sfondato.

Nel sonno, Wanda si fece più vicina a lui. Gli faceva male la vescica, ma si trattenne ancora un po', non volendo rompere l'incanto di starsene lì sdraiato accanto a lei. Alla fine, però, la natura ebbe il sopravvento e Charlie arrivò in punta di piedi al piccolo bagno. Chiusa la porta e accesa la luce, fu accolto dalla propria immagine nello specchio a figura intera. Lo sconvolse il suo aspetto tremendo, scialbo e fuori forma.

Fosse stato grasso, avrebbe potuto rassegnarsi: ti piace mangiare e prendi peso, o quello che è. Ma lui non provava alcun gusto a ingurgitare la spazzatura di cui si nutriva abitualmente: pacchetti di patatine, bibite gassate, roba da fast food (più spesso Taco Bell o McDonald's, a volte qualcosa da Burger King). La sua costituzione non gli consentiva di diventare propriamente grasso: né grosso e tondo, né roseo e corpulento. Il tronco pareva una candela spenta, la carne pendula, simile a cera sciolta. Alla luce sembrava un adolescente non ancora sviluppato, senza tono muscolare, anche nel petto e nelle braccia. Dubitava fortemente che sarebbe riuscito a farsi più di un chilometro di corsa o a sollevare quaranta chili.

Vestito non era male, ma nudo riusciva a stento a sopportare la vista di se stesso. Un corpo del tutto trascurato. Distolse lo sguardo, aprì l'acqua per coprire il rumore e svuotò la vescica nel water immacolato. Per lo meno aveva un affare di dimensioni decenti. Vero che avevano tenuto le luci basse, ma Wanda non era sembrata troppo colpita dai suoi difetti.

In casa c'erano fiori ovunque: la tenda della doccia era decorata da un motivo floreale retrò nei toni del rosa e del marrone, con tappetini, asciugamani e accessori in tinta (il portasapone, la copertura del rotolo di carta igienica). E Charlie se n'era accorto anche di sotto, quando avevano bevuto vino sul divano: oni cosa era abbinata piacevolmente. Plaid caldi, morbidi cuscini… tutto coordinato. Non c'erano oggetti costosi: più il genere di roba che si trovava nei grandi magazzini. Un posto carino, insomma, arredato con una certa attenzione. Wanda era una donna di classe, ma con un budget ristretto. Charlie faceva caso a quel tipo di cose: cose che agli altri uomini, normalmente, sfuggivano. I dettagli erano rivelatori, parlavano delle persone. Il modo di appendere il cappotto, invece di buttarlo sul divano; la mensolina sul tavolo in anticamera per posare la borsetta; il fatto che non controllasse i messaggi in segreteria, anche se la spia lampeggiava. E ogni cosa era in ordine, con un posto preciso.

Sua madre non era mai stata una gran casalinga, e l'appartamento di lui rifletteva un atteggiamento simile. Non che fosse una stamberga, né un porcile: lui era un uomo abbastanza ordinato e, ogni tanto, dava una pulita, ma Wanda sembrava dedicare un sacco di energie alla casa. Gli piaceva il fatto che si prendesse cura di sé e del luogo in cui viveva. Era una buona cosa.

Aprì piano l'armadietto dei medicinali e trovò file ordinate di smalto per unghie, nelle tonalità del rosa e del rosso, un paio di campioncini di crema idratante in minuscoli tubetti, un vasetto pieno di batuffoli di cotone, un tubo di aspirine, qualche pomata lenitiva, una scatoletta in plastica con i cotton fioc. Era tutto così pulito, così preciso, ogni cosa accuratamente posizionata, con le etichette rivolte verso l'esterno. E qualcosa nei colori gli ricordava un negozio di caramelle. L'aveva già fatto altre volte, di aprire gli armadietti dei bagni, in casa di clienti o di donne con cui era stato a letto. Trovava ogni sorta di prodotti: creme depilatorie e antifungine, cerotti contro le emorroidi, tranquillanti, vecchi tubi spremuti di unguenti generici. Gli armadietti dei bagni – in cui la gente dava per scontato che nessun estraneo avrebbe mai avuto modo di guardare – erano davvero rivelatori. Non sarebbe arrivato ad affermare che rappresentavano un'allegoria dell'anima, ma quando trovava sporcizia, disorganizzazione, piccoli ripiani stipati di farmaci scaduti e contenitori che perdevano, gli veniva da chiedersi come fosse la vita interiore del proprietario, uomo o donna che fosse. Quanto a lui, il suo armadietto era una potenziale arma biologica: Dio solo sapeva che c'era lì dentro.

Sentì un rumore da fuori, una specie di sospiro. Riaccostò piano l'anta. Poi si lavò le mani, chiuse l'acqua, spense la luce e tornò in camera.

«Quando mi sono svegliata, per un attimo ho creduto che te ne fossi andato.»

«Sono ancora qui» le disse, in piedi accanto al letto. «Vuoi che me ne vada?»

«No» rispose lei. «Non farlo.» Batté con la mano sul letto e lui si accostò al calore di quel corpo. Wanda lo attirò semplicemente a sé, abbracciandolo. Un istante dopo le loro labbra si stavano sfiorando e Charlie sentiva la morbida pressione dei seni sul petto. Gli venne duro ed ebbe voglia di lei un'altra volta. Il suo corpo fu scosso da un tremito quando la donna si mise sopra di lui, lo accolse dentro di sé e prese a ondeggiare piano con movimenti circolari.

Davanti a lei, alla pienezza dei suoi seni, al riflesso dei suoi capelli, l'uomo pensò: *Come ho fatto a essere così fortunato? Questa donna bella, gentile, così dolce e intelligente… Sembro piacerle sul serio.* Le prese un seno tra le labbra e lei emise un gemito gutturale, un suono che lo fece vibrare di piacere, tanto palesemente annunciava quello di lei. Wanda gli pareva una pietra preziosa nella vetrina di un gioielliere: chissà come era stata ignorata, il suo valore sminuito dal tempo passato in esposizione. Avrebbe voluto custodirla al sicuro, tenerla per sé, prima che lei si rendesse conto del proprio valore, prima che sdegnasse quel poco che lui poteva offrirle.

Più tardi lei si riaddormentò e lui le rimase accanto, carico di energia, pieno di qualcosa che a stento riconosceva, tanto tempo era passato dall'ultima volta. L'ispirazione. Incapace di riprendere sonno, si infilò i boxer e scese di sotto, vagando per la cucina, prendendosi un bicchiere d'acqua dal rubinetto. Si sentiva a suo agio, come se si frequentassero da un pezzo e quella fosse un'abitudine consolidata. Uscì dalla porta d'ingresso e sedette su una delle sedie con il cuscino nell'ampia veranda. Faceva di gran lunga troppo freddo per starsene fuori seminudo, ma non gliene importava. Lui era un forno, l'aria fresca gli fece accapponare la pelle. Si sentiva vivo. Uno scacciapensieri appeso accanto alla porta... Campanellini al vento... Un fruscio di foglie.

Poi un movimento sull'altro lato della strada catturò la sua attenzione. C'era una ragazza, con i capelli sparati neri e rosa intenso, e uno zaino in spalla. Stava in piedi accanto a una vecchia *muscle car* di un verde sbiadito. Charlie sentì il ruggito del motore.

La ragazza sembrò dire qualcosa al guidatore; la curiosità indusse Charlie ad alzarsi e lo portò fino alla ringhiera. Da quella distanza riusciva a udire la voce di lei, ma non le parole, disperse in una folata di vento che fece risuonare di nuovo i campanellini dello scacciapensieri.

Ora distingueva il volto. Era giovane, carina, non sembrava spaventata, magari un po' triste: una lite con il suo ragazzo, ipotizzò Charlie. Probabilmente il poveraccio era seduto in auto a implorarla di risalire. Charlie la osservò mentre si guardava in giro, incerta, per poi rimontare in auto. Non sapeva che ora fosse. Troppo tardi per uscire con il ragazzo, pensò, per una così giovane. Naturalmente, a sedici o diciassette anni non sarebbe stato della stessa opinione.

Mentre la vettura scompariva lungo la via, rientrò in casa. Wanda era seduta sul divano con la sua camicia addosso. Stava bevendo un bicchiere d'acqua.

«Ti senti bene?» chiese, corrugando leggermente la fronte. «Fa freddo fuori per starsene in mutande.»

Lui si diede uno schiaffetto imbarazzato sul ventre ed emise una risata di autocommiserazione. «Sono ben imbottito» disse. Lei gli rivolse uno sguardo ammaliatore da sotto le sopracciglia, e scosse rapidamente il capo. «A me piaci, cowboy.»

Le sedette accanto e Wanda gli andò subito vicino, in modo così spontaneo, familiare. Lui le posò la mano sulla spalla. «Per rispondere alla tua domanda, mi sento bene, benissimo. Come non mi sentivo da secoli.»

Lei alzò gli occhi su di lui, sorrise. «Anch'io.»

In un attimo, lo stavano facendo di nuovo, il bicchiere sul tavolo, la camicia sul pavimento… Appena prima di perdersi in un altro terremoto tra le braccia di Wanda, Charlie vide l'ora. Le undici e trentatré.

8

C'era qualcosa in quei colpi che le comunicò, attraverso spesse coltri di sonno, un senso d'allarme. Persino mentre risaliva nuotando attraverso gli strati della coscienza, avvertì l'insorgere del panico. Una consapevolezza. Quando riemerse completamente dal sonno, Jones era già in piedi e si tirava su i pantaloni che aveva lasciato sul pavimento. La finestra era aperta e l'aria si era fatta gelida.

«Che c'è?» domandò lei.

«Qualcuno alla porta.»

Lui era un poliziotto, lei una psicologa e avevano un figlio adolescente: erano abituati a essere svegliati di soprassalto, al telefono che suonava a tutte le ore.

Jones era già fuori dalla stanza prima ancora che Maggie avesse scostato le coperte. Mentre si infilava un pullover sopra la t-shirt, recuperando un paio di jeans dal pavimento, lo sentì scendere gli ultimi gradini al piano di sotto.

«Arrivo, calma» lo udì gridare. Non era uno dai risvegli facili: si alzava stile orco, intontito e traballante. Chiunque fosse alla porta, meglio che avesse un buon motivo.

Prima di raggiungere il marito al piano di sotto, il suo primo istinto fu di sbirciare in camera del figlio. Aprì la porta e vide la sagoma di Ricky addormentato sul letto, una lunga gamba che pendeva da un lato. Russava forte, aveva ancora gli auricolari.

Maggie sentì il suono metallico della musica che si diffondeva nell'aria, vide le lucine rosse e verdi che rimbalzavano sul display dell'impianto stereo. Un momento di silenzio surreale: ripensandoci, in seguito, l'avrebbe ricordato come una sorta di ronzio. L'ultimo posto sicuro. L'ultimo istante in cui aveva potuto illudersi, raccontarsi che qualcuno tra loro avesse ancora il controllo della situazione.

Richiuse la porta. Mentre scendeva al piano di sotto, sentì la voce di una donna, stridula di tensione.

«Mia figlia è qui? Ho tentato di chiamare: la vostra linea risulta occupata da ore.» Maggie sentì una risata nervosa. «Non ho mai capito la gente che stacca il telefono.»

La madre di Charlene, Melody Murray, era un disastro: i capelli biondi dalla ricrescita scura scarmigliati, occhiaie profonde, niente trucco. Aveva il volto teso per la preoccupazione.

«Entra» le disse Maggie. Arrivata in fondo alle scale, scostò Jones per mettere la mano sulla spalla della donna. Lui l'aveva tenuta sulla soglia, sembrava quasi sbarrarle il passo con il braccio, la porta aperta di una sessantina di centimetri. Melody guardò dietro di sé: aveva lasciato il motore acceso. Dal tubo di scappamento uscivano grandi volute di fumo, bizzarramente illuminato dalle luci di posizione.

«Abbiamo litigato» disse. «Charlene è uscita e davo per scontato che fosse venuta qui.»

Improvvisamente il suo tono era piatto, il che non corrispondeva all'espressione spaventata degli occhi.

«Quando l'hai vista l'ultima volta?» chiese Jones. Maggie avanzò di qualche passo sulla veranda, portandosi accanto a Melody. Le pietre del pavimento erano fredde sotto i suoi piedi nudi.

«Ha lasciato casa verso... le sei, credo?» Usava quel tono interrogativo apparentemente così diffuso tra i teenager e i sociopatici. Un tono che chiedeva il permesso, che domandava comprensione, che sollecitava un cenno di conferma.

«Abbiamo litigato» ripeté. Si portò il pollice alla bocca e cominciò a rosicchiare.

«Perché?» domandò Jones. Maggie lesse l'espressione che aveva in faccia: disprezzo, diffidenza. Melody Murray non gli piaceva, non gli era mai piaciuta, e lei sospettava che quella fosse una delle ragioni principali per cui non gli piaceva Charlene.

La donna sembrò trasalire alla domanda. Come se avesse ricordato solo in quel momento che Jones era un poliziotto, che recandosi lì sostanzialmente stava denunciando la scomparsa della figlia.

«Vieni dentro» la invitò Maggie. «A spegnere il motore ci pensa Jones.»

Rivolse un'occhiata a Jones. Lui aprì la bocca per ribattere, poi la richiuse. Quindi obbedì, da bravo marito. Mentre scortava Melody in casa, Maggie lo vide togliersi il cellulare dalla tasca dei jeans: doveva averlo recuperato appena sveglio, da bravo poliziotto. Stava segnalando il fatto. Che Charlene fosse da un'amica o avesse commesso la stupidaggine di scappare di casa, al momento era una minorenne scomparsa. Maggie represse un brivido d'inquietudine.

«Bella casa» disse Melody, guardandosi intorno. Lanciò un'occhiata anche lei alla sua abitazione, notando solo difetti: la crepa sul soffitto, le superfici bisognose di una spolverata, la macchia sul divano.

«Grazie» rispose. «Vieni, accomodati.»

Con una mano sulla spalla della donna, la guidò lungo il corridoio fino in soggiorno. Circa a metà strada, Melody si fermò, voltandosi.

«Lei c'è? È qui?» domandò. Fissava Maggie con uno sguardo speranzoso. Nel suo maglione grigio, sformato, e con i pantaloni larghi della tuta, sembrava sperduta, smarrita.

«No, Melody. Non c'è. Ho guardato in camera di Ricky giusto prima di scendere: sta dormendo. Da solo.»

La donna crollò visibilmente, le spalle che s'incurvavano in avanti, il capo chino. «Oh Dio. Dov'è?» Maggie colse l'angoscia nella sua voce: una nota che qualunque madre avrebbe riconosciuto, la presa di coscienza che mille orrori tante volte immaginati stavano entrando nel regno del possibile. Avvertì nello stomaco una morsa di autentica paura.

«Che succede?» Ricky era dietro di lei, gli occhi pieni di sonno. In quel momento rientrò anche Jones dalla porta d'ingresso. Torreggiava alle spalle del figlio con le mani sui fianchi. La sua corporatura robusta e i capelli biondo grano contrastavano con la chioma ispida color inchiostro di Ricky e la sua figura snella, dinoccolata. Fisicamente erano opposti. Ma entrambi esibivano la stessa fronte accigliata.

Melody scostò Maggie e corse da suo figlio. «Dov'è, Rick? Dov'è andata?»

Il ragazzo scosse il capo. «Chi?» disse. «Char? Che significa?»

«È di sopra?» chiese Jones.

Lui si voltò a guardare suo padre. Quando rispose, suonava irritato e rabbioso. «No.»

«Non c'è» confermò Maggie. «Ho guardato in camera sua, prima di scendere. Charlene non è di sopra.»

Jones parve combattuto, si passò una mano tra i capelli, poi si girò e salì ugualmente.

«Non mi crede?» chiese Ricky, rivolto a sua madre.

«Sta solo controllando, tutto qui.»

Jones evidentemente non credeva neppure a lei, pensò, con un moto di irritazione. Lo sentirono aggirarsi di sopra con passo pesante. Un attimo dopo, ridiscese dalla camera di Ricky con il cordless del figlio in mano.

«Perché suona sempre occupato?» chiese, porgendolo al figlio.

«Non lo so.» Ricky si stropicciò gli occhi. «Cercavo di contattare Charlene. Devo essermi addormentato senza riagganciare. Non lo so.»

«L'hai vista questa sera?» chiese di nuovo Jones. Sembrava più un poliziotto che un padre, pronto a immaginare il peggio prima ancora che fosse successo davvero qualcosa.

«No. Mi ha tirato il pacco. Dovevamo vederci alle sette da Pop's.»

«Oh Dio» disse Melody.

«Dispone di un veicolo?» domandò Jones. Si voltò verso la Murray.

«No» disse lei, emettendo un singhiozzo. Si coprì la bocca con la mano.

«Allora se n'è andata a piedi.»

Melody annuì. Maggie l'accompagnò al divano.

«L'hai seguita per strada, Melody?» chiese Jones, marcandola stretto. «Hai visto che direzione prendeva, quando è uscita?»

La donna scosse la testa, si lasciò cadere sui cuscini scamosciati, poi afferrò uno dei guanciali decorativi e lo strinse a sé.

«Okay» disse Maggie. «Cerchiamo di calmarci un momento. Ragioniamo. Se era a piedi, magari, è andata a casa di un'amica nelle vicinanze.»

«Le ho chiamate tutte. Non l'ha vista nessuno.»

«Potrebbe avere usato il cellulare per chiamare qualcuno, per farsi venire a prendere…» Maggie lanciò un'occhiata a Ricky. Lui fissava un punto indefinito oltre la spalla della madre, la bocca socchiusa, gli occhi spalancati. Chi altro avrebbe chiamato, Charlene, se non il suo ragazzo? Così aveva fatto le altre volte in cui Melody e Graham si erano azzuffati, Maggie lo sapeva dai discorsi del figlio.

«Non ha il cellulare» replicò Melody.

Sì invece. Maggie lo aveva visto; anzi, lei stessa aveva il numero memorizzato nel cellulare. Guardò di nuovo suo figlio, che ora fissava il pavimento. Sapeva dov'era Charlene? Maggie ricordò come fosse entrato in casa furente, quella sera, andandosi a rinchiudere in camera, con la musica a tutto volume. E il telefono nella sua stanza era staccato. Ricky alzò gli occhi, la sorprese a guardarlo e distolse rapidamente lo sguardo.

«Ce l'ha, Melody» disse Maggie. Andò in cucina e staccò il cellulare dal caricatore. Scorse la rubrica fino a trovare il numero.

«Ricky» disse. «Chiama subito Charlene dal fisso.»

«Ho provato tutta la sera» protestò lui.

«Prova ancora» intervenne Jones. Porse a Ricky il cordless che aveva in mano e il ragazzo compose il numero.

«Metti il vivavoce» disse Jones e Ricky obbedì, lanciando uno sguardo torvo al padre. Scattò subito la segreteria. «Qui è Char. Lasciate un messaggio. O non lasciatelo, che mi frega?» Seguì un incattivito brano punk rock. Ricky si guardò intorno, imbarazzato.

«Ehm, Char, sono io. Dove sei? C'è qui tua madre. Sono tutti piuttosto preoccupati. Richiamami.»

Chiuse la comunicazione e tenne gli occhi fissi sul telefono nella sua mano.

«Se non gliel'hai comprato tu, Melody, dove ha preso il cellulare?» chiese Jones. «Charlene non ha un lavoro, giusto?»

Melody sembrava distratta, stava guardando fuori dalla finestra, nel cortile.

«Non lo so» disse. La sua voce suonava debole e sottile.

Gli sguardi erano puntati su Ricky.

«Che ne so io?» disse lui, alzando i palmi. «Tutti hanno il telefonino. Pensavo che gliel'avesse preso sua madre.»

«Ci vuole una carta di credito per aprire l'abbonamento a un cellulare» osservò Jones. Maggie attese che continuasse, ma lui stava già uscendo dalla stanza con il suo telefono in mano. Si voltò.

«Mi serve il numero» le disse.

Maggie gli porse il proprio cellulare, con il numero di Charlene sul display. Lui lo prese e uscì. Lo sentì dettare le cifre a qualcuno, all'altro capo della linea. Qualche istante dopo bussarono alla porta. Dall'ingresso si udirono voci maschili.

«Chi altro poteva chiamare a parte te, Ricky?» domandò Maggie.

Il figlio alzò lentamente le spalle. «Forse Britney?»

Melody scosse energicamente il capo. «No. Gliel'ho già chiesto.»

Maggie guardava Ricky che fissava il pavimento, spostando il peso da un piede all'altro. Melody aveva gli occhi lucidi. Jones era in piedi con la faccia scura sulla soglia del soggiorno, due agenti in uniforme alle sue spalle. Giudicando da un punto di vista puramente professionale, Maggie pensò che ciascuno di loro stesse reagendo in maniera inappropriata. Melody era troppo sconvolta, considerato che Charlene era uscita per strada in un quartiere sicuro, dopo un litigio, e non per la prima volta. Ricky era assente, guardava ovunque tranne che negli occhi di sua madre. Jones era severo e arrabbiato, mentre avrebbe dovuto essere preoccupato e premuroso. Persino lei si sentiva stranamente scollegata dalla realtà, come se fluttuasse al di sopra della scena. La morsa che le serrava il petto era l'unico segno della paura e della tensione che sentiva.

D'improvviso fu consapevole del ticchettio del vecchio orologio del nonno in anticamera: un regalo di sua madre al party d'inaugurazione della casa. Neppure le piaceva quell'affare, ma ogni volta che pensava di disfarsene si scontrava con una certa riluttanza: in fondo era al suo posto e scandiva il passare del tempo da più di un decennio. Mentre andava verso l'armadio a muro, pronta a uscire lei stessa in cerca di Charlene, l'orologio rintoccò annunciando le ventitré e trenta.

9

Il cielo dalle tinte delicate – argento che sfumava nel blu e poi nel nero, con una falce di luna in alto e stelle scintillanti – le ricordò che aveva sempre desiderato dipingere, ma non ne era in grado: per qualche ragione, aveva paura di posare il pennello sulla tela, di lasciare un segno che non si potesse cancellare. Il rischio di creare qualcosa che risultasse ridicolo, disprezzabile o insulso le aveva impedito di frequentare un corso, perfino di comprarsi i colori. Stupido. Era davvero stupido. Se un paziente le avesse confidato una cosa simile, lei gli avrebbe chiesto perché si negasse qualcosa che poteva dargli piacere o serenità. Chi immaginava tra quel pubblico di critici e detrattori? Come poteva sopprimere il proprio desiderio di creare qualcosa di bello soltanto per sé? E che cosa c'era, esattamente, di così orribile nel commettere un errore innocuo come lasciare su una tela un segno che non si potesse cancellare? Ma non si dava la pena di porsi quelle domande, si limitava ad accampare scuse. Anni prima aveva rimandato a quando Ricky fosse divenuto più grande; ora, a quando il figlio avesse preso il diploma o lei e Jones fossero andati in pensione.

Suo padre era stato un artista. Elizabeth aveva una soffitta piena di dipinti a olio e acquarelli: paesaggi, ritratti, nature morte. Quando Maggie era una ragazzina, c'era sempre un'opera in lavorazione sul cavalletto installato nel soggiorno, dove l'uomo apprezzava la luce e la posizione di uno specchio, che gli offriva una prospettiva diversa.

Alla sera e nei pomeriggi del weekend, se ne restava lì ad accanirsi su questo o quel particolare. A volte la figlia lo osservava; più spesso gli passava solo accanto, sapendo che lui vedeva poco e sentiva ancora meno, quando era preso da una tela: avrebbe potuto andare a fuoco la casa e non se ne sarebbe accorto. Da adolescente, Maggie aveva approfittato alla grande della libertà che quella concentrazione le offriva. Non ricordava che l'isolamento paterno le pesasse, né di aver desiderato maggiori attenzioni.

Spesso, nel bidone della spazzatura, trovava una tela cui il padre aveva lavorato per settimane, gettata con il resto delle immondizie: una marina, un gruppetto di alberi, una mela e un vaso, raffigurati così com'erano sul tavolo... Allora avvertiva una fitta d'ansia e di tristezza, provava l'impulso di salvare quelle opere, di nasconderle in soffitta, cosa che il più delle volte finiva per fare. Le pareva che fosse come buttare via il tempo: tempo che comunque sarebbe stato sempre troppo poco, tempo che il padre aveva trascorso dando le spalle alla moglie e alla figlia. Il tutto, poi, nemmeno per trarne una gioia o soddisfare una passione, a quanto le era dato vedere, perché per quell'uomo era solo questione di risultato finale, di precisione, di abilità, di azzeccare il quadro. E se non era «azzeccato», il suo destino era il bidone della spazzatura, lontano dallo sguardo esigente dell'autore. Ma l'arte era più che azzeccare qualcosa, no? E anche se lei sapeva che era così, non riusciva a risolversi a poggiare il pennello sulla tela.

Nella Lincoln Navigator di Maggie l'aria era satura di calore e di tensione. Melody si rosicchiava la pellicina del pollice, guardava dritto avanti a sé con aria assente. Quando erano salite in macchina tremava, perciò Maggie aveva alzato il riscaldamento; ora la sua fronte era lucida di sudore e lei allungò la mano per abbassarlo un po'. Si accorse di un velo di polvere sul cruscotto. Odiava quando l'auto non era impeccabile. Quella di Jones era sempre lurida: bibite rovesciate nel portalattine, briciole nelle cuciture dei sedili, puzzo di fast food. Non capiva come il marito riuscisse a sopportarlo.

Melody non aveva più detto una parola, dopo avere elencato le amiche da cui Charlene poteva essere andata, e che sosteneva di avere già sentito al telefono. Tiffany Crowley, Britney Smith, Amber Schaffer. Maggie le conosceva tutte. Britney aveva faticato a superare il secondo divorzio della madre e, per un anno, era venuta da lei una volta la settimana, ma ora stava meglio. Tiffany era stata al cinema con Ricky, una volta, al terzo anno. Amber era una ragazza brillante che frequentava gli stessi corsi del programma avanzato di Ricky e che lei aveva incontrato a diversi compleanni del figlio e in qualche serata genitori-studenti. Una ragazza carina: il genere che avrebbe visto bene per lui. Una che non sarebbe mai sparita la sera di un giorno feriale dopo una lite con la madre. E Maggie conosceva anche le madri di quelle ragazze: avevano frequentato la Hollows High tutte insieme.

Melody era stata nel suo stesso corso di inglese al terzo anno. All'epoca la consideravano tutti una sciamannata, una che passava il tempo sotto i portici a fumare. Portava i capelli lunghi, quasi fino alla vita, e sembrava avere una collezione infinita di magliette di concerti. Di solito, quando una era stata a letto con un paio dei ragazzi più popolari della scuola, era giudicata roba di seconda mano, ma la si poteva ancora vedere ai party che contavano e, magari, con uno dei bei giocatori muscolosi della squadra di football, appoggiato al suo armadietto. A quei tempi, Melody viveva in una vecchia casa cadente con la madre single, un'artista hippie che – lo sapevano tutti – spacciava erba sul retro. Maggie ricordava di avere invidiato alla ragazza quella libertà di cui sembrava godere, quel fregarsene del giudizio altrui: si comportava con una sicurezza non comune tra le adolescenti, come se già sapesse chi era e non avesse bisogno di trovare conferme intorno a sé. Ma, chissà come, il tempo l'aveva depredata di tutto ciò. Ora portava i capelli tagliati in un caschetto da signora di periferia e si vestiva senza cura, con t-shirt e maglioni sformati, jeans scoloriti a vita alta. Anni da fumatrice le avevano segnato e afflosciato la pelle del volto: la donna che le sedeva accanto sulla Lincoln sembrava sconfitta dalla vita, sfiorita e stanca di tutto; non aveva più alcuna somiglianza con lo spirito libero che Maggie ricordava.

«Beata te che hai un maschio» disse. «Posso fumare?»

Lei annuì e premette un pulsante sulla console centrale, per abbassare il finestrino. L'odore del fumo non la disturbava più di tanto: le ricordava altri tempi, bar e locali in città, e persino suo padre, che si nascondeva dietro il capanno degli attrezzi a farsene una, al riparo dallo sguardo vigile della moglie. Quell'odore la rendeva stranamente nostalgica, le riportava alla mente un tempo in cui non capiva ancora il peso delle conseguenze, la fragilità del corpo umano.

Melody frugò nella borsa, tirò fuori un pacchetto di Marlboro Light e un accendino rosso. Offrì il pacchetto a Maggie, che esitò appena un secondo prima di scuotere il capo.

«Una volta fumavi» le disse. Un sorriso complice fece capolino agli angoli delle labbra sottili e, per la prima volta, Maggie rivide la ragazza di tanti anni prima.

«Molto, molto tempo fa» rispose. Si ritrovò a sorridere anche lei, almeno un po'.

«Puoi sempre ricominciare. Aiuta a non mettere su chili di troppo.»

«No, grazie.»

Il commento la mise leggermente in imbarazzo. Era un'allusione? Quel mattino, in effetti, la gonna le era parsa un po' tirata, mentre la allacciava. Lei accumulava sempre chili sul sedere, quando ingrassava. E ingrassava *sempre* nei periodi di stress, perché era il tipo che trova conforto nel cibo. Per quanto non potesse dire di essere stressata da qualcosa in particolare, ultimamente – si sentiva solo un po' nervosa, leggermente sfasata.

Melody ritrasse il pacchetto con aria cupa, fece uscire una sigaretta picchiettando e se l'accese con un movimento esperto. L'inspirazione profonda, il crepitio della carta e del tabacco: Maggie sentiva quasi il fumo riempirle i polmoni, l'ingresso della nicotina nel sangue. Fu lì lì per cambiare idea. Poi lanciò un'occhiata a Melody e pensò che pareva quasi una strega, alla luce di quella sigaretta: le spalle curve e ossute, le mani nodose, il volto profondamente scavato.

«E allora?» domandò. «Perché avete litigato, tu e Charlene?»

La donna buttò fuori una nuvola di fumo, si voltò a guardare dal finestrino.

«È questa» disse. «È la casa di Britney.»

Maggie imboccò l'ampio vialetto circolare e spense il motore. Stava per scendere, quando Melody mormorò qualcosa che non riuscì ad afferrare.

«Come, scusami?» chiese.

«Te la ricordi?»

«Chi?»

«Sarah.»

Il nome le fece trattenere bruscamente il respiro per la sorpresa e si limitò a fissare la Murray, che la guardava con intensità. La sigaretta era dimenticata tra le dita, la cenere sul punto di cadere.

«Certo che sì» rispose.

«Era la mia migliore amica.»

«Lo so. Perché la nomini adesso?»

«Aveva litigato con sua madre al telefono, ricordi? Aveva perso l'autobus. Per l'ennesima volta. La signora Meyer era furiosa, pensava che fosse stata in giro a gingillarsi e le rispose di tornarsene a piedi.»

«Non era una gran camminata» disse Maggie. Ricordava la via stretta che passava accanto alla scuola. Circa un chilometro e mezzo più giù, una strada sterrata la intersecava e si perdeva nei boschi. La casa di Sarah era lì, vicino a quella di Melody: una dimora bella e imponente, diversa dalle villette a schiera tipiche dei più recenti sviluppi urbani dell'epoca. I Meyer – un poeta lui, una pittrice lei – l'avevano progettata e fatta costruire loro stessi. C'era un lungo vialetto tortuoso e insidioso che a volte, d'inverno, era totalmente impraticabile finché lo spalatore ingaggiato dalla famiglia non si metteva al lavoro.

Maggie si rivedeva seduta sull'ultimo autobus, quel giorno, dopo le prove della recita scolastica, e ricordava di aver visto la ragazza camminare sul lato della strada, con uno zaino dall'aria pesante, zoppicando leggermente come se le facesse male una scarpa. Non era l'autobus di Sarah, quello, ma l'autista si era fermato lo stesso: si stava facendo tardi, il sole calava rapidamente all'orizzonte, e l'aria di quell'inizio di primavera era ancora fredda. Non c'erano molti studenti a bordo: qualcuno del circolo scientifico e una delle tre ragazze asiatiche dell'istituto.

«Posso lasciarti vicino a casa» si era offerto il conducente. «Non c'è problema».

Maggie aveva distinto la voce di Sarah, ma non le sue parole, e l'aveva vista indicare la strada sterrata: la casa era a non più di ottocento metri tra gli alberi.

«D'accordo, allora. Fa' attenzione, capito?»

E l'autobus era passato oltre, sferragliando, lasciandosi dietro la ragazza. Maggie si era girata, vedendola svoltare dalla via principale e addentrarsi tra gli alberi alti. Sembravano passati cent'anni.

«Non perderti dietro a queste idee» disse. «Non è la stessa cosa.»

«Tu come lo *sai*?» Melody le rivolse uno sguardo implorante. In quel momento parve ricordarsi della sigaretta e la gettò dal finestrino aperto.

«Perché non lo è.» Maggie non riusciva a pensare a qualcosa di più convincente. La paura dipinta sul volto dell'altra donna era contagiosa.

«Jones ne parla mai?» chiese la donna.

«Jones? No. Perché dovrebbe?»

Melody si limitò ad alzare le spalle e a scuotere il capo, guardando altrove. Forse stava per dire qualcosa, ma la porta d'ingresso della casa si aprì, e la madre di Britney uscì sulla veranda. Denise era bella e sottile come ai tempi del liceo. Ottimo patrimonio genetico, famiglia di origine benestante, matrimonio ricco. Seconde nozze. E si vedeva. Anche con addosso i pantaloni della tuta e senza scarpe, con una felpa rosa troppo abbondante – doveva essersi appisolata così sul divano – era una quarantadue perfetta.

«Che c'è? Che è successo?» domandò, stringendosi nelle spalle per il freddo.

«Charlene è qui?» chiese Melody, scendendo dall'auto.

Denise scosse il capo. «No, figurati, in un giorno feriale? Brit ha il test di fine trimestre, domani, sta dormendo.»

«Possiamo entrare?» chiese Maggie, salendo i gradini della veranda. «Credo che dovremmo parlare con Britney. Charlene è scomparsa.» Ecco. La parola era stata pronunciata, galleggiava nell'aria. Se ne pentì, avrebbe dovuto rimanere più generica. Avrebbe dovuto dire qualcos'altro, qualunque altra cosa. Ma non poteva rimangiarsela, ormai.

Denise parve sconvolta dalla notizia. Indietreggiò verso la casa e spinse la porta. «Certo, entrate.»

Non ci volle molto perché salisse la tensione. Eccole lì, tutte e tre riunite insieme, quelle rappresentanti di perenni sottoculture adolescenziali (la bella cheerleader, la tossica sexy, la dark secchiona e intellettuale), rosee e scalcianti sotto il guscio della loro attuale condizione adulta. Maggie era sempre stata convinta che, con il tempo, quel genere di infantilismi, quelle stupide etichette sarebbero svanite, svuotate di significato, ma non era avvenuto. Non in una città come The Hollows. Quelle teenager, ognuna a modo suo insicura e impacciata, non avevano mai lasciato la città.

Adesso davanti a loro c'era Brit, ancora assonnata, bella come sua madre, forse di più. E senza alcuna traccia dell'angoscia, dell'insicurezza scolastica che Maggie ricordava così bene. Le ragazze della generazione di Ricky conoscevano meglio il proprio potenziale, non sembravano guardarsi troppo intorno in cerca di conferme, di approvazione. Benché, naturalmente, Brit avesse i suoi problemi, vomitasse occasionalmente dopo essersi abbuffata, per effetto di un grave stress emotivo che sosteneva di non capire neppure lei. *Non sono perfetta* aveva dichiarato a Maggie durante una seduta. *Tutti lo pensano, ma non lo sono per niente.*

«Non ho idea di dove sia Char,» disse «mi dispiace.» Si addossò a sua madre, mezza nascosta dietro di lei: una postura difensiva.

«Non l'hai sentita per tutta la sera?» chiese Melody. «Non ha chiamato per dirti che se n'era andata di casa?»

La ragazza scosse rapidamente la testa.

«Brit» la esortò Denise, dandole un colpetto leggero con la spalla.

«Cosa?» scattò la figlia, scostandosi. «Non so dov'è.» Denise chinò il capo e si allontanò, tracciando un cerchio sul pavimento con un piede perfettamente curato.

Britney e Charlene formavano un'accoppiata improbabile. Brit era l'atleta con borsa di studio, non una cheerleader come sua madre, ma una star della pista, la ragazza più veloce che la Hollows High avesse mai visto, scattista da record e candidata a tenere il discorso di commiato durante la consegna dei diplomi. Agli occhi di Maggie, un'ambiziosa da manuale.

Charlene, cantante in una band, era la reginetta *gothic*. Dotata di una vivace intelligenza, ma poco incline allo studio, investiva tutte le sue energie nella musica, cantando e scrivendo testi. Era una ragazza sveglia con uno spiccato senso artistico, ricca di talento e più matura della sua età, ma non dello stesso stampo di Brit. Non potevano esistere due caratteri più diversi al mondo, eppure quelle due erano amiche fin dalla terza elementare.

«Non è il momento di proteggere Charlene, Brit» intervenne Maggie, con dolcezza. «Sappiamo che è tua amica, ma questa è una cosa seria. Se sai che cosa aveva in mente, devi dircelo.»

Brit emise un sospiro, alzò gli occhi verso il soffitto.

«Ti prego» disse Melody. «So che voi ragazze pensate di essere grandi, di sapere tutto, ma Charlene è poco più di una bambina. Il mondo non è come pensate: è pericoloso, spietato. Le conseguenze di un gesto, a volte, durano per sempre.»

A Maggie balenò in mente la figura esile di Sarah, un secolo prima, che s'inoltrava tra gli alberi del bosco, il cielo una lastra di ardesia sopra di lei. Dal tono supplichevole di Melody, pensò che stesse per mettersi a piangere, ma il suo volto era cupo, una rigida maschera di tensione.

«A volte, nemmeno casa propria è un posto sicuro» disse Brit, rivolgendo alla donna uno sguardo carico di sottintesi.

Melody batté le palpebre, mentre scuoteva il capo come se l'avessero colpita. «E questo che significa?»

Britney strinse gli occhi a fessura. «Lo sa, signora Murray.»

L'esplosione fu rapida e potente. Melody si scagliò sulla ragazza, gridando qualcosa di incomprensibile, il volto, di un rosso rovente, passato dalla pietra al fuoco. Denise fece un passo avanti, frapponendosi tra le due.

«Sta' lontana da lei, Melody» disse con fermezza. «Indietro.»

Quando Maggie posò le mani sulle braccia della Murray e la fece arretrare, lei proruppe in singhiozzi. Cominciarono sommessamente, poi si trasformarono in pianto, così forte che la donna si piegò in due. Era un suono inquietante, tanto da spaventare Brit, che divenne pallida, smunta. Un suono che proveniva dal profondo della sua anima. Anche Denise lo coglieva, Maggie se ne accorse. La paura di una madre per suo figlio. Denise si accostò a Melody, la cinse con un braccio, la condusse in disparte.

«Charlene non si sentiva al sicuro a casa propria, Britney?» chiese Maggie. Era in buoni rapporti con la ragazza e sapeva di ispirarle fiducia, la certezza di essere capita, conosciuta veramente, con pregi e difetti. *Sei tutto ciò che devi essere* le aveva detto durante una seduta. *Essere te stessa è abbastanza.*

Brit alzò di nuovo gli occhi al soffitto, poi tornò a posarli su di lei. «Aveva paura di Graham» disse.

Il pianto di Melody si fece più forte. Denise l'aveva accompagnata sul divano, nel soggiorno attiguo all'anticamera. *Calmati, Mel. Va tutto bene. La troveremo. La troveremo.*

«Perché?» chiese ancora Maggie. Tentava di mostrarsi composta e misurata, ma anche lei stava per soccombere a tutta quella tensione. «La picchiava?»

Ricordò il livido sotto l'occhio di Char, qualche settimana prima. Le aveva chiesto come se lo fosse procurato, ma la ragazza si era limitata a riderci su. Un colpo contro il rubinetto della vasca, mentre si piegava a raccogliere la saponetta. Che stupida, aveva detto. Non suonava sincera, ma Maggie s'era guardata dall'insistere. Charlene non pareva certo una vittima di abusi. Maggie sapeva che Melody non era una madre perfetta, né tanto meno Graham Olstead il patrigno ideale… Ma com'è, poi, il patrigno ideale? Lei non aveva la pretesa di saperlo.

Britney scosse il capo, sembrò misurare le parole. «Era *invadente*. Volgare. Allusivo. Charlene pensava che fosse solo questione di tempo.»

«Questione di tempo per che cosa?»

«Perché, sa, ci provasse con lei o roba del genere. Tentasse di metterle le mani addosso.»

Maggie si voltò a guardare Melody, che era a portata d'orecchio: se aveva sentito l'ultima frase di Brit, non lo diede a vedere in alcun modo. Dondolava leggermente avanti e indietro, la testa tra le mani.

«Ma non l'aveva mai toccata, finora?»

Brit scosse la testa. «Le diceva cose… Tipo che era carina, ma in modo viscido. O entrava in camera sua con l'asciugamano avvolto intorno ai fianchi, dopo la doccia. Episodi del genere. Così mi ha raccontato lei.»

Maggie fu improvvisamente consapevole di una stretta allo stomaco, di una tremenda tensione nelle spalle. Si rese conto che Melody non aveva mai risposto alla domanda che le aveva fatto scendendo dall'auto.

«Il rapporto con il patrigno non sempre fila liscio, sa, dottoressa Cooper?» Britney aveva abbassato la voce in un sussurro e si era sporta verso di lei. Parlava di sé, Maggie lo sapeva, e del secondo, ricchissimo marito di Denise. Non c'era mai stato il minimo accenno di abuso: solo la sensazione della ragazza che l'uomo non la volesse intorno, che la considerasse un ostacolo nel rapporto di coppia con sua madre. Ma Denise aveva divorziato da lui anni prima e non si era più risposata. *Ho i soldi. Non mi serve un marito* Maggie ricordava di averle sentito dire. *Voglio solo essere me stessa per la prima volta nella vita.*

«Charlene è stata qui, stasera, Britney? Ho bisogno che tu mi dica la verità, adesso. L'hai sentita?»

Denise le aveva raggiunte di nuovo. «Nessuno si arrabbierà, okay, Brit?»

La ragazza guardò sua madre. Quella di Denise era una bellezza matura: le rughette sottili e la linea più morbida della mascella non erano in grado di alterarne il fascino. Britney stava fiorendo: il viso cominciava ad assottigliarsi, a perdere la rotondità infantile, la bellezza a farsi in certo modo più luminosa. Maggie colse la somiglianza, mentre Denise cingeva la vita della figlia con un braccio e lei le posava il capo sulla spalla.

«Ha scritto un messaggio su Facebook» disse infine Brit, scostandosi dalla madre. «Ve lo mostro.»

Attraversarono la casa, dirette in sala computer. Britney e Denise facevano strada, Maggie e Melody dietro. Il lungo corridoio era un santuario fotografico di Britney: il piccolo cherubino biondo che si trasformava nella principessa delle fiabe. A Disneyland, a Parigi, sul castello del parco giochi, in spalla a suo padre durante la parata del Ringraziamento: la vita privilegiata di una bambina oggetto di adorazione.

«Per che cosa avete litigato, tu e Charlene?» chiese di nuovo Maggie a Melody.

«Per che cosa *non* litighiamo?» Non era una risposta. Maggie si accorse della reticenza, ma non insisté: la Murray stava assumendo uno sguardo vitreo, spiritato, che non le piaceva affatto.

Brit sedette al computer e le sue dita presero a danzare, esperte, sulla tastiera. Dal monitor giunse una musichetta sommessa e Maggie si chinò alle spalle della ragazza.

«Ha aggiornato lo stato su Facebook. Io l'ho letto, nient'altro. Non mi ha chiamato, né mandato messaggi personali, quindi non so dove possa essere adesso.»

«Che significa "aggiornare lo stato"?» chiese Maggie. Le seccava mostrarsi tanto ignorante in materia. Da un pezzo, Ricky la spronava a mettersi al passo con i tempi, a creare una pagina tutta sua. *Puoi riprendere i contatti con i tuoi vecchi amici* diceva. *Sono già fin troppo in contatto anche così* ribatteva lei. E lui: *I tuoi pazienti penseranno che sei una grande.* E lei: *Non mi interessa essere considerata una grande.*

«C'è un box sulla bacheca di ognuno, in cui uno può scrivere che cosa sta facendo al momento. Il mio per esempio, dice: Brit sta studiando per il test di biologia, ma preferirebbe mille volte guardare American Idol in santa pace!

«Quello di Charlene cosa dice?» chiese Melody.

Brit indicò l'elenco di aggiornamenti di stato degli amici: Charlene si leva dalle palle. Finalmente.

«Le ho scritto in privato per chiederle di cose stava parlando.»

Cliccò sulla posta e mostrò loro il messaggio. Che succede??? Chiamami!!! Le tre donne fissavano lo schermo al di sopra della sua spalla. Denise si era messa un paio di occhiali, Melody strabuzzava gli occhi.

«Ma non ha risposto» continuò la ragazza. «L'aggiornamento è stato fatto alle sette e nove minuti, io le ho scritto alle otto e zero quattro. Ho cercato di chiamarla, ma è partita la segreteria.»

«È insolito che non ti risponda subito?» chiese Maggie. Sembrava una domanda che avrebbe potuto fare Jones.

Brit annuì, alzò lievemente le spalle. «Un po'.»

Melody ricominciò a piangere. Poi ci furono colpi forti, autoritari alla porta, seguiti dal campanello suonato in modo pressante, a intermittenza. Denise trasalì per quel rumore inaspettato e corse ad aprire.

Maggie si sorprese a seguirla. Mentre passava dal corridoio alla grande anticamera, ci fu un momento di astrazione in cui colse il soffitto altissimo e il marmo sotto i suoi piedi. Un tavolo rotondo occupava il centro dell'ambiente, sormontato da un gigantesco vaso di fiori apparentemente privi di profumo.

Quel che le era sembrato lussuoso, entrando, le parve all'improvviso fastidiosamente artificiale: uno studiato, deliberato sfoggio di opulenza. Rilevava il vuoto dietro la bellezza, un cattivo gusto da arricchiti, stanze scelte su un catalogo o allestite da un decoratore d'interni, ma che non riflettevano lo stile del proprietario. Fu però solo un momento fugace, subito dimenticato non appena lo spazio si riempì di poliziotti, con Jones in prima fila che appariva volutamente truce.

«Che ci fai qui?» Maggie si sorprese a domandargli. Ma era ovvio: una ragazza era scomparsa. Lei stessa aveva pronunciato la parola. E Jones dirigeva la sezione investigativa del dipartimento di The Hollows. Non sentì la sua risposta, ma quando i loro occhi si incontrarono, gli colse in volto qualcosa di estraneo, uno sguardo che non aveva mai visto prima e non sapeva definire.

Era mezzanotte e trentadue minuti.

10

«Sei stato gentile» disse lei. La voce le si strozzava in gola e sembrava sul punto di piangere. Ma non piangeva, non più. C'era un forte odore nell'aria: sigarette e qualcos'altro di sgradevole. Le vie nasali cominciavano a gonfiarsi, la testa a far male.

«Mi andava di farlo.»

«La maggior parte della gente non avrebbe accettato. È un viaggio lungo.»

«Io non sono la maggior parte della gente.»

Lo guardò e sorrise, ma lui non staccò gli occhi dalla strada. Lei annuì.

«Be', grazie.»

Frugò nella borsa in cerca del portacipria per darsi una sistemata. Sapeva di essere completamente sfatta. Lo trovò e aprì il coperchietto con lo specchio. Persino alla poca luce dei lampioni vedeva la faccia da panda, con l'eye-liner e il mascara sbavati che le disegnavano pesanti aloni umidi sotto gli occhi.

«Sono un disastro» disse, cercando un fazzolettino di carta e levandosi il trucco. Il kleenex divenne nero.

«Sei bella, Charlene.»

Ora la stava guardando. Gli rivolse un debole sorriso.

«Sei carino.» Qualcosa nel suo sguardo la mise in imbarazzo.

Notò la mascella che si contraeva, gli occhi nuovamente incollati alla strada. Era un tipo strano, lo era sempre stato. Ma a lei che importava? Le stava dando un passaggio fuori da quella vita, una volta per tutte.

La Grande Mela l'aspettava. Avvertì una fitta di eccitazione, mista a una paura inaspettata. Non era ciò che desiderava? Aveva un piano, giusto? Un posto dove stare. Non era una sprovveduta.

Le dispiaceva per Rick, di averlo bidonato e poi mollato, ma per tanti versi era ancora un bambino, un cocco di mamma. Per un po', le aveva fatto credere di volersene andare con lei, lasciando perdere il college e tentando di sfondare insieme nell'ambiente musicale. Era un bravo batterista, avrebbe potuto diventare straordinario se si fosse impegnato con tutte le sue forze. Ma in fondo era solo un bravo ragazzo. E lei *non era* una brava ragazza. Decisamente no. Insieme non funzionavano. Lei l'avrebbe portato in posti in cui lui non voleva veramente andare. Lui l'avrebbe trattenuta e avrebbero finito per odiarsi a vicenda. Rick era un figlio di The Hollows, proprio come suo padre. O come sua madre. Se ne sarebbe andato via per frequentare il college, ma alla fine sarebbe tornato. Charlene, invece, non sarebbe tornata più. Non poteva. Non dopo quella sera.

«Quindi hai un piano? C'è qualcuno che ti sta aspettando?»

«Oh, sì. Mi vedo con uno in città.»

«Credevo stessi con Rick Cooper.»

«Siamo solo amici. Niente legami.»

Il ragazzo emise una risatina secca. «E *lui* lo sa?»

Charlene sentì che stava arrossendo. E l'odore nell'abitacolo cominciava a farla star male. A volte, durante i lunghi tragitti le veniva il mal d'auto, avvertiva lo sfarfallio della nausea, un malessere a ondate crescenti. Ci mancava solo che sboccasse sulla macchina di quel tipo.

«Potresti fermarti un momento?»

«Perché?»

«Ho paura di vomitare.»

Lui accostò rapidamente e lei scese nel freddo della notte. Arrivò sull'erba ai margini della carreggiata e si sedette, posando la testa sulle ginocchia. Sentiva il rumore del traffico: gente che correva verso qualche evento della sua vita. Proprio come lei. Andare avanti, mai fermarsi. Si sforzò di resistere, di non crollare così, sul ciglio della strada, ma era inutile. Riuscì a non sporcarsi i vestiti mettendosi a quattro zampe, ma vomitò l'anima finché non c'era più niente da vomitare e lo stomaco le si rivoltava a vuoto. Sembrò durare all'infinito. Quando i conati cessarono, sedette singhiozzando.

«Stai bene?» chiese lui alle sue spalle. Non lo aveva sentito scendere dall'auto; anzi, si era dimenticata completamente della sua esistenza.

«Ho l'aria di una che sta bene?» rispose, brusca. Poi ricordò che si era fatto tutta quella strada per lei, che le stava dando un passaggio. «Scusa» aggiunse, in tono più gentile. «No. Credo di no.»

Avvertiva la sua presenza, lì in piedi, anche se restava muto. Alla fine si alzò, si voltò a guardarlo. Era più alto, più grosso di quel che pensava (non che avesse mai veramente pensato a lui). Il ragazzo le aprì la portiera e lei risalì. L'odore della vecchia auto le provocò quasi immediatamente la nausea e si affrettò ad abbassare il finestrino.

«So che fa freddo, ma ho bisogno di un po' d'aria» disse, mentre lui ripartiva.

«Non c'è problema.» Ma si era fatto scuro in volto. Come tutti gli uomini, nell'attimo in cui smettevi di essere un tenero fiorellino. Nel preciso istante in cui cessavi di compiacerli, diventavano delle merde; alcuni, come Graham, anche violenti. Sentì un altro moto

121

di nausea al pensiero del patrigno, ma respinse il ricordo degli eventi della sera prima: un horror di serie B che aveva noleggiato e spento prima della sanguinosa conclusione. Non voleva pensarci. Non era reale. Ma se lei poteva farcela – ci era sempre riuscita – il suo corpo era sleale, vomitava a bordo strada, sussultava. Ora le mani le tremavano, l'adrenalina pompava senza una ragione.

«Mi dispiace» disse ancora. «Non è una buona serata per me.»

Ma lui non rispose nulla, continuò solo a guidare. *Be', fanculo anche tu* pensò Charlene. Quando il freddo divenne intollerabile, richiuse il finestrino e appoggiò la testa al vetro.

«Mettiamo un po' di musica?» chiese.

«La radio è rotta.»

Secondo Melody, era impossibile che ricordasse suo padre; era morto quando lei era piccolissima, in un incidente d'auto, tornando dal lavoro. Invece lo ricordava: la sensazione di tenergli la mano, di stare sulle sue spalle. Non l'immagine del volto, a cui somigliava tanto e che conosceva dalle fotografie, né gli aneddoti che si era fatta raccontare negli anni. Il suo ricordo era puro sentimento: solo una sensazione calda, un beato senso di sicurezza. Quando era più giovane, le bastava stringere al petto una fotografia e chiudere gli occhi per ritrovare suo padre, ma crescendo non ci era più riuscita. Lui era divenuto sfuggente, un'ombra che sgusciava dietro l'angolo mentre lei la inseguiva. Come recuperare quella meravigliosa sensazione? La sicurezza di essere amata da qualcuno che non voleva farti violenza, che non voleva *prendersi* qualcosa di tuo?

All'inizio Graham le era sembrato un tipo a posto: aveva nove anni quando lui e sua madre si erano sposati. C'erano stati momenti divertenti: un viaggio in Florida e a Disneyland, una partita di baseball allo Yankee Stadium. Non poteva dire di averlo mai amato, ma ricordava di essersi sentita serena con lui attorno.

A dieci anni, però, le era già venuto il ciclo – lo sviluppo era arrivato presto – e a undici le serviva un reggiseno. Lui si era messo a guardarla in modo strano, e a volte distoglieva gli occhi, rifuggendo i suoi abbracci. Charlene aveva avvertito una fitta di dolore per quel rifiuto che faticava a comprendere. Più o meno nello stesso periodo, il matrimonio fra Graham e sua madre aveva cominciato ad andar male. I bei tempi erano finiti ed erano cominciate le liti, le lacrime, le porte sbattute.

Poi, qualche anno più tardi, era *successo*. Si era svegliata una notte ed era scesa in canotta e mutandine a prendersi un bicchiere di succo d'arancia. Era passata accanto al soggiorno senza nemmeno lanciare un'occhiata e probabilmente avrebbe fatto lo stesso al ritorno, se lui non avesse attirato la sua attenzione: proprio mentre passava davanti alla stanza buia, le era giunto all'orecchio un gemito sommesso. Il divano letto era aperto e Graham ci stava sopra, con indosso solo una t-shirt e niente dalla vita in giù. Si stava masturbando. Lei non aveva potuto impedirsi di fissarlo, sbigottita e, quando aveva alzato gli occhi sul suo volto, lui la stava fissando. Anziché tentare di coprirsi, l'uomo aveva continuato semplicemente a smanettarselo, mentre la guardava. Non era riuscita a decifrare l'espressione del suo viso – qualcosa tra la rabbia e la bramosia – e, sentendosi avvampare le guance, prosciugarsi la bocca, era indietreggiata fino a sbattere contro la parete alle sue spalle. Nei pochi secondi successivi, le era parso di restarsene immobile per ore, a bocca aperta. Disgustata, imbarazzata e stranamente affascinata.

Alla fine era corsa via, su per le scale, e si era chiusa in camera sua. Per tutta la notte aveva atteso di veder girare il pomello della porta, temendo che Graham tentasse di entrare, ma non lo aveva fatto. Aveva pensato di dirlo a sua madre, ma non era proprio riuscita a immaginare la conversazione, incapace di trovare le parole per descrivere l'accaduto. Melody era già così triste, così infelice. Charlene sapeva che anche lei pensava a papà. *Non avrei dovuto risposarmi: ero già stata fin troppo fortunata a trovare l'amore una volta. Non lo meritavo tuo padre, fin dall'inizio. Le cose che gli ho fatto...*

Il mattino dopo, Graham sedeva al tavolo della cucina con il giornale davanti e la tazza che lei gli aveva regalato alla festa del papà, con la scritta: PAPÀ NUMERO UNO. Non che lo avesse mai ritenuto tale: era stato solo un tentativo di essere gentile. Ora avrebbe voluto spaccargliela su quella faccia idiota.

«Buongiorno, Charlene» le aveva detto. Mentre la scrutava da dietro il giornale, aveva un'espressione di sfida.

«Vuoi le uova, tesoro?» aveva chiesto Melody. Una sigaretta bruciava nel posacenere, la macchinetta del caffè gorgogliava e gli ospiti del talk show mattutino pontificavano in tivù. Fuori cadeva una pioggerellina deprimente.

«Non ho fame» aveva risposto lei. «Forse non riuscirò a mangiare per il resto della vita.»

Graham aveva sostenuto il suo sguardo.

«Oh, piantala» aveva detto la madre. «Sei un fuscello. Pane tostato?»

«Certo, okay. Grazie.»

Melody aveva inserito le fette di pancarré nel tostapane ed era salita a prepararsi per il lavoro. Per qualche istante erano rimasti lì seduti, lui a far finta di leggere, lei ad ascoltare la televisione, fissando la carta da parati.

«Stavo pensando, stasera, di fermarmi a prendere un lettore dvd al posto del vecchio vhs.»

Erano mesi che lo supplicava di comprarne uno. Ormai le videocassette si potevano prendere solo in biblioteca. Era imbarazzante non avere un lettore dvd.

L'uomo aveva posato il giornale sul tavolo davanti a sé, ordinatamente ripiegato, e ci aveva intrecciato sopra le dita. I suoi capelli erano ancora umidi dopo la doccia, la camicia in jeans faceva risaltare l'azzurro degli occhi. Si era sporto leggermente in avanti, e lei si era scostata. Leggeva rimorso nel suo volto, qualcosa di triste.

«Che ne pensi, Charlene?»

Che cosa le stava offrendo? Era un modo per scusarsi? O per comprare il suo silenzio? Lei aveva quasi quattordici anni all'epoca, e sapeva che Graham aveva commesso qualcosa di sbagliato, qualcosa per cui Melody lo avrebbe probabilmente lasciato, per cui, forse, rischiava addirittura di finire in prigione. Ti insegnavano certe cose a scuola: quello che era okay, quello che non lo era, e Charlene era abbastanza grande, abbastanza sveglia per capire. Allora perché era *lei* che provava un misto di vergogna e paura? Continuava a pensare a lui, lì sdraiato, con quello sguardo smanioso in volto. Ma se l'avesse detto alla madre, sarebbe crollato il mondo. E non era come se lui l'avesse *toccata*.

Lo aveva fissato negli occhi, sostenendone lo sguardo anche se la cosa le faceva torcere lo stomaco.

«Sarebbe fantastico, Graham» aveva detto. «Ma servirebbe proprio anche un televisore nuovo.»

La strada si stendeva davanti a loro e Charlene la guardava scomparire sotto il muso dell'auto. Lo trovava ipnotico: il modo in cui l'abitacolo si riempiva di luce arancio quando passavano sotto gli alti lampioni dell'autostrada, poi ripiombava nell'oscurità per un altro breve intervallo. Dopo un po' l'adrenalina la abbandonò, lasciandola debole ed esausta.

Una volta si assopì, quindi si svegliò di soprassalto con uno scatto, sentendosi improvvisamente impaurita. Ma si costrinse a calmarsi. *Lui mi sta aspettando* si disse. *Ha ricevuto il mio messaggio e mi aspetterà. Andrà tutto bene.* Pensò a Kat Von D del reality *LA Ink*, che aveva lasciato casa a quattordici anni e ora stava in tivù, era una tatuatrice famosa: a lei era andata liscia. Rincorrendo quei pensieri stava per addormentarsi di nuovo.

Un'asperità del terreno la destò bruscamente. Era buio, se non per le luci del cruscotto. Le ci volle qualche secondo per rendersi conto che avevano lasciato l'autostrada e viaggiavano lungo una via sterrata, deserta. Non un lampione, non una casa in vista: solo le sagome nere degli alberi contro il cielo. Avvertì un tuffo di paura.

«Ehi» disse, ostentando disinvoltura. «Dove siamo? Dove stiamo andando?»

Il vecchio orologio analogico sul cruscotto, illuminato da una luce giallo opaco, segnava mezzanotte e trentadue minuti.

11

Jones Cooper era stato un bel ragazzo. Un campione di football, un ottimo studente, il principe della Hollows High. E Maggie Monroe, anche se non si sarebbe mai sognata di ammetterlo, aveva trascorso gli anni della scuola ad ammirarlo da lontano. Il corpo di lui era un perfetto esempio di anatomia maschile. Veloce, agile, possente… Ogni centimetro esattamente come doveva essere.

Ma non era per questo che Maggie si ritrovava a fantasticare su di lui, contemplandolo segretamente dalle tribune; era perché, sotto quella coltre dorata, c'era un luogo dove il sole non arrivava. Un occhio interiore che *vedeva*. Jones sapeva che al di là di The Hollows, la città che aveva ai suoi piedi, c'era un mondo. E che quel mondo poteva essere terribile e spaventoso. C'era qualcosa di oscuro in Jones Cooper, o forse solo qualcosa che riconosceva l'oscurità.

Per lo meno, questo era ciò che Maggie credeva di vedere, ogni volta che lo guardava. Lei era la secchiona dal look darkeggiante, con le unghie nere e l'eye-liner. L'intellettuale. La poetessa. La fricchettona. Gli occhi di Jones non l'avevano mai sfiorata, all'epoca, anche se oggi lui raccontava le cose diversamente. *Ti ho sempre notata. Solo mi dicevo che eri troppo intelligente per un bestione ottuso come me.*

Ma lei ricordava che il suo sguardo era sempre per le più carine, per le più popolari: ragazze che lo facevano risplendere della loro luce quando le portava in giro. A Maggie non dispiaceva: lui era una stella lontana e lei non aspirava a toccarlo, solo a contemplarlo con stupore e ammirazione.

Comunque non aveva tempo per i ragazzi: doveva studiare, ottenere risultati, sapendo che l'istruzione era il suo unico biglietto per andarsene dalla città che odiava. The Hollows, nella sua giovane mente, era la bocca dell'inferno, un vuoto sociale e culturale, popolato da gente meschina con vedute ristrette: le reginette del liceo, le cameriere delle pizzerie, i proprietari delle stazioni di servizio, le casalinghe disperate. The Hollows era solo a centosessanta chilometri da New York, ma avrebbe potuto trovarsi su un altro pianeta, e Maggie sapeva istintivamente che, se voleva andarsene, avrebbe dovuto combattere la forte attrazione gravitazionale della cittadina.

Alla fine era stato proprio Jones a trattenerla. Non lo avrebbe mai creduto possibile quando si era diplomata alla Hollows High e si era trasferita in città per frequentare la New York University. All'epoca del college non tornava mai a casa per più di un weekend. Persino d'estate riusciva a trovarsi dei lavoretti o degli stage, e qualche alloggio a buon mercato. In seguito era passata direttamente alla laurea specialistica in psicologia. Tra quegli studi impegnativi, il lavoro e quindi il tirocinio, poteva trascorrere anche un anno senza rivedere i suoi – succedeva solo quando erano loro a venire in città per portarla a cena, visitare un museo, andare a teatro.

«Non torni mai a casa» si era lamentata una sera al telefono sua madre. «La gente mi chiede perché.»

«Mi dispiace, mamma.»

Ma il pensiero di quella città, di quella vecchia casa, del battibeccare continuo dei suoi genitori, dei mal di testa che immancabilmente l'affliggevano a ogni visita bastava a trattenerla.

«Jones Cooper ha chiesto di te.»

«Davvero?» Il nome le era suonato piacevolmente distante. Jones Cooper. Come una canzone che aveva amato, ma di cui non riusciva a ricordare esattamente la melodia. «Com'è che l'hai incontrato?»

«La città sta cambiando. Ci sono stati problemi di droga a scuola. Un ragazzo ha portato una pistola, il mese scorso. Jones Cooper è venuto alcune volte nel mio ufficio.»

«*Veramente?*» Era difficile immaginare armi e droga alla Hollows High. Ai suoi tempi, al massimo, gli studenti sgraffignavano qualche sigaretta, falsificavano i documenti per comprare alcolici, tutt'al più fumavano un po' d'erba.

«Sì, veramente» aveva ribattuto secca Elizabeth. «Negli ultimi due anni si è diffuso lo spaccio delle metanfetamine. È un problema in tutto il paese, specie nelle aree rurali come questa.»

Maggie lo sapeva naturalmente, ma, chissà perché, aveva sempre pensato che The Hollows fosse immune a quel genere di piaga sociale. Non le piaceva l'idea che sua madre, all'epoca sulla cinquantina, minuta e apparentemente sempre più piccola ogni volta che la vedeva, girasse tra tossici e teppisti armati. A volte una ramanzina in presidenza non era sufficiente.

«Non pensi di andare in pensione, mamma?»

Elizabeth aveva emesso uno sbuffo sprezzante. «Di qui uscirò con i piedi in avanti.»

Vecchia cocciuta aveva pensato Maggie, ma, ovviamente, si era ben guardata dal dirlo.

Mentre stava finendo il dottorato alla Columbia University, a suo padre avevano diagnosticato un tumore al polmone all'ultimo stadio. Nei mesi successivi si era ritrovata a The Hollows in ogni momento libero, per aiutare la madre ad assistere il marito, che lottava ammirevolmente ma peggiorava in fretta e, infine, morì fra atroci sofferenze.

Nel ricordo di Maggie, quel periodo era un miscuglio sfocato di spossatezza e infelicità, ma era stato anche un'epoca di vicinanza nel dolore. Da adulta non aveva mai passato tanto tempo con i suoi genitori: aiutandoli, confortandoli, semplicemente stando lì per loro. Maggie ed Elizabeth erano uscite cambiate dalla violenza di quella morte, che tuttavia le aveva avvicinate come mai prima.

Al rinfresco tenuto dopo il funerale del padre, Maggie era riuscita a isolarsi dalla folla e a restarsene da sola in veranda sul retro, contemplando la costosa proprietà, i salici piangenti e, più oltre, i folti boschetti di faggi e frassini. Era una giornata grigia, umida, con una pioggerella lieve che lucidava tutto.

Si era sentita una mano sulla spalla. «Mi dispiace per tuo padre, Maggie. Era un brav'uomo.»

Voltandosi, si era trovata davanti Jones Cooper. Era più robusto di quanto ricordasse, con delle rughette premature intorno agli occhi e i capelli biondi più scuri di una o due tonalità. Niente di tutto ciò intaccava minimamente la sua bellezza: era ancora immerso nella stessa luce dorata di un tempo. E con quella stessa ombra interiore.

«Grazie» gli aveva detto. Il calore le era affluito al volto, con l'impetuosità dell'attrazione fisica.

Aveva scoperto che con lui non si sentiva affatto impacciata o a disagio. Se le avesse rivolto la parola ai tempi del liceo, sarebbe andata a fuoco per l'imbarazzo. Quel pomeriggio, invece, erano rimasti fianco a fianco nel giardino, immersi in un gradevole silenzio.

Poi Jones aveva detto: «Sei andata via di qui per non tornare».

C'era, nella sua voce, qualcosa di malinconico che l'aveva sorpresa: non aveva mai pensato che anche Jones Cooper potesse voler lasciare The Hollows.

Annuendo, aveva avvertito in gola il groppo del senso di colpa: aveva passato più tempo con il padre sul letto di morte che in tutti gli anni successivi al diploma. Se non fosse rimasta così ostinatamente lontana, forse sarebbe riuscita a conoscere meglio il genitore nella vita adulta. Per qualche arcana ragione si era sorpresa a raccontarlo a Jones, benché fosse certa che era lì solo per fare le condoglianze. E tuttavia lui l'aveva ascoltata, senza mai distogliere gli occhi.

Alla fine, le aveva detto: «I tuoi genitori volevano che tu avessi la tua vita. Ti hanno cresciuto perché diventassi indipendente e te ne andassi di qui; è tua madre che me l'ha detto. Lui sapeva che gli volevi bene. E quando hanno avuto bisogno di te, sei tornata. Non è poco».

Era abituata a offrire conforto e sollievo agli altri e l'aveva stupita il fatto di riceverne, di sentirsi riconoscente. Si era sorpresa a piangere, portandosi la mano agli occhi, e aveva sentito le braccia di lui che la cingevano. In un certo senso, da quel momento non aveva più lasciato The Hollows. Gli anni erano cresciuti intorno a quell'abbraccio come un rampicante.

Ora litigavano. Di nuovo. Purtroppo era il loro modo di affrontare i periodi di stress. Ciascuno dei due era per l'altro un posto sicuro in cui sfogare la rabbia. Era cominciata uscendo dalla casa di Denise, con Jones che le diceva di rientrare, che da quel momento in poi avrebbe preso in mano lui la situazione.

«Dov'è Ricky?» chiese Maggie, lanciando un'occhiata al SUV

del marito e aspettandosi di vedere il figlio, con il muso lungo, sul sedile del passeggero.

«A casa, con Chuck.» Chuck Ferrigno, uno dei detective della squadra.

«Che vuoi dire? Per fargli domande su Charlene?»

Una voce femminile che saliva di tono, dall'interno della casa, li fece voltare entrambi per un momento verso la porta. Poi tornarono a guardarsi.

«Ma certo» rispose lui.

«Hai lasciato un minorenne solo con un poliziotto, senza un genitore né un avvocato presente, a rispondere sulla scomparsa di una ragazza?»

«Andiamo. Ricky è figlio di un poliziotto. E non è certo un caso di rapimento questo. Charlene non è stata sequestrata, è scappata di casa.»

Chissà come, Maggie sentì di nuovo nella mente la domanda supplichevole di Melody Murray. *Tu come lo sai?*

Anche di Sarah tutti avevano pensato che fosse scappata, dopo la lite al telefono con sua madre. Per tentare di passarla liscia... Per far preoccupare tutti... In seguito qualcuno aveva accusato la polizia di non aver agito con la dovuta sollecitudine. Ma quella era un'altra ragazza, secoli prima.

«Che c'è che non va in te, Jones?» chiese al marito, riducendo la voce a un sussurro. «Non hai l'istinto di proteggere tuo figlio?»

Lui si ritrasse come se lo avesse schiaffeggiato. Prima che avesse la possibilità di controbattere, Melody uscì a precipizio dalla porta, avventandosi su di lui. Sembrava posseduta da un demonio. Quando parlò, fu con un lamento appena intelligibile.

«La troverai, Jones? Farai qualcosa, a parte restartene lì con quell'aria di superiorità sulla tua fottuta faccia? Troverai mia figlia?»

«Melody» disse Jones, con voce sorprendentemente pacata e gentile. Le pose le mani sulle spalle. «Calmati. La troveremo.»

Lei ricominciò a piangere, il volto che passava da una maschera di rabbia a una caricatura della disperazione, poi gli crollò addosso, e lui la sostenne, la riaccompagnò in casa. La luce si accese tremolando a una finestra di qualche villa adiacente e Maggie sentì aprirsi una porta. Non sarebbe passato molto prima che si spargesse la notizia dell'accaduto.

Denise era in piedi sulla soglia, pietà e disprezzo che si contendevano l'espressione del suo volto. La reginetta della scuola. Jones trascinò Melody su per i tre gradini dell'ingresso. L'astro del football e la tossica. Anche gli altri poliziotti, Tony Jackson e Mark Albright, erano attori nello stesso film, figure tipiche di qualunque scuola superiore della East Coast: il nerd patito di questioni scientifiche e il ciccione. E infine Maggie, la dark che non vedeva l'ora di andarsene a New York, ma poi aveva finito per tornare. Eppure erano tutti molto più di quello, vero?

L'unica che non sarebbe più potuta diventare ciò che doveva era Sarah. E tuttavia era *lì*, nella mente di ciascuno. Come avrebbe potuto non esserci? Tutti la ricordavano: non aveva mai lasciato quel posto neanche lei.

12

Sarah era sempre stata fra loro ma, in un certo qual modo, in disparte. Non apparteneva a quel luogo – a The Hollows, alla scuola – e lo sapeva. Tutti lo sapevano. Eppure nessuno avrebbe potuto accusarla di essere una snob o di fare la sostenuta. Come altro poteva essere una che a neanche quattordici anni conosceva già la passione e la disciplina dell'artista? Come, se non distante da tutti loro, che a malapena sapevano ciò che volevano fare, ciò di cui erano capaci?

La musica l'aveva reclamata quando era troppo giovane per conoscere qualunque altra cosa. Maggie, a ripensarci, lo ricordava benissimo: quando Sarah suonava il violino scompariva, diventava una porta attraverso la quale fluiva il suo prodigioso talento. E ricordava il volto trasfigurato, il palpito delle ciglia, il capo che si muoveva lento e flessuoso: con un archetto in mano, la ragazza sembrava letteralmente dimentica di sé. Perduta e ritrovata. Era una cosa speciale, una cosa fuori dal comune. E tutti, persino quelli che normalmente avrebbero deriso, schernito, denigrato una realtà che non capivano, si tenevano a rispettosa distanza.

I suoi genitori si erano trasferiti a The Hollows dal Pacific Northwest, perché potesse vivere più vicino a New York, senza che cadesse preda delle minacce e delle tentazioni dell'ambiente metropolitano. Sarah era sempre assente il venerdì, quando andava alla Juilliard School per tutto il giorno con sua madre a seguire il programma di preparazione al college. A volte restavano in città per il weekend e tornavano la domenica pomeriggio. Era il massimo del glamour, eppure lei sedeva alla stessa mensa di tutti gli altri, non riusciva ad arrampicarsi sulla fune, veniva trattenuta dopo le lezioni per aver passato bigliettini a Melody in classe. Come tutti, ma differente.

Maggie non pensava a Sarah Meyer da anni. Non in quel modo. Non le capitava spesso di ricordare come vivesse, chi fosse. Sarah era stata definita per sempre dal modo in cui era morta. Era l'incubo di ogni genitore, un monito, una fiaba con la morale. Dimostrava che tutto ciò che temevano era possibile, anche in quella tranquilla cittadina né troppo metropolitana, né troppo rurale. Il peggio accadeva. Anche lì.

A questo pensava Maggie mentre osservava suo figlio stravaccato sul lungo divano del soggiorno. Ai lati dell'ampio caminetto in pietra, sulla parete di fronte, c'erano scaffali pieni di libri e fotografie, vecchi trofei sportivi di Jones, creazioni che Ricky aveva realizzato nell'ora di educazione artistica: un posacenere, la scultura di una rana… Il soffitto alto con le travi a vista conferiva alla sala un'aria raffinata, ma era un ambiente caldo, vissuto, dove mangiavano la pizza, guardavano film alla tivù, rovesciavano bibite sul tappeto: niente a che vedere con il palcoscenico su cui vivevano Denise e Britney. Era una stanza concepita per il comfort, con riquadri di morbida moquette, un comodo divanetto a due posti, un nuovo televisore ultrapiatto appeso alla parete.

«Se sai qualcosa, figliolo…» stava dicendo Chuck, mentre Maggie entrava nella stanza. L'uomo e il ragazzo alzarono gli occhi per guardarla, ma nessuno dei due le rivolse un cenno di saluto.

Chuck proseguì: «Ora è il momento di farcelo sapere. Prima che la situazione ci sfugga di mano. Se se n'è andata e sai dove, non l'aiuterai tenendolo per te».

Maggie sedette accanto al figlio. «Sai qualcosa, Ricky?»

Lui rispose scuotendo il capo, gli occhi inespressivi fissi a terra. Era un ragazzo carismatico, quando voleva. Ma quando non voleva, era una scatola chiusa ermeticamente. Proprio come suo padre.

«Te l'ho detto» aggiunse poi, la voce che si venava di lieve irritazione. «Charlene mi ha bidonato stasera. Non ha risposto alle mie chiamate. Se sapessi dov'è, lo direi. Soprattutto con sua madre così sconvolta.»

«Ricominciamo dal principio. Dovevate incontrarvi. Dove?»

«In pizzeria. Da Pop's.»

«Lei come avrebbe fatto ad arrivarci?»

«Con sua madre, credo. Non gliel'ho chiesto.»

«Non gliel'hai chiesto? Non ti sei offerto di andarla a prendere tu?»

«Char non ha il permesso di venire con me. Sua madre non vuole che salga in macchina con i ragazzi.»

Chuck emise una risatina cospiratoria, una specie di sorriso "mi-ricordo-com'è", e alzò gli occhi al cielo. Maggie vide Ricky sorridere a sua volta.

Poi: «Quindi non giravate mai in auto insieme?».

«No, lo facevamo» ammise Ricky. «Continuamente. Ma sua madre non lo sapeva. Non andavo a prenderla a casa.»

Chuck annuì lentamente. Era un tipo massiccio, con una testa di capelli castano scuro che cominciavano appena a diradarsi e un viso dolce, rotondo. Aveva sempre un aspetto leggermente stropicciato, tanto più ora che, evidentemente, era stato buttato giù dal letto, con un'ombra di barba e la chioma appiattita sulla nuca.

Il suo modo di fare induceva la gente a non prenderlo troppo sul serio, ma Maggie sapeva che sarebbe stato un errore sottovalutarlo.

«Che altro non sa sua madre?» domandò il detective.

«Basta così, Chuck» disse lei. «Lo stai interrogando? Ci serve un avvocato?»

«Andiamo, Maggie. È scomparsa una ragazza.»

«E Ricky ha dichiarato di non sapere nulla.» Non le piacque il tono stridulo e difensivo che percepì nella sua stessa voce.

«Be'» disse Chuck. Lanciò un'occhiata al ragazzo, che sembrava sprofondare sempre più nel divano. «Io invece credo di sì.»

Nel silenzio che calò tra loro, Maggie udì il ticchettio del vecchio orologio del nonno. Lei e il detective si guardarono negli occhi. Chuck non era cresciuto a The Hollows, era un poliziotto navigato di New York che si era trasferito nella cittadina alla nascita del secondo figlio. La moglie non voleva più aspettarlo sveglia ogni notte in preda al terrore, chiedendosi quando due colleghi avrebbero bussato alla sua porta con l'infausta notizia. Per due anni aveva girato di pattuglia, poi era stato promosso alla sezione investigativa con un ottimo punteggio all'esame.

«Mi ha mollato, okay?» disse Ricky. La sua voce era debole, come lo diventava sempre quando stava per piangere. «Prima mi ha bidonato e poi ho ricevuto un messaggio su Facebook.»

Maggie si voltò a guardare suo figlio. La maschera inespressiva era svanita: ora appariva identico a quando il suo migliore amico dell'asilo si era trasferito o a quando Patches, il loro cane, era stato investito da un'auto, morendogli tra le braccia. La tristezza – quella profonda, senza falsi pudori, dei giovani – gli piegava gli angoli della bocca all'ingiù, gli incurvava le spalle. Leggendogliela in faccia, Maggie provò una stretta al cuore. E avvertì un moto di rabbia nei confronti di Charlene, sciocca ragazzina egoista che aveva scatenato quel putiferio, causato tutto quel dolore, solo per una lite con la madre.

«Che cosa diceva il messaggio?» domandò Chuck, gentilmente. «Diamo un'occhiata.»

Seguirono Ricky di sopra, al pc. Jones era sempre stato contrario a lasciargliene avere uno in camera propria, pretendendo invece che ci fosse un'area computer comune a tutta la famiglia, dove monitorare l'attività online del figlio, proteggerlo dai predatori della rete, impedire che scaricasse film porno… Ma quando Ricky aveva compiuto sedici anni, i genitori avevano deciso di concedergli la sua privacy, di considerarlo abbastanza sveglio e degno di fiducia da meritare quel piccolo privilegio.

Nel caos totale che era la sua stanza, le pareti erano tappezzate di poster su ogni centimetro disponibile; una mensola reggeva una miriade di trofei calcistici, che il ragazzo aveva vinto fino alle medie, prima di innamorarsi della batteria; una cesta di vimini straripava di panni sporchi; una tazza attendeva, piena di un liquido rafferno. Nel locale aleggiava un tanfo di sudore e di cibo. *Cipolle* pensò Maggie. *Puzza di cipolle, qui dentro.*

Ricky sedette al computer e mostrò loro lo schermo. Il messaggio era già aperto, come se l'avesse riletto più volte. Maggie si mise alle sue spalle per vedere, come aveva fatto con Britney. Chuck si piazzò dietro di lei.

Scusami se non sono venuta all'appuntamento. È successa una cosa a casa e non posso tornarci stasera. Forse mai più. Ad ogni modo, è meglio se noi due ci diciamo addio, Rick. Io devo seguire la mia strada, tu la tua. Andare al college, essere un bravo ragazzo. Forse un giorno ci incontreremo di nuovo. Ti amo, davvero. Mi dispiace. Char

«Dove potrebbe essere andata?» domandò Chuck, scostandosi per fare posto a Ricky, che si alzava dalla poltroncina.

Il ragazzo si lasciò cadere sul letto e sprofondò la testa tra le mani. «Non lo so. Ha sempre detto di voler andare in città. Sosteneva di avere degli amici che potevano farla entrare nel business musicale, ma non so chi.»

«Non sei mai andato in città con lei?» chiese Chuck. «Non hai mai incontrato qualcuno di questi amici?»

Ricky guardò la madre. «Siamo stati a New York per vedere qualche concerto e roba simile, ma non ho mai incontrato nessuno di quei presunti contatti. Sinceramente, ho sempre pensato che se li fosse inventati. Ogni tanto Char si inventa delle cose, sapete… Cose che la fanno sentire meglio.»

«Mente, vuoi dire?» concluse Chuck.

«Sì, ma tipo… storie, capite… sogni. Lei odia questo posto, odia il suo patrigno. Le ho sempre considerate fantasie per evadere dalla realtà.»

«Britney ha detto che Charlene aveva paura di Graham» intervenne Maggie. Sedette accanto al figlio e gli circondò la spalla con un braccio. Si sorprese quando lui le si fece ancora più vicino, invece di sottrarsi all'abbraccio. Chuck era in piedi, imponente nel vano della porta. Era un omone con la pancia sporgente e il torace ampio. E ora che si stava accigliando, incuteva timore.

«È vero?» domandò.

«Non aveva proprio *paura*. Fondamentalmente, non si fidava di lui. Diceva che era *invadente* con lei, questa era l'espressione che usava. Graham picchiava sua madre, ma anche Melody lo aveva colpito qualche volta. È un rapporto burrascoso.»

Chuck sospirò e si grattò la testa. Da qualche parte, addosso a lui, squillò un cellulare. Lo estrasse dalla tasca dei jeans e guardò rapidamente il display.

«Okay, figliolo» disse distrattamente, gli occhi ancora fissi sull'apparecchio. «Quando la sentirai – e io credo che succederà – dovrai avvertire qualcuno. Cerca di convincerla a tornare: una ragazza sola può finire in un mare di guai, là fuori.»

«Lo farò» disse Ricky.

Maggie avvertì un fremito di panico per Charlene, ogni risentimento improvvisamente dileguato. Seguì Chuck giù per le scale.

«E adesso?» gli chiese sulla porta.

«La stanno cercando tutti. L'intero dipartimento farà gli straordinari, stanotte, per bussare alle porte di amici e conoscenti. La troveremo.»

«Potrebbe già essere su un treno per New York, se era diretta lì.»

«Dirameremo un bollettino in tre stati, inseriremo il suo nome nel NCIC e nel DCJS.» Maggie conosceva i database, ma in quel momento non riuscì a ricordare il significato delle sigle. «Contatteremo il Centro minori scomparsi e maltrattati, manderemo una foto. Conosci le statistiche, Maggie: il settanta per cento degli adolescenti scappati di casa torna entro una settimana.»

Conosceva le statistiche, ovviamente. Ma i numeri non significano nulla quando si parla di una ragazzina che conosci, che ti sta a cuore. Là fuori c'erano persone – predatori – che aspettavano solo una come Charlene, una giovane con grandi sogni, convinta che a nessuno importasse veramente di lei, spaventata dal patrigno, in lite perenne con la madre. La rabbia che Maggie aveva provato nei suoi confronti era svanita. Al suo posto, restava qualcosa di simile alla paura. Il peggio accadeva. Anche lì.

Quando chiuse la porta alle spalle di Chuck e si voltò per tornare da suo figlio, l'orologio del nonno segnava l'una e cinque. Non aveva neppure sentito il rintocco.

Il giorno sarebbe arrivato. Lo sapeva, naturalmente. Perché, persino allora, quando era giovane e sprovveduto, sapeva che non si poteva nascondere uno sbaglio del genere e farla franca. E, anche se non c'era alcuna ragione per sospettare che il giorno fosse quello, lui lo sentiva. Era stato il viso di Melody, quell'orrenda smorfia di rabbia e disperazione. Il suo volto, la sua voce: lo facevano tornare indietro con la mente. Avrebbe dovuto lasciare The Hollows tanto tempo prima, andarsene al college come Maggie e non tornare mai più. Ma non lo aveva fatto.

C'era tutta una lista di giustificazioni. Per un problema al ginocchio erano sfumate le sue speranze di ottenere una borsa di studio (vecchio cliché); sua madre era malata e non avrebbe potuto rimanere da sola; lui aveva sempre sognato di diventare poliziotto nella città in cui era cresciuto, di restituire il bene che gli era stato fatto. Motivazioni valide e con un fondo di verità, ma restavano comunque una bugia. La realtà era che non gli sarebbe servita una borsa di studio: i soldi c'erano (e, in ogni caso, non era mai stato un gran fuoriclasse: era solo migliore dei suoi mediocri compagni di squadra). La madre era malata, sì – mentalmente instabile – ma era stato lui a incaponirsi nel volerla accudire, anche quando altri della famiglia si erano offerti di dargli una mano. Gli *piaceva* l'idea di fare il poliziotto a The Hollows – una forma di espiazione, probabilmente – ma non sarebbe stata sufficiente a trattenerlo. No, la verità era che aveva avuto paura di partire. Era stato un vigliacco.

Non il tipo di vigliacco che scappa davanti alle difficoltà: non era il genere di persona che ha paura di volare, o dell'altezza o degli ambienti chiusi e ristretti, né dei doveri o delle responsabilità; quella parte era facile. Ciò che lo spaventava erano i lunghi spazi vuoti tra quelle azioni. Gli spazi in cui la vita veniva veramente vissuta.

Il pianto di Melody si era trasformato in un gemito sommesso. Gli agenti stavano battendo i dintorni, mentre gli altri della squadra proseguivano con il porta a porta, con le telefonate. Mentre guidava, Jones perlustrava con gli occhi il ciglio della strada, in cerca di uno zainetto abbandonato, di un indumento. Di qualsiasi cosa. Aveva chiesto a Melody di fare lo stesso. In un distretto più popoloso, non ci sarebbe stato il tempo né la manodopera sufficiente per dedicare tanta attenzione a una ragazza che era già scappata prima e, probabilmente, lo avrebbe fatto ancora, ma in una cittadina come The Hollows, dove tutti si conoscevano, pareva l'unica cosa sensata da fare.

«Dov'è Graham?» domandò.

«E io che ne so?» rispose secca Melody. Il tono difensivo destò l'attenzione di Jones.

«Non l'hai chiamato per dirgli che Charlene è scomparsa?»

«Certo che l'ho chiamato. Il telefono era spento.» Vedendo che lui non commentava, aggiunse: «Mi aveva detto che forse sarebbe andato a caccia, questo weekend».

«È l'una passata e non sai dov'è tuo marito?» Le parole del detective suonarono dure, severe.

«Non tutti hanno un matrimonio *perfetto* come te e Maggie» ribatté la donna con un sorrisetto cattivo, mentre prendeva un pacchetto di sigarette dalla borsa.

«Non puoi fumare qui dentro, Mel.»

Lei accese ugualmente la sigaretta e abbassò il finestrino. Jones represse l'impulso di strappargliela di mano e gettarla fuori. Era sempre stata una stronza, una cafona sfrontata, e lui non considerava Charlene molto meglio. Più intelligente, forse. E più carina di quanto Melody fosse mai stata. Ma davvero Charlene era la degna erede della madre, una manipolatrice in cerca di un fesso

142

da abbindolare: l'aveva sempre sospettato e ora lo sapeva per certo.

Presero la via che usciva dal complesso e si dirigeva serpeggiando verso la zona rurale. Poi Jones svoltò a destra, su un tratto non asfaltato che, oltrepassato un ponte di pietra, s'inoltrava nel bosco. Era uno scorcio di natura selvaggia tra due aree residenziali, una striscia di una ventina di ettari che costeggiava il retro delle residenze più lussuose, in modo che la gente di città potesse sentirsi veramente in campagna.

Il posto in cui vivevano Melody e Charlene, The Acres, era più medio-borghese. Medio-basso, per la verità. Alla stazione di polizia lo chiamavano «il Quartiere delle Lagne» a causa delle numerose chiamate per violenze domestiche (la legge non richiedeva più che fossero le donne maltrattate a sporgere denuncia, perché non lo facevano quasi mai). Agli occhi degli agenti inviati a controllare, si presentava immancabilmente lo stesso scenario: marito inferocito che viene ad aprire la porta, moglie piangente alle sue spalle. Ma raramente i poliziotti si portavano via il coniuge violento se non erano proprio costretti: se lei non era così malridotta da non poter soprassedere, se non appariva chiaro che, la volta successiva, ci sarebbe stato bisogno di chiamare l'ambulanza o il medico legale.

L'auto di pattuglia era passata spesso da Melody e Graham. A volte sanguinava lui, a volte lei. Ed era stato sempre un vicino a chiamare, per lamentarsi degli schiamazzi. Jones sapeva com'era crescere così e avvertì un moto indesiderato di compassione per Charlene. Se non altro lei aveva avuto il fegato di scappare: lui non ci era mai riuscito. Era stato suo padre, alla fine, ad andarsene per non tornare mai più.

The Acres non era un brutto quartiere: le vie erano fiancheggiate da casette a un piano e villini a schiera. Ogni tanto si poteva notare qualche vecchia auto veramente scassata, o fili per stendere i panni sul retro delle case, una baracca di lamiere arrugginite, un giardinetto disseminato di giocattoli o con le biciclette gettate a terra: la gente, lì, non aveva il tempo, e tanto meno il denaro, per dedicare troppe cure al giardino, rinnovare le vernici scrostate, estirpare le erbacce che spuntavano tra il ghiaino rado dei vialetti carrabili. Tutti facevano almeno due lavori per sbarcare il lunario.

A The Oaks, invece, meno di due chilometri più a sud, le abitazioni a un solo piano lasciavano il posto a dimore imponenti – quattro, cinquecento metri quadri – circondate da alberi centenari, verde curato alla perfezione, veicoli ultimo modello in garage a tre posti. I bidoni delle immondizie sparivano non appena il camion della nettezza urbana era passato. I vialetti erano pavimentati con mattonelle multicolori, le caselle della posta installate su impeccabili aiuole fiorite. Qui vivevano i medici, gli avvocati, i professionisti della finanza che facevano quotidianamente la spola con New York. Durante il giorno il quartiere brulicava di attività: tate, domestiche, paesaggisti, pulitori di piscine, che vivevano per lo più a The Acres o in una delle aree circostanti, vicino alla scuola superiore.

La famiglia di Jones non abitava nell'uno o nell'altro quartiere, avendo scelto invece la zona più hippie, non lontano dalla piazza principale. La chiamavano SoHo, abbreviazione di South Hollows, cosa che Maggie aveva sempre trovato divertente, perché per lei c'era una e una sola SoHo, e stava a Manhattan. La loro casa vittoriana ristrutturata sorgeva in una via tranquilla, bordata di alberi, a pochi isolati da negozi, ristoranti, biblioteca, palestra di yoga. Maggie ne aveva bisogno, dopo aver lasciato la città per vivere lì con lui. Voleva essere vicina a quelle poche attività che la cittadina aveva da offrire. E anche a Jones piaceva, benché all'inizio l'idea di abitare nei pressi della centrale non lo allettasse troppo. Ma ora che

144

teneva d'occhio la forma fisica, apprezzava la possibilità di tornare a casa a pranzo a piedi, per farsi un pasto più sano. Con il colesterolo sopra i duecentocinquanta e il peso sopra i centodieci, addio hamburger al formaggio, patatine fritte e bibite gassate consumati in auto con i colleghi: ora c'erano le lasagne di tacchino a casa da solo. Ma valeva la pena sforzarsi tanto di prolungare la vita, se poi non potevi nemmeno mangiarti quello che volevi?

Melody emise un colpo di tosse secca e buttò la sigaretta dal finestrino.

«Il mondo è il tuo posacenere – giusto Mel?»

«Chiudi il becco, Jones. Da quando ti sei trasformato in uno stronzo moralista?»

Fra The Acres e The Oaks, sulla scura strada sterrata, Jones fermò l'auto. Abbassò il finestrino e inspirò l'aria fresca. Sentiva il gorgogliare del torrentello che attraversava la città. Da qualche parte nel folto del bosco qualcosa si mosse, rapido e leggero. Un cervo in fuga dal rumore del motore, dalla luce dei fari. O forse qualcos'altro.

«Che fai?» chiese Melody.

«Do solo un'occhiata qui intorno un momento.»

Accese i fanali allineati sul tettuccio e l'area circostante fu inondata da un'intensa luce bianca. Tutto ciò che esisteva al di fuori svanì.

Jones scese dall'auto e scrutò l'oscurità che li circondava, tese l'orecchio. Poi si avviò lungo la discesa, giunse in riva al ruscello, e si affacciò a guardare sotto il ponte.

«Perché lo fai?»

Melody era scesa dal veicolo, andando a mettersi accanto a lui, e si sporgeva dal muretto in pietra.

«Qui è dove trovarono il corpo, ricordi?»

Quando la guardò, era pallida come un lenzuolo.

«*Perché* lo fai?» ripeté lei. La sua voce era un sussurro rauco, il volto si trasformò in una maschera di paura e di dolore. Lui avvertì una piccola fitta di rimorso: non aveva agito per ferirla o spaventarla, voleva solo qualcuno che ricordasse con lui, e non essere solo con quella storia, per una volta. Capì di colpo quanto fosse fuori luogo.

Sprofondò le mani nelle tasche dei jeans, fissò l'acqua nera, le pietre lucide sotto di lui. «Mi dispiace, non intendevo... Lei sta *bene*, Melody.»

Ma la donna gli aveva già voltato le spalle, era tornata al SUV. La portiera che sbatteva riecheggiò tutto intorno. Arrivare laggiù e vedere Charlene sarebbe stata una cosa tremenda, una replica macabra, odiosa. Era quello che aveva pensato di trovare?

In auto, Melody piangeva di nuovo. Lui salì al posto di guida e chiuse la portiera, accese il riscaldamento. Quel pomeriggio aveva sudato, ma ora l'aria era fredda. Una gelida coltre invernale si stava posando su The Hollows.

«Lo stai facendo per punirmi?» domandò lei. Lui non provò alcun desiderio di confortarla, di scusarsi ancora: rimpiangeva di essersi offerto di riportarla a casa; voleva solo che smettesse di piangere.

«Parli mai con Travis?» chiese la donna, quando vide che non le rispondeva.

«Lascia stare» tagliò corto. «Non intendevo...»

«Lo senti anche tu. Te lo leggo in faccia. Sembri uno che ha visto un fantasma.»

«Piantala, Melody.» Innescò la marcia e cominciò a guidare. «Torna in te.»

Jones e Travis Crosby non erano mai stati esattamente amici. No, amici mai, ma qualcosa di magnetico e irresistibile li attraeva continuamente l'uno verso l'altro, nel conflitto o nella complicità.

Il padre di Crosby era il capo della polizia di The Hollows, un uomo brusco e autoritario che aveva occupato quel posto per quasi trentacinque anni. Periodo nel quale la criminalità locale era scesa molto al di sotto della media. E le entrate derivanti da violazioni del codice della strada erano più alte che in qualunque altro distretto. Ma la crudeltà di quell'uomo, le sue crisi di rabbia erano ben note – e tutti sapevano che la parte peggiore era riservata a Travis.

Il padre di Jones, prima di sparire poco dopo il tredicesimo compleanno di suo figlio, aveva lavorato al caseificio appena fuori città: una fattoria dove i ragazzi arrivavano in bici nei pomeriggi d'estate per comprarsi il gelato, o nelle notti senza luna per dedicarsi al discutibile passatempo di infastidire le vacche. Un tempo, secondo la leggenda cittadina, i due uomini erano stati amici, ma una qualche spaccatura aveva allontanato le loro famiglie. Malgrado ciò, o forse proprio per quello, o perché condividevano un tacito odio per i rispettivi genitori, Travis e Jones si ritrovavano ogni tanto a gironzolare insieme. Quasi sempre ficcandosi nei guai.

Quel giorno, l'allenamento di football era finito tardi. Il weekend successivo ci sarebbero stati i play-off e il coach spremeva i ragazzi come limoni ogni pomeriggio. Jones arrivò all'auto quando il sole stava già calando, con le gambe che gli tremavano e la testa vuota per la stanchezza. Non si accorse di Travis, seduto sul cofano, finché non giunse a poco più di un metro di distanza.

«Bella macchina» disse Crosby.

«Regalo di compleanno di mia madre.» Era una Mustang rosso fuoco del Sessantasette rimessa a nuovo, in perfette condizioni e con un impianto stereo appositamente realizzato. Jones l'adorava, ma era anche imbarazzato dall'attenzione che attirava immancabilmente, dal suo lucido color ciliegia. E la odiava anche un po' per il modo in cui la madre gli faceva costantemente pesare quel dono. *Non sei fortunato ad avere una mamma che ti compra un gioiellino simile? Farai meglio a essere carino con me, a non lasciarmi come ha fatto tuo padre.*

«Dev'essere piacevole avere soldi a palate.»

Jones scoppiò a ridere: a The Hollows, nessuno aveva soldi a palate; non a quell'epoca. Qualche nuovo residente stava costruendo delle belle case sulle colline, ma la gente del posto discendeva dai coloni tedeschi: razza contadina.

«Mio zio restaura auto d'epoca» spiegò. «Non credo sia costata poi molto: solo un sacco di lavoro da parte sua.»

Travis annuì lentamente, passando la mano sul cofano. «Davvero, amico. È bella.»

«Grazie.»

«Me lo dai un passaggio?»

Girava ancora con una cicatrice rossa a mezzaluna sotto l'occhio, in seguito alla batosta che Henry Ivy gli aveva rifilato il giorno della partita. E, apparentemente, quel pestaggio gli aveva fatto abbassare un po' la cresta. Jones, come tutti alla Hollows High, ne era contento: Crosby era un bullo e uno stronzo. Ma in cuor suo non poteva evitare un filo di compassione per lui: è davvero il massimo dell'umiliazione farsi stendere davanti a tutta la scuola da uno che, fino a quel momento, era stato considerato il secchione più imbranato del globo.

Jones accennò all'auto con il mento e andò ad aprire il bagagliaio. Ci lasciarono cadere entrambi l'equipaggiamento da football.

In seguito avrebbe pensato spesso a quanto tutto sembrasse assolutamente normale, quel pomeriggio: esattamente come doveva andare. Erano due ragazzi qualunque – ciascuno con le sue difficoltà, ciascuno con una famiglia problematica alle spalle – in una serata gradevole e fresca. Avevano appena finito di allenarsi: erano sobri, sani. Non sentivano il bisogno di ammazzare il tempo in qualche modo, né di sfogare le energie. Tutti e due erano stanchi e Jones non vedeva l'ora di ritrovarsi sotto la doccia. Normalmente, sarebbero arrivati a casa entrambi nel giro di mezz'ora, lui avrebbe mangiato con sua madre, poi sarebbe salito in camera a fare i compiti, perché un calo della sua media avrebbe significato non poter giocare.

Ma, mentre uscivano dal parcheggio e svoltavano a sinistra per rientrare, videro l'ultimo autobus fermarsi per un attimo in lontananza, poi riprendere il tragitto. E, tutti e due, si accorsero di lei, della sua figura esile, gravata da un voluminoso zaino, la custodia del violino in mano. Sarah Meyer camminava con lenta determinazione.

«È a piedi?» chiese Travis.

«Così sembra» disse Jones. Lui non la conosceva per niente. Una volta era passato davanti all'aula di musica dove si stava esercitando. Non gli era sembrata una gran meraviglia e non era certo di capire il motivo di tutto il cancan che si faceva intorno a quella ragazza.

«Sai che cosa ho sentito dire di lei?» disse Travis, abbassando la voce anche se nessun altro poteva sentirlo.

«Che cosa?»

«Che fa dei gran pompini.»

Jones rise, ma a diciassette anni bastava il pensiero per sentire un leggero fremito al cavallo dei pantaloni. Ovviamente era una bugia, perché Travis Crosby era un bugiardo, s'inventava sempre le storie più assurde solo per provocare.

«Figurati.» Sarah era una ragazza piccola, minuta, con capelli sottili color topo, un eterno paio di pantaloni di velluto e golfini che, evidentemente, sua madre sceglieva per lei. Pareva sempre un po' tra le nuvole: anche in classe Jones l'aveva sorpresa, a volte, a guardare fuori dalla finestra sognando a occhi aperti.

«Non scherzo. L'ha succhiato a Chad Donner dietro le tribune, dopo la scuola, la settimana scorsa.» Fece la risata sguaiata per cui era famoso. Si stava eccitando anche lui.

«Al diavolo.»

«Lui ha detto che le piaceva. Che l'*adorava*. No, no, che ci andava *pazza*.»

«Chiudi il becco, Travis.» Jones si stava già pentendo di avergli dato un passaggio. Era sempre così: ogni volta che si ritrovava in giro con Crosby, si chiedeva perché mai non si fosse ricordato che quel tipo non gli piaceva affatto.

«Che cosa? Non mi credi? Domandiamolo a lei.»

Quando la raggiunsero, Sarah stava ormai lasciando la strada principale per dirigersi verso il vialetto sterrato che portava a casa sua. Era lungo più di un chilometro e si estendeva prima attraverso un campo, poi nel folto di un'area boschiva. Non la spaventava camminare lì da sola al tramonto? – si chiese Jones. Apparentemente no: aveva le spalle dritte e il passo deciso.

«Rallenta, rallenta» disse Travis, abbassando il finestrino.

Poi: «Ehi, Sarah» gridò. «Vuoi un passaggio?»

Ma Jones non si permetteva di dare la colpa a Travis per quanto accaduto in quella serata così normale. C'erano stati interi decenni a disposizione per meravigliarsi di ogni singolo particolare, della concatenazione di eventi insignificanti che li aveva condotti fin lì. Se lui non si fosse attardato negli spogliatoi, riluttante a rincasare da una madre in perenne attesa e a subire le sue asfissianti attenzioni, o se invece fosse rimasto più a lungo, se l'auto di Travis non fosse stata a riparare, se Sarah non avesse perso l'autobus, se Melody non fosse uscita di casa per andare incontro all'amica che aveva avvistato dalla finestra della sua camera…

Un'altra parte di lui, tuttavia, sospettava che nulla avrebbe potuto alterare il corso degli eventi. Che qualunque cosa ciascuno di loro avesse fatto quel giorno, si sarebbero ritrovati insieme nello stesso momento. Che non avrebbero potuto evitare in alcun modo l'istante in cui quella irripetibile combinazione di energie, desideri, paure si sarebbe concretizzata, dando vita a qualcosa di orribile.

Quel pensiero gli aveva sempre impedito di ricordare che era lui nella posizione di poter scegliere: era lui – letteralmente – che aveva le redini in mano. Non avrebbe dovuto far altro che tirare dritto, ignorando qualunque frecciata di Travis (*Oh, Cooper, il solito cacasotto*) e accompagnarlo semplicemente a casa. Solo che non l'aveva fatto.

13

Henry Ivy si era preso una settimana di sospensione per la sonora batosta che aveva inferto a Travis Crosby, ma non gliene importava. Era un epilogo annunciato da lungo tempo: Travis lo aveva terrorizzato fin dalle medie. Ripensandoci, ora che faceva il consulente scolastico e aveva una laurea in neuropsichiatria infantile, capiva che Travis Crosby era stato un ragazzo problematico e arrivava persino a provare compassione per lui. Ma all'epoca, dopo anni di umiliazioni, di vassoi rovesciati a mensa, pallottole di carta, graffiti sull'armadietto (HENRY IVY FROCIO, GAY, SUCCHIACAZZI...) e sangue dal naso (una volta a ginnastica per una pallonata in faccia) lo considerava solo il suo aguzzino. Non sapeva perché: lui non aveva mai fatto niente a quel ragazzo. Travis l'aveva semplicemente preso di mira in quanto facile bersaglio – uno su cui infierire senza difficoltà – con una sorta di lucida determinazione nel cogliere ogni opportunità per metterlo in ridicolo.

Per anni Henry aveva sopportato: non rispondeva, non reagiva, cercava solo di farsi piccolo piccolo, in attesa che la tortura finisse. Ancora più umiliante, benché meno dolorosa dell'evento in sé, era l'attenzione dei compagni di scuola. *Henry, stai bene? Dovresti prenderlo a calci in culo.* Di solito uno dei suoi pochi amici, un altro secchione come lui – perché Henry *era* il classico secchione imbranato, con occhiali spessi, camicie a quadretti e pantaloni di velluto – lo accompagnava in infermeria, offrendogli conforto e consigli. Ma la cosa più umiliante di tutte era quando, ad accompagnarlo, era Maggie.

«È una testa di cazzo» gli diceva Maggie Monroe. «E uno sfigato. Un giorno tu farai milioni di dollari e lui lavorerà alla stazione di servizio.»

«Lo so» le rispondeva. In realtà non lo *sapeva* affatto: sperava solo che un giorno lei l'avrebbe guardato senza commiserazione, con orgoglio e ammirazione. Forse persino con amore. Ma non era mai accaduto, benché Maggie avesse continuato a rivolgergli lo sguardo affettuoso e intimo di un'antica amicizia. Era già qualcosa. Era molto.

Oggigiorno, gli piaceva pensare, il tipo di tortura sistematica che lui aveva subito per mano di Travis Crosby non sarebbe stato tollerato. Qualcuno sarebbe intervenuto, perché gli educatori ormai erano tenuti a sapere quanto fosse dannoso il rapporto tra il bullo e la sua vittima, e i tragici effetti che poteva avere.

Ma all'epoca prevaleva un atteggiamento del tipo «sono ragazzi» e così le vessazioni di Travis erano proseguite indisturbate. Una volta Henry aveva persino sorpreso l'insegnante di educazione fisica a sogghignare per uno degli scherzi preferiti di Travis: nascondergli la biancheria e l'asciugamano mentre era nella doccia, in modo che fosse costretto ad arrivare nudo all'armadietto tra le risate generali.

Erano passati più di vent'anni ma, mentre si fermava davanti a casa dei Crosby, sembrava trascorso solo un mese. Parcheggiando e spegnendo il motore, avvertì una scarica di adrenalina, un fremito nelle mani. Ma qualunque cosa ci fosse stata tra lui e Travis, Henry teneva molto a Marshall, forse perché vedeva nel figlio di Crosby un'altra delle sue vittime. O forse c'era qualcosa di più profondo, di meno nobile nel suo interesse per il benessere di quel ragazzo problematico – quasi il desiderio di spargere sale sulla piaga del loro passato.

Al liceo, Henry aveva amato Maggie Monroe. Un amore doloroso, come una tremenda fitta a un organo interno che non riusciva a localizzare. Una malattia per cui non esisteva cura. Lei non lo ricambiava naturalmente, ma era stata la ragione per cui, al terzo anno, l'imbranato del liceo aveva messo su un po' di muscoli, stretto qualche amicizia in più, convinto sua madre a portarlo a comprare degli abiti un po' meno sfigati. Era stata la ragione per cui aveva picchiato Travis davanti a tutta la scuola, reagendo a un'offesa tutto sommato trascurabile. Mentre gli passava accanto sulle tribune, Crosby gli aveva ringhiato: «Finocchio del cazzo», abbastanza forte da farsi sentire dagli altri della sua combriccola, che erano scoppiati a ridere.

Non c'era stato alcuno scoppio di rabbia, Henry non si era fatto trasportare dalle emozioni. Si era girato rapidamente e gli aveva messo una mano sulla spalla, costringendolo a voltarsi.

«Ripeti» gli aveva intimato.

La sorpresa aveva fatto sgranare gli occhi al bullo per un attimo, poi gli era spuntato un sorriso sulle labbra. «Che cosa? Sei anche sordo, adesso, *finocchio del cazzo*?»

Mentre gli amici di Travis sghignazzavano ancora, Henry aveva sferrato un pugno così fulmineo da stendere Travis nell'istante stesso in cui era entrato in collisione con la sua mascella. Henry si era aspettato un impatto rumoroso, come nei film, la bella soddisfazione di uno *smack*, ma no: il suono era stato quasi inesistente. A lui faceva talmente male la mano che se l'era dovuta stringere al petto, sorpreso dal calore che gli correva lungo tutto il braccio.

Per poco non si era scusato, tanto il dolore l'aveva annichilito, ma poi c'era stato qualcosa nella vista di Travis steso a terra, delle sue mani alzate, dei suoi amici impietriti, a bocca aperta per lo choc; c'era stato qualcosa nell'istante di silenzio in cui tutti quanti intorno a loro si erano immobilizzati che lo aveva fatto cadere in ginocchio, a cavalcioni di Crosby, e colpire furiosamente – di nuovo il volto, l'addome, le costole – finché qualcuno non lo aveva trascinato via, mentre ancora menava colpi all'aria. Non era accecato dall'ira: era consapevole. E non si sentiva meglio, trionfante. Di fatto lo sforzo fisico e l'adrenalina gli davano la nausea. Poi aveva udito piangere una ragazza: «Smettila. Smettila. Per favore, basta».

Solo che non era una ragazza. Era Travis. Neanche allora si era sentito meglio: aveva abbassato gli occhi sul compagno in lacrime, sdraiato sul fianco, rannicchiato in posizione fetale, avvertendo unicamente un po' di sollievo, misto a qualcosa di oscuro, alla coscienza di avere permesso a gente come Travis Crosby di farlo cadere così in basso. Lui, uno studente con il massimo dei voti e un curriculum impeccabile, sarebbe stato sospeso.

«Mi meraviglio di te, Henry» aveva detto la signora Monroe, la preside, che era la madre di Maggie. «Sei superiore a queste cose tu. Le persone di buon senso usano l'intelletto per risolvere i conflitti. Non possiamo permettere a gente come Travis Crosby di indurci alla violenza.»

Un mese prima la sua disapprovazione lo avrebbe annientato. La disapprovazione di chiunque, in realtà. Quel giorno, invece, nell'ufficio troppo riscaldato, semplicemente non gliene importava. Ancora oggi ricordava ogni dettaglio: una bella foto di Maggie da bambina, il profumo di un caffè che veniva preparato da qualche parte, il suo dossier aperto sulla scrivania, un portamatite a forma di elefante, il pulviscolo atmosferico che fluttuava nella luce accecante del giorno. Ma la cosa che rammentava più nitidamente era la calma che sentiva. *Questo si prova, quando si fa una cosa giusta che gli altri giudicheranno sbagliata. Questo si prova ad alzarsi e reagire.*

«A volte la gente come Travis Crosby non capisce altre lingue, signora Monroe.» Aveva risposto a tono alla preside! Non era così che gli era stato insegnato. Era sicuro di beccarsi una delle leggendarie ramanzine della Monroe, ma quando aveva alzato lo sguardo su di lei, la donna si era limitata ad aggrottare la fronte e scuotere il capo. Lo pensava anche lei! Henry lo aveva visto chiaramente negli occhi chiari, dietro le lenti spesse.

«Sospensione, signor Ivy, anche se mi addolora. Una settimana.»

Aveva accettato la punizione e trascorso felicemente la settimana a ingurgitare cibo spazzatura e a guardare la tivù, mentre sua madre si disperava per la «macchia indelebile» sul suo curriculum.

«Che cosa diranno al college?»

Il padre, un ricercatore scientifico che a stento metteva piede in questo mondo, tanto era perso nei meandri della propria materia grigia, lo aveva sorpreso dicendo: «Sono certo che hai fatto ciò che dovevi fare, figliolo».

«Davvero?»

«A volte i bulli hanno bisogno di una piccola umiliazione» aveva risposto, dando voce al pensiero di Henry. Era un brav'uomo suo padre; un po' assente, forse, ma c'era sempre quando il figlio aveva bisogno di lui.

In Marshall Crosby, Henry rivedeva se stesso, ma senza il vantaggio di due genitori amorevoli; un ragazzo intelligente, ma senza la minima idea del proprio valore, abbandonato dalla madre e maltrattato dal padre. Angariato da Travis Crosby. Avrebbe voluto offrire a Marshall quella tranquillità che, a quanto pareva, nessuno voleva concedergli.

Mentre scendeva dall'auto e attraversava la strada, pensò che Maggie, probabilmente, aveva ragione. Non era una buona idea far visita ai Crosby, che abitavano in un cadente edificio a due piani a The Acres. La vernice bianca, sporca e scrostata, alcune persiane sbilenche… Il posto era l'immagine dell'abbandono. Il prato cresceva a chiazze, infestato dalle erbacce in alcuni punti, secco in altri; la porta del garage era alzata e dentro c'era tanto ciarpame che lo spazio non sarebbe mai bastato per un veicolo; la vecchia Chevelle con cui Henry aveva visto Marshall girare in città era parcheggiata sul vialetto, il motore che crepitava come se avesse appena finito di girare. Salì sulla veranda grigia e sentì il legno scricchiolare sotto il suo peso.

Henry non aveva solo Marshall in mente. La notizia della scomparsa di Charlene Murray era rimbalzata per tutta la scuola. Nei corridoi si respirava un clima di allarme ed eccitazione, le ragazze si radunavano in capannelli a bisbigliare con fare drammatico. Lui, passando, aveva colto brandelli di discorso. Era scappata a New York. Aveva litigato con sua madre. Aveva paura del patrigno. *Ho sentito che ha un ragazzo a Manhattan. Credevo stesse con Rick Cooper!* La grande notizia, quando Henry aveva lasciato l'edificio scolastico, quel giorno, era che la fuggitiva aveva aggiornato lo stato su Facebook: Charlene va alla grande. E vive a New York City! The Hollows fa cagare!

La riunione tenuta a scuola quel mattino presto, con la polizia, alcune amiche di Charlene e i loro genitori non aveva dato alcun risultato. Si vociferava di un fidanzato newyorkese, un tizio che la ragazza aveva conosciuto a un concerto, ma di cui nessuno sapeva dire il nome o l'indirizzo. Le chiamate al cellulare di lei azionavano direttamente la segreteria e, a parte l'aggiornamento su Facebook, nessuno aveva più avuto sue notizie dalla sera prima. Melody Murray sembrava svuotata, con cerchi scuri sotto gli occhi, voce tremula. Ma era convinzione della polizia, in particolare di Jones Cooper, che Charlene fosse scappata di casa.

«Tornerà non appena le mancheranno i soldi» aveva detto Jones. «O il fegato.»

Maggie aveva lanciato un'occhiataccia al marito, poi il suo sguardo si era rivolto a Henry. Dopo la riunione, gli aveva raccontato della visita di Marshall a casa sua, della conversazione con la zia del ragazzo.

«Mi sembra che tutti gli voltino le spalle» aveva detto. «Succede sempre così.»

Poi: «Ripensandoci, forse *dovresti* passare a casa sua, Henry. Se credi di riuscire a non perdere la calma con Travis».

Maggie era una persona che si prendeva le cose troppo a cuore. Quella era una delle ragioni per cui Henry l'amava ancora e forse l'avrebbe amata sempre.

Henry allungò una mano e bussò alla porta. Non sembrava molto solida e il vetro a pannelli quadrati vibrava a ogni colpo. L'aria aveva perso tutto il calore e l'umidità del giorno prima, si era fatta invernale. I prati intorno a lui erano coperti di foglie cadute, gli alberi stavano già cominciando a trasformarsi in figure color cenere stagliate contro il cielo. Nessuna risposta. Bussò di nuovo.

Proprio quando stava per fare dietro front, sentì dei passi all'interno. Un attimo dopo, Travis Crosby, con la mascella pronunciata e l'ampio torace, aprì la porta. I due uomini si guardarono.

«Che vuoi, Ivy?»

Henry lo ricordava ancora magro e bello. L'uomo che gli stava davanti aveva rughe profonde agli angoli degli occhi e, intorno alla bocca, la pelle di un tono grigiastro; era una brutta copia di se stesso, una versione erosa dalla vita, sconfitta.

«Sto cercando Marshall. Non viene a scuola da una settimana, ne sei informato?»

Travis rispose con un'alzata di spalle esageratamente enfatica, bevve un sorso da una grossa tazza di caffè che aveva in mano. «Per me è una novità.»

Si appoggiò al montante della porta e Henry avvertì un formicolio di rabbia, un lieve afflusso di adrenalina.

«Ha detto alla dottoressa Cooper che ti stava aiutando a dipingere l'ufficio» disse. Cercò di sbirciare discretamente in casa, ma l'uomo occupava completamente l'ingresso.

«Vero» ammise. «Di pomeriggio e sera, però. Non durante l'orario di lezione.»

Henry calcolò che Travis lo superava di almeno venti chili. Ma puzzava di sigaretta. Lui, invece, correva otto chilometri al giorno, sollevava pesi e saltuariamente frequentava persino un corso di yoga. Era in forma: solo un paio di chili in più che alla fine del liceo. Ed erano muscoli conquistati col sudore della fronte.

«Sai dov'è ora?» Lanciò un'occhiata all'auto dei Crosby.

«Tu dici che non è a scuola. Quindi, non lo so.»

Lo sguardo tagliente, la postura rilassata, il muscolo della mascella che si contraeva e rilasciava – Travis irradiava un'indolenza malevola. Era un atteggiamento che aveva coltivato fin dalle superiori e perfezionato in polizia. Ora che era stato privato dell'uniforme, a Henry sembrava più pericoloso che mai. Gli dava i brividi il pensiero che non fosse più vincolato nemmeno al codice del dipartimento.

«Senti, Crosby» gli disse. «Marshall stava andando molto bene.

Prendeva i farmaci e studiava con impegno. Credo che avrebbe buone probabilità di entrare in scuole come Rutgers o Fordham, ma deve stare al passo, venire a lezione. Tu vuoi il meglio per lui, no?»

L'altro infilò le mani nelle tasche e si dondolò sui tacchi, soppesando apparentemente le parole di Ivy. Lui, per un istante, pensò di essere stato ascoltato, ma poi un ghigno di scherno si dipinse sul volto di Crosby.

«E tu credi di sapere qual è il meglio per Marshall?» replicò. «Un branco di strizzacervelli, pillole e lezioni di storia?»

Henry sentì che gli si serravano i pugni, avvertì l'impulso a indietreggiare d'un passo, preparandosi a combattere. Ma pensò a Maggie, mantenne la calma e rimase dov'era.

«Sì, io credo che un po' di aiuto psicologico – di psicoterapia associata ai farmaci – e una valida istruzione siano la cosa giusta per lui» disse. «E chiunque concorderebbe con me.»

«Be'» ribatté Travis. «Io non sono chiunque. E Marshall è *mio* figlio, perciò sono io a decidere il meglio per lui. Tu, mia sorella e quella strizzacervelli potete gentilmente andare al diavolo.»

Anziché rabbia, Henry avvertì una specie di tristezza rassegnata calare su di lui come un sipario. Ricordava quanto fosse stato insoddisfacente picchiare Travis, e doloroso. La signora Monroe aveva ragione, dopo tutto. *Le persone di buon senso usano l'intelletto per risolvere i conflitti.* Avrebbe trovato un altro modo per aiutare il ragazzo. Fece un cenno di accettazione con il capo, alzò una mano.

«Quando vedrai Marshall, questa sera, chiedigli di venire a scuola, finire l'anno e prendere il diploma. Dopodiché, sarà lui a decidere.»

Non guardò in faccia Crosby, sapendo di non poter reggere la vista di quel sorriso maligno senza essere spinto a fare ciò che non voleva. Girò sui tacchi e se ne andò.

All'ultimo gradino, sentì Travis mormorare: «Finocchio del cazzo». E gli parve, ma non poteva esserne sicuro, di sentire Marshall o qualcun altro ridere alla battuta, dentro casa. Henry Ivy continuò a camminare.

Marshall aveva voglia di vomitare, ma si appiccicò un largo sorriso in faccia in modo che il padre, voltandosi per rientrare, vedesse solo quello. Gli pareva che il volto gli si spaccasse in due per lo sforzo di tenere in su gli angoli della bocca.

«Te l'ho detto che era una femminuccia» esclamò Travis.

Lui cercò di ridere, ma la voce gli uscì strozzata. Era stanco. Non ricordava di essersi mai sentito così stanco. Si tirò su dagli ultimi gradini della scala e andò alla finestra accanto alla porta d'ingresso. Vide il signor Ivy esitare un momento accanto alla sua auto e guardare indietro, verso la casa, poi salire in macchina e chiudere la portiera. Passò un altro minuto prima che il motore si avviasse, come se l'uomo stesse ancora guardando, attendendo. Ivy gli stava inviando un segnale: *Non è troppo tardi. Se esci adesso, ti porto via.* Marshall posò la mano sul pomello, proprio mentre Ivy svoltava nella via con la sua Honda argento e si allontanava. Sentì che una parte di sé si allontanava insieme a lui. Avrebbe voluto correre per strada, agitando le braccia. *Signor Ivy, mi aiuti!*

«Che stai guardando? È ancora là fuori?»

Guardava la strada, sperando di vedere l'auto che tornava indietro… magari, questa volta, con la polizia. Forse sapevano chi era e ciò che aveva fatto. Forse sarebbero tornati a prelevarlo. In quella fantasia – uomini che irrompevano in casa e lo portavano via in manette – provava solo sollievo, un sollievo agognato, che gli faceva piegare le ginocchia. Aveva avvertito qualcosa di simile quando il padre era stato condotto fuori dal tribunale, al pensiero che sarebbe rimasto per sei mesi in prigione e lui con Leila e Mark. Quel giorno, Marshall era spaventato e dispiaciuto, ma dentro sentiva qualcosa rilassarsi e assestarsi: non avrebbe più dovuto corazzarsi interiormente per parare colpi di continuo; poteva abbassare la guardia.

«No. Se n'è andato.»

Sentì la mano del padre sulla spalla. «Perché non ti riposi un po'? Hai avuto una nottataccia.» Travis suonava quasi *gentile*, quasi come gli altri padri quando parlavano con i loro figli.

Marshall si voltò a guardarlo: «Ma…» cominciò.

L'uomo alzò una mano. «Ce ne occuperemo più tardi. Va' di sopra.»

Lui non ebbe la forza di ribattere e non voleva rovinare tutto, suscitando una lite. Inoltre era davvero esausto: a stento riusciva a tenere gli occhi aperti. Si diresse verso le scale. Quando si voltò, vide che il padre stava infilando il suo giaccone scozzese, un affare che portava da una vita. Pensò di chiedergli dove andasse, ma non gli venivano le parole. Non lontano, comunque, visto che gli avevano ritirato la patente. Giunto sul pianerottolo, mentre svoltava diretto in camera sua, registrò a malapena il rumore della porta che si apriva e si richiudeva.

Nella stanza, tutto ciò che aveva intorno gli sembrò sfocato, indistinto, e così pure ciò che era successo nelle ultime ventiquattro ore. Si ritrovò a tentare di trattenere i ricordi, che gli sfuggivano come acqua tra le dita. Sdraiato sul letto, fissò il computer.

Lo screen saver era una galassia di stelle in fuga, una porta sull'altro universo, quello virtuale. Lì, Marshall aveva molto più controllo. Nel mondo reale la vita era un casino, c'erano così tante variabili: le cose gli sfuggivano di mano. Persino dentro di sé, non aveva, evidentemente, il dominio delle sue emozioni. E quando le sue emozioni prendevano il sopravvento, lui si divideva in due. C'era lo spettatore, dentro, e quell'essere che stava fuori. Il primo poteva solo guardare, mentre l'essere agiva, ignorando i suoi disperati appelli, le suppliche, gli ammonimenti.

Non siamo noi a scegliere da dove veniamo, Marshall. E spesso abbiamo poco da dire su quel che ci succede. Ma l'adulto comprende che lui, e lui solo, è responsabile della propria vita. Tu ora hai a disposizione delle scelte. Scelte che condizioneranno il tuo futuro. Lascia che ti aiuti a compiere quelle giuste.

Era una delle prime cose che gli aveva detto il signor Ivy. Quelle parole, all'inizio, gli erano parse strane, perché nessuno gli aveva mai offerto aiuto a quel modo. Per un momento si era chiesto se il professore non lo stesse prendendo in giro: quando Marshall veniva convocato in un ufficio scolastico, era sempre per una ramanzina o per una brutta notizia, tipo che lo avrebbero retrocesso di una classe, o assegnato a un corso di livello inferiore in una di quelle piccole aule in cui c'erano solo due studenti e un insegnante che parlava lentamente, a voce bassa, ripetendo le stesse quattro cazzate all'infinito. Ma il signor Ivy non lo aveva mai trattato come un idiota o un malato di mente. Lo aveva sempre trattato con rispetto, gli aveva offerto una mano per uscire dal pantano in cui si dibatteva.

Attraverso una specie di nebbia mentale, sentì sbattere una portiera. Si affacciò alla finestra, chiedendosi se Henry non fosse tornato. Invece vide suo padre che saliva su un taxi, poi il veicolo che percorreva la via. *Dove andava?* Non riusciva proprio a immaginare Travis che chiamava un taxi, che pagava la corsa. Un principio d'ansia cominciò a ronzargli dentro, ed ebbe una serie di flashback: sua madre che piangeva, Charlene a quattro zampe che vomitava sul margine della strada. Gli faceva male la testa. Così tanto da dargli la nausea.

Arrivò barcollando al computer e, non appena mosse il mouse, lo schermo si ridestò. La pagina di Charlene era aperta davanti a lui. Lesse la sfilza di commenti all'ultimo post: Charlene va alla grande. E vive a New York City! The Hollows fa cagare!

Anche se lei non gli avesse dato la sua password, non avrebbe impiegato molto a indovinarla. *Rockstar*. Vivevano tutti quanti dentro la propria testa, no? Vivevano di sogni, perché la vita non era affatto all'altezza delle aspettative e, già nell'adolescenza, intuivano che non lo sarebbe mai, mai stata.

Fu allora che cominciò a ridere. Una risata che proveniva da qualche recesso oscuro dentro di lui. Pensò al signor Ivy, alla dottoressa Cooper, agli zii: a tutte le persone che avevano creduto in lui, che si erano fatte avanti perché, guardandolo, vedevano qualcosa che non c'era. Suo padre aveva sempre sostenuto di saperla più lunga, di vederci più chiaro degli altri. *Se valessero davvero qualcosa, figliolo, credimi, non vorrebbero avere a che fare con te.* In fin dei conti, aveva ragione lui.

La sensazione era quella di una risata, che gli sgorgava fuori in scoppi successivi e incontrollati, ma, quando lo schermo si spense di nuovo, vide se stesso. Il ragazzo riflesso sul vetro stava piangendo.

Charlie trascorse la sua giornata fluttuando al ricordo del profumo di Wanda. Gli pareva di sentirsi ancora sulla pelle la fragranza unica del corpo di lei, la melodia floreale che emanava. La memoria sensoriale della loro notte insieme tornava di continuo, a sprazzi, mentre passava da un cliente all'altro, mentre strisciava nelle soffitte, riportava le trappole al pickup. Quasi non si accorse del tempo che passava. Continuava a sperare di sentire la sua voce al Nextel, ma, quel giorno era di turno il vecchio Joe; Wanda era di riposo.

«Ti preparo una cenetta, questa sera, Charlie, se non hai altri programmi» gli aveva detto timidamente la mattina, come se si preoccupasse di sembrare inopportuna, impaziente.

A lui non importava di sembrare impaziente. Diavolo, *era* impaziente.

«Non ho programmi, Wanda. E se li avessi, li cancellerei.» Sentiva ancora la risatina deliziata di lei.

Era deciso a staccare un po' prima per comprare un mazzo di fiori e una buona bottiglia di vino, ma, mentre finiva con l'ultima chiamata, si ricordò della signora Monroe e delle trappole che le aveva piazzato in soffitta. Aveva promesso di tornarci quel giorno e, ricordando la vecchietta in piedi, mentre lo guardava andare via, non seppe risolversi ad abbandonarla. Chiamò Wanda con il cellulare – il numero scarabocchiato su un Post-it ripiegato in tasca – chiedendosi se si sarebbe offesa. La maggior parte delle donne l'avrebbe fatto.

«Ecco quel che mi è sempre piaciuto di te, Charlie» disse lei. «Sei una persona gentile, un uomo di parola. Credimi, è una cosa rara, rarissima. Fa' pure con comodo.»

«Wanda» disse lui, travolto da un'ondata di sensazioni. «Muoio dalla voglia di riaverti tra le braccia.»

Ci fu un momento di silenzio e la sentì respirare. Non si preoccupò di avere detto la cosa sbagliata: erano ben oltre quel genere di imbarazzo.

«Ti aspetto, Charlie» replicò lei. La voce suonava dolce e anelante.

Lui emise un piccolo gemito. «Okay, meglio che vada, o arrivo lì di corsa, a quattro zampe.»

«Va' a prenderti cura della signora Monroe. E poi vieni qui a prenderti cura di me» disse Wanda e riagganciò con una risata giocosa. Charlie pensò ai suoi seni perfetti, alle labbra dischiuse e ringraziò il cielo che ci fossero dieci minuti di strada prima di arrivare dalla cliente. Dieci minuti in cui riportare sotto controllo i pantaloni.

Quando fu nei pressi della vecchia casa, scorse la signora Monroe dietro il grande bovindo che dava sulla veranda. Lei, non appena lo vide comparire sul vialetto, si scostò rapidamente, forse vergognandosi di essere stata sorpresa ad aspettare. Gli andò incontro sulla porta.

«Credevo che si fosse dimenticato di me» disse. «Ho chiamato la sua compagnia. Il tizio che mi ha risposto, però, sembrava un po' svampito, non come la simpatica ragazza di ieri.»

«Oh no, signora Monroe. Non mi sarei mai dimenticato di lei.»

La donna agitò una mano. «Oggi la gente dimentica tutto, persino di badare ai propri figli.» Non era bisbetica, né lagnosa: sembrava solo triste, malinconica.

Charlie avrebbe voluto contraddirla, farle cambiare idea citando qualcosa di positivo, ma una gran parte – troppo grande – di lui era d'accordo. Spesso si chiedeva se fosse il solo ad allarmarsi di fronte alla tivù: programmi orribili, pubblicità manipolatoria. *Come si ridurranno i nostri cervelli, di questo passo?* pensava (certe sere anche lui era troppo assuefatto per spegnere). E poi, oggigiorno, tutti guidavano come se fossero leggermente ubriachi: si immettevano nel traffico senza guardare sul serio, sbandavano nelle corsie. Inevitabilmente gli cadeva l'occhio su questo o quel guidatore, e nove volte su dieci stava parlando al cellulare, dimentico di ogni altra cosa. La gente dimenticava tutto. Persino se stessa.

«Be', io non sono così.»

«È un pezzo d'antiquariato, allora» disse lei con un sorriso, dandogli un buffetto sul braccio.

«Mi sa.»

Charlie si avviò verso le scale. «Qualche rumore oggi o la scorsa notte?»

«Niente di niente.» La signora rimase ai piedi della scalinata. «Mi perdoni se non la seguo. La mia artrite.»

«Nessun problema. Mi ricordo dov'è la botola.»

In soffitta, però, le trappole erano vuote, l'esca integra. Charlie spostò qualcuna delle cianfrusaglie sparse in giro, ma continuava a non vedere alcun segnale indicativo: feci, tracce di morsi… L'odore che aveva avvertito il giorno prima era svanito: forse era stata la sua immaginazione. O quella della signora. Valutò la possibilità che la Monroe stesse perdendo la bussola, che sentisse dei rumori inesistenti, ma no, non sembrava il tipo. E tuttavia l'odore captato il giorno prima era di un genere che poteva solo intensificarsi con il passar del tempo: se c'era qualcosa di morto, là dentro, avrebbe dovuto puzzare di più. Forse il cambiamento di clima aveva rallentato la decomposizione. Meglio lasciare le trappole ancora per una notte e tornare nuovamente l'indomani.

Trovò la signora Monroe sul divano a guardare il telegiornale. Sullo schermo c'era l'immagine di una ragazza scomparsa: una ragazza carina, esile, dalla carnagione chiara, con capelli corvini e occhi castano scuro. *Presumibilmente scappata di casa* dichiarò cupamente una voce maschile fuori campo. *La polizia invita chiunque l'abbia vista a mettersi immediatamente in contatto.*

«Signora Monroe» chiamò. La vecchia trasalì leggermente. «Scusi, non volevo spaventarla.»

«Oh» disse lei, indicando il televisore. «Quella ragazza. È un'amica di mio nipote. Sono tutti molto preoccupati: nessuno l'ha più sentita da ieri sera.»

«Mi dispiace. Non avevo ascoltato le notizie, oggi.»

L'anziana donna si issò faticosamente dal divano, rifiutando con un gesto la mano che Charlie le tendeva.

«Trovato niente lassù?» chiese. Quando finalmente si fu rimessa in piedi, riprese l'equilibrio appoggiandosi al bastone.

«Temo di no. Tornerò ancora domani a controllare.» Le spalle parvero cascarle un po' per la delusione, inspirò stancamente.

«Va bene.» Gli porse una banconota arrotolata. «Lo apprezzo molto.»

«Oh no…» Charlie fece per rifiutare, ma la signora gli premette il denaro sul palmo.

Sulla porta, lui disse: «Spero stia bene. L'amica di suo nipote».

«Lo spero anch'io» replicò la Monroe, scuotendo il capo. «È una ragazza problematica. Guai in famiglia, credo.»

«Sono sicuro che tornerà.»

Non ne era affatto sicuro, ovviamente. Al liceo, una sua amica – una ragazza di cui era segretamente innamorato – era scappata di casa. Lily. Al ricordo si sentì inaspettatamente un groppo di tristezza in gola. Era una cosa a cui pensava davvero di rado, ormai: l'aveva cancellata dalla propria coscienza. Nessuno aveva più rivisto Lily. Mai più. Ovviamente evitò di raccontare l'episodio alla signora.

Solo quando si ritrovò solo sul pickup, diretto a casa di Wanda, Charlie ricordò la ragazza che aveva visto la sera prima, quella con i capelli da punk, salita sulla vecchia *muscle car*. Poteva essere la stessa? Doveva chiamare la polizia e dire qualcosa?

Pensare a lei, lì, nella via, che si guardava nervosamente intorno, gli riportò di nuovo alla mente Lily e quel brutto, spaventoso momento della sua vita. I ricordi erano così nitidi, così potenti: l'odore della pelle di lei, il suono della sua voce, la paura, il terrore, quell'indescrivibile incertezza. Fu sopraffatto da una tristezza così intensa che dovette fermarsi a bordo strada e posare il capo sul volante. Erano passati tanti anni e c'era ancora tanto dolore.

Fu allora che il cellulare trillò, facendolo trasalire. Rispose subito: «Pronto?».

«Charlie?»

«Wanda.»

«Tutto bene?»

«Sì» disse, costringendosi a suonare brioso. «Sono per strada. Scusami per l'inconveniente.»

«Metto il pollo in forno.»

C'era qualcosa di dolce, di confortante in quella frase. Il sapore di un'intimità domestica che Charlie agognava da tempo senza nemmeno accorgersene. Lasciò che quel sentimento lo travolgesse, trascinando via con sé i ricordi riaffiorati alla sua mente. Avrebbe fatto come si era ripromesso: preso il vino, i fiori, e trascorso la serata con una bella donna, a cui sembrava piacere veramente. Le avrebbe detto ciò che aveva visto, chiedendole consiglio. E forse le avrebbe raccontato anche di Lily, una ragazza amata secoli prima e che ancora lo ossessionava.

14

Quando sua madre era morta, Jones aveva dovuto convogliare tutte le emozioni che gli turbinavano dentro in una poderosa ostentazione di afflizione. Perché quel che provava, in realtà, era sollievo, come per un dolore insopportabile appena cessato. Si sentiva stranamente privo di ormeggi, quasi che, per tutta la vita, fosse stato trattenuto solo dal dovere di accudire quella donna, ma non soffriva e lei non gli sarebbe mancata. Tuttavia era apparso più di una volta in lacrime accanto al suo letto d'ospedale o, più tardi, alla sua tomba. E non era una messinscena.

Povero Jones. Era così buono con lei. Ha passato l'intera vita a occuparsi di quella donna.

Sapeva che cosa pensavano tutti. Non era vero. Aveva passato l'intera vita ad assisterla, a calmarla, a blandirla. Era molto diverso. Molto diverso.

Una volta seppellita la madre e completate tutte le pratiche, si era ritrovato solo per la prima volta in vita sua. Il silenzio lo assordava quasi, lo travolgeva, riempiva la casa. Quando ci viveva Abigail, quel posto non era mai stato silenzioso. C'era il chiacchiericcio costante di lei: pettegolezzi, lamentele, spiegazioni, rimproveri, istruzioni; e poi c'era la televisione, mattina, mezzogiorno e sera, spenta solo quando lui entrava in camera della madre, di notte, a premere il telecomando, e lei si addormentava. Poi a volte si svegliava e la riaccendeva. Lui la sentiva, alzandosi per andare al bagno: musiche melodrammatiche di vecchi film in bianco e nero, risate metalliche…

Si era chiesto se non avesse qualcosa di sbagliato, visto che non soffriva per la morte di sua madre. Forse era *sempre* stato così, forse gli mancava una qualche capacità umana di provare sentimenti. Come adesso, per esempio. Ora che Melody Murray sedeva piangendo (di nuovo) nel suo ufficio, non sentiva altro che una leggera irritazione. Quella donna aveva lo stesso fare tragico di Abigail: una teatralità che sfociava quasi nell'isteria, una ricerca ossessiva di conforto e commiserazione negli altri senza dare niente in cambio. E lo stesso valeva per Charlene, disposta a creare scompiglio e allarme pur di trovarsi al centro dell'attenzione. Lui avrebbe voluto spiegarlo a Ricky, dirgli perché quella ragazza non gli piaceva, ma scopriva puntualmente di non trovare le parole. Ad ogni modo, Ricky non avrebbe ascoltato: non ascoltava mai una parola di ciò che gli diceva suo padre.

Jones era rimasto a guardare mentre Maggie trascorreva la mattinata a consolare e tranquillizzare le amiche di Charlene, tentando di ottenere con la gentilezza qualche informazione. Era stato un sollievo per lui che ci fosse la moglie a occuparsene; lei sapeva essere tutto ciò che Jones non era: suadente, confortante, incoraggiante. Guardarla all'opera gli aveva ricordato che era stata Maggie a salvarlo. Se non fosse tornata a The Hollows poco dopo la dipartita di Abigail, se non avesse visto in lui qualcuno da amare, non era certo di come sarebbe finito.

Mags non avrebbe potuto essere più diversa da sua madre: era sensibile, pratica, generosa, amorevole, comprensiva. Anche se detestava sentirglielo dire e in questo era davvero figlia della signora

Monroe. Però possedeva la delicata gentilezza di suo padre, che mancava alla dura, pungente Elizabeth.

«Dov'è Graham, Melody?» chiese Jones. «Sei riuscita a rintracciarlo?»

La Murray lo guardò storto. «No.»

C'erano alcune cose che lo disturbavano in quella vicenda, e il fatto che Graham Olstead non si trovasse da nessuna parte era tra le principali. La storia della caccia non suonava verosimile, anche e soprattutto perché nessuno degli idioti che bazzicava di solito era partito con lui. Graham non era tipo da andarsene nei boschi da solo a meditare, a cacciare e riflettere. Era tipo da andarsene nei boschi in compagnia, con la scusa di cacciare, e finire ubriaco nel capanno senza avere sparato un colpo.

C'erano anche altre cose che disturbavano Jones. Secondo i tabulati telefonici di Charlene, la ragazza non aveva più usato il cellulare dal tardo pomeriggio del giorno prima. Pur concedendo che le teenager moderne erano un mistero per lui, su una cosa non aveva dubbi: erano tecnologicamente avanzate come cyborg, vivevano perennemente incollate agli smartphone o sui social network. Se Charlene era coinvolta in una specie di dramma che l'aveva indotta a scappare, avrebbe dovuto mandare messaggi a *tutti*.

Poi, aveva scoperto che la carta di credito usata per il suo contratto telefonico era intestata a Graham: lui le aveva comprato il telefonino, pagando la bolletta ogni mese, il tutto all'insaputa della madre della ragazza. Ma Charlene aveva raccontato a chiunque l'ascoltasse di temere il patrigno, e che Olstead aveva un comportamento *invadente*. Tutte le sue amiche, e persino Ricky, avevano usato quella parola, come se lei avesse ripetuto a ciascuno esattamente la stessa cosa, con identiche espressioni. Il che non significava che non fosse vera: Graham gli sembrava proprio quel genere di uomo, specie con Charlene che stava crescendo, eclissando la madre in bellezza. Tuttavia, se *era* vero, se Graham Olstead si serviva di regali per manipolare la figliastra e ora entrambi erano scomparsi… che cosa significava?

«Non ci hai ancora detto perché avete litigato» disse. Melody rispose con un sospiro, il pianto che si placava. Era elegante, in un bel maglione rosso, gonna nera, scarpe con il tacco alto. Si era truccata e sistemata i capelli in vista dell'apparizione nel notiziario di cronaca locale del pomeriggio.

«Char» aveva detto, recitando il ruolo della brava madre a beneficio delle telecamere. «Basta che torni a casa, tesoro. Risolveremo le cose, te lo prometto. E se qualcuno sa qualcosa, o ha visto mia figlia, per favore, chiami il numero verde.» Jones doveva concedergielo: quando erano cominciate le riprese, aveva tirato fuori la vecchia grinta. Ricordava quel lato di lei.

«La verità è» rispose Melody, massaggiandosi ostentatamente le tempie «che non ricordo nemmeno come è cominciata. Una discussione sulla t-shirt che portava. Si vedeva l'ombelico e le ho detto di cambiarla. Le ho detto che sembrava una poco di buono. Di lì in poi la cosa è degenerata e, un attimo dopo, aveva fatto la valigia e stava uscendo dalla porta. Non era la prima volta. Ero sicura di vederla tornare entro un'ora. O che mi avrebbe chiamato per far pace. Funziona così tra noi.»

Chuck era in piedi in un angolo dell'ufficio. Non aveva aperto bocca per quindici minuti buoni e se n'era stato con gli occhi fissi alla finestra. Ma Jones sapeva che era presente e ascoltava. Si erano organizzati così, tagliando fuori tutte le persone a cui Melody si appoggiava: Maggie, le amiche di Char, le loro madri. Le avevano mandate tutte a casa entro l'una. Non volevano che sembrasse un interrogatorio fin dall'inizio.

«Abbiamo qualche domanda, signora Murray» disse Chuck, lasciando il suo posto accanto alla finestra e sedendo sulla sedia accanto a Melody, di fronte al tavolo di Jones. Lei non alzò lo sguardo, continuò a massaggiarsi le tempie a occhi chiusi.

«Mel, quel cellulare di Charlene...» disse Jones. «A quanto pare è stato Graham a comprarglielo.»

La donna aprì gli occhi e lo guardò. «No!»

«C'è il suo numero di carta di credito sul contratto.»

Melody non disse nulla, abbassò gli occhi fissandosi la punta delle dita.

«Potrebbe non significare nulla,» disse Chuck «ma l'ultimo addebito sulla carta è stato ieri sera. Ventitré dollari e qualcosa a un supermarket Safeway. Più o meno lo stesso orario dell'ultima chiamata di Charlene. Quando hai detto che è partito per andare a caccia?»

Il pallore del viso di Melody, gli aloni intorno agli occhi, la mascella afflosciata riportarono di nuovo alla mente di Jones sua madre. Era stato un ictus, alla fine, a uccidere Abigail. Dopo decenni passati minacciando di diventare un'invalida, dopo una vita di malattie immaginarie e inutili consulti presso medici sempre più distanti dalla città, il figlio l'aveva trovata, una sera al rientro dal lavoro, sul pavimento del bagno. Puzzava di orina. Per un attimo, aveva pensato a una messinscena.

«Mamma? Ma'?» aveva chiamato dalla soglia. Da giorni la donna lamentava terribili mal di testa, ma lui non le aveva prestato attenzione.

Prenditi un'aspirina, mamma.

È questo che mi piace di te, Jones. Sei la compassione fatta persona.

Certo, a lei sarebbe piaciuta l'idea del figlio che la portava in giro, le faceva il bagno, le cambiava il pannolone come a un bambino, ma anche lui aveva i suoi limiti.

«Graham e io… non andiamo più molto d'accordo» rispose piano Melody. «Voglio dire che non rientra a casa tutte le sere ormai da un pezzo.»

«Quindi non è andato a caccia?» chiese Chuck.

«Ha detto che forse l'avrebbe fatto, ma non sono riuscita a contattarlo.»

«Nel caso, in che zona sarebbe potuto andare?»

«E io che ne so?» rispose, secca. Raddrizzò improvvisamente le spalle dalla posizione accasciata in cui era sempre rimasta. «Che ne so io di caccia?»

Chuck le rivolse un cenno comprensivo e Jones fu grato che fosse lì. Gli piaceva la flemma da poliziotto metropolitano che aveva il detective, quell'aria di chi le ha viste tutte e non si sorprende di nulla. Lui avrebbe voluto strozzare Melody, anche se non aveva mai colpito una donna in vita sua. Si piegò indietro con la sedia, sentendola inclinare, trovando l'equilibrio. Tenne gli occhi sulla Murray, che cominciava ad agitarsi. Fuori dall'ufficio sentì qualcuno ridere, l'odore pestilenziale di qualcosa che cuoceva al microonde.

«Credo che dovreste essere là fuori a cercare mia figlia, invece che seduti qui a parlare con me.»

«La capisco, signora Murray» disse Chuck. «E le assicuro che non abbiamo perso di mira l'obiettivo, ma ci sono alcuni aspetti che ci preoccupano. Abbiamo sentito da più persone che Charlene aveva paura di Graham. Lei che ne pensa?»

Melody sbuffò, sprezzante. «Stronzate. È solo Charlene che si mette in mostra, cercando di ottenere la commiserazione altrui.»

«Ma lui l'ha colpita» obiettò Jones. «In molti hanno visto l'occhio nero. Ha detto a mio figlio, e anche a Britney, che l'ha colpita.»

«È stato un incidente» disse la donna, distogliendo lo sguardo.

«È rimasta coinvolta in una lite tra me e Graham. Il pugno era diretto a me.»

Nessuno parlò per un momento, poi: «Non sto *dicendo* che sia giusto. Sto solo dicendo che non voleva farlo. E dopo l'episodio, io gli ho chiesto di andarsene. Per questo non dorme più molto spesso a casa».

«Insomma, lei come descriverebbe il rapporto che c'è tra loro? Perché lui avrebbe comprato un cellulare a Charlene all'insaputa di sua madre?»

«Charlene ha un suo modo di ottenere quello che vuole» disse Melody con più di un'ombra di risentimento. Fece una risatina. «È buffo, tutte le sue amiche a sostenere che Graham le avrebbe fatto delle sottili avance. Ma era Charlene che si metteva sempre in mostra con i suoi pigiamini semitrasparenti, i battiti di ciglia. Graham si può definire in tanti modi, ma "sottile" non è tra questi.»

«Perciò credi che lei potrebbe averlo convinto a comprarle il telefono?»

Melody annuì. «O magari gli ha sottratto la carta di credito. Graham non era molto bravo con la contabilità, potrebbe non essersene accorto per un po'.»

Jones e Chuck si scambiarono uno sguardo, notando entrambi l'uso del tempo passato. Non che significasse necessariamente qualcosa. Forse significava solo che Melody considerava quella relazione finita.

«Charlene avrebbe potuto anche convincerlo ad allontanarsi con lei?»

Jones vide qualcosa balenare sul viso della donna, ma non avrebbe saputo dire cosa. Era calcolo? Melody non era una stupida, anche se lui a volte era tentato – era sempre stato tentato – di considerarla tale. Studentessa mediocre, aveva frequentato il college locale, come lui, poi si era aggiudicata un buon posto da impiegata nella grande compagnia petrolifera che aveva alcuni uffici in una città vicina. Non era un'intellettuale, ma possedeva quelle che lui considerava astuzie dettate dall'istinto di sopravvivenza: avrebbe dichiarato qualunque cosa, pur di passarla liscia.

«È questo ciò che pensate?» chiese, una nota stridula che le s'insinuava nella voce. Strinse i braccioli della poltroncina. «Che siano scappati insieme?»

Chuck alzò una mano. «Nessuno pensa niente, per ora. Ma a quanto pare al momento non c'è una sola persona che sappia dove sia l'uno o l'altra. Magari è solo una coincidenza.»

«Graham non si è fatto vedere al lavoro, oggi» aggiunse Jones.

«Sai che novità» replicò Melody, sbuffando. «Ha cambiato quattro impieghi solo quest'anno.»

Jones, allora, capì. Melody Murray detestava suo marito. Niente di così insolito: in un matrimonio potevano insinuarsi dei sentimenti d'odio, come erbacce che spuntano faticosamente nel cemento, e, se non ci facevi attenzione, prendevano facilmente il sopravvento, simili a una pianta infestante, privando l'amore di luce e aria, finché non seccava e moriva. Era una morte lenta, silenziosa, impossibile da immaginare nello slancio dell'innamoramento iniziale.

La Murray si alzò e nessuno dei due uomini fece un gesto per trattenerla. Raggiunse il divano alle sue spalle e recuperò borsa e cappotto, muovendosi lentamente.

«Non so cosa pensate di ottenere» disse infilandosi una manica, «ma Charlene *non* è scappata con il suo patrigno. Lo odia.»

«Questo, però, non le avrebbe impedito di usarlo per avere un passaggio. Nel qual caso, Graham sarebbe in un mare di guai.»

«Non me ne frega un cacchio di Graham» urlò lei, di punto in bianco. «Lo capite? Aiutatemi solo a ritrovare mia figlia.»

Chuck si alzò, sollevando i palmi per placare gli animi. «Ci sono i detective a casa sua, in questo momento. A perquisire la stanza di Charlene, a esaminare il suo computer, per cercare di stabilire dove sia andata.»

Melody parve confusa per un istante. «A casa *mia*? Non ho mai dato l'autorizzazione.»

«Quando abbiamo saputo che anche Graham non si trovava, che la carta di credito sul contratto telefonico di Charlene apparteneva a lui, che, secondo le amiche, la ragazza aveva paura del patrigno, abbiamo ottenuto un mandato dal giudice. Non ci serve la tua autorizzazione, Melody» rispose Jones.

Con qualcun altro avrebbe potuto comportarsi diversamente. Con qualcuno che apprezzava e rispettava, di cui si fidava, qualcuno che conosceva meno di Melody Murray, avrebbe magari chiesto l'autorizzazione al proprietario, prima di scomodare il giudice per un mandato: qualunque madre di un'adolescente scomparsa sarebbe stata più che disposta a collaborare. Ma non l'aveva chiesta, e non sapeva dire se fosse stato per istinto o pregiudizio.

Si sentì addosso gli occhi della donna e la fissò a sua volta, sfidandola ad aprire bocca di fronte a Chuck, che correva dall'uno all'altro con lo sguardo. Il detective era troppo intelligente e navigato per non leggere tra le righe, ma Melody non disse altro, si voltò solamente e uscì a precipizio dalla stanza, sbattendo così forte la porta da far tremare le pareti sottili.

Jones, dopo un istante, si alzò e si mise il giaccone: l'avrebbe seguita fino a casa, per vedere se c'erano novità nella perquisizione.

«Qualche scheletro nell'armadio, in questa città, eh?» disse Chuck, accodandosi.

A Jones non andava proprio di rispondere.

15

«Lei non l'avrebbe scritto, mamma.»

«E allora chi è stato?»

«Non lo so, ma pensaci… "Charlene va alla grande"? Non usa un linguaggio così stereotipato.»

Eppure Charlene *era* uno stereotipo, uno stereotipo vivente, benché sia lei che Ricky fossero troppo giovani per accorgersene. Maggie non lo disse, naturalmente. E il figlio aveva ragione: non sembrava lo stile della ragazza. Non disse neanche questo. La giornata cominciava a presentarle il conto: una lieve cefalea dietro gli occhi, un senso di nausea da stanchezza.

«Ricky» disse, sedendo al tavolo della cucina. Era una panca angolare incassata nel vano finestra. Alle sue spalle, le foglie cadevano in rivoli di rosso, arancio, oro, marrone. Madre e figlio sedevano insieme a quel tavolo da quando lui era un bebè, prima nel seggiolone, poi in un apposito seggiolino che si applicava alla sedia, infine accanto ai grandi. Lei ricordava i quintali di verdurine tritate che gli preparava: piselli, carote, zucca. Poi c'erano il formaggio grigliato, il burro di noccioline, la gelatina di frutta, i maccheroni col formaggio: i cibi semplici e innocenti dell'infanzia.

Ora lui le stava di fronte, fissandola con lo stesso sguardo intenso che aveva fin da bambino. Quando voleva qualcosa da lei, era implacabile. E, al momento, voleva sentirsi dire che Charlene non aveva rotto con lui per inseguire una qualche esistenza immaginaria a New York. Voleva credere che qualcosa l'avesse *portata via*. Anche se Maggie era certa che non coglieva le implicazioni di ciò che desiderava; non capiva realmente che cosa avrebbe significato.

«La cosa migliore che possiamo fare, adesso, è evitare di saltare alle conclusioni. Dobbiamo tenere aperti tutti i canali di comunicazione per Charlene, in modo che quando si farà viva – e io credo che succederà – saremo lì per lei.» Con l'unghia del pollice, fece saltare via una piccola incrostazione di cibo dal piano del tavolo. Erano solo in tre: perché era così difficile tenere pulito?

«E se non potesse *farsi viva*? Voglio dire… tutti danno per scontato che sia scappata di casa – ma, se le fosse successo qualcosa?»

Sembrava avere interamente rimosso il messaggio che Charlene gli aveva mandato. Maggie stava per ricordarglielo, poi decise che era meglio di no. Allungò la mano e la posò su quella di lui. Gli occhi indugiarono sul suo tatuaggio, ancora rosso e infiammato. Li distolse e cercò di intercettare i suoi.

«Tuo padre e i suoi colleghi la stanno cercando. Non stanno liquidando la faccenda come semplice fuga da casa, svolgono indagini approfondite. Dobbiamo avere fiducia nelle loro capacità professionali.» Si fermò a un passo dal dirgli anche della scomparsa di Graham e della carta di credito sul contratto telefonico: non erano ancora informazioni di dominio pubblico e l'avrebbero solo ferito o spaventato di più.

Ricky si mise a battere sul fondo della panca con il tallone, producendo un battito sordo. Lo aveva sempre fatto, distrattamente, mentre leggeva o pensava. Una cosa che faceva impazzire Jones.

«Lui la odia» disse.

Maggie sentì dentro come una vampata di calore. Le guance le divennero bollenti. «No che non la odia. Certo che no.»

«Invece sì, e lo sai.»

«Tu non capisci tuo padre» disse. Espirò stancamente. «A volte non sa mostrare il timore o la preoccupazione: gli vengono fuori solo giudizi o sfuriate. Ma gli importa delle persone, le aiuta: ecco chi è Jones Cooper.»

Il figlio s'indispettì, le piantò addosso gli occhi scuri. «Forse sei tu quella che non lo capisce.»

Si alzò dal tavolo prima che lei avesse la possibilità di ribattere.

«Probabilmente è *contento* che Charlene se ne sia andata» disse con voce rotta.

«Smettila» disse Maggie. Allungò una mano, mentre Ricky si spostava verso la porta, sfuggendo alla presa. Ma ora le sopracciglia erano incurvate all'insù e lei vi lesse la profondità del suo dolore. Non si trattava solo di Charlene. Provò un tuffo al cuore.

«Non è vero che gli importa della gente» continuò il figlio, la voce che si alzava di un'ottava. «Non gli importa di Charlene. Non gli importa neanche di me.»

«Tuo padre ti vuole bene.» Suonava scarsa come risposta e comunque Maggie odiava essere costretta a pronunciarla: il ragazzo avrebbe dovuto saperlo da sé, senza bisogno di essere convito. Perché non era così?

Sulla soglia, si voltò. «So che tu ci credi, mamma. Il problema, immagino, è che io, invece, no.»

«Ricky» gli disse. Ma il figlio era già in marcia verso il corridoio e quando lei arrivò alla porta d'ingresso, stava salendo in macchina. Uscì per andargli dietro, preparandosi a ricevere la sferzata del freddo. Il cielo era di un grigio monotono, spento, l'aria era frizzante e prometteva neve, con tutto che solo il giorno prima si moriva dal caldo e la gente si chiedeva se l'autunno sarebbe mai arrivato.

«Dove vai?» Era seduto sull'auto che Jones l'aveva aiutato a comprare per il suo compleanno: una Pontiac GTO rimessa a nuovo. Benzina e assicurazione erano a carico del ragazzo: lei non poteva impedirgli di andarsene. Si sentì piccola, debole, priva di controllo su qualunque aspetto della sua vita, figlio compreso.

«Ho da lavorare» disse lui.

Quello, almeno, era un sollievo, un segno che non sarebbe uscito dai binari. Lavorava nello stesso music store da quando aveva quindici anni. Il Sound Design vendeva cd, libri e strumenti musicali di qualità. Si trovava presso un centro commerciale, lungo l'arteria principale che attraversava la città, ed esisteva fin da quando Ricky era bambino. Lei lo chiamava ancora «negozio di dischi», cosa che faceva ridere il ragazzo. Ricky stava contribuendo a creare un sito web che rendesse lo store più competitivo e gli impedisse di fare la fine di tutti i piccoli esercizi travolti dal ciclone di Internet. Maggie era andata a scuola con il proprietario, Larry Schwartz, che aveva ereditato il negozio dal padre.

Per un attimo pensò che, invece, il figlio sarebbe andato a cercare Charlene. E che lei non avrebbe potuto fare niente per fermarlo. Era esattamente ciò che temevano lei e Jones: che, seguendo Charlene, avrebbe smarrito la via, perdendosi nel bosco. Gli posò una mano sul braccio.

«So quanto è difficile. Anch'io ho paura per lei» disse. «Solo, cerca di rimanere calmo. Non fare pazzie.»

«Tipo?»

«Resta dove sei, Ricky. Tornerà quando si sentirà pronta. Ti chiamerà.»

Dall'auto usciva aria calda. Udì un funereo brano musicale che non conosceva alla radio.

«E se non potesse? Se le fosse successo qualcosa?»

Maggie scosse il capo, fece un respiro profondo. «La stanno cercando. Se le è successo qualcosa, lo scopriranno.»

Lui annuì, non molto convinto, poi innestò la retromarcia. Maggie indietreggiò, infilando le mani nelle tasche dei jeans. Non si cambiava da quando si era vestita in fretta e furia la sera prima. Quel giorno aveva cancellato tutti gli appuntamenti, cercando di fare il possibile per aiutare Melody e Jones.

«Io le voglio bene, mamma.» Per una frazione di secondo, credette di capire *ti voglio bene, mamma* e avvertì quel moto familiare di felicità, poi il crollo della delusione. Le parevano secoli dall'ultima volta che gliel'aveva sentito dire. *Ti voglio taaaanto bene, mamma* le diceva un tempo, offrendo abbracci esuberanti, baci senza imbarazzo.

«Lo so, tesoro, lo so. Andrà tutto bene, vedrai.»

Era una falsa rassicurazione, e lo sapevano entrambi, ma lui le sorrise ugualmente. Maggie lo guardò allontanarsi, finché le luci posteriori non scomparvero dietro l'angolo. Sentiva il bisogno di piangere, ma lo represse: non c'era tempo per quello.

Nello studio, scorse i messaggi di posta elettronica, che per lo più chiedevano notizie di Charlene o comunque la riguardavano. La notizia si era diffusa come un virus. Un'e-mail convocava la cittadinanza a un'assemblea presso la scuola, indetta da Henry Ivy per le otto di quella sera, «allo scopo di confrontare le informazioni in nostro possesso su Charlene e i suoi possibili spostamenti, per collaborare con la polizia nelle indagini. Chiunque conosca Charlene è caldamente invitato a partecipare». Era questo che le piaceva di Henry: sempre il primo a reagire, a radunare gli altri per far fronte alle emergenze.

Anche il locale circolo femminile aveva organizzato un team di ricerche. Le più vicine a casa Murray avrebbero setacciato gli immediati dintorni, le altre eseguito controlli telefonici. «Ogni aiuto è bene accetto. Anche solo inoltrare questa e-mail è un modo per dare una mano.» Il messaggio conteneva le foto scolastiche più recenti della ragazza scomparsa.

Ora che stava accadendo di nuovo, Maggie ricordò lo spirito di cooperazione di The Hollows, il modo in cui quanti vivevano lì da generazioni si univano nei momenti di crisi. Indicevano riunioni, preparavano provviste, la gente si offriva per qualunque mansione ritenuta utile. C'era come una rete invisibile, che appariva soltanto quand'era imperlata di lacrime.

Lo stesso era avvenuto alla scomparsa di Sarah, anni prima. Anche in quel caso, inizialmente si era pensato che fosse scappata per punire la madre, ma Maggie ricordava anche una strana elettricità, una vaga e inafferrabile consapevolezza che fosse successo qualcosa di terribile. Già l'indomani, mentre ancora l'aria ronzava di una sorta di chiacchiericcio nervoso (proprio come ora), c'era qualcosa di maligno che aleggiava nell'aria. Persino Maggie e gli altri ragazzi della scuola sembravano presagire che Sarah non sarebbe semplicemente ricomparsa con la coda tra le gambe, scusandosi per aver causato tanto disturbo.

Il corpo della ragazza era stato ritrovato alcune ore dopo che era cominciata la prima nevicata della stagione. A scuola avevano convocato un'assemblea, e Travis Crosby senior, allora capo della polizia di The Hollows, aveva comunicato la notizia con voce bassa e tremante. Maggie ricordava il pesante silenzio che era calato nell'auditorium, un incredulo silenzio collettivo. Poi erano cominciati i pianti, prima isolati e sommessi, poi in una cacofonia di suoni singhiozzanti: un coro di dolore.

Lei si era solo sentita nauseata, confusa. Non conosceva Sarah particolarmente bene e non era certa di cosa provasse esattamente, a parte la paura. Aveva visto sua madre sul palco e, senza nemmeno pensarci, era corsa a raggiungerla. Elizabeth l'aveva presa tra le braccia ed erano rimaste così anche mentre diceva agli studenti di tornare a casa, che avrebbe chiamato le loro famiglie, che i consulenti scolastici si sarebbero organizzati in sala mensa per chiunque sentisse il bisogno di parlare e per i ragazzi i cui genitori non potevano uscire dal lavoro.

Maggie ascoltò la segreteria telefonica: il suo nevrotico cancellava l'appuntamento dell'indomani per paura che piovesse (credeva davvero di cavarsela così facilmente?); un avvocato che conosceva le chiedeva una consulenza; sua madre, che spesso confondeva il numero dello studio con quello del cellulare, la chiamava per avere i dettagli su Charlene. In altri tre messaggi successivi, il chiamante aveva riappeso: una cosa che la metteva sempre a disagio. Durante il suo tirocinio alla Columbia, una giovane che seguiva si era tolta la vita con un flacone di analgesici. Quando Maggie era arrivata in studio, quel mattino, la segreteria era piena di messaggi con il solo suono di un respiro regolare e sommesso, seguito dalla brusca interruzione della telefonata. Più tardi, aveva appreso del suicidio dal detective che la convocava sul luogo dell'accaduto. Quel respiro era sempre rimasto con lei, lo considerava il suono della disperazione, del tendere una mano senza trovare nessuno dall'altra parte. A volte lo risentiva in sogno.

Naturalmente, era stato prima che tutti avessero il cellulare e un identificatore del chiamante. Oggi, se avevano bisogno di lei, i pazienti potevano contattarla anche nel cuore della notte. E lei vedeva chi telefonava, poteva richiamare a sua volta. Consultò i numeri sul display. «Utente sconosciuto.» Avvertì una lieve agitazione, la sensazione che provava quando una persona cui teneva era in crisi e lei impotente ad aiutarla. Poi, il telefono, che aveva in mano, cominciò a trillare. «Utente sconosciuto.» Si affrettò a rispondere.

«Dottoressa Cooper» disse.

Ci fu silenzio all'altro capo della linea, un crepitio distante. Deduzione azzardata: «Marshall? Sei tu?»

«Come lo sa?» chiese il ragazzo. Suonava giovane e spaventato.

«Lo speravo, Marshall. Ero preoccupata per te. Come stai? Parliamo.»

«Mi dispiace» disse lui, «per il modo in cui mi sono comportato ieri.» Lei avvertì un moto di sollievo. Era tornato! Voleva ancora aiuto. Ora sapeva cosa fare.

«Capisco» disse. «Sei sotto stress. Ci sono modi migliori di affrontarlo e possiamo lavorarci insieme.»

«Voglio solo chiederle una cosa.»

«Che cosa?»

«Come si fa a sapere se si è una persona buona. Voglio dire… come si fa a sapere se *non* lo si è?»

Aveva già avuto con lui quel genere di conversazioni esistenziali altre volte. Gli rispose come sempre.

«Non credo che qualcuno possa essere solo buono o solo cattivo, Marshall. La gente è una sovrapposizione di qualità e difetti.»

«Certo» replicò sbrigativo, quasi irritato, «ma alcune persone sono cattive. Fanno cose cattive agli altri. Fanno del male.»

Dentro di lei si era formato un nodo di paura. *Di chi stava parlando?*

«Vero» concesse cautamente, «ma persino quelle persone hanno spesso qualcosa che le redime.» Seguì un silenzio che si protrasse troppo a lungo. Ebbe paura che stesse per riagganciare, poi: «Non sono certo di credere alla redenzione».

«E allora com'è? Siamo definiti dai nostri errori o dalle nostre caratteristiche negative? Una mossa falsa e non c'è possibilità di perdono?»

«Dipende da che cosa abbiamo fatto, no?»

«Di che cosa stiamo parlando, Marshall? Hai fatto qualcosa?»

Il respiro gli usciva spezzato, come se stesse piangendo.

«Qualunque cosa sia, possiamo parlarne, lavorarci insieme per venirne fuori.»

«Devo andare» disse il ragazzo. «Mi dispiace.»

Linea morta.

«Marshall» chiamò lei, invano. Andò rapidamente alla scrivania, cercò il numero e richiamò, ma suonava occupato. Riappese e provò di nuovo. Questa volta il telefono suonò e suonò finché lei non si arrese.

Avvertì nuovamente quell'ansia familiare e pensò a sua madre. Quando l'aveva informata che voleva prendere la laurea specialistica in psicologia e dedicarsi all'esercizio privato della professione, Elizabeth non aveva reagito come si aspettava: era apparsa più preoccupata che orgogliosa o elettrizzata. La figlia non aveva più dimenticato il suo commento, tale era stata la sorpresa e la delusione per quelle parole.

«Non puoi salvare il mondo, Maggie. È una vita che ci provi, portando a casa ogni randagio, ogni rottame da riparare. Ci sono cose che non si possono riparare, punto e basta.»

Non ricordava più dove fossero. Forse al Telephone Bar sulla Seconda Avenue, quando i genitori erano venuti per una delle loro frequenti visite. Da qualche parte in città, questo lo sapeva. Rammentava un odore di aceto, l'euforia che provava, bevendo vino con i suoi.

«Ma alcune sì» aveva replicato a bassa voce. «E come fai a sapere quali, se non provi?»

«Elizabeth» aveva ammonito suo padre. «È meraviglioso, Maggie: una scelta meravigliosa.» E le aveva posato una mano confortante sul braccio.

Con la madre non aveva discusso oltre: sapeva che era inutile tentare di convertire Elizabeth al proprio modo di pensare. La cena era proseguita con discorsi di soldi, atenei disponibili, prestiti studenteschi e borse di studio. Esteriormente era tutto molto calmo, pratico, ottimistico. Ma Maggie non aveva toccato più cibo. Tristezza e delusione le ribollivano dentro, rabbia contro la madre per la sua – qual era la parola? – la sua *distanza*, la sua costante pretesa di saperla più lunga su tutto, persino su quel che lei aveva scelto di fare della propria vita.

In seguito, dopo essere diventata madre a sua volta, Maggie aveva compreso meglio le preoccupazioni di Elizabeth. Lo rivedeva in Ricky, quel desiderio di dare un rifugio alle cose fragili che trovava (come Charlene), la tendenza a sacrificarsi per gli altri. Lui non sapeva quanto ciò lo rendesse vulnerabile. Maggie ricordava uno scoiattolo appena nato che il figlio aveva trovato, da bambino, nel cortile sul retro. Gli aveva costruito un nido di asciugamani e cercava di dargli il latte con un contagocce. Il cucciolo era morto il giorno dopo. Ricky aveva sei anni, all'epoca, e lei ricordava ancora come aveva pianto, con la tragica disperazione della gioventù. Le aveva causato un vero e proprio dolore fisico vederlo così triste, perché lei sapeva quanto fa male tentare di salvare chi o che cosa non può essere salvato.

Tornò alla scrivania e chiamò Henry Ivy al cellulare. Segreteria.

«Ho ricevuto una strana telefonata da Marshall» gli lasciò detto. «Chiamami appena puoi, sono davvero preoccupata.»

Poi fece il numero di Leila, la zia di Marshall, e si ritrovò a parlare con un'altra segreteria. Lasciò un messaggio simile. Non si aspettava di essere richiamata, ma forse Leila ci avrebbe ripensato, mandando uno dei ragazzi a fare un salto. Come ultima risorsa, cercò il numero di Angie e, con sorpresa, la sentì rispondere.

«Qui è la dottoressa Cooper» disse.

«Aspettavo la sua telefonata.» Perché glielo dicevano tutti, ultimamente?

«Sì?»

«Avrei dovuto chiamarla io, quando Marshall è tornato da Travis» cominciò la donna, «ma...» la frase le morì sulle labbra.

«Sono preoccupata per lui» disse Maggie, vedendo che non continuava. «Sembra piuttosto in crisi.»

«È cattivo, dottoressa Cooper» sbottò lei. «È crudele, insolente: è Travis all'ennesima potenza. Proprio come Travis è peggiore di suo padre. Nemmeno l'ombra del codice morale del vecchio. A ogni generazione, il gene si rafforza.»

Maggie fu ridotta a un silenzio sorpreso dal veleno nella sua voce.

«Se non altro il vecchio non avrebbe mai colpito una donna» proseguì Angie. «Ammazzava di botte Travis, ma non sua moglie o sua figlia.»

Capo Crosby viveva ancora a The Hollows, facendosi sempre più arcigno e malevolo con l'età. Maggie si aspettava di vederlo, quella sera, all'assemblea: era sempre presente nel momento dell'emergenza cittadina, nel suo ruolo di poliziotto duro a morire.

«Angie...»

«È colpa nostra, lo so. Marshall ha avuto sotto gli occhi la violenza – orrenda, terribile violenza – prima ancora di imparare a parlare. Non c'era un momento di calore in casa nostra, mai. E questo mi dispiace terribilmente.»

Forse aveva bevuto, pensò Maggie: inciampava nelle parole e il suo tono oscillava tra la rabbia e il piagnucolio.

«È successo qualcosa tra lei e Marshall?»

Sentì che si metteva a piangere.

«È stato violento con lei, Angie? Se è così, dobbiamo affrontare il problema, perché finora non era mai stato violento e un cambiamento improvviso nel suo comportamento può indicare un momento di crisi.»

«Non voglio metterlo nei guai, dottoressa. Voglio solo che stia lontano da me. Glielo dica, per favore. Gli dica solo di stare alla larga.»

La linea s'interruppe e Maggie desiderò ardentemente che la gente la smettesse di riattaccarle in faccia. L'intera famiglia di Marshall aveva un problema con il modo corretto di terminare una conversazione telefonica. Guardando l'apparecchio ancora in mano, avvertì il senso di frustrazione che toccava il culmine e cominciò a prendere le distanze. Era preoccupata per il ragazzo, ma anche per Charlene e per suo figlio. Pensò di telefonare a Jones, di avvisarlo dei problemi con Marshall, ma era così concentrato sulla vicenda Murray, al momento, che dubitava di risolvere granché, chiamandolo. Le pareva quasi di sentirlo. *Che vuoi che faccia, Mags? Che lo arresti perché hai ricevuto una telefonata preoccupante? Ho una ragazza scomparsa da ritrovare, qui.*

Decise di concentrare nuovamente l'attenzione sull'emergenza in corso. Andò al computer e aprì Facebook, inserendo il nome utente e la password che Ricky le aveva lasciato su un Post-it giallo, perché guardasse la pagina di Charlene e leggesse l'aggiornamento di stato che l'aveva scombussolato tanto.

La pagina si caricò lentamente: il computer di Maggie era vecchiotto e, per di più, zeppo di file e di applicazioni che lei non aveva la capacità, o la voglia, di usare. Alla fine, sullo schermo apparve l'immagine di Charlene con una lista di commenti degli amici, tutti postati quel giorno.

Dove sei? Siamo preoccupatissimi! Spero che te la stia godendo a New York! Sei una grande! Ho sempre saputo che te ne saresti andata di qui!

Ogni messaggio era affiancato dall'avatar dell'utente che lo aveva scritto, e Maggie riconosceva quasi tutti, nelle loro pose buffe o più o meno sexy. Li scorse fino a trovare l'immagine di Ricky, in cui faceva del suo meglio per sembrare un artista maledetto. A lei, però, sembrava solo il suo piccolo con il costume di Halloween, un po' sciocchino e vergognoso. Per questo, probabilmente, i teenager non volevano mai i genitori fra i piedi: i genitori vedevano solo il bambino che conoscevano, non l'adulto che loro tentavano di diventare. Torna a casa, Char diceva il post di Ricky. Non ti fa sembrare una gran figa come credi. Per favore.

Qualcosa attrasse la sua attenzione, nella parte sinistra dello schermo. Un'area chiamata: "Amici in comune". Charlene e Ricky ne avevano diciannove. Maggie cliccò su "Visualizza altro", sentendosi molto orgogliosa della propria abilità informatica. Si aspettava facce conosciute e le trovò: Britney, Tiffany, Amber. Uno sguardo rapido alle loro pagine rivelò le solite cose: messaggi degli amici, libri e brani musicali preferiti, foto di feste ed eventi scolastici. Nessuna traccia di abuso di stupefacenti o alcolici, né della depravazione sessuale che i media insistevano a dipingere tra gli adolescenti. Nessuno squallido ventre molle alla Hollows High.

Ma molte altre persone della lista le erano sconosciute. Sembravano più grandi, benché condividessero lo stile gothic-chic di Charlene e Ricky. Cominciò a cliccare sulle immagini e trovò musicisti, frequentatori di locali, il proprietario di un bar nell'East Village, quello di uno studio di registrazione dall'aria piuttosto malandata. Sapeva che, da un po', Charlene e Ricky bazzicavano locali e concerti in città: la timida ammissione di suo figlio a Chuck non era stata una sorpresa e, del resto, l'aveva fatto anche lei, da ragazzina. Forse quelle erano le persone che frequentavano là. Le parevano strane e navigate, caparbiamente aggrappate a un ambiente per cui erano troppo vecchie. Una giovane donna aveva un tatuaggio sul viso, un rivolo di lacrime, un uomo pallido e troppo magro sembrava immerso nei suoi pensieri, cerchi scuri sotto gli occhi, la sigaretta che pendeva dalle labbra.

Maggie poggiò il capo allo schienale della sua poltroncina in pelle, la luce intensa dello schermo che la disturbava per la stanchezza e il mal di testa sempre più forte. Ricky le aveva permesso di accedere al suo account: voleva forse, in modo più o meno consapevole, che lei vedesse quella gente? Certo non s'era illuso che la madre si limitasse a guardare la pagina di Charlene senza esplorare la sua. Non aveva detto di non conoscere gli amici newyorkesi della ragazza? Di essere convinto che mentiva?

Chissà come, si ritrovò, colpevolmente, a scorrere le e-mail del figlio. Non trovò nulla che le ispirasse preoccupazione. Tutti i messaggi erano di amici che conosceva bene e riguardavano compiti scolastici, date di concerti, pettegolezzi, programmi per il weekend. Persino gli scambi tra lui e Charlene erano piuttosto castigati, pensò, quasi deliberatamente. Lei aveva sempre messo in guardia Ricky dal considerare private le attività online: evidentemente aveva seguito il consiglio. Oppure, sapendo di aver dato alla madre la sua password, aveva ripulito preventivamente la posta.

In fondo all'elenco di amici comuni, vide un'immagine che non si aspettava: Marshall Crosby. Cliccò sull'avatar, una foto scura, evidentemente scattata con poca luce, usando la webcam. Il ragazzo sembrava impacciato e le ombre sotto gli occhi gli davano un aspetto quasi demoniaco; la stanza alle sue spalle era un caos di libri e vestiti alla rinfusa, pile di videogame, lattine allineate sul comò, poster di gruppi rock che coprivano interamente le pareti. Mentre la pagina si caricava, vide che quasi tutti i campi – libri preferiti, film – erano vuoti. Persino la schermata delle informazioni biancheggiava, priva dei classici dettagli personali che Maggie si era aspettata di trovare. L'unico spazio che Marshall aveva ritenuto di compilare era la barra di stato e quello che ci aveva scritto, tredici minuti prima, le sfiorò la schiena con un tocco gelido.

Marshall pensa che le persone cattive vadano punite.

Nei suoi ricordi aveva nevicato per giorni, ma non era vero. Di fatto, c'era stata solo l'iniziale nevicata leggera che aveva coperto il cadavere fresco di Sarah, sicché, quando Capo Crosby l'aveva visto per la prima volta, l'aveva preso per un ramo caduto, tanto sottile e scura era la forma. I giorni seguenti erano stati caratterizzati da precipitazioni gelide – nevischio, una pioggerella fine – con l'esitante primavera che abbandonava The Hollows, mentre la sconvolgente consapevolezza dell'accaduto si sedimentava negli animi e tutti si ritrovavano, annientati e interdetti, a trascinarsi dall'assemblea cittadina al tavolo dei consulenti (per chi lo desiderava), poi all'orripilante veglia a bara aperta e al cupo funerale.

Maggie aveva scoperto di riuscire a stento ad accettare l'evento: nulla di quanto era accaduto sembrava reale. Persino ora ricordava la vicenda solo a sprazzi: la madre di Sarah che crollava accanto alla fossa, *sua* madre che le si aggrappava come non aveva mai fatto, e non avrebbe fatto mai più dopo di allora, stringendole la vita, le spalle o il polso per quelli che le parevano giorni interi. Ricordava

Sarah, rigida e gonfia nella bara, immagine cerea di quel che era stata: non più una ragazza con la testa piena di musica. Non più una ragazza, punto. Quelli delle pompe funebri avevano coperto i tagli sul viso con una specie di fondo tinta pesante, ma li si vedeva ancora: una tenue ragnatela di linee sottili, come crepe sul volto di una bambola di porcellana, che si era rotto e qualcuno aveva rincollato. Un volto che sembrava dipinto, ripugnante, una maschera della morte. A pensarci, Maggie udiva ancora piangere la madre di Sarah, avvertiva quel suono vibrarle nel petto.

All'epoca era più giovane di quanto Ricky non fosse ora, frequentava il secondo anno alla Hollows High. Era superprotetta, la sua tabella di marcia rigorosamente imposta dalla madre. A casa subito dopo scuola, a meno che non ci fosse qualche attività extrascolastica, spuntino, relax, compiti, poi svago con gli amici o televisione. La cena era sempre alle diciotto e trenta, la luce non rimaneva accesa oltre le ventuno. Lei si lagnava di tutte quelle regole, andava su tutte le furie per i continui interrogatori di Elizabeth. Si ribellava modificando il suo aspetto: tingendosi i capelli, facendosi numerosi piercing alle orecchie. Elizabeth glielo aveva ricordato, non senza un luccichio di gioia negli occhi, quando Ricky aveva dato inizio alla sua discesa nel regno del gothic punk. Maggie si era resa conto di stare addosso al figlio esattamente come sua madre aveva fatto con lei, parlando costantemente, chiedendo, sovrintendendo alla routine giornaliera. *Be'* aveva pensato, *ci siamo. Sono diventata mia madre.*

«Credi che tu avresti potuto prendere la porta e andartene così, dopo un litigio con me?» stava dicendo Elizabeth, mentre si recavano insieme all'assemblea. Pareva minuscola come una bambina sull'immenso sedile del suv di Maggie. Anche questa volta, il riscaldamento era acceso: Elizabeth aveva sempre odiato il freddo.

«Credi che ti avrei lasciato uscire senza venirti dietro? Assurdo.»

«Lo so.» Maggie l'aveva chiamata dopo avere appreso della riunione e sua madre si era autoinvitata ad accompagnarla. Aveva chiamato anche Ricky, al negozio, e il titolare gli aveva concesso di staccare prima per poter partecipare. Le avrebbe raggiunte a scuola.

«Quella ragazza» disse Elizabeth, e Maggie sapeva che stava parlando di Melody, non di Charlene. «Ha sempre avuto qualcosa di strano.»

«Non è più una ragazza, mamma. È una madre la cui figlia è scomparsa. Merita la nostra compassione e il nostro aiuto.»

Elizabeth sbuffò. «Sei proprio una strizzacervelli» disse, in tono finto-bisbetico.

«Mamma» la rimproverò, ma sentiva un sorriso piegarle in su gli angoli della bocca.

L'anziana signora prese un fazzoletto di carta dalla borsa e si soffiò il naso.

«Che cosa ti ricordi di quella storia?» chiese Maggie.

«Quale storia?» domandò Elizabeth, senza girarsi a guardarla.

«Sai di che cosa sto parlando» replicò la figlia, seccata da quella simulata ottusità. Sua madre faceva sempre la finta tonta quando non voleva parlare di qualcosa.

«Sapevo che l'avresti tirata fuori.»

«Come si fa a non pensarci?»

«Mi ricordo tutto, ogni particolare, ogni orrendo minuto. È stata la cosa peggiore mai capitata in questa città.»

Maggie attese che la madre proseguisse. «Dicono che la memoria diminuisca con l'età: vorrei che fosse vero. Dimentichi dove hai messo le chiavi o gli occhiali e roba simile, salti l'appuntamento dal medico, ma le cose tristi restano sempre. Le vecchie storie che vorresti dimenticare, quei ricordi si fanno più vicini, più nitidi.»

«Tipo? Che cosa ti ricordi?»

Erano ferme al semaforo. Scattò il verde senza che Maggie se ne accorgesse, finché qualcuno, dietro, non pigiò sul clacson. Madre e figlia sussultarono leggermente e Maggie avanzò, alzando la mano in un cenno di scusa.

«Hanno tutti una gran fretta» osservò Elizabeth.

Lei pensava già che la madre avrebbe scansato la domanda, che sarebbe stato necessario insistere. Ed era pronta a farlo: voleva parlare di Sarah, anche se non era certa del perché. Da quando Melody aveva sollevato l'argomento, non era riuscita a smettere di pensarci. *Jones ne parla mai?* aveva chiesto la Murray. Perché? Era una domanda così strana.

Maggie stava per incalzare Elizabeth, ma la madre cominciò a parlare spontaneamente.

«Di tutte le brutte sensazioni e i terribili ricordi di quella vicenda, lo sai che cosa mi turba di più?» chiese.

«Che cosa?»

«Non ho mai creduto che lui l'avesse uccisa.»

Il modo in cui lo disse produsse in Maggie una piccola scarica di paura.

«Ha confessato, mamma» replicò.

«Lo so» ammise Elizabeth in tono neutro. Si schiarì la gola e abbassò gli occhi in grembo. Si lisciò la gonna tenendo i palmi piatti, una passatina decisa con le mani; era un gesto familiare: quel che la madre di Maggie faceva, quando voleva evitare il suo sguardo.

«Non me l'avevi mai detto.»

«Che c'era da dire? È solo una sensazione. Conoscevo il ragazzo: semplicemente, non ho mai creduto che avesse *quello* dentro di sé. L'idea mi ha sempre turbato.»

«Se non lui, chi allora?»

Elizabeth emise un sospiro. «Sai, la possibile risposta è ciò che mi ha impedito fin dall'inizio di porre la domanda.»

Maggie non disse nulla, assimilando lentamente le parole della madre.

Non c'era mai stato alcun dubbio che Tommy Delano avesse ucciso Sarah. Quel ragazzo aveva sempre avuto qualcosa che non andava: innaturalmente silenzioso, occasionalmente incline a repentini quanto terribili accessi di rabbia. Da adulto, lo si vedeva spesso aggirarsi per l'officina in cui lavorava, appostato negli angoli a guardare con quella sua aria tranquilla o vagare senza meta per la città, indugiare in sala giochi o nella pizzeria dove si ritrovavano i ragazzini. Quando la gente lo nominava, usava in genere parole come "strano" o "viscido", aggiungendo, però, che aveva il tocco magico per i motori, che era un meccanico pieno di talento e un lavoratore instancabile. Dicevano tutte queste cose di lui, perciò dovevano essere vere.

Dicevano anche che aveva ucciso sua madre. Era stato un incidente, una tremenda caduta dalla ripida scala del seminterrato. Li aveva trovati suo padre: il bambino che sedeva muto in cima ai gradini, la madre accasciata in fondo, il collo spezzato, in una pozza di sangue. Quel che era successo o da quanto il piccolo fosse lì non era chiaro, ma l'incidente lo avrebbe seguito dalle elementari, fino alle medie, al liceo e oltre. Quella storia gli era stata mormorata alle spalle per più di due generazioni. Per alcuni era diventato un po' come l'uomo nero. *Si aggira per i boschi dietro la scuola, guarda le ragazze. Attenta, Tommy Delano è lì che ti aspetta.*

Ma quando Maggie lo vedeva, pensava solo che era un tipo triste. Riparava gli autobus nel deposito dietro la scuola. Non le pareva spaventoso, con le sue spalle strette, la salopette sporca di grasso, gli occhi che non levava quasi mai da terra. A volte se ne andava *veramente* per i boschi dietro la scuola, fumando sigarette.

Altre volte, i ragazzi dell'ultimo anno si radunavano intorno al deposito e lo tormentavano. *Perché hai ucciso la tua mamma, piccolo Tommy?* Era orribile – Maggie ricordava di aver pensato – che i figli di gente con cui era andato a scuola lo sfottessero su un incidente che aveva causato la morte di sua madre. Da ragazza non capiva la crudeltà, non capiva perché alcuni provassero gusto a far soffrire gli altri, e anche oggi non lo comprendeva fino in fondo. Non aveva mai visto Tommy reagire. A volte si limitava a salire su uno degli autobus finché i ragazzi non se ne andavano spontaneamente o per l'intervento di un insegnante.

Trascorse le prime ventiquattro ore dalla scomparsa di Sarah, quando era ormai chiaro che non si stava nascondendo da una delle sue amiche, Maggie aveva percepito, nitida, una vibrazione differente nell'aria: il chiacchiericcio scomposto era divenuto gelido terrore. Per tutta l'ora di inglese, si era lasciata distrarre dal posto vuoto accanto alla finestra che, di solito, occupava la ragazza. Le sembrava così terribile e strano che la signorina Williams se ne stesse lì in piedi, davanti alla classe, a spiegare le metafore, mentre una persona era scomparsa, che Vicki e Michelle si passassero bigliettini e Trevor facesse ghirigori sul quaderno. Forse la memoria la tradiva, ma già il secondo giorno – con le auto di pattuglia parcheggiate davanti alla scuola e gli studenti mandati a casa prima – ricordava di aver realizzato inconsciamente che Sarah non sarebbe tornata mai più, e che il mondo avrebbe comunque continuato a girare.

Non rammentava esattamente quando i sospetti si erano concentrati su Tommy Delano, ma era stato dopo l'arrivo della sensitiva. Eloise Montgomery aveva l'aspetto banale di una madre di famiglia qualsiasi, con una camicetta scozzese e jeans a vita alta, la borsa in finta pelle marrone stretta al fianco. All'ora di pranzo le ragazze più carine si erano già riunite a sfottere la sua acconciatura, un taglio netto, spartano, una specie di casco. Non aveva altre caratteristiche degne di nota: né uno sguardo penetrante, né un carisma particolare. Andando a lezione di biologia, Maggie l'aveva vista in aula di musica, che parlava con gli insegnanti di Sarah. Ascoltava attentamente ciò che il signor Landtz le stava dicendo e annuiva piano.

Maggie ricordava di aver cenato da sola con suo padre, quella sera. Lui non era un gran cuoco e così si erano presi degli hamburger a un fast food, mangiandoli direttamente dai vassoietti. Dal giorno della scomparsa di Sarah, sua madre rientrava tardi e usciva presto, collaborando con la polizia, confortando la famiglia, organizzando i volontari. Maggie avrebbe voluto che Elizabeth restasse a casa.

«Come stai vivendo tutta questa storia?» le aveva chiesto il padre.

«Non lo so. Non sembra reale, ecco.»

«Mmm» aveva detto lui. «So che cosa intendi. Cose del genere non lo sembrano mai, immagino.»

Il giorno dopo era stato fermato Tonny Delano. Le prove contro di lui erano circostanziali. La madre di Sarah portava sempre l'auto di famiglia a revisionare nell'officina in cui lavorava, e spesso aveva la figlia con sé. Delano era stato anche negli uffici della scuola, per i pagamenti, e c'era la possibilità che avesse sentito la telefonata in cui la giovane diceva di avere perso l'autobus. Sotto il suo letto, in una busta, avevano trovato una raccolta di ritagli su Sarah; poi, nel bagagliaio della sua auto, un paio di mutandine che la signora Meyer aveva identificato. Entro sera, Delano aveva confessato, proprio mentre quella tarda nevicata primaverile cominciava a cadere; quindi aveva detto a Capo Crosby dove trovare il corpo.

No, nessuno aveva mai avuto alcun dubbio sul fatto che Tommy Delano fosse colpevole. Che avesse aspettato Sarah nell'area boschiva tra la casa di Melody e quella dei Meyer. *Ci siamo incontrati nel bosco. Era contenta di vedermi.* Che l'avesse attirata su un veicolo e tenuta prigioniera per non più di ventiquattro ore, nascondendola in un capanno da caccia abbandonato nel folto degli alberi, vicino a Old Creek, confessandole il suo amore e stuprandola ripetutamente. *Ho fatto l'amore con lei. Lei lo voleva.* Che le avesse sfregiato il volto. *L'ho punita per aver detto cose cattive.* Che, infine, quando il terrore e la rabbia della ragazza l'avevano fatto sentire rifiutato, l'avesse uccisa. *Mi ha colpito* aveva detto a Crosby, con rammarico e indignazione nella voce. *Io volevo solo amarla.*

Tommy Delano era stato condannato all'ergastolo, senza possibilità di uno sconto della pena. E The Hollows aveva tirato un sospiro di sollievo: è finita.

Lei, Maggie, aveva atteso di avvertire lo stesso sollievo che tutti sembravano provare, ma invece aveva continuato a notare per il resto dell'anno che c'era qualcun altro a revisionare gli autobus: un omone dalle spalle larghe e dai capelli cortissimi. A lui i ragazzi dell'ultimo anno non avevano nulla da dire. E il banco di Sarah era vuoto, e il mondo andava avanti senza di lei, come se non ci fosse mai stata.

«Non mi avevi mai detto niente finora» ripeté a sua madre.

Elizabeth non rispose, continuò solamente a guardare dal finestrino la gente che entrava nell'edificio scolastico a passo lento.

«Mamma?»

Agitò una mano. «Non darmi retta. Sto solo facendo la sciocca piagnucolosa.»

Ma Elizabeth Monroe non era una sciocca piagnucolosa, non lo era mai stata. Non era incline a drammatizzare, né a crogiolarsi nei rimpianti. Aveva, però, l'abitudine di formarsi un giudizio su questa o quella persona e di non cambiare idea persino di fronte a una schiacciante evidenza del contrario. Anche se, di fatto, sbagliava raramente, quella era comunque una caratteristica che Maggie non apprezzava in lei: le persone cambiano, Maggie lo sapeva, lo aveva constatato negli altri e persino in se stessa. Con tutto ciò, qualcosa in quel che sua madre aveva appena detto la turbava, le causava un dolore inquietante, le riportava alla mente qualcosa, un dettaglio che non riusciva veramente a ricordare.

«Non ha più importanza, ormai» disse Elizabeth. «Se ne sono andati entrambi. In pace, spero.»

«Le prove erano evidenti.»

«Sì» disse la madre. «Certo che lo erano.»

Entrarono nel parcheggio della scuola e si spostarono verso l'ingresso presso l'auditorium, dove si sarebbe tenuta la riunione. C'erano meno auto di quante Maggie si aspettava. Aveva immaginato il parcheggio strapieno, la gente che sciamava lentamente all'interno. Ma le porte erano chiuse, anche se attraverso la piccola finestra quadrata scorgeva delle persone nel corridoio. Trovò un posto accanto al veicolo di Jones e parcheggiò.

«Sta nevicando.» Aiutò la madre a scendere dall'auto. Elizabeth aveva rifiutato ogni aiuto fino all'ultima caduta, in cui si era fratturata l'anca, restando zoppa e costretta all'uso del bastone. Ora accettò borbottando la mano che la figlia le tendeva, poi il suo braccio.

«È proprio vero» disse. «È proprio vero.»

16

Elizabeth Monroe aveva un segreto: una cosa che non aveva mai detto ad anima viva. Era un luogo dentro di lei, un'altra dimensione della sua memoria che visitava raramente. Era una regione gelida, sterile, di cui poteva scordarsi completamente, come della tomba di suo marito. Che assurdità far visita al posto in cui era sepolto il povero corpo: lui non era lì, la sua anima non vi si era trattenuta. Lei sapeva questo, eppure compiva il suo dovere, teneva in ordine la tomba, deponeva fiori nei giorni appropriati: anniversari di morte e matrimonio, compleanno del defunto. A Maggie piaceva andarci alla festa del papà (altra scempiaggine, se lo avessero chiesto a lei: roba inventata per vendere biglietti d'auguri). Suo marito, l'unico uomo che avesse mai amato, non c'era più, e visitare il suo luogo di sepoltura non glielo avrebbe fatto sentire più vicino. Le persone – quando sei giovane, nessuno te lo dice – sbiadiscono, via via che il tempo passa senza di loro. Le qualità, le piccole manie, i momenti teneri: tutto diventa vago e indistinto. Sono i brutti ricordi che non ti lasciano mai. Quelli continuano a fregarti.

La sera, non tardi, ma all'imbrunire, quando il sole calava e si avvicinava il momento di preparare la cena, con l'intera serata davanti: allora la solitudine s'insinuava in lei come il dolore all'anca nei giorni di pioggia, allora i rimpianti e i brutti ricordi venivano talvolta a visitarla.

Era felice di serate come quella, nonostante l'occasione tutt'altro che lieta: le davano uno scopo, qualcosa da fare al di fuori della routine. Quando Maggie l'aveva chiamata, raccontando dell'assemblea, si era autoinvitata a partecipare, benché non potesse essere di molto aiuto, forse appena un poco di conforto alla figlia e al nipote. Jones, sapeva Dio dove si collocava in quella vicenda: a seguire piste, a fare il bravo poliziotto, l'eroe della città. Tutti amavano Jones Cooper. Era sempre stato così.

Si era seduta nelle prime file, cercando di non origliare la conversazione tra la figlia e il genero.

«Ho mandato una macchina a casa dei Crosby» stava dicendo lui. «Non c'era nessuno. Gli agenti di pattuglia terranno gli occhi aperti, anche se sto usando quasi tutti gli uomini per cercare Charlene, al momento, perciò siamo un po' a corto di organico, là fuori. E manderemo qualcuno anche qui a scuola, domani.»

«Okay» disse Maggie, esitante.

«Probabilmente non è nulla di cui preoccuparsi.»

«Lo so. Solo che, quando avviene qualcosa di terribile, c'è sempre tutta una serie di indizi che sembra accumularsi. Indizi che qualcuno stia per colpire, ma che nessuno vede o prende in considerazione. Non voglio che succeda questa volta.»

Il genero di Elizabeth incombeva su sua figlia, una mano rassicurante sul braccio di lei. «Faremo in modo che non succeda» le disse.

Erano perfetti l'uno per l'altra. Poliziotti e psicologi sono sempre in prima linea per tentare di salvare il mondo che non vuole essere salvato; che, per quanto si faccia, tende inesorabilmente all'entropia.

«Perché hai il muso lungo, mamma?» chiese Maggie, venendo a sedersi accanto a lei. Elizabeth colse una vena di irritazione nella voce della figlia.

«Che cosa?» disse. Si sentì immediatamente sotto accusa. «Adesso mi controlli anche i pensieri?»

Maggie emise un sospiro, serrò le labbra in una linea diritta. Sua madre si strinse la borsa in grembo e raddrizzò le spalle. A un certo punto tua figlia cominciava a credere di poterti dire che cosa fare, come vivere, dove e come avevi sbagliato in tutta la tua esistenza. Maggie le rimproverava sempre di essere acida e tranciare giudizi, ma, dal suo punto di vista, nessuno l'aveva mai giudicata quanto lei. A Maggie pareva sfuggire l'ironia di quella verità. Era così aperta e compassionevole, generosa e paziente con tutti, persino con gli sconosciuti. Ma quando si trattava di sua madre? Dura persino quando riusciva a frenare la lingua, cosa peraltro non frequente.

«Ehi, nonna.»

Ricky le passò davanti per andare a sedersi accanto a Maggie. Si chinò a darle un bacio leggero sulla guancia.

«Ciao, ragazzino.»

Madre e figlio cominciarono immediatamente a parlare di qualcosa che riguardava il computer di lui ed Elizabeth si ritrovò ad astrarsi, perlustrando la sala con lo sguardo. Dov'erano tutti? C'erano forse venticinque persone, raccolte in gruppetti sparsi, che si sporgevano in avanti, scambiandosi commenti. Henry Ivy, in piedi sul palco, aveva preparato uno schema cronologico degli eventi intercorsi dal momento della scomparsa. Non ci fosse stato il forte sospetto di una fuga da casa, probabilmente si sarebbe avuta maggior partecipazione, ragionò Elizabeth. Ma era un errore prenderla così alla leggera. Un errore che avevano già commesso con Sarah. Allora, forse, pensò, era stato per una sorta di innocenza, un'idea diversa del mondo e di come possano andare le cose; ora, invece, per una forma di desensibilizzazione: la violenza e la paura erano così presenti, così dolorose, che semplicemente, non si poteva reagire a tutto con la forza neęcssaria.

Fu Capo Crosby – per lei era ancora tale, sebbene non portasse più il distintivo ormai da un secolo – che la indusse a pensare al suo segreto. Lo vide seduto in prima fila, gli occhi fissi sullo schema di Ivy. Si appoggiava allo schienale, spingendo in fuori il grosso ventre, quasi con una specie di orgoglio per la sua stazza. Le gambe erano larghe, le braccia conserte. Come sentendosi un paio di occhi addosso, si voltò e la guardò fisso. Lei sostenne lo sguardo, alzando una mano in segno di saluto. L'uomo rispose con un lento cenno del capo.

Erano così diversi da come erano stati. Tutti e due. Irriconoscibili rispetto a se stessi in gioventù. Elizabeth per prima non cessava di sorprendersi, quando guardava lo specchio, di trovarsi davanti una vecchia signora. Quando era successo? E Crosby non era meno deteriorato, anche se non pareva rimpicciolito come lei. Pareva anzi sempre più grosso e tondeggiante, ma gli occhi erano esattamente gli stessi: piccoli, cattivi e, peggio del peggio, con l'espressione di chi *sa*.

Ciò che la confortava, al momento di sospingersi in quel territorio oscuro, di seguire la traccia degli «e se», dei «se solo», era la certezza di non essere l'unica persona di The Hollows con brutti ricordi e segreti nascosti. La certezza, anzi, di essere in nutrita compagnia.

Rivolse a Capo Crosby un sorriso impassibile e lui fece lo stesso, per poi tornare a voltarsi, mentre Henry Ivy chiedeva silenzio.

«Forse si pensa che una fuga da casa non sia una ragione sufficiente per indire un'assemblea cittadina» esordì Henry, in piedi sul palco dell'auditorium. Non parlava a voce alta, ma c'era qualcosa in lui, in quella pacatezza, che otteneva sempre attenzione. Maggie avvertì un familiare slancio di tenerezza nei confronti dell'amico: lo stimava, confidava nelle sue motivazioni, nel suo interesse sincero per i giovani di The Hollows. Si chiedeva spesso perché non si fosse mai sposato, né, a quanto ne sapeva, avesse mai frequentato qualcuna, ma sentiva che non avrebbe risposto volentieri a una domanda diretta.

«… Quando, però, uno dei nostri figli scompare, che se ne sia andato con le sue gambe o sia stato portato via, è comunque motivo di forte preoccupazione. Molti di voi sospettano che Charlene sia partita per New York. Ce lo conferma un messaggio su Facebook. Ad alcuni, tra i più giovani soprattutto, sembra, a quanto pare, un'idea molto romantica, ma non lo è.»

Qualcuno tossì, e vi fu un fremito di attività verso il fondo della sala. Henry parve osservare l'uditorio: per lo più amici di Charlene con i loro genitori, un insegnante della ragazza e altre persone che Maggie non conosceva.

«Melody è qui?» domandò Ivy.

Jones si fece avanti nella corsia centrale. «Melody sta aiutando alcuni dei nostri uomini a perquisire casa sua, in cerca di qualche indizio sui possibili spostamenti di Charlene» spiegò, tenendosi volutamente sul vago.

Ma anche solo quella risposta fu sufficiente a far convergere un po' di teste, suscitando un mormorio. Maggie vide Amber tirar fuori il cellulare e mettersi a digitare. Si voltò a guardare il marito. Al suo arrivo, Jones l'aveva aggiornata brevemente su Graham, oltre che sulla perquisizione a casa Murray, ma non avrebbe menzionato la cosa all'assemblea, sapendo che l'informazione rischiava di trapelare immediatamente all'esterno, diventando inservibile. Lei, per parte sua, non sapeva proprio che conclusioni trarne. Era inconcepibile che Graham e Charlene fossero scappati insieme e, per quanto sfigato, Olstead non era tipo da arrivare a rapire una minorenne. Maggie lo conosceva da sempre: era un buffone inoffensivo. O così aveva sempre pensato.

«Perciò, quello che vi chiedo ora è: qualcuno di voi ha informazioni di qualunque genere su dove potrebbe essere andata Charlene? New York è grande. La polizia, in città, è stata allertata, ma le possibilità che un agente l'avvisti per caso sono assai remote. Quindi, che cosa sappiamo dei luoghi in cui potrebbe essere andata, di chi potrebbe conoscere, delle case in cui potrebbe rifugiarsi? E non crediate di proteggerla tenendo il segreto. Potrebbe trovarsi in guai molto grossi.»

Scrutò i presenti. Maggie vide Britney alzarsi, esitante.

La ragazza si voltò verso Ricky, rivolgendogli uno sguardo rammaricato, poi disse a Henry: «Diceva di avere un ragazzo in città. So soltanto che suona la chitarra e che il suo nome è Steve. Nient'altro».

Maggie guardò Ricky, ma lui fissava un punto avanti a sé con occhi assenti. Elizabeth allungò la mano oltre sua figlia e gli diede un buffetto sulla coscia. Lui non sembrò accorgersene. La rabbia contro Charlene cominciava di nuovo a ribollire.

«Non sai niente di lui?» domandò Henry. «Un numero di telefono, un'e-mail? Qualcuno è suo amico su Facebook?»

Britney scosse il capo. «Nessuno lo conosce. Nessuno l'ha mai visto. Sinceramente pensavamo tutti che se lo fosse inventato.»

«Chi erano quei tuoi amici su Facebook?» bisbigliò Maggie a suo figlio. «Quelli che tu e Charlene avete in comune?»

«Ma quali?» chiese lui. Tutto sua nonna: prendeva tempo con domande ottuse.

«Quelli più grandi e di New York, Ricky» disse lei con malcelata irritazione. «Lo sai di che cosa sto parlando.»

Il ragazzo alzò le spalle. «È solo gente che abbiamo conosciuto. Il proprietario dello studio, Markus, ha detto che ci avrebbe aiutato a registrare un demo. L'avevamo incontrato in un locale.»

«Sa che avete solo diciassette anni?»

Altra alzata di spalle sulla difensiva, gesto d'elezione tra gli adolescenti maschi. «Non lo so.»

«Hai sentito queste persone dopo che Charlene è scomparsa?»

«Secondo te?» ribatté secco Ricky. Poi, più gentilmente: «Certo. Nessuno l'ha vista».

«E non era questa la gente che lei diceva di conoscere in città? Che l'avrebbe fatta entrare nel giro?»

«No, te l'ho detto. Quella gente io non l'ho mai incontrata, e nemmeno il presunto tipo con cui usciva.»

«Sapevi già di lui?»

«Avevamo una relazione aperta.»

«Oh, grandioso. Semplicemente grandioso.»

Maggie notò che Henry li stava guardando e levò una mano per scusarsi.

«Hai qualcosa da aggiungere, Rick?» disse Ivy. «Eri il più vicino a Charlene.»

Ricky si alzò. «Non credo che Charlene abbia scritto l'aggiornamento su Facebook, quello: «va alla grande». Non avrebbe mai usato quel tipo di espressione; non è la sua voce, il suo tono. Credo anche che inventasse delle storie sulle sue conoscenze a New York, sul presunto ragazzo.»

«Quindi, secondo te, dove potrebbe essere?» chiese Ivy. Tutti si erano voltati a guardare il figlio di Maggie. Lui rimase a testa alta, gli occhi fissi su Henry. Era alto, fiero, così simile a Jones. Composto, capace di impedire alle emozioni che – lei sapeva – gli ribollivano dentro, di prevalere. *Non sono un bambino* le aveva detto la sera prima. Ed era vero.

«Non so. Ho parlato con gli amici che abbiamo in comune a New York e nessuno l'ha vista. Non ha contattato nessuno, me compreso, da ieri sera sul presto, e a me pare sospetto. Perché se c'è una cosa di cui Charlene ha bisogno, è un pubblico.»

«Questo, però, supponendo che il post su Facebook non sia veramente suo. Se, invece, l'avesse scritto lei, allora, sarebbe stata fedele al personaggio» ragionò Henry. «Per aggiornare lo stato al posto suo, bisognerebbe conoscere il suo nome utente, la sua password…»

«Questo non è impossibile. Io le conosco e forse anche le sue amiche.»

«A me, invece, tutto questo sembra proprio da lei.» Britney si era alzata in piedi, guardava Ricky. «Fa quello che fa sempre: dà spettacolo.»

Il ragazzo scosse il capo. «Tu non la capisci.»

«No, Rick» disse piano Britney. «Sei tu che non capisci. Usa le persone. Ha usato te e userà chiunque sia andata a raggiungere a New York.»

L'atmosfera era elettrica, regnava un clima di teso imbarazzo. Maggie sentì qualcuno ridere, ma, guardandosi intorno, non riuscì a distinguere chi fosse.

«Credevo fossi sua amica» disse Ricky. Sembrava più che arrabbiato. Maggie colse un'esitazione nella voce.

«*Sono* sua amica» disse Britney. Stavano per venirle le lacrime agli occhi, sprofondò le mani nelle tasche della sua felpa rosa della Hollows High. «La vedo com'è veramente e le voglio bene comunque.»

Denise si alzò e cinse la figlia con un braccio, a sostenerla. Maggie resisté all'impulso di fare lo stesso con Ricky: lui non l'avrebbe gradito. E non ne aveva bisogno.

Il ragazzo distolse lo sguardo da Britney e lo rivolse nuovamente a Henry.

«Credo che sia successo qualcosa di brutto, ieri sera. Qualcosa di più che una semplice lite con la madre. Charlene e sua madre litigavano costantemente: non sono mai andate d'accordo. Non sarebbe stato un motivo sufficiente per scappare. Non così.»

«E allora cosa?» disse Henry. «Cosa può essere successo secondo te?»

«Non lo so» rispose Ricky, con aria abbattuta. Maggie si voltò a guardare Jones, sperando che intervenisse ad appoggiare suo figlio, ma nel punto in cui si era alzato prima, accanto alla porta, non c'era più. Lei sapeva che il marito aveva del lavoro da fare, che qualcosa di importante doveva averlo richiamato altrove, ma avvertì ugualmente un moto di rabbia e delusione.

«Forse l'ho vista. La ragazza scomparsa.»

«Forse?»

«Era buio. E avevo bevuto un po' di vino.»

«Dove e quando.»

«Ieri sera verso le undici e mezza. Ero dalla mia...» Inciampò sulla parola. «Dalla mia ragazza sulla Persimmon Way. Be' non è proprio la mia ragazza, ma, ehm, comunque... Dormiva e io sono andato in cucina a prendermi un po' d'acqua, poi sono uscito in veranda.»

«Faceva freddo ieri sera.»

«Sì, è vero.»

«E allora perché è uscito?»

Charlie si schiarì la gola. «Sa com'è. Giusto per prendere un po' d'aria.»

«E?»

«L'ho vista – una ragazza con i capelli rosa e neri – in piedi sul marciapiede. Parlava con qualcuno su un'auto.»

«Che tipo di auto?»

Charlie alzò le spalle. «Non so di preciso. Non me ne intendo molto. Era grossa, verde. Tipo le… come si chiamano?… le *muscle car*, ma non saprei dire la marca o il modello.»

«Okay.»

«Poi è salita a bordo e l'auto è ripartita.»

«È salita di sua volontà?»

«Così sembrava. Non pareva spaventata o sconvolta. Forse solo un po' triste. Ma ha aperto la portiera ed è salita. Non ho mai visto in faccia il guidatore. Voglio dire che lui – o lei – non è mai sceso dalla macchina.»

Il detective prendeva appunti sul suo blocco. Charlie aveva la gola fastidiosamente secca, avvertiva un lieve tremore della mano. Si sentiva colpevole, nervoso, come se avesse fatto qualcosa di sbagliato e stesse cercando di nasconderlo. Si era sempre sentito così in presenza delle forze dell'ordine, come se gli agenti stessero cercando lui, se vedessero una colpa segreta che lui stesso non riusciva a riconoscere. Forse era per Lily.

Ora, alla centrale, con Wanda che sedeva in sala d'aspetto a leggere un tascabile, avvertiva il velo di sudore sulla fronte. Avrebbe voluto passarci il dorso della mano, ma non gli andava di attirare l'attenzione sul fatto che stava sudando. Continuò semplicemente a parlare.

«Ho sentito della sparizione oggi sul tardi, a casa di una cliente. Prima non ne sapevo nulla.»

«Una cliente?»

«Lavoro per una società di disinfestazione.»

Charlie attese una qualche manifestazione di disgusto, ma il detective si limitò ad annuire. Era un tipo leggermente sovrappeso, che cominciava a stempiarsi, ma con qualcosa di virile e intimidatorio nell'aspetto, qualcosa nella fronte corrugata, nello sguardo neutro, sicuro di sé. Le maniche della camicia erano arrotolate a rivelare avambracci muscolosi coperti da una peluria bionda. La fondina da spalla in cuoio lo faceva apparire ancor più forte e corpulento. Davanti a lui, Charlie si sentiva piccolo e infantile, debole in un certo senso.

«Non sono sicuro al cento per cento che fosse lei, ma la mia ragazza pensa che sia giusto farlo presente, nel caso non mi sia sbagliato.»

Il detective stava ancora prendendo nota. Di che cosa? Le sue dichiarazioni non giustificavano tutti quegli appunti. Si guardò intorno nella stanza: non era così che aveva immaginato la stazione di polizia. Si era aspettato grandi scrivanie in rovere, un qualche tipo di bacheca con l'elenco dei casi in corso, vecchi telefoni a disco, una cella per trattenere i criminali, luci a fluorescenza tremolanti. Invece, pareva di stare in un qualunque ufficio moderno, con postazioni racchiuse da pareti divisorie, fax, boccioni dell'acqua. Il tavolo del detective era in metallo e truciolare; un computer nuovo di zecca ci splendeva sopra. Malgrado ciò, l'uomo preferiva evidentemente usare il blocco, posto in equilibrio sulle gambe incrociate. Mancino, sospingeva con un certo impaccio la mano contratta da un capo all'altro del foglio. Le spalle larghe celavano parzialmente una serie di disegni a matita, attaccati caoticamente alle pareti: un paesaggio urbano, un omino di linee con cappello e distintivo, in piedi accanto a quella che pareva un'auto di pattuglia, una famiglia di quattro persone con teste enormi, in fila vicino a una minuscola casa.

Avvertì prepotente l'impulso a raccontargli di Lily, ma sapeva che era un'idea stupida. L'episodio era irrilevante; storia antica. Rivangare il discorso sarebbe parso strano.

«Ha visto com'era vestita, signor Strout?»

Charlie ci pensò su. Fece no con la testa. «Mi verrebbe da dire in nero... ma non lo so con certezza: come ho detto era buio e mi trovavo in veranda. C'era anche un po' di vegetazione che mi impediva di vedere chiaramente.»

Di nuovo il lento cenno del capo. Charlie attese che il detective levasse quei suoi occhi gelidi su di lui, ma, quando l'uomo sollevò, infine, lo sguardo dal blocco, l'espressione era gentile, amichevole. Accanto aveva una fotografia: lui, una bella donna e due bambini che sorridevano a trentadue denti.

«Ricorda qualcos'altro, signor Strout?»

Charlie scosse il capo. «Non credo proprio.»

Il detective gli passò un biglietto da visita, facendolo scorrere sul piano del tavolo. Chuck Ferrigno, sezione investigativa. Riportava vari numeri: il telefono dell'ufficio, il fax, il cellulare... C'era anche un indirizzo e-mail: cferrigno@hollowspd.ny.gov.

«Le chiedo soprattutto di pensare al veicolo, signor Strout. Forse di auto ne sa più di quanto crede. Se riuscisse a ricordare il modello sarebbe fantastico, ma anche ogni minimo segno di riconoscimento: una botta ben visibile sulla carrozzeria, un adesivo sul paraurti... qualunque cosa possa esserci d'aiuto.»

«Okay» disse Charlie. «Ci rifletterò.»

«E chiami pure in qualsiasi momento. Anche se dovesse venirle in mente un particolare che le sembra insignificante. Mi dia un colpo di telefono, o mi mandi un'e-mail. Lasci che sia io a giudicare.»

«Okay.»

Charlie rimase seduto ancora per un momento, prima di rendersi conto che il colloquio era finito. Mentre si alzava avvertì un moto di delusione. Si era aspettato di offrire l'elemento chiave in grado di risolvere il caso? Di far uscire di corsa il detective dalla stanza? Forse. Aveva visto *un sacco* di polizieschi in tivù.

L'investigatore gli tese la mano e, cogliendo probabilmente la sua esitazione, disse: «C'è altro, signor Strout?».

«Ehm, no» rispose. «Penserò a quel veicolo.»

«Perfetto.»

Quando varcò l'uscita, Wanda era lì ad aspettarlo. Doveva essere una serata tranquilla a The Hollows, pensò Charlie, perché lei era l'unica sulla lunga fila di poltroncine in plastica addossate alla parete.

«Com'è andata?» chiese la donna, alzandosi.

«Bene. Ha preso nota dell'informazione.» Si tirò su la lampo del giubbotto.

«Visto?» esclamò lei, prendendolo sottobraccio. «Ti avevo detto che sarebbe stato facile.»

«Avevi ragione» convenne. Era contento che fosse lì con lui. Si sentiva più calmo, più equilibrato anche solo a guardarla. «Vuole che rifletta meglio sul veicolo. Non ne capisco molto di auto.»

«Io sì» disse lei, con un piccolo sussulto di eccitazione. «Mio padre lavorava alla Ford. Faceva i modelli in argilla. Sapeva *tutto* di automobili. Forse posso esserti d'aiuto!»

Le tenne la porta aperta e uscirono al freddo.

Si sentiva come se fossero insieme da cent'anni: era così a suo agio, così sicuro dei gesti da compiere per farla stare bene. Fuori, intrecciò le dita a quelle di lei, notando le unghie squadrate dalla perfetta manicure, e arrivarono alla sua macchina.

«Non ti dispiace?» le chiese. «Discuterne con me?»

«No!» disse Wanda e gli diede una strizzatina alla mano. «Sarà il nostro mistero da risolvere!»

Charlie le aprì la portiera e attese che si fosse accomodata, poi richiuse piano. Fece il giro fino al posto di guida, già ripensando a ciò che aveva visto la sera prima.

«Era verde» disse, salendo. «Grossa, sai? Di quelle che bevono parecchio.»

Mise in moto. D'improvviso fu contento di essersi deciso per la nuova Prius, un mese prima, di possedere un mezzo dignitoso con cui portare in giro Wanda, e non la vecchia Volkswagen di cui si era sbarazzato. La Prius non era esattamente un'auto virile, ma aveva dei begli interni e gli pareva che dicesse qualcosa di lui: una persona cui importava tanto dell'ambiente da sacrificare un po' di velocità, un po' dell'immagine che avrebbe potuto ottenere con la nuova Charger o magari una Mustang. Aveva da parte una discreta sommetta, ereditata quando i suoi nonni erano passati a miglior vita: avrebbe potuto optare per un mezzo più sexy, ma si scoprì felice di offrire a Wanda un'auto che dimostrasse in lui l'uomo sensato. Questo, pensò, era ciò che lei cercava: sicurezza e buon senso.

«Okay» disse la donna, allacciandosi la cintura. «Ricordi qualche decorazione sul cofano?»

«Uhm, no. Be', forse. Forse c'era qualcosa.»

Wanda emise un piccolo singulto, come per un'intuizione improvvisa. «Sai che cosa dovremmo fare?»

«Che cosa?»

«Andiamo a casa e ci piazziamo al computer. Guardiamo le immagini di vecchie auto. Forse servirà.»

A casa. Aveva detto *a casa*. Poteva davvero succedere così in fretta? Lavori gomito a gomito con una donna per più di un anno, finalmente trovi il fegato di invitarla a uscire e, la sera dopo, ti senti come se l'amassi da sempre? E lei stava già usando parole come *noi* e *casa*? Forse erano semplicemente giusti l'uno per l'altra. E semplicemente soli.

«Grande!»

Allungò la mano e gliela posò sulla coscia. Lei ci adagiò sopra la sua.

«Wanda» disse lui, e fu sorpreso di quanto la sua voce suonasse pregna di passione. Scoprì che non poteva guardarla e tenne gli occhi sul cruscotto. L'ondata di emozione, il moto di gratitudine che avvertiva per non esser solo in quel momento lo imbarazzavano.

«Lo so, Charlie» disse lei, sottovoce, stringendogli la mano. «Lo so.»

Lui innescò la marcia e partì. Una neve leggera cominciava a cadere dal cielo.

17

Il sangue non si può cancellare. Non completamente. Le proteine reagiscono al calore e a certe sostanze chimiche, tendendo a formare dei legami. Anche se la macchia viene rimossa, queste proteine restano e possono essere rilevate dai moderni mezzi tecnologici. Di solito, però, non occorre nemmeno il sofisticato intervento della polizia scientifica o un'apparecchiatura high-tech: è sufficiente uno sguardo attento. Gli schizzi di sangue sono insidiosi, si nascondono sui montanti delle porte, sui battiscopa o nel tratto in cui la placca dell'interruttore incontra la parete: in tutti i punti, insomma, in cui un occhio stanco e distratto non li noterà. E, secondo l'esperienza limitata di Jones in materia, la gente, di solito, non è accurata e previdente in queste cose. Per lo meno a The Hollows: i cinque omicidi avvenuti sotto la sua giurisdizione erano stati commessi in modo prevedibile, e i colpevoli facilmente smascherati.

Nel caso Murray, non si trattava solo delle tre grosse chiazze di sangue sulla guarnizione esterna della porta del frigo. Anche la cronologia di Google sul computer era rivelatrice: «come far sparire le macchie di sangue». Ma Melody Murray non parlava. Si era chiusa in un silenzioso dondolio che Jones riteneva una bieca simulazione.

«Melody» le disse, in piedi nel soggiorno di lei, vicino all'ingresso ad arco. La donna si appoggiò allo schienale reclinabile di una vecchia poltrona piuttosto malridotta, l'occhio vitreo, lo sguardo assente.

«Di chi è quel sangue? Che è successo qui dentro?»

«Quale sangue?» chiese lei, trasognata. «Non c'è sangue.»

Vederla così gli faceva pensare al funerale di Sarah. Melody era apparsa silenziosa e traumatizzata dopo la scomparsa dell'amica, praticamente catatonica il giorno in cui avevano ritrovato il corpo. E anche allora, benché la ragazza avesse mille ragioni per soccombere al dolore e alla paura, Jones non se l'era bevuta per niente.

In lavanderia aveva visto una mazza da baseball appoggiata a fianco dell'asciugatrice. Si allontanò da Melody e andò a raccoglierla con la mano guantata, quindi rimase immobile per un momento, soppesandone la massa, il volume. Sulla mensola sopra di lui, un cartone di ammorbidente aperto emanava una lievissima fragranza di lillà. La casa era pulita, cosa che lo sorprese: si era aspettato un porcile, ma era tutto in ordine, niente polvere sulle superfici e sui pavimenti.

Sentiva gli altri due detective aggirarsi di sopra. Katie Walker, l'unico tecnico scientifico del dipartimento, laureata al John Jay College di Manhattan, aveva già fotografato il sangue e la posizione della mazza, e ora sedeva al tavolo della cucina etichettando gli oggetti inseriti nelle buste per la raccolta del materiale probatorio: alcuni stracci prelevati dalla lavatrice, un paio di guanti per i piatti, rinvenuti nel bidone delle immondizie accanto alla casa. Katie alzò gli occhi verso Jones, che stava passando con la mazza da baseball in mano. Katie, altra diplomata della Hollows High, era tornata nella città natale per stare accanto alla sorella, che aveva appena avuto due gemelli. A Jones piaceva: era silenziosa, precisa, attenta ai particolari. Non saltava alle conclusioni, si limitava a raccogliere le prove e ad analizzarle freddamente. Certo, non c'era veramente bisogno di lei a The Hollows – non molto spesso, almeno – ma il budget del dipartimento permetteva di stipendiare un tecnico part-time e così, quando Katie aveva chiesto il posto al capo della polizia locale, Marion Butler, lo aveva ottenuto. Quella sera, Jones ne era felice. Felice di non dover chiamare la polizia di stato.

Si parò davanti a Melody, che fissava il televisore con il volume completamente abbassato. La donna alzò lo sguardo su di lui e gli occhi le caddero sulla mazza che aveva in mano.

«Graham gioca?» le domandò.

Lei fece un risolino. «Quel fancazzista di merda? Figuriamoci!»

Jones si sforzò di sorridere. «A che serve, allora?»

«Per sicurezza.»

«Sicurezza?»

Melody si ravviò una ciocca dietro l'orecchio. «Nel caso qualcuno entri in casa, sai...»

Lui annuì. Sedette sul divano accanto alla poltrona in cui si trovava lei e posò con attenzione la mazza sul tavolino da caffè. Quella rotolò un poco e la stabilizzò con un dito.

«Dev'essere dura, Mel. Graham non è un uomo facile con cui essere sposata, ne sono sicuro. Non riesce a tenersi un lavoro, è sempre in giro, va a bere con gli amici.»

Lei lo guardava fisso, pareva un po' meno assente.

«E poi, naturalmente, se sospettavi che avesse messo gli occhi su Charlene... Ce ne sarebbe di che far perdere la testa a chiunque.»

Lei gli rispose con un lento battito di ciglia e Jones si chiese fugacemente se non avesse preso qualcosa. Aveva trovato un flaconcino di antidolorifici nell'armadietto del pronto soccorso, di sopra. Tutta l'emotività che la donna aveva dimostrato nel suo ufficio – indignazione, dolore, paura – era svanita: al suo posto c'era lo sguardo annebbiato con cui la ricordava ai tempi del liceo, quando era sempre strafatta.

«Nessuno potrebbe rimproverarti per aver tentato di proteggere tua figlia» disse.

Lei sprofondò la testa tra le mani, sembrò chiudersi in se stessa e, dopo un istante, le sue spalle cominciarono a scuotersi.

«Dimmelo» incalzò Jones, dopo i primi tremuli singulti. «Che è successo ieri sera?»

Ma quando Melody sollevò lo sguardo, non stava piangendo come gli era sembrato. Stava ridendo.

«Mi hai sempre considerato una stupida, non è vero, Jones?»

Lui avvertì un impulso di rabbia così violento che scattò in piedi e uscì spedito dalla stanza, la brutta risata chioccia che lo inseguiva lungo il corridoio. Si fermò per ricomporsi.

«Finito, Katie?» gridò, appoggiandosi alla balaustra in legno. Si sentiva come se qualcuno gli avesse legato una corda intorno al torace e stesse tirando, rendendogli difficile respirare. Maggie lo metteva sempre in guardia dalla rapidità e dall'intensità dei suoi scatti d'ira, ricordandogli di respirare profondamente quando si sentiva sotto stress, suggerendo yoga e meditazione. Ciò che gli serviva *veramente* era che la gente la smettesse di tentare di *fregarlo*: allora sì che si sarebbe rilassato.

«Quasi» rispose Katie. Con cautela, come se avesse colto il tono di lui.

«Dobbiamo spedire quel sangue al laboratorio, confrontarlo con i campioni di dna che abbiamo prelevato qui. Scoprire a chi appartiene, prima che faccia notte.»

Ebbe paura che lei dicesse: «Ma ci vorranno settimane!». Non avevano un laboratorio a The Hollows. I reperti dovevano essere portati da una pattuglia fino ad Albany e lì avrebbero atteso il loro turno, in fila dietro a tutti gli omicidi arrivati prima. Non che al momento ci fossero gli estremi per definire la vicenda Murray un caso di omicidio.

Invece, intelligente com'era, gli resse il gioco. «Sissignore» disse rapida. «Subito, signore.»

La sentì scostare la sedia dal tavolo, cominciare a raccogliere le proprie cose. Melody smise di ridere. Lui attese, nel silenzio che seguì, il petto che si distendeva, il respiro che si regolarizzava.

«Jones» chiamò la donna, quel tono lacrimevole che le si insinuava di nuovo nella voce. «Aspetta.»

«Non mi serve un passaggio. Casa mia non è lontana.»

Sarah continuò a camminare, ma a Jones non sfuggì un sorrisetto che le tendeva gli angoli della bocca, come se fosse imbarazzata, sì, da quelle attenzioni, ma un po' le facessero piacere.

«Oh, ma per noi non è un disturbo» insisté Travis. «Non dovresti andartene in giro da sola. Si sta facendo buio.» Riusciva a modulare la voce, suonando così dolce, così innocente. Jones non l'avrebbe mai saputo fare: era incapace di contraffare le proprie intenzioni ed emozioni. Persino con gli insegnanti, con il coach, Travis si levava sempre dai guai grazie al suo fascino incantatore.

Jones le andò dietro a passo d'uomo, le ruote che macinavano la ghiaia del vialetto.

«Non mi è permesso accettare passaggi dai ragazzi» disse lei, sempre evitando di guardarli e aumentando un poco il passo.

Travis si mise a ridacchiare: suonava amabile, scanzonato, benché non lo fosse affatto. Jones gli vedeva il ginocchio ballonzolare seguendo un ritmo lento e teso. «Non lo diremo a nessuno.»

Lui cominciava a sentirsi a disagio. La ragazza, chiaramente, non voleva salire in auto; era una mancanza di rispetto insistere:

Jones lo capiva persino allora. Ma Travis non l'aveva mai imparato. Non l'avrebbe imparato per tutta la vita. Nessuno aveva mai insegnato a Travis Crosby che, quando una donna dice no, a volte, lo dice sul serio.

Jones, tuttavia, non obiettò nulla. Non fece nulla. Si limitò a seguirla lentamente. Poi sulla strada apparve un'esile figura nera, che veniva verso di loro. Non poteva essere che Melody. Casa sua era a pochi metri di distanza: si vedeva tra gli alberi la torretta che sormontava il tetto. La ragazza, probabilmente, li aveva visti dalla finestra del secondo piano. Melody Murray faceva sempre sentire Jones a disagio: gli risvegliava dentro una strana combinazione di desiderio e disprezzo. Una volta le aveva toccato il seno a un birra-party. Nel buio di un ripostiglio, si erano strusciati e palpati, poi lui le aveva infilato la mano sotto il vestito, cercando il calore delle sue rotondità sotto il reggipetto di seta. Ricordava ancora la sensazione: piccolo e morbido, stranamente pesante nella sua mano.

«Guai in vista» disse Travis. Girava voce che le avesse fatto perdere la verginità nel letto dei genitori di lei, ma Jones non sapeva se fosse vero o no.

Sarah guardò nella stessa direzione e agitò entusiasticamente la mano, poi partì a passo veloce, quasi correndo, verso l'amica. Era spaventata? Intuiva le intenzioni di Crosby? Capiva che non le stava solamente offrendo un passaggio? Qui, di nuovo, Jones avrebbe potuto fare dietro front, ignorare le lamentele e le proteste di Travis e finirla con lui una volta per tutte. Ma, quando fermò l'auto, indeciso sul da farsi, l'altro scese.

«Crosby, torna qui.»

Il ragazzo non gli prestò attenzione e si avvicinò alle due amiche con le mani in tasca.

«Ehi, Mel» gli sentì dire Jones, in tono mellifluo e sornione. «Perché non venite a fare un giretto?»

Lui rimase in auto a guardare gli altri tre là fuori. In seguito avrebbe ricordato Sarah che indietreggiava e Melody che, invece, si sporgeva verso Travis, disinvolta e perfettamente a suo agio. Ciò che si dissero poi non lo udì, ma vide che venivano verso la macchina.

«Apri il bagagliaio, Cooper. Sarah deve mettere la sua roba dentro.»

Ed eccoli in auto tutti insieme, con il riscaldamento a palla e Robert Plant alla radio. Travis e Melody erano sui sedili posteriori, Sarah sedeva accanto a lui, con un buon profumo di sapone e di fiori.

«Dove andiamo?» volle sapere. Jones si accorse che si scostava da lui, tentando di schiacciarsi contro la portiera. Aveva le mani giunte in grembo: non voleva stare lì. Perché si era lasciata convincere? Jones stava per chiederle se dovesse riaccompagnarla a casa, quando, da dietro, si sentì lo scatto e poi il sibilo di un accendino. Guardò nello specchietto: la Murray si era accesa una canna e stava facendo un lungo tiro.

«Melody!» esclamò Sarah, voltandosi. «Che fai?»

«E dai, Sarah» ribatté l'altra, buttando fuori il fumo. «Non fare la *bigotta*.» Melody e Travis scoppiarono a ridere, mentre lei gli passava lo spinello. Sarah tornò a voltarsi, senza aggiungere altro, pallida e tesa. Jones non ci pensò troppo su, si limitò a mettere in moto e a partire. Conosceva un posto dove andare, per non essere disturbati.

18

La riunione aveva prodotto ben poco, a parte sentimenti feriti e frustrazione. Henry era stato animato dalle migliori intenzioni, ma il fatto stesso che si fosse indetta un'assemblea aveva suscitato una certa irritazione. Un rapimento era una cosa, una fuga da casa decisamente un'altra. Il che spiegava, forse, la scarsa partecipazione. Mentre tornava all'auto con Elizabeth, Maggie colse un brandello di conversazione tra Britney e sua madre.

«Perché tutti si bevono sempre le sue sceneggiate?»

«Britney» disse Denise. «La situazione è seria. Charlene ha solo diciassette anni.»

«Ma lei *vuole* andare a New York.»

L'altra fece un risolino. «È troppo giovane per sapere che cosa vuole, e *sicuramente* è troppo giovane per sapere ciò di cui ha bisogno. New York pullula di pericoli che voi ragazze non potete neanche immaginare.»

Maggie non sentì il resto del discorso, perché le due salirono sulla loro vettura, una Infiniti nera lucente, ormai coperta da una spolverata di neve. Ma anche se le avesse avute ancora a portata d'orecchio, non sarebbe riuscita ad afferrare il seguito, sopra il tonante apprezzamento che Elizabeth scagliò all'indirizzo di Capo Crosby. «E il vecchio che se ne stava lì seduto sul suo culone, tutto compiaciuto! Riesci a crederci? Non l'ho mai sopportato.»

«Mamma!»

Ricky aveva parcheggiato accanto a lei; la sua GTO verde sembrava quasi blu sotto la luce gialla del lampione. A Maggie non piaceva quella macchina, anche se il piantone dello sterzo originale era stato sostituito con uno più moderno e i vetri erano nuovi. Era meno pericolosa di altre *muscle car*, ma restava comunque troppo potente, incoraggiava il ragazzo a correre e consumava troppo. Faceva anche un baccano d'inferno, svegliando puntualmente Jones quando Ricky rientrava tardi. Naturalmente quello, per lei, non era un problema, visto che si limitava a sonnecchiare sul divano finché il figlio non era tornato.

«Voglio dire, *sul serio*.» Elizabeth stava ancora parlando. «Che grande contributo credeva di dare all'assemblea con i suoi sproloqui?»

«Forse voleva solo mostrare il suo appoggio.»

La vecchia signora si limitò a emettere un grugnito, mentre la figlia l'aiutava a salire in auto. «E dov'era la madre della ragazza? E quel suo inutile patrigno?»

«Non lo so, mamma.»

Maggie chiuse la portiera, grata per il breve istante di silenzio, mentre faceva il giro per raggiungere il posto di guida. Mise in moto e accese il riscaldamento, aspettando di veder comparire Ricky. Cosa che il ragazzo fece qualche minuto dopo. Allora abbassò il finestrino, e lui si sporse all'interno dell'abitacolo.

«Una colossale perdita di tempo» dichiarò.

«Se non altro è servita a stabilire la successione degli eventi» disse Maggie. «Potrebbe esserci utile più avanti, in modi ancora non chiari.»

Perché sentiva sempre il bisogno di farlo? Di mettere in evidenza il lato positivo, di indorare la pillola? E perché era circondata da gente con la tendenza opposta? A volte era davvero spossante.

«Che fine ha fatto papà?» chiese Rick. Maggie colse sul suo viso lo stesso cruccio, la stessa delusione che aveva provato lei quando si era accorta che Jones aveva levato le tende.

«Ha ricevuto una chiamata» rispose, anche se era solo una supposizione. «Dice che stanno lavorando a una pista. Non appena ci saranno novità, si farà vivo, non ti preoccupare.»

«Già» fece il figlio con un cenno del capo. Abbassò gli occhi e scostò un sasso con l'anfibio.

«Devo riportare a casa la nonna» disse Maggie. «Tu che fai?»

«Rientro anch'io, credo. Che altro potrei fare? Forse Britney ha ragione. Forse Char voleva andarsene di qui. Forse ha scritto veramente quell'aggiornamento di stato e io mi sto solo illudendo. Rimozione, giusto?»

Lei gli posò la mano sul braccio. «Torno appena riaccompagnata la nonna» disse. «Parleremo un po'. Brainstorming.»

«Okay» disse lui, andando alla sua macchina. «Ciao, nonna.»

«Ci vediamo, ragazzo. Tieni duro.»

«Ricky» lo chiamò Maggie. Lui si voltò a guardarla. «Le cose si sistemeranno.»

Una sicurezza che suonava vana persino alle sue orecchie. Ovviamente non poteva – né avrebbe dovuto – offrire quella garanzia. In realtà ciò che tentava di dire era: «Mi prenderò cura di te, qualunque cosa accada», ma la verità era che non poteva più realmente prendersi cura di lui. Non poteva più fasciargli il ginocchio e comprargli un gelato, né stringerlo quando piangeva. Perché non andava più da lei con le sue ferite, non si concedeva più di piangere. E al mondo non c'era un gelato abbastanza grande da lenire il dolore di un amore finito.

«Lo so.» Il figlio salì in auto. Lei lo guardò partire, poi fece lo stesso.

Maggie entrava sempre in casa di sua madre con un misto di nostalgia e claustrofobia. Il solo odore, appena varcata la soglia, bastava a risvegliarle dentro i ricordi, non tanto di cose accadute, quanto di sensazioni provate. A volte si domandava se esistesse un'emozione umana che non aveva vissuto tra quelle quattro mura, dall'amore, alla rabbia, dalla gioia al dolore.

«Vuoi un po' di tè?» domandò Elizabeth, buttando il cappotto sulla panca accanto alla porta d'ingresso e dirigendosi in cucina. Jones aveva preso a chiamarla «tiranno a tre gambe», sostenendo che il bastone le conferiva un'aria ancor più autoritaria.

«Sicuro.» Maggie non voleva il tè, voleva tornare subito da Ricky, ma anche Elizabeth aveva bisogno di lei. Da un pezzo non passava veramente un po' di tempo con sua madre e pensò che, a bere insieme una tazza, non ci voleva molto. Ricky probabilmente si era rintanato in camera con la musica a tutto volume.

«Pensi che sia successo qualcosa a quella ragazza?» le chiese Elizabeth, quando entrò in cucina. Lei notò che c'erano dei piatti sporchi nel lavandino e briciole accumulate lungo lo zoccolino alla base degli armadietti. Quella vista la mise in allarme: sua madre era una massaia meticolosa, lo era sempre stata.

«Non so. Non so proprio.»

«Le altre volte che è scappata? Quanto restava via?»

«Mai una notte intera. Di solito finiva da un'amica. Qualche ora, forse.»

Anziché dire qualcosa dei piatti, Maggie si accostò al lavandino.

Avevano regalato a Elizabeth una lavastoviglie nuova, ma, ogni volta che lei l'andava a trovare, lo scolapiatti era pieno, segno che l'anziana signora si ostinava a non usarla. Prese detersivo e spugnetta e cominciò a lavare.

«Perché non usi la lavastoviglie?»

Elizabeth non rispose, prese le tazze dal pensile accanto alla figlia.

«Con Sarah, sai, facemmo degli errori. La polizia non si mosse per oltre ventiquattro ore. Molte supposizioni erronee, informazioni sbagliate…»

«Jones non sta commettendo lo stesso sbaglio, sta agendo in modo accurato. Segue ogni pista, verifica ogni testimonianza.» Lui le aveva chiesto di non dire niente di Graham e non l'avrebbe fatto. *Neppure a Elizabeth. Soprattutto a Elizabeth.*

«Tu sai qualcosa.»

«No» mentì, grattando via un'incrostazione secca da un piatto di portata. «Ha promesso di tenerci informati, e io terrò informata te, giuro!»

Il bollitore cominciò a fischiare e Maggie pensò alla sua abitudine di scaldarsi l'acqua del tè nel microonde, a come, poi, non venisse mai veramente buono. Prese mentalmente nota di comprare un bollitore col fischio, quando le cose fossero tornate alla normalità. Rosso.

La madre versò l'acqua calda (non bollente) in una teiera di porcellana con un motivo di fiori, fissandola come se potesse costringere il tè a farsi più in fretta con la forza di volontà. Maggie finì di lavare, poi prese la scopa dal ripostiglio e spazzò il pavimento.

«Potremmo prendere qualcuno per le faccende, mamma.»

«No» rispose secca Elizabeth. «Posso occuparmene io.» Maggie capì che era imbarazzata.

«Perché?»

«Perché è una... *frivolezza*.» Sputò fuori la parola, come se non potesse sopportarne il sapore sulla lingua.

«Oh, Dio ci scampi!» esclamò la figlia, levando i palmi in un gesto di orrore simulato.

«Maggie, per favore.»

«Siediti. Servo io il tè.»

Per una volta Elizabeth obbedì senza una battuta ironica, né una protesta. Mentre passavano in sala da pranzo, Maggie notò, per la prima volta quella sera, quanto fossero rigidi i movimenti di lei, la cautela con cui si accomodava sulla poltrona.

«Mamma, sei caduta di nuovo?»

«No» le rispose troppo in fretta.

Lei versò il tè e portò le tazze. Entrambe lo prendevano senza latte e senza zucchero. Sedette di fronte a sua madre, dall'altra parte del vecchio tavolo in rovere dove aveva cenato con i genitori pressoché ogni sera fino alle soglie dell'età adulta. Lungo quasi quanto l'intera stanza, contava dieci posti comodi ed era appartenuto a sua nonna. Lo avevano carteggiato e rifinito solo due volte nel corso della sua esistenza, e tenuto con tanta amorevole cura, che la superficie brillava sotto la luce. Pareva solido e imperituro come una montagna, quasi irremovibile. Si trovava in quel punto da sempre, almeno a quanto ricordava Maggie.

«Dimmi la verità» ordinò. Guardò la madre e pensò a quanto, improvvisamente, sembrasse delicata. Quel titano, quella donna piena di sicurezza e arroganza stava invecchiando. Avvertì una lieve scossa di paura: la bambina che era in lei riteneva ancora sua madre immortale.

Elizabeth bevve un sorso di tè.

«Una cosa da niente» minimizzò. Posò la tazza, toccò il bordo.

«Ho solo, sai, perso l'equilibrio, mentre tentavo di caricare quella maledetta lavastoviglie. Avrei dovuto lavare i piatti a mano – come ho *sempre* fatto – ma Jones l'ha fatta talmente lunga l'ultima volta che è stato qui, su quanto fosse costosa, sul tempo e la fatica che mi avrebbe fatto risparmiare.» Si fermò per riprendere fiato. «Comunque, sto bene. Sono solo indolenzita. Toppo indolenzita per stare in piedi al lavandino o a spazzare per terra.»

«Devi dirmele, queste cose!» disse Maggie. Avvertì un sussulto di compassione e tristezza. «Domani andiamo dal dottore, facciamo una radiografia.»

«Senti, se domani sentirò ancora dolore, te lo dirò. Hai già tanta carne al fuoco, Maggie. Troppa.»

«Mamma…»

Elizabeth levò una mano, ponendo fine alla conversazione. «Lo prometto. Ti avrei chiamato comunque, domani, se mi avesse fatto ancora male, giuro.»

Maggie sapeva bene che era impossibile discutere con lei, così si alzò, andò nel piccolo bagno di servizio in corridoio e prese un Advil. Notò che il bagno era così pulito da far sembrare il suo la toilette di un ostello della gioventù, perciò dedusse che Elizabeth era stata sincera circa la tempistica dell'incidente e che doveva essere debilitata solo da un paio di giorni: tirava a lucido quel locale una volta la settimana, un'incombenza che Maggie aveva sempre trovato odiosa nell'infanzia, ma che ora svolgeva con la stessa frequenza in casa sua.

Portò l'analgesico e un bicchiere d'acqua in sala da pranzo. La vecchia signora prese la pillola, la mandò giù con l'acqua e sorrise alla figlia.

«Lo prometto» ripeté, cogliendone l'espressione preoccupata. «Vedi? Mi sento già meglio.»

Maggie posò la mano su quella di sua madre. Le parve minuscola e fragile, finché Elizabeth non la voltò a racchiudere la sua, a stringerla: allora, ne avvertì la forza e restituì il sorriso.

«Ah» esclamò Elizabeth di punto in bianco, rivolgendo gli occhi al soffitto. «Eccoli! Li senti?»

«Che cosa? No, non sento niente.»

«Ascolta!»

Maggie ascoltò e sentì solo il silenzio della vecchia casa.

«Ora hanno smesso» disse Elizabeth, con aria delusa. «Non hai sentito?»

«No» fece lei «mi dispiace.» Avvertì una punta di preoccupazione per la madre.

Quella le lanciò un'occhiata dall'altra parte del tavolo, poi si guardò le unghie delle mani. «Be', non importa» disse infine vuotando la tazza e alzandosi. «Il giovanotto della disinfestazione dovrebbe venire a controllare le trappole domani.»

Tornò con passo rigido al lavandino della cucina e Maggie si domandò fugacemente quando Jones fosse passato a trovarla e perché mai l'avesse fatta tanto lunga sulla lavastoviglie, ma restò sull'argomento in discussione. «Se hai noie, qui,» disse con noncuranza «perché non vieni a dormire da noi?»

«No.» Elizabeth liquidò la proposta con un gesto della mano. «Non permetterò a qualche roditore di sbattermi fuori da casa mia.»

«A noi farebbe piacere, mamma. Solo una visitina finché il problema non sarà risolto.»

Quando Elizabeth si era fatta male all'inizio di quell'anno e Maggie le aveva suggerito di trasferirsi da lei, la vecchia signora aveva declinato con fermezza: non si sognava neppure di considerare l'offerta. «Starò in casa mia fino alla fine dei miei giorni» aveva ribadito. «Non pensarci nemmeno.»

Tanta perentorietà aveva ferito Maggie. Era irritata dalla mancanza di considerazione di sua madre per il resto della famiglia, per non parlare della sua scarsa lungimiranza. Elizabeth non prendeva in considerazione nessuna alternativa al vivere sola in quella casa gigantesca che, un giorno, forse, non sarebbe più riuscita a gestire, e la cui responsabilità sarebbe ricaduta sulle spalle di Maggie e Jones. Ma, quella sera, la figlia non era in vena di litigare, quindi cedette senza difficoltà. Il tempo delle battaglie sarebbe arrivato fin troppo presto. Si alzò e portò la sua tazza nel lavello, la sciacquò, la mise ad asciugare sullo scolapiatti.

«Okay, mamma. Farò meglio a tornare da Ricky. Hai bisogno di niente, prima che io vada?»

«Sto benissimo» disse la madre, asciutta.

Perché doveva essere così? Permalosa e senza compromessi? Era una domanda che Maggie, a sua memoria, si poneva da sempre. Cominciava a pensare che non sarebbe bastata un'intera vita – dell'una come dell'altra – per trovare la risposta.

Pur avendo solo diciassette anni, Rick Cooper sapeva che l'amore può esistere anche se inappagato, non corrisposto: non ha bisogno di essere ricambiato per sopravvivere. Anzi, forse lui amava Charlene ancora di più, più intensamente, proprio perché sapeva che lei non lo amava, che non poteva amarlo a sua volta. Charlene non avrebbe mai potuto amare qualcuno a portata di mano: per lei ci voleva qualcosa di lontano e difficile da ottenere, qualcuno da conquistare. In un certo senso, Rick lo aveva saputo fin dall'inizio della loro relazione, ma ciò non gli aveva impedito di innamorarsi di lei.

«Siamo solo amici» gli aveva detto Char, mentre se ne stavano sdraiati insieme sui sedili posteriori della Pontiac, lui che le baciava il collo e sentiva il suo corpo sotto di sé.

«Non sei il mio ragazzo» aveva detto. «Non mi va.» Ma poi gli teneva la mano, gli sussurrava all'orecchio che lo amava. E Rick sapeva che diceva sul serio, in un suo modo tenero, sincero. Lo aveva toccato dappertutto, facendogli sentire dentro e fuori cose che lo inebriavano. Le mani di lui avevano percorso il suo corpo, la morbida curva dei seni, il sedere a forma di cuore. Eppure non gli si era concessa. Con tutta la sua disinvoltura sexy, gli era apparsa infantile, innocente. Rick non pensava praticamente ad altro.

Non era come le altre ragazze, quelle con cui sua madre avrebbe voluto vederlo uscire. Non era frivola e sbarazzina, con il rossetto rosa e l'agenda di Hello Kitty. Non aveva la falsa ritrosia di Britney, quello sguardo da cui traspariva che la sapeva lunga sulla bellezza e il potere, ma non abbastanza da padroneggiarli al meglio. Charlene non era il tipo di ragazza che ti stuzzica e poi si spaventa per la reazione che ha provocato; non era viziata, non viveva sotto una campana di vetro. Conosceva già le asprezze del mondo, sapeva che la vita delude e che, nella maggior parte dei casi, i sogni non si realizzano.

Era irrequieta, melodrammatica, impossibile da prevedere o controllare. Faceva cose che suscitavano rabbia negli altri, come sfasciare la chitarra di Slash alle prove. Era sbagliato. Era stupido. Ma proprio in momenti come quello, Rick l'amava di più, impazziva quasi dal desiderio di proteggerla, di darle rifugio.

Entrò con l'auto nel garage e rimase seduto, gingillandosi per un momento con l'idea di chiudersi dentro e restare lì con il motore acceso, finché non si fosse addormentato. Immaginò suo padre che lo trovava, ruggendo di dolore. Fantasticò di Charlene che veniva a sapere della sua morte. Il macabro romanticismo di quell'atto l'avrebbe affascinata: si era ispirata al dolore per scrivere una canzone su di lui.

> *L'amore sopravvive*
> *Anche quando è sbagliato,*
> *Anche quando siamo forti.*
> *Resta aggrappato con i denti,*
> *Ci spolpa fino all'osso.*
> *Non mollerà*
> *Finché non saremo noi a cedere*
> *O sanguineremo a morte.*

Ma fu solo un momento, una forma di autocompiacimento infantile. Non era tipo da suicidio: se lo fosse stato, probabilmente a Charlene sarebbe piaciuto di più. Se mai, al momento, era stordito. La sera prima aveva provato qualcosa che doveva essere vicino al dolore, un vuoto dentro che faceva male, una rabbia silenziosa, intrappolata nel petto. Gran parte della giornata era trascorsa in uno stato di panico controllato, facendo telefonate, tentando di contattare le persone che conosceva a New York. Una volta appurato che nessuno l'aveva vista né sentita – o così dicevano – qualcosa dentro di lui si era spento. Il collo e le spalle gli dolevano: il nuovo tatuaggio sul braccio – idea di Charlene – bruciava.

Solo un punto aveva chiaro, al momento: non era stata lei a scrivere l'aggiornamento di stato su Facebook, ma cosa significasse non lo sapeva. Forse qualcuno l'aveva fatto contro la sua volontà, usando gli aggiornamenti per far pensare agli altri che era scappata. O forse era il suo nuovo ragazzo, quello Steve di cui parlavano tutti. Era proprio da lei dargli la password e permettergli di scrivere ciò che gli pareva, sapendo che solo Rick avrebbe colto la mano diversa. Un modo per rigirare il coltello nella piaga. Rick provava anche rabbia. Covava sotto la superficie di tutte le altre emozioni, ingabbiata a stento. *Usa le persone. Ha usato te.* Era vero quel che aveva detto Britney, lui lo sapeva.

Spense il motore ed entrò in casa, passando dalla lavanderia e andando dritto in cucina. Le lettere di conferma dei vari college lo fissavano dalla porta del frigorifero. Il fatto stesso che avesse fatto domanda di ammissione era stato l'ultima goccia tra lui e Charlene. «Sei un bravo ragazzo. Continuerai a studiare e diventerai un dottore come tua madre, aiuterai la gente. Questo sei tu, dovresti esserne orgoglioso.»

Ma non ne era orgoglioso. Lui avrebbe voluto essere un "cattivo" ragazzo, come il tizio – chiunque fosse – che probabilmente l'aspettava in città. Prese un cartone di succo d'arancia dal frigo, bevve un sorso e lo rimise via, sbattendo la porta. Le lettere e le calamite che le bloccavano caddero sul pavimento con un debole tintinnio.

«Hai intenzione di andarci?»

Trasalì, attraversato da una scarica di paura che gli diede la sensazione di un elettrochoc. Suo padre era in sala da pranzo a luci spente, un'imponente sagoma nera seduta al tavolo.

«Andare dove?» riuscì a dire. «Cristo, papà. Mi hai fatto venire un infarto.»

«Al college.»

Grandioso. Il vecchio discorsetto sul college. Proprio il momento adatto. «Non lo so» rispose.

Si aspettava qualche commento sarcastico o lievemente offensivo, invece Jones disse: «Ci devi andare, Rick. Non restare in questa città per tutta la vita come me».

Il ragazzo sbuffò, sprezzante. «Non lo farei mai, sta' tranquillo.» Non era inteso come un insulto a suo padre, ma, in definitiva, si trattava di questo. Sentì di dover dire qualcosa per ammorbidire il colpo, ma non lo fece, si chinò solo a raccogliere le lettere e i magneti, per poi piazzarli sul piano di lavoro. Neanche Jones disse nulla. Rick entrò in sala da pranzo e accese la luce. Sedette al tavolo.

«Che sta succedendo con Charlene? Perché sei andato via durante l'assemblea?»

«Stiamo perquisendo la casa» disse il padre. «Mi avevano chiamato.»

«Trovato qualcosa?» Rick sentì un groppo di paura nello stomaco. Jones sembrava strano: con cerchi di stanchezza e un'aria triste intorno agli occhi. Avrebbe voluto chiedergli: *stai bene, papà?*, ma, come sempre, c'era tra loro una barriera di vetro, attraverso cui nulla di dolce, di tenero poteva passare. Solo parole rabbiose, urlate, cose pesanti scaraventate con forza riuscivano a infrangerla.

Quando era molto piccolo, Rick si infilava a letto con suo padre. La madre, spesso, dormiva altrove: sul divano o in camera degli ospiti dall'altra parte del corridoio. Allora era troppo giovane per chiedersi perché, ma, quando la sentiva scendere le scale in punta di piedi o chiudere piano la porta della loro stanza, lui aspettava giusto un pochino, poi trotterellava lungo il corridoio e sgattaiolava nel lettone accanto al suo papà. Il respiro dell'uomo era profondo e regolare: Rick tentava di imitarlo, ma non ci riusciva quasi mai.

«Abbiamo trovato del sangue, figliolo.»

«Sangue?» Sentì le mani che cominciavano a formicolargli.

«Melody sostiene che lei e Graham hanno litigato, ieri sera, che lei l'ha colpito con una mazza da baseball per legittima difesa. Sostiene che se n'è andato minacciando di non tornare mai più. Poi lei e Charlene avrebbero litigato per quel cellulare. A quanto sembra, glielo aveva comprato Graham. Melody dice di aver trovato la ricevuta. Per questo si era accapigliata inizialmente col marito.»

«Credevo che la signora Murray avesse detto proprio ieri di non sapere del telefono.»

«Ha mentito.»

«Perché?»

«Non lo so. Comunque sostiene di averlo tolto a Charlene. Per questo hanno litigato. E per questo la ragazza se ne è andata via. Melody ha detto di averlo fatto letteralmente a pezzi, poi buttato nella spazzatura, che è stata ritirata questa mattina.»

«Perciò nessuno riusciva a contattare Char.»

Jones annuì. «C'è dell'altro.»

«Che cosa?»

«Persimmon e Hydrangea, verso le undici e mezza.»

«Non ero io.»

Il padre lo trafisse con lo sguardo. «Ricky» disse infine. «Non posso aiutarti, a meno che tu non mi dica la verità.»

«Papà. Stavo dormendo, lo sai.»

L'uomo alzò le spalle. «Sono crollato alle nove. Ero stanco morto. E non mi sono svegliato finché Melody è venuta a bussare.»

Lo sguardo del padre si era fatto ancora più inquietante. Pareva tormentato, impaurito. Era uno sguardo contagioso: Rick cominciò a sentirsi teso, colpevole, come se Jones vedesse in lui qualcosa che lui stesso non sapeva di avere dentro.

«La mia macchina ti sveglia sempre, quando arrivo o riparto.»

«Non sempre.»

L'orologio del nonno suonò il quarto e Rick sentì il frigorifero che si metteva in moto, ronzando. Fissò le facce del lampadario in vetro colorato, appeso sopra il tavolo da pranzo. Da piccolo gli sembrava la cosa più meravigliosa del mondo (il modo in cui i colori splendevano con la luce accesa!), ultimamente gli pareva solo vecchio e pacchiano.

«Papà? Cosa mi stai chiedendo?»

«Devi dirmi che è successo ieri sera.»

«Te l'ho detto, non c'è altro.»

Rimasero entrambi in silenzio, mentre la porta d'ingresso si apriva e si richiudeva. Rick si sentì quasi mancare dal sollievo, sentendo la voce di sua madre.

«Che succede?» Maggie entrò in sala da pranzo, si scrollò di dosso il soprabito e lo appese allo schienale di una sedia.

Jones le disse tutto ciò che aveva detto al ragazzo. Mentre parlava, lei si sedette accanto al figlio. Rick, trionfante, la considerò un'esplicita presa di posizione in suo favore. Normalmente, Jones sedeva a capotavola, con la moglie alla sua destra, il figlio alla sua sinistra… *Capo del tavolo* pensava spesso Rick, beffardo, *l'uomo di casa*. Ma ora suo padre era di fronte a loro. Sua madre gli pose una mano sulla gamba.

«Ci sono tante auto come quella, in giro, Jones» disse. «I ragazzi adorano le vecchie GTO, le Mustang. L'altro giorno ho visto una vecchia Chevy. Fanno tendenza.»

«Una bella coincidenza, però, non trovi?»

Ecco quel tono compiaciuto, condiscendente, che Rick odiava più di qualunque altra cosa. Diceva: *sono più furbo di te. Sono migliore di te. Ne so più di quanto tu saprai mai.*

La madre tacque per un momento, gli occhi fissi sul piano del tavolo. Poi: «Se vuoi chiedergli qualcosa, perché non lo fai e basta?».

Il padre disse: «Sei andato a prendere Charlene sulla Persimmon, ieri sera?».

«No, non l'ho fatto. Ero qui a dormire. Mi sono addormentato cercando di chiamarla, dopo che mi aveva dato buca in pizzeria. Te l'ho detto un milione di volte. Perché non mi credi?»

Ma suo padre non gli credeva: era evidente dall'assetto delle labbra, dagli occhi che si assottigliavano.

«Ti sto dicendo la verità» insisté il ragazzo. Si alzò da tavola, scostando la sedia con maggior veemenza del previsto e producendo un sonoro stridio. I bicchieri di cristallo vibrarono nella vetrinetta del servizio buono.

«Ricky» disse la madre, afferrandogli la mano.

«Posso ancora aiutarti, Rick» disse il padre. «Se questa faccenda si complica, sarà troppo tardi.»

Che cosa intendeva? Che cosa pensava? Credeva forse che lui, Rick, avesse fatto qualcosa a Charlene? Non osò porre quelle domande, per paura che la voce lo compromettesse, e una parte di lui, comunque, non voleva sentire le risposte. Invece, si voltò e uscì dalla stanza, i toni crescenti dei genitori che s'infrangevano alle sue spalle come un'onda.

Quando Jones e Maggie arrivarono alla porta d'ingresso, era già in macchina, percorreva il vialetto in retromarcia. Con il padre in piedi sui gradini di casa, la madre che pareva piccola dietro di lui, Rick si allontanò senza pensare a dove dirigersi, a che cosa fare, solo felice di staccarsi dalla persona che vedeva riflessa negli occhi di suo padre.

Maggie guardò il figlio sparire in fondo alla via: colpa, rabbia e paura come una miscela chimica nel suo stomaco.

«Non penserai *veramente* che sarebbe capace di far del male a Charlene» disse quando Jones rientrò e chiuse la porta. Lui le passò accanto senza una parola e andò di sopra. Lo seguì in camera di Ricky, dove l'uomo accese la luce e rimase in piedi a perlustrare la stanza con lo sguardo.

«Rispondimi, Jones.» Maggie sentiva dentro una antica rabbia ben nota. Lui la obbligava a prendere le parti del ragazzo. Era sempre stato così. Avevano litigato su tutto, dall'ora del sonnellino al tempo da passare davanti alla tivù, all'uso del telefono. Jones si sentiva sempre in dovere di usare la linea dura e a lei non restava che smussare gli spigoli. Chi altro c'era a difendere il figlio dal suo stesso padre? A volte odiava veramente il marito per questo, perché la costringeva in quella posizione assurda.

«Maggie» disse lui, voltandosi a guardarla. «Chiunque è capace di qualsiasi cosa, con il giusto concorso di circostanze e la giusta motivazione.»

Maggie avvertì un moto d'incredulo stupore, un gelo inquietante. «Non dirai sul serio!»

«No?» ribatté Jones. Si sedette alla scrivania del figlio e cominciò a frugare nei cassetti. «Tu non uccideresti per proteggere Ricky? Certo che sì!»

«È diverso.»

«Perché?»

«Non fare il finto tonto. Sicuro che ucciderei per difendere mio figlio, che c'entra questo?»

«Stiamo parlando di motivazione. Che ne sappiamo veramente di ciò che spinge le persone ad agire in un certo modo? Perché violentano e uccidono? Perché rapiscono una ragazzina? Magari pensano che le loro motivazioni siano oneste e pure, come una madre che difende suo figlio.»

Maggie tentò di fare appello alla sua pazienza. Qualcosa in quella conversazione le ricordava il senso d'impotenza che aveva avvertito al telefono con Marshall.

«Gli atti compiuti da un genitore per proteggere i suoi figli sono reazioni a una minaccia, non una mancanza di freni inibitori o un appetito che viene saziato; non l'azione egoistica di un sociopatico o di uno psicopatico. Stai dicendo che ritieni nostro figlio colpevole di avere violentato e ucciso Charlene? Stai dicendo che l'ha rapita?» Udì la sua stessa voce farsi stridula per la rabbia e la paura.

«La ragazza è *scomparsa*. Non c'è più. Un testimone sostiene di averla vista salire su una *muscle car*. Verde. Ma nostro figlio – che ha un'auto di quel tipo – dice di non avere idea di dove sia finita. Non so che cosa pensare. Proprio non lo so.»

Maggie sostenne il suo sguardo, anche se avrebbe voluto evitarlo, anzi, *scappare via* da quell'uomo e dalle sue folli affermazioni. Sul viso di lui vide aleggiare qualcosa, qualcosa che non capiva. Ricordò l'espressione che gli aveva colto in faccia a casa di Britney.

«Che hai davvero in mente, Jones? *Che cosa* sta succedendo?»

Lui sembrò afflosciarsi sulla sedia, poi sprofondò la testa tra le mani.

«Quando ho ricevuto la chiamata di Chuck a proposito del testimone che aveva visto l'auto» disse parlando tra le dita «mi sono sentito male.»

«Che genere di auto?» In quel momento, la colse un pensiero orribile. *E se Ricky stava mentendo?* Sapeva che non avrebbe mai potuto far del male a Charlene o a chiunque altro, ma… se l'avesse portata da qualche parte? Se l'avesse aiutata a fuggire?

«Il tizio non lo sapeva» rispose Jones. «Dice che non se ne intende molto di automobili.»

«Okay» ragionò Maggie. «Okay. Perciò non possiamo *concludere* che sia Ricky. Non possiamo concludere che, nella migliore delle ipotesi, stia mentendo sul fatto di non sapere dov'è e, nella peggiore, le abbia fatto qualcosa di terribile. È un salto troppo grosso. Tu lo conosci, Jones: è il nostro ragazzo, il nostro *bambino*.»

Venne a inginocchiarsi accanto a lui, tenendo a bada quella

241

parte di sé che avrebbe voluto piantarlo in asso, saltare in macchina e correre dietro a Ricky. *Sei troppo duro, troppo ostinato* avrebbe voluto urlargli. *Lo allontani da noi. Stava aspettando il mio ritorno per parlare: quel che succederà adesso l'avrai tu sulla coscienza*, ma nella battaglia tra il marito e il figlio aveva sempre cercato di non prendere posizione, tentando piuttosto di mediare e confortare. Ma, il più delle volte, senza troppo successo.

«Io *non* lo conosco» disse Jones, levando gli occhi dalle proprie mani, ma senza guardarla, fissando un punto imprecisato alle sue spalle. «Me lo vedo davanti con quei capelli, quell'anello al naso, quel tatuaggio. Non lo conosco.»

«E tu non soffermarti su quelle cose. Guarda solo il suo viso.»

«Non riesco neppure a parlargli. Ogni volta che ci provo, finiamo per litigare.»

Maggie scosse il capo. «Potresti tentare un approccio più morbido. Meno rabbioso, più amorevole…»

«Io voglio bene a Rick» disse Jones, incontrando finalmente gli occhi di lei. «Lo sai questo. E anche lui lo sa. Mi avevi chiesto se non ho l'istinto di proteggere mio figlio. Niente potrebbe essere più lontano dalla verità.»

«E allora credigli.»

L'uomo espirò, le prese le mani. «E se avesse davvero commesso qualcosa di terribile? Supponiamolo solo per un momento. Non posso proteggerlo, ora, se non è sincero con me.»

«Come pensi di poterlo proteggere?»

Il marito si alzò e lei sedette sui talloni, mentre lui si accostava all'armadio, apriva le ante e scrutava l'ammasso di abiti e scarpe, scatole di libri, giochi, pile di cd.

«Che fai?»

«So come succedono certe cose» le disse. «So come si possa

perdere il controllo in un momento, come poi le conseguenze di un solo gesto avventato possano costarti tutto.»

Dal punto in cui sedeva, sul pavimento, lei lo guardò frugare nelle scatole sul fondo dell'armadio. Da un certo momento in poi avevano smesso di parlare di Ricky e cominciato a parlare di Jones, questo lo capiva, ma per dire cosa? Proprio non afferrava.

«Di che cosa stiamo parlando, Jones? Che succede?»

Lui liquidò la domanda con una rapida scrollata del capo. «Se qui c'è una prova che accusa nostro figlio, devo trovarla adesso, lo capisci?» Si voltò di nuovo a guardarla. «Perché se la trova qualcun altro, non potrò più fare niente.»

«E se trovi qualcosa, che farai? Pensi di distruggere delle prove? Di insabbiare un crimine?»

Jones non rispose, passò al letto e sollevò il materasso, guardandoci sotto. Sembrava incoerente, quasi forsennato.

«*Che cosa* stai cercando?» La voce di Maggie suonava disperata e implorante. Un tempo quella stanza era stata una nursery, con nuvolette dipinte sulle pareti azzurre, stelline sul soffitto, animali di peluche su mensole bianche. Era lì che allattava il bambino, pensando che aveva fatto del suo meglio per creare un ambiente confortevole per il figlio. Da tanto, tanto tempo non si sentiva più così.

«Sto cercando la verità su nostro figlio, Maggie. Faresti bene ad aiutarmi finché puoi.»

«Non ha alcun senso ciò che dici. Capisco perché il discorso della macchina ti ha messo in agitazione, ma che cos'ha a che fare con Ricky quello che hai scoperto a casa dei Murray? Perché sei fuori di te?»

Lui cominciò a camminare su e giù per la stanza, alla fine si sedette al computer e lo schermo si accese.

«Non lo so» disse, fissando il monitor. Lei ci vide il suo volto riflesso. «Non so a che cosa possa portare tutto questo.»

«E allora perché pensi che lui sia coinvolto?»

«Chiamalo istinto» le rispose, alzandosi di nuovo, apparentemente dimentico del computer e riprendendo a frugare nell'armadio.

Come quando hai concluso che si drogava perché gli hai trovato un pacchetto di sigarette nello zaino? Quella volta era riuscita a stento a impedirgli di portare il figlio dal medico per sottoporlo a delle analisi. *Come quando hai la certezza che sarà un fallito, che non concluderà mai niente, malgrado gli ottimi voti e i punteggi alti ai test di valutazione?*

In genere ammirava il marito ed era pronta ad ammettere che il suo istinto, come quello di Elizabeth, difficilmente sbagliava, ma quando si trattava di Ricky, Jones sembrava propenso a credere sempre il peggio, cieco di fronte a qualunque aspetto positivo. Che cosa rivelava questo di lui? Professionalmente, Maggie aveva spesso riscontrato che chi fatica a rapportarsi con i figli ha difficoltà a rapportarsi con se stesso, nasconde in sé una forma di autodenigrazione. Valeva anche per suo marito? – si domandò mentre lui continuava a rovistare e lei pensava, confusa, impotente, al da farsi. E se così era, perché se ne accorgeva solo adesso?

19

Wanda sonnecchiava sul divano e a Charlie cominciavano a far male gli occhi, davanti allo schermo del computer. Aveva scartabellato un sito di auto classiche per ore e i modelli cominciavano a sembrargli tutti uguali. Non era mai stato il tipo d'uomo che se ne intende di motori, anche se lo avrebbe sempre desiderato. Wanda, invece, aveva scoperto, era un'esperta in materia. E tuttavia non pareva disturbarla granché il fatto che lui non distinguesse un parafango da uno spoiler. All'inizio c'era stato qualche sorrisetto mal celato, sì, ma poi lei stessa aveva cominciato a perdere la concentrazione e, alla fine, era migrata sul divano, continuando a seguire la ricerca da lì, fino ad addormentarsi.

A quel punto, Charlie era quasi certo di aver visto una Chevelle. O forse una Pontiac GTO. O una Mustang. La verità era che, la sera prima, faceva troppo buio, lui era assonnato e un po' drogato di Wanda.

Si alzò stiracchiandosi e sentì la colonna vertebrale schioccare. I fiori che aveva portato svettavano purpurei nel vaso al centro del tavolo. Di omaggi floreali non s'intendeva molto più che di auto.

«Gigli!» aveva esclamato Wanda. «Sono i miei preferiti, Charlie. Come lo sapevi?»

«Non so,» aveva risposto lui «ma quando li ho visti, mi sei venuta in mente tu.» Non era una bugia, né una frase fatta: non era mai stato molto bravo a fingere. Era la verità e fu ricompensata da un caldo abbraccio.

Dopo cena, l'aveva aiutata a sparecchiare. Non il tipo d'aiuto tiepido e inefficiente che suo padre dava a sua madre: quel trasportare goffamente e meccanicamente pochi piatti in cucina, per poi ritirarsi in fretta a guardare il football o il telegiornale. Aveva dato una mano a caricare la lavastoviglie, passato uno straccio umido sul tavolo, rimesso via le tovagliette e portato i tovaglioli di stoffa in lavanderia.

Poi, davanti a un bicchiere di vino, glielo aveva detto. Della ragazza vista la sera prima. Di Lily. Alla menzione di quel nome, aveva visto gli occhi di Wanda spostarsi sui fiori e si era sorpreso a leggerle nel pensiero. *Lily*, giglio: forse era per questo che, inconsciamente, li aveva scelti. Ma lei non aveva detto nulla, si era limitata ad ascoltare e a dargli il consiglio che lo avrebbe portato alla stazione di polizia.

La guardò: si era girata nel sonno e gli voltava le spalle. Le andò vicino, prese il morbido plaid appeso allo schienale del divano e lo distese sulla sua figura snella, ammirando la curva dei fianchi, le caviglie sottili. Lei sospirò nel sonno, che si faceva più profondo.

Charlie uscì in veranda. La neve leggera aveva smesso di cadere, senza fare in tempo ad accumularsi. L'aria era fredda e immobile, lo scacciapensieri silenzioso, le fioriere vuote in attesa della primavera. Accanto all'ingresso c'era un vecchio gatto in ceramica; d'impulso lo sollevò e ci trovò sotto una chiave, se la mise in tasca. Gliel'avrebbe data più tardi, dicendo che non riteneva sicuro, persino in una città tranquilla, lasciare una chiave fuori dalla porta.

Guardò in direzione della via. Era stato solo la sera prima? Rivide mentalmente la scena, la ragazza in piedi con i suoi capelli da punk e l'espressione smarrita (perché questo le aveva letto in volto: non era proprio paura, solo incertezza, come se stesse facendo qualcosa di avventato). Solo che, questa volta, con l'immaginazione, la chiamava: *Ehi, ti serve aiuto?* Forse gli avrebbe detto di no, o persino mostrato il dito medio. Ma forse gli avrebbe detto di sì: magari quell'unica domanda sarebbe stata sufficiente a non farla entrare in auto.

Salì sul marciapiede. Oltre il bovindo della casa di fronte tremolava la luce azzurra di un televisore e, da qualche parte nelle vicinanze, giungeva, troppo alto, il suono ritmato di un basso. Sul filo elettrico sospeso sopra di lui, una tortora tubava, sommessa, inconsolabile, quasi a lutto.

Attraversò la strada, si mise più o meno nel punto in cui aveva visto la ragazza e guardò verso la casa di Wanda. Non sarebbe stata in grado di vederlo, oltre gli alberi del giardino. Dall'altra parte della via, si accese una luce al secondo piano di un'abitazione. Un'auto si mise in moto, non lontano, poi partì. Dal rumore si sarebbe aspettato di vederla arrivare e proseguire, ma non accadde.

Che cosa le passava per la testa, mentre se ne stava qui? Dov'è ora? Ricordò di essersi posto quelle stesse domande pensando a Lily nel luogo in cui era stata vista l'ultima volta, ma era soprattutto il secondo interrogativo che faceva più male. *Dov'è ora?* Le sue fantasie erano cupe, folli. Ogni anno mandava una mail alla madre della ragazza, chiedendo come stava, in realtà solo per sentire se non ci fossero novità. Persino il ritrovamento delle ossa di Lily, dei suoi resti, avrebbe rappresentato una forma di sollievo, dopo quasi due decenni passati ad arrovellarsi invano. All'ultimo messaggio, però, la signora non aveva risposto.

«È malata» gli aveva detto sua madre. «Cancro.»

«Cancro? È terribile.»

«E ti meravigli?» gli aveva detto lei, la voce quasi un sussurro. «Un dolore come quello può uccidere, Charlie. Una figlia scomparsa è un orrore inimmaginabile.»

Nella strada notò una pozza lucida e vischiosa. Il liquido aveva una lucentezza iridescente. Avvertì una piccola scossa di eccitazione: l'auto che aveva visto la sera prima si era fermata lì con il motore acceso e, decisamente, dal rumore non pareva in ottime condizioni. Avvicinò la punta del piede al bordo della pozzanghera; il liquido era denso, quasi asciutto. Proveniva forse dalla macchina che aveva visto? Vero che ne potevano essere passate un centinaio, di auto, dalla sera prima. Ma era pur sempre qualcosa. Abbastanza per chiamare quel poliziotto?

«Charlie?»

Wanda era uscita a cercarlo. Solo il modo in cui gli apparve, sotto la luce ambrata del lampione – bella per quanto scompigliata dal sonno, con la fronte lievemente corrugata dalla preoccupazione – gli mise in mente che, prima o poi, le avrebbe chiesto di sposarlo.

«Che ci fai qui?» gli chiese lei.

«Guarda» disse. Indicò il liquido sulla carreggiata.

«Mmm» rispose. Si chinò a esaminarlo, socchiudendo gli occhi. «Liquido della trasmissione.»

«Il motore suonava piuttosto malconcio.»

«Per perdere così tanto in questo punto, l'auto avrebbe dovuto rimanere ferma in folle per un bel po', non semplicemente passare di qui. E lo stop all'incrocio con Hydrangea è almeno a sei metri.»

«Quindi che cosa significa quando un'auto perde così tanto liquido della trasmissione?»

«Be'» rispose Wanda. Si portò la mano al mento. «Significa che non è andata molto lontano.»

«Dovremmo chiamare quel poliziotto» disse Charlie, senza levare gli occhi dalla pozza. «Tu pensi che dovremmo?»

«Decisamente» disse lei, annuendo. «Sì.»

«È un po' tardi.» Charlie diede un'occhiata al suo orologio, un Timex da quattro soldi con il cinturino in pelle nera e le ore in cifre romane, che aveva comprato in un centro commerciale circa dieci anni prima. Se una qualche versione di se stesso piovuta dal futuro (un disinfestatore invecchiato, magari!) gli fosse apparsa il giorno in cui l'aveva acquistato predicendogli che, dieci anni dopo, l'avrebbe avuto ancora al polso, gli avrebbe riso in faccia.

Quando guardò di nuovo Wanda, lei osservò: «Non credo che la gente dorma granché, quando c'è di mezzo una ragazza scomparsa».

Sarebbe stato imbarazzante se, chiamando il detective, si fosse sentito rispondere una cosa tipo: *Il liquido potrebbe essere uscito da qualunque veicolo di passaggio nelle ultime ventiquattro ore.* Avrebbe fatto la figura di uno di quei fanatici delle serie tivù, che guardavano così tanti polizieschi da credersi loro stessi degli investigatori. O peggio, sarebbe sembrato colpevole, uno che tentava di immischiarsi nelle indagini con la scusa di prestare aiuto, al fine di manipolarle. Lui sapeva cosa significa essere sospettati.

«Che c'è?» disse Wanda. Gli pose una mano sul braccio e strofinò leggermente. «A che cosa stai pensando?»

«Solo, non voglio che si facciano un'idea sbagliata di me, capisci?»

«Perché dovrebbero?»

Charlie emise un sospiro e si sedette sul cordolo del marciapiede. «Ci fu un momento, dopo la scomparsa di Lily... I sospetti caddero su di me.»

Lei gli sedette accanto. «Davvero?»

«A scuola perquisirono gli armadietti e trovarono una specie di diario che tenevo. Le avevo scritto tutta una serie di poesie e lettere d'amore, cose che non le avrei mai fatto leggere. Eravamo solo amici, nient'altro, ne ero ben consapevole. Ma questo non mi impediva di sognare.»

Si massaggiò la nuca, nel punto in cui pulsava un dolore sordo.

«Per un po', non molto a lungo, mi interrogarono. Me e la mia famiglia. Perquisirono la mia stanza e trovarono un suo foulard: l'aveva dimenticato a casa mia e me l'ero tenuto, anche se sapevo che lo stava cercando; lo tenevo nella federa del cuscino, perché profumava di lei. Pensarono che fossi ossessionato, che magari le avessi fatto male perché non mi ricambiava o chissà che altro e, alla fine, anche se fui scagionato, quel sospetto mi restò incollato addosso. Lasciai la città per venire qui al college e non sono mai tornato, se non per vedere i miei ogni tanto.»

«Mi dispiace, Charlie. È terribile» disse lei. Fissava il terreno tra i suoi piedi.

Era troppo. Le stava scaricando addosso un fardello troppo pesante, e troppo presto. Stavano insieme da meno di quarantotto ore. Dio, che cosa gli saltava in mente; era troppo imbarazzato anche solo per scusarsi di essere così incasinato.

«Penso comunque che dobbiamo chiamare» aggiunse Wanda. «Potrebbe essere importante. Meglio sbagliarsi o sentirsi stupidi, che non sbagliarsi ed essere…» Lasciò la frase in sospeso, scuotendo tristemente il capo, poi si alzò in fretta e Charlie pensò che se ne sarebbe andata via. Invece gli tese la mano. Quando lui la prese, fece finta di tirarlo su con tutte le sue forze.

«Su, cowboy, chiamiamo» disse, trascinandolo verso casa. Lui ricordò come si era sentito la sera prima, a cena, accorgendosi che lo riteneva una persona speciale, e come avesse desiderato disperatamente esserlo davvero per lei. Sapeva di poterlo fare.

Chiamò il detective. Trovò la segreteria e lasciò un messaggio, raccontando della chiazza sull'asfalto e di come avesse ristretto la scelta a tre possibili modelli d'auto. Wanda lo guardava dal divano, sembrava avere qualcosa in mente.

«Quella storia…» esordì, quando lui venne a raggiungerla sul sofà.

«Quale storia?» chiese Charlie, anche se sapeva di che cosa stava parlando.

«Su Lily. Dovresti scriverla.»

Lui si appoggiò allo schienale e la guardò negli occhi. Pensò: *Wanda mi vuoi sposare?* Lei avrebbe detto di no, ovviamente. *Charlie, è troppo presto. Ho già sofferto in passato. Non senza un anello…* Un giorno, però, avrebbe accettato.

Ciò che le disse, invece, fu: «Wanda, tento di scrivere quella storia da vent'anni».

Lei sospirò comprensiva, come se sapesse tutto in fatto di lunghe attese.

«Ho la sensazione che il momento sia arrivato.»

«Soddisfatto, Jones? Voglio dire, che cosa credevi di trovare: una camicia sporca di sangue? Una pistola fumante?»

Nessuna risposta. Lui aveva smesso di parlare da una ventina di minuti, e probabilmente era meglio così: avevano raggiunto quel punto della discussione in cui ogni parola veniva pronunciata con il preciso scopo di ferire o provocare. Ora erano in garage e Jones frugava nel bidone delle immondizie, cosa che le faceva rabbia e ribrezzo nello stesso tempo.

Lo tsunami che le turbinava in petto le rammentò il periodo

dopo la nascita di Ricky, quando era stata sul punto di chiedere al marito di andarsene. Diventare genitori era una prova del fuoco: lo stress rivelava verità, ridestava ricordi d'infanzia, dissotterrava aspetti nascosti della personalità. Maggie lo aveva visto accadere nella pratica professionale: coppie così alterate dal nuovo ruolo da non essere più compatibili. Quella zona d'ombra presente in Jones, che aveva sempre trovato così affascinante, d'un tratto non lo era più: in effetti era diventata repellente, la madre che era in lei la identificava come una minaccia. A volte le era capitato né più né meno di odiarlo.

Ma il pensiero di lasciarlo la riempiva di tristezza, perciò era rimasta e, alla fine, si era instaurato tra loro un nuovo rapporto. Non più scanzonato e romantico come prima di Ricky, ma in qualche modo più vero, più solido: l'amore forgiato dal cambiamento. Forse, si era detta, quando l'amore sopravvive al passaggio dal sentimento all'amicizia e alla complicità, diventa più forte; forse è allora che si passa dalla condizione di coppia a quella di famiglia.

«Tutto questo rovistare riguarda te più che tuo figlio. Te ne rendi conto, vero?»

Lui richiuse il coperchio del bidone e si voltò a guardarla. Sfilò i guanti da giardinaggio che aveva indosso e li posò sul banchetto da lavoro accanto alla porta. Gliel'aveva comprato Maggie, insieme a un set completo di utensili, due anni prima. Un tempo gli piacevano i lavori manuali, costruire mensole e altri oggetti per la casa. Un tavolino da caffè, una sedia da esterni, un mobiletto per la stanza degli ospiti al piano di sopra… In qualche modo lo rilassava. Quando, anni dopo, si era scoperto che aveva il colesterolo alto e aveva iniziato a sentire un senso di costrizione al petto, lei aveva pensato che, forse, gli sarebbe stato utile tornare al vecchio hobby per abbassare il livello di stress. Ma gli attrezzi scintillavano ancora appesi ai loro ganci: non li aveva mai toccati.

«Che cosa dovrebbe significare?» le domandò.

«Riguarda il tuo desiderio di controllare la situazione, anziché avere fede.»

«Fede?» Sputò praticamente la parola, come se avesse un sapore intollerabile. «Come? Tipo fede in Dio? Fede nell'universo?»

Maggie scosse il capo, espirò disgustata. «Fede in nostro *figlio*. Fiducia nel fatto che lo abbiamo cresciuto bene, che è una brava persona. Che sarebbe incapace di ferire i *sentimenti* di qualcuno, figuriamoci il suo corpo.»

Qualcosa di triste balenò sul volto del marito e lei avvertì un moto di sollievo: l'aveva ascoltata. Sprofondò ancora una volta il viso tra le mani e Maggie gli si fece più vicino, gli toccò il braccio.

«È sempre stato un bravo ragazzo, Jones» disse. «E sta diventando un brav'uomo. Avresti dovuto vederlo, questa sera: forte, lucido, sincero. Proprio come suo padre.»

Quando Jones levò il volto dalle mani, la sua espressione era così tormentata, così strana, che lei si ritrasse quasi. Sentì un oscuro fiore di paura sbocciarle nel petto.

«Jones. *Che cosa c'è?*»

Ma stava suonando il campanello e lui si allontanò rapidamente. Quando lei lo raggiunse alla porta, si stava infilando il giaccone. Chuck era in piedi nell'ingresso, i cerchi scuri intorno agli occhi che Maggie aveva già notato erano più marcati. C'era una macchia di ketchup sul collo del giubbotto. Non ne era certa, ma le parve che portasse ancora gli stessi abiti del giorno prima.

«Che è successo?»

Chuck guardò il soffitto sopra di lei. Maggie seguì la direzione del suo sguardo, fino alla crepa che aveva sempre detestato.

«Una specie di indizio» le rispose l'uomo. «Potrebbe non essere nulla di importante.»

Credeva che Jones sarebbe uscito senza una parola; invece tornò indietro a baciarla leggermente sulla bocca.

«Jones.»

«Continua a cercare» le sussurrò, e un attimo dopo se n'era andato.

«Avresti dovuto verificare subito» disse, sedendosi accanto al posto di guida. Di solito non si faceva scarrozzare dai ragazzi ma, chissà perché, se era Chuck a guidare non gli dispiaceva.

«Non sembrava esattamente una priorità.» Il tono del detective era tranquillo, non sulla difensiva. «Strout ha visto quel che ha visto, ma non è parsa una cosa rilevante, finché non si sono aggiunte altre informazioni.»

«Avresti potuto parlare con i vicini. Magari qualcun altro ha visto o sentito qualcosa.»

Chuck gli rivolse un cenno affermativo. «Non sembrava importante, sul momento.»

Erano ancora sul vialetto, con il motore in folle.

«Che cosa sembrava importante, allora? Quali altre informazioni?» chiese Jones, stropicciandosi gli occhi. Era così stanco che gli si offuscava la vista. Avvertiva di nuovo un senso di disagio e di oppressione nel petto. Non avrebbe dovuto farsi quel doppio cheeseburger a pranzo: non figurava certo nella dieta raccomandata dal suo dottore.

Chuck, del resto, non pareva messo molto meglio. Alla luce che proveniva da sopra il garage, appariva terreo, grigio: erano tutti e due troppo vecchi per passare le nottate in bianco.

«Dopo che Strout se n'è andato, ho avuto modo di accedere

alla pagina Facebook di Charlene Murray. La sua amica Britney aveva nome utente e password. Ricordava di esserseli segnati in un'agenda, li ha recuperati e mi ha fatto uno squillo.»

«E?»

«Ho trovato un messaggio scritto da Charlene: l'ultimo sul suo account. Chiedeva a Marshall Crosby se potevano incontrarsi tra Persimmon e Hydrangea, se poteva darle un passaggio. Questo conferma le dichiarazioni di Strout.»

La notizia diede a Jones una piccola sferzata di energia. Provò una strana combinazione di sollievo e paura.

«Ed è stata la sua ultima comunicazione?»

«Sì. Dopodiché, nessun messaggio. A parte l'aggiornamento di stato.»

«C'era anche la risposta di Marshall?»

«No.» Chuck trattenne uno starnuto stringendosi il naso con due dita. Infilò la mano nella tasca del giubbotto e ne trasse un fazzoletto di stoffa che sembrava usato più volte.

«Quindi non sappiamo se l'ha letto» concluse Jones.

«No, ma sappiamo che suo padre possiede una Chevelle verde del 1968.»

Conosceva bene quell'auto. Perché non ci aveva pensato prima? Crosby ne era orgogliosissimo, l'aveva mostrata a tutti nel parcheggio della centrale e aveva portato alcune delle ragazze a fare un giro. Ma di fatto, il più delle volte, era ferma in officina con questo o quel problema. Proprio qualche giorno prima, Jones aveva visto Marshall seduto al posto di guida col motore in folle, davanti all'alimentari. Travis era uscito con un sacchetto che sembrava contenere solo una confezione da sei birre ed era salito accanto al figlio.

Ricky, invece, guidava una Pontiac GTO del 1966. Aveva un colore simile e, se uno non s'intendeva di macchine, la linea della vettura *avrebbe potuto* sembrare quello della Chevelle, ma la GTO era come nuova, questo Jones lo sapeva per certo. Per il compleanno di Ricky, l'anno prima, avevano cercato insieme l'occasione ed erano andati fino a New Hope, Pennsylvania, a ritirare la vettura da un tizio che restaurava auto per vivere, proprio come suo zio tanti anni prima.

Jones ricordava l'eccitazione che aveva provato a sedici anni per la sua Mustang e aveva ritrovato quella stessa emozione nel figlio. Il tizio di New Hope, poi, aveva un paio di piercing, così lui non si era nemmeno dovuto vergognare di quelli di suo figlio o del suo taglio di capelli. Era stata una bella giornata per entrambi: si erano divertiti e non avevano mai litigato. L'unica giornata serena che Jones riusciva a ricordare da quando il ragazzo era entrato nell'adolescenza.

«Come è messa la trasmissione della GTO?» domandò Chuck. Il tono era distratto, l'atteggiamento studiatamente noncurante.

«Perfetta» si affrettò a rispondere. «L'abbiamo fatta revisionare proprio la settimana scorsa. Quell'auto è come nuova.»

Per questo è passato a prendermi, invece di chiamare pensò. *Per questo è venuto qui prima di andare da Crosby o di verificare il punto in cui Strout ha avvistato Charlene.* Non sapeva se lo avesse fatto per lealtà o sospetto, ma era certo che il detective avesse ispezionato il suo vialetto di casa prima di suonare il campanello.

Chuck si massaggiò i lati del naso. «Bene.»

Jones gli raccontò di Marshall Crosby, dei suoi problemi e alcune delle cose che Maggie gli aveva riferito, come l'ultimo aggiornamento di stato del ragazzo: Marshall pensa che le persone cattive vadano punite.

«Quando Charlie Strout mi ha lasciato il messaggio sulla pozza di liquido trovata nella via, ho pensato di andare a vedere. Dopo essere passato dai Crosby, naturalmente.»

«Dividiamoci» propose Jones. Allungò la mano e aprì la portiera. «Senti Katie, falle prelevare un campione di quel liquido. Va' a parlare di nuovo con Strout e fai un po' di porta a porta nel vicinato.»

«Okay.» Chuck si soffiò di nuovo il naso.

«Che impressione ti ha fatto?» gli chiese.

«Strout? Sembrava okay. Un po' teso, forse. Ho fatto un controllo: è pulito come acqua di sorgente, neanche una multa per divieto di sosta.»

Jones scese dall'auto e chiuse la portiera. Chuck abbassò il finestrino.

«Senti, vengo con te» disse. «Strout può aspettare, no? Katie può prelevare il campione anche senza di me.»

Aveva quello sguardo. Come se Jones gli stesse affidando una mansione di poco conto, mentre lui era in grado di stare in prima linea. Sapevano entrambi che il detective meritava di andare dai Crosby: era la pista più importante, specie ora che l'informazione fornita da Maggie si univa al messaggio trovato da Chuck. E davvero lui aveva fatto tutto il lavoro di bassa manovalanza fin dalla scomparsa di Charlene. Ma Jones non poteva concederglielo: se uno dei Crosby era coinvolto nella vicenda, doveva scoprirlo per primo.

Sapeva che Chuck avrebbe fatto ciò che gli veniva richiesto: era una delle cose che più gli piacevano di lui. Gli investigatori più giovani erano così pieni di sé, imitavano atteggiamenti che avevano visto in tivù, vedevano il lavoro come quello che non era, parlavano immancabilmente come se ci fosse una telecamera accesa da qualche parte. Chuck era un poliziotto vero, un osservatore attento e silenzioso, con un occhio particolare per i dettagli e un orecchio ben allenato per le bugie.

«Ti chiamerò se avrò bisogno di te» gli disse.

L'altro aprì bocca, poi la serrò in una linea diritta. «Okay» disse infine.

La nevicata leggera era finita con la stessa rapidità con cui era cominciata, senza lasciare traccia, anche se il vialetto appariva lucido e scivoloso. Jones salì con cautela sulla sua auto e attese che Chuck avanzasse, poi lo seguì finché le loro strade si divisero, all'incrocio seguente.

20

Qualcosa svegliò Elizabeth di soprassalto e definitivamente. Si mise a sedere, il cuore che batteva forte, i sensi ben desti. Che cos'era stato? Le forme familiari della stanza si delinearono nel buio: lo specchio sopra il comò, le colonnine del letto, la scrivania con la ribaltina nell'angolo, la poltrona dallo schienale alto e lo sgabello imbottito. Scostò le coperte e allungò la mano verso l'interruttore. Il bastone che aveva appoggiato al comodino cadde rumorosamente a terra.

Con la luce accesa, vide il riflesso nello specchio di una vecchia spaventata nella sua stupida camicia da notte a fiorellini coi volant. E stava per ridere di sé, quando i colpi ricominciarono facendola trasalire di nuovo.

«Diamine!»

Cercò di raggiungere il bastone, sporgendosi dal letto, ma era fuori dalla sua portata, così mise i piedi sul parquet gelato e si appoggiò al comodino per alzarsi, non senza una fitta di dolore. Ci volle qualche minuto perché le passasse e, anche dopo, continuò a sentirsi spossata. Maggie aveva ragione, era stata una sciocca a non dire a nessuno della caduta, ma non avrebbe sopportato le umiliazioni annesse e connesse: il dottore che tastava per vedere se c'era qualcosa di rotto, gli sguardi compassionevoli…

Sentì nuovamente i colpi. Erano più forti e frenetici che mai, come se ci fosse una bestia in trappola, in preda al panico. Infilò i piedi nelle pantofole.

«Ecco» disse. Sapeva che avrebbe dovuto chiamare Maggie o Jones e farsi venire a prendere. Quando sua figlia si era offerta di portarla a casa con sé, quella sera, avrebbe voluto dire: *Sì! Non voglio restare in questa vecchia casa piena di ricordi e con i roditori in soffitta!* Invece era stata cocciuta e anche un po' scortese. Maggie se n'era andata col broncio, ne era certa.

Da giovane, Elizabeth sognava di invecchiare. Aspirava alla considerazione e al rispetto che credeva giungessero naturalmente con l'età. E immaginava che sarebbe stata finalmente libera da preoccupazioni futili come la linea, l'acconciatura: gli anziani non ci badavano, giusto? Sicuramente no. Ed era vero che, adesso, non badava più a quegli aspetti: con i capelli candidi e il volto simile a un chicco d'uva passa, solo le donne più stupide e vanitose arrivavano a illudersi che un certo abito o un certo trattamento estetico potesse renderle in qualche modo ancora attraenti.

Ma ciò che la giovane Elizabeth non aveva capito era che il rispetto verso gli anziani veniva garantito solo agli *uomini*. Non intuiva, allora, che, quando il suo corpo avesse cominciato a farsi più debole, cadente, la sua bellezza ad avvizzire, lei sarebbe divenuta invisibile, che la gente avrebbe ripreso a trattarla come una bambina, senza però la tenerezza riservata ai più piccoli. Medici, commessi del supermercato, persino qualcuno dei suoi ex studenti – *persino* Jones e Maggie a volte – le parlavano lentamente, scandendo le parole, come se avesse un problema di udito, o con una sorta di paziente condiscendenza, quasi fosse terribilmente pesante da sopportare o dura di comprendonio. L'unico che non la faceva sentire una vecchia rimbambita era suo nipote.

Se a suo tempo avesse saputo com'era veramente la terza età, avrebbe apprezzato maggiormente un corpo giovane e forte, bei lineamenti, la posizione tutto sommato rispettata che il suo lavoro le procurava.

Tump, tump. Tumptumptump. Tumptump. Tump.

Uscì dalla stanza e si bloccò un istante sotto la botola della soffitta. Non ci saliva da anni: aveva sempre mandato su Jones o Ricky, quando le serviva qualcosa (un vecchio dipinto del marito che le tornava in mente di colpo e voleva rivedere, qualche album di fotografie, la tovaglia di pizzo fatta da sua madre). Allungò il bastone e agganciò la maniglia con l'estremità ricurva. Tirando con due mani, abbassò lo sportello. La scaletta si aprì facilmente e giunse al suolo con un tonfo leggero.

Ora regnava il silenzio più totale, mentre la soffitta esalava un respiro di muffa e naftalina, di cose abbandonate e dimenticate da decenni. Avrebbe potuto essere piacevole rivederne alcune: il suo abito da sposa, certi vecchi dischi… Che altro? Non lo sapeva neanche lei. Fissò il buio che si spalancava sopra la sua testa e non poté fare a meno di pensare al suo segreto.

«Ne ho abbastanza» annunciò a chiunque avesse deciso di mettere su casa nella sua soffitta.

Poggiò il bastone alla parete e salì lentamente la scala. Che cosa pensava di fare una volta lassù? – si domandò improvvisamente. Insieme a quel pensiero, più o meno a metà strada, arrivò anche il dolore: una fitta che, dall'anca, scendeva lungo la parte posteriore della coscia. Le mozzò il fiato, lasciandola aggrappata agli scalini.

Tump, tump, tump.

Alzò lo sguardo, quasi aspettandosi di vedere il suo visitatore affacciarsi al buio ingresso della soffitta, gli occhi scintillanti in contemplazione della sua stupidità. Ma no, non c'era niente, solo il vuoto, spalancato come una finestra sul passato. Era a non più di un paio di metri da terra, eppure si sentì paralizzata, pietrificata: spaventata dal dolore improvviso e con la paura di perdere l'equilibrio, di cadere di nuovo. Cominciava già a tremare per lo sforzo di tenersi in piedi.

Tump, tump.

Quando infine perse l'equilibrio, ruzzolò in fondo alle scale, dove rimase un momento attonita, prima di cominciare a piangere. Pensò a tutto quello che sua figlia le aveva proposto: portarla a casa con sé, comprarle un braccialetto con il pulsante da premere in caso di incidente. Cose che lei, cocciuta, aveva rifiutato per orgoglio: ora il rimorso era persino più forte del dolore.

Il bastone era appoggiato al muro: se fosse riuscita ad afferrarlo, avrebbe potuto tirarsi su. Ma, a un tratto, gli arti le parevano imbottiti di sabbia, così si limitò a posare il capo sul braccio e non riuscì più a trattenere le lacrime.

Sembravano passati cent'anni dal giorno in cui era andata a trovare Tommy Delano, uscendo prima dal lavoro per farsi l'ora e mezza d'auto fino al penitenziario in cui lo detenevano in attesa dell'udienza. Non aveva detto – non poteva dire – a nessuno dove andava. Ai genitori degli studenti non sarebbe piaciuto e persino lei ammetteva che sarebbe apparso sconveniente: nella mente dei cittadini di The Hollows, era già stato processato e condannato, grazie a Capo Crosby che aveva spifferato a tutti la confessione cruenta e depravata di Delano. Non c'era spazio per la compassione, con lui: era reo confesso dell'omicidio di una ragazzina. Fine della peggiore storia mai sentita a The Hollows.

Ma non era stato uno spirito particolarmente compassionevole che aveva indotto Elizabeth a lasciare la città, prendere la quarta uscita dell'autostrada e percorrere quei chilometri di vuoto per raggiungere un edificio grigio e squadrato in mezzo al nulla, circondato da filo spinato e con uomini armati in cima alle torrette di guardia a sorvegliarne il perimetro.

Il fatto era che a lei Tom era sempre *piaciuto*, cosa che non poteva dire di tutti i suoi studenti. Era un ragazzino magro con il volto tirato e lucidi occhi castani. I suoi abiti, sempre della misura sbagliata, con i polsini a metà braccio o l'orlo dei pantaloni che toccava terra, non erano mai del tutto puliti. A scuola aveva la sufficienza stiracchiata, benché Elizabeth sospettasse che avrebbe potuto far meglio; non era simpatico o affascinante, ma aveva un sorriso dolce, parlava con un tono sommesso, rispettoso. Quando lei lo guardava, vedeva gentilezza, una bontà pura, persino un misurato, ammiccante senso dell'umorismo.

Una volta, molti anni prima dell'uccisione di Sarah, quando Tommy frequentava la Hollows High, le era capitato di riaccompagnarlo a casa: i bulli sull'autobus lo terrorizzavano a tal punto, che aveva indugiato a salire finendo per perderlo.

«Papà» lo aveva sentito dire, passando vicino al telefono a moneta della segreteria. «Mi hanno trattenuto in classe per punizione e ho perso l'ultimo autobus.» Elizabeth sapeva che non era vero.

«Okay. Aspetterò in biblioteca, mi dispiace, papà. Sì. Mi dispiace.»

Insomma, lei proprio non riusciva a conciliare l'immagine di un ragazzino disposto a fingersi in punizione pur di non viaggiare insieme ai bulli della scuola con quella dell'assassino di Sarah, capace di atroci depravazioni.

«Parlerò con quei ragazzi» gli aveva detto quel pomeriggio, mentre lo riaccompagnava per risparmiare il tragitto al padre. Era comunque di strada.

«No» aveva subito esclamato lui. «Per favore, signora Monroe. Peggiorerà soltanto le cose.»

Elizabeth aveva tenuto gli occhi fissi sulla strada, senza sapere che cosa rispondere.

«Grazie, signora Monroe, ma non c'è davvero niente che lei possa fare. È così e basta.»

Ovviamente questo era avvenuto anni prima dell'omicidio di Sarah e, in un decennio, può succedere molto a una persona. Forse una vita di prepotenze e mortificazioni, le ferite lasciate dalla morte della madre potevano trasformare un individuo timido e tranquillo in un assassino. Ma lei proprio non riusciva a vedere Tommy in quella veste. Poteva davvero sbagliarsi così tanto?

Alla prigione aveva atteso in una stanza grigia e fredda, per poi vederlo comparire dietro il vetro con una tuta arancione e le manette ai polsi. Quando si era seduto, la guardia che lo accompagnava gliele aveva tolte. Tommy l'aveva guardata con un'espressione corrucciata e confusa.

«Quindici minuti» aveva avvertito la guardia.

Tutti e due avevano alzato il ricevitore.

«Signora Monroe, che cosa ci fa qui?»

Che cosa ci faceva lì, in effetti? Andarci era stata un'idiozia. Era venuta per chiedergli se avesse ucciso Sarah? Per dimostrare a se stessa che non si era sbagliata su di lui? Che sapeva riconoscere la differenza tra il bene e il male? Si era trovata a corto di parole, aveva abbassato gli occhi sulla fede nuziale e se l'era rigirata per un attimo sul dito.

«Volevo vederti, Tommy» aveva detto infine. «Non *posso* proprio credere che tu abbia ucciso Sarah.»

Il corpo dell'uomo si era come afflosciato. Aveva distolto lo sguardo e si era grattato il collo come se gli prudesse. Quando l'aveva guardata di nuovo, c'era qualcosa di assente, di freddo nella sua espressione.

«Be', lei è l'unica a The Hollows che non ci riesce» aveva detto. Il tono era al tempo stesso amaro e rassegnato. La voce si era fatta molto più profonda, in età adulta, un filo rauca a causa del fumo. Elizabeth si era resa conto che, per quanto Delano passasse regolarmente dagli uffici scolastici, non gli rivolgeva davvero la parola da anni, a parte forse un rapido «salve» o un «arrivederci». Lo vedeva ancora come un ragazzo, uno studente del liceo: non aveva aggiornato l'immagine di lui nella sua mente. I suoi occhi si erano posati sulle mani del detenuto: più pulite di come le avesse mai viste. Di solito erano nere sotto le unghie, callose, incrostate di grasso. Aveva tentato di immaginare quelle mani, quelle mani sporche da lavoratore, nell'atto di compiere azioni tremende, immerse nel sangue. Impossibile.

«Hai confessato.»

«Sì.» Era stato un piccolo choc per lei sentirglielo dire: forse si aspettava di scoprire che non era vero, che era stato un errore o una bugia.

«E hai confessato perché l'hai…» aveva chiesto ancora, balbettando «perché l'hai uccisa?»

«Perché io…» Tommy non aveva finito la frase: si era alzato e aveva riappeso il ricevitore, chiamando la guardia. Non appena si era ritrovato di nuovo le manette ai polsi, li aveva sollevati verso di lei. Se in un gesto di rassegnazione o di addio, Elizabeth non lo avrebbe mai saputo.

Quando se n'era andato, così, di punto in bianco, era rimasta lì, incapace di reagire: sentiva l'impulso di chiamarlo, di farlo parlare, ma alla fine si era limitata a guardarlo andare via, per poi allontanarsi anche lei, sentendosi egoista, sentendo che aveva sbagliato ad arrivare fin lì. Ma anche convinta di non essersi ingannata sul suo conto, che non avesse in sé la capacità di torturare, mutilare, violentare, uccidere una ragazza. E si era ripromessa di fare qualcosa in proposito, pur non sapendo bene cosa.

Tump, tump, tump.

Si era assopita sul pavimento, chissà per quanto. Ora che la soffitta era aperta, non era nemmeno sicura che il rumore provenisse da lì: sembrava venire invece dall'aria tutto intorno a lei, o dall'interno della sua testa. Si chiese quanto sarebbe dovuta rimanere a terra prima che qualcuno la trovasse e pensò di riprovare ad afferrare il bastone quando si fosse sentita meno stanca. Ma per il momento si sarebbe accontentata di vagare per la soffitta della sua vita; voleva, no, *doveva* visitare quei luoghi oscuri, riesaminare tutto ciò che aveva fatto. E rimediare dove poteva, prima di perdere la pur fragile presa che ancora aveva sugli eventi.

21

Travis aprì la porta a Jones e gli offrì una birra, che il poliziotto rifiutò anche se ne avrebbe avuto davvero bisogno. C'era una luce gialla accesa sopra il lavandino della cucina, un posacenere quasi pieno e una bottiglia aperta di birra sul tavolo al centro della stanza, come se Crosby fosse stato lì seduto fino a quel momento a bere e a fumare, fissando il vuoto davanti a sé. Il locale era spoglio di qualunque ornamento: superfici in formica e vecchi elettrodomestici. L'unico elemento decorativo era un calendario appeso sopra il frigo e fermo al dicembre dell'anno prima, senza annotazioni e con la foto di una donna in topless, sdraiata sul muso di una Cadillac.

«Marshall è in casa?»

L'altro fece un cenno di diniego. «Che cosa ha fatto?»

«Non so. Forse niente. Vorrei solo parlargli.»

Jones disse a Travis di Charlene, del messaggio che la ragazza aveva mandato a suo figlio, del testimone che aveva visto l'auto. Travis sedette al tavolo, si accese una sigaretta. Jones non protestò, ma l'odore lo faceva star male. Gli ricordava Abigail. Quasi non aveva un ricordo in cui sua madre non fosse con la sigaretta accesa in mano o tra le labbra. Marca More: lunghe e brune come dita morte e avvizzite, puntate con fare accusatorio, accumulate nei posacenere in ogni angolo della casa. Quando era morta e Jones aveva venduto l'abitazione, l'agente immobiliare gli aveva fatto togliere tende e carta da parati, persino rimuovere la moquette. Tutto era ingiallito e maleodorante.

«Ieri sera ha detto di aver portato una ragazza a fare un giro, ma era all'inizio della serata» affermò Travis. «Comunque non gli ho creduto: vive nel suo mondo e in quel suo computer di sopra.»

Lo disse senza alcun calore. Jones annuì, arrivò al frigo, vide un pieghevole di Pop's Pizza fissato allo sportello con una calamita. Pensò alla sua cucina, piena di ogni gadget possibile e immaginabile, con le scodelle colorate in ceramica, una pila di cataloghi e lettere, una piccola collezione di saliere e pepiere particolari che Maggie aveva messo insieme negli anni, torri Eiffel in miniatura, maialini danzanti, uova colorate… Sua moglie si lamentava sempre della mancanza di spazio sul piano di lavoro. *E tu sbarazzati di queste cianfrusaglie* le diceva lui. *Non sono cianfrusaglie* rispondeva lei. *È vita.*

«Ho visto il tuo ragazzo, ieri sera» disse Crosby.

«Dove?»

«Da Pop's» rispose l'uomo, accennando al volantino come se fosse stato quello a farglielo venire in mente. «Se ne stava lì seduto con una faccia… Come se gli fosse appena caduto il gelato per terra.»

«Era da solo?»

«Sì. Aveva tutta l'aria di uno che è stato bidonato: guardava continuamente il telefonino, faceva il numero, poi riagganciava.»

Jones sentì un nodo che gli si allentava nel petto. Se Ricky aveva detto la verità su quella parte, forse l'aveva detta anche sul resto. Al sollievo, poi, subentrò il senso di colpa. *Tutto questo cercare riguarda te più che tuo figlio* lo aveva accusato Maggie. Forse non si era sbagliata.

«Charlene è la ragazza di Ricky, giusto?» chiese Travis.

«Già» disse Jones, sedendosi di fronte a lui. L'altro bevve un lungo sorso della sua birra. Erano a loro agio l'uno con l'altro, era sempre stato così, malgrado il passato che avevano vissuto insieme. O forse proprio per quello.

«Dev'essere terribile per te, Jones. Non riuscirai a chiudere occhio la notte, immagino.»

Travis era già oltre il confine che Jones gli aveva visto superare troppe volte. Uscivano tutti a farsi un goccio, con i ragazzi della centrale, e questo o quello offriva da bere. Ma, verso il terzo giro, Crosby cominciava a cambiare: secondo l'umore del giorno, diventava litigioso o stucchevole, o semplicemente odioso. Il volto assumeva quella sfumatura particolare di rosso, la voce quel tono particolare e, ben presto, i presenti cominciavano ad andarsene con una scusa, uno dopo l'altro, trovandolo insopportabile. In genere qualcuno finiva per accompagnarlo a casa e spesso era proprio Jones: lui lo reggeva meglio degli altri, lo capiva, sapeva quanto era grosso il fardello che doveva portare, ne conosceva il peso.

«Non è proprio la ragazza che avrei voluto per lui» disse, sorridendo suo malgrado.

Travis bevve un altro sorso dalla sua bottiglia. «Somiglia a sua madre.»

Jones sbuffò. «Mel non è mai stata così carina.»

«Andiamo. *Tu* te la sei scopata, Melody Murray.»

«No, amico, io mai. Tu invece sì.»

Travis rise di nuovo, questa volta con un che di sguaiato. «Be' *questo* è vero. Le ho fatto saltare il tappo. Nel letto dei suoi.»

«Così avevo sempre sentito dire.»

Ridacchiarono entrambi e, per un momento, furono solo due uomini di mezza età che si conoscevano praticamente da sempre.

Poi: «Insomma, dov'è Marshall, Travis?».

«Ha preso l'auto da un po'. Incazzato con me, al solito. Ha detto che andava a dormire da suo nonno. A quanto pare il vecchio bastardo gli piace.»

«Tu e tuo padre continuate a non rivolgervi la parola?»

Crosby abbassò gli occhi sul posacenere e vi schiacciò dentro la sigaretta. «Sai, la guida in stato di ebbrezza, il lavoro perso. L'ho disonorato, dice.» Fece una risatina, ma Jones sentì che era del tutto priva di umorismo. «*Disonorato.* Neanche fosse la regina d'Inghilterra.»

L'uomo cominciò a tamburellare con le dita sul tavolo, scandendo un ritmo nervoso. Poi accese un'altra sigaretta. Jones notò chiazze giallastre sull'indice e sul medio.

«Ho bisogno di parlare con Marshall, Travis. Adesso, diciamo. Stasera stessa.»

Qualunque traccia di buonumore abbandonò i tratti di Crosby e la ben nota cupezza calò sui suoi occhi e lungo la linea delle labbra.

«Come è messa la trasmissione della tua auto?» chiese Jones.

L'altro batté lentamente le palpebre. «C'è da lavorarci un po'.»

Si alzò di scatto e lui fece lo stesso: non era mai una buona idea restare seduti quando Travis Crosby era in piedi. Uscì dalla stanza e tornò subito dopo con un logoro giubbetto di jeans.

«Vengo con te» disse. «A cercare Marshall.»

Era l'ultima cosa che gli serviva: Crosby come accompagnatore. Ma c'era qualcosa nell'aspetto di quell'uomo che suscitava in Jones un familiare senso di compassione… Lo stesso che li aveva sempre fatti ritrovare insieme. Inoltre Marshall era minorenne e, in effetti, non gli avrebbe potuto parlare in assenza di un genitore.

«Accomodati.»

Il cielo, fuori, era passato rapidamente dal crepuscolo alla notte. Jones e Sarah guardavano ovunque evitando di incrociare lo sguardo – la ragazza con gli occhi fissi sulle ginocchia, lui che trafficava con la radio – mentre Travis e Melody, sui sedili posteriori, facevano dondolare l'auto, ridendo e gemendo, finché, finalmente, il tutto cessò. Jones passava da una stazione all'altra. All'epoca non se ne ricevevano molte, quel poco che li raggiungeva dalle grandi città. A volte il dj della Hollows Waves metteva roba decente, ma quel giorno Jones riusciva a beccare solo un'emittente vicina.

«Oh, bella questa canzone» disse Sarah. Lui non l'aveva mai sentita, né aveva idea di chi la cantasse, ma non voleva passare per uno sfigato. Lei non aggiunse altro.

«Voi due ve ne restate lì senza far niente?» chiese Travis, infilando la testa tra i sedili anteriori.

Né Jones, né Sarah risposero. Si scambiarono solo uno sguardo imbarazzato. Decisamente lei non si comportava come una patita dei pompini, non che lui ne avesse mai incontrata una. In effetti, nella sua limitata esperienza, per lo più le ragazze arrivavano a baciare, al massimo a strusciarsi un po': non volevano avere nulla a che fare con ciò che accadeva dentro le mutande di un uomo; e quasi tutte quelle di sua conoscenza rifiutavano persino di metterci la mano, lì sotto.

«È inutile fare la santarellina, Sarah» disse Travis. «Sappiamo tutti la verità.»

Lei aggrottò la fronte, si voltò a guardare i due seduti dietro. «E questo che significa?»

L'amica fu presa dalla ridarella. «Dai, Sarah. Svegliati.»

Travis e Melody, stonati dall'erba, ora ridevano come idioti. Alla fine lui aprì la portiera e ruzzolarono fuori tutti e due, corsero per il bosco schiamazzando. Avevano lasciato lo sportello aperto e l'aria fredda riempì rapidamente l'abitacolo. Jones scese a richiuderlo; sentiva ancora le loro voci in lontananza, come i richiami degli allocchi tra gli alberi. Tornò al posto di guida.

«Potresti riportarmi a casa?» chiese Sarah. «Mia madre comincerà a preoccuparsi sul serio. E ad *arrabbiarsi* sul serio.» Pareva sul punto di mettersi a piangere, gli occhi spalancati, la bocca piegata all'ingiù.

«Certo, okay» le disse. «Tra un attimo saranno qui e ce ne andremo.»

Notò la tensione delle sue spalle che in parte si allentava, insieme a un sospiro di sollievo. E le braccia, fino ad allora saldamente strette intorno alla vita, che si rilassavano un po'.

«Che voleva dire con: "Sappiamo tutti la verità"? Di che cosa sta parlando?»

«Non dare ascolto a Travis» replicò Jones. Si sentiva in imbarazzo. «Ha qualche problema.»

«No, davvero. Voglio saperlo.»

Avrebbe dovuto rispondere che non ne aveva idea, lasciar perdere. Ma una piccola parte di lui – una parte giovane e stupida – si chiedeva se l'aspetto innocente della ragazza non fosse veramente una messinscena. Magari, pensava, se le avesse detto ciò che sapeva, si sarebbe sciolta. Magari era persino vero.

«Travis sostiene che, secondo non so chi, sei brava a fare i pompini.» La parola gli suonò strana in quel contesto, provò imbarazzo nel pronunciarla.

Sarah lo fissò con sguardo inespressivo, ma cominciò quasi impercettibilmente a scostarsi di nuovo da lui. E ad abbassare gli occhi in grembo. «Non so neanche cosa significa» disse.

Lui si sentì avvampare. «Ehm, lo sai…»

«No» ribatté lei, arrabbiandosi. «Non lo so.»

Jones si ritrovò a stringere il volante, desiderando di non aver mai dato retta a Travis Crosby, di trovarsi ovunque tranne lì. Alla fine scese dall'auto.

«Crosby!» gridò nel buio. «Andiamocene da qui. Devo tornare a casa.»

Sentì la portiera aprirsi e chiudersi, poi passi decisi sul terreno.

«Che cosa significa?» chiese ancora lei. Lui si voltò a guardarla. Era minuscola, molto più piccola di lui, ma, chissà come, il suo sguardo intenso e diretto lo intimidiva.

«Oddio» gemette, guardando il cielo stellato. «Un pompino, hai presente? Che succhi bene il cazzo.»

Sarah indietreggiò come se l'avesse schiaffeggiata e lui si sentì come se lo avesse fatto: in quel momento si vergognò. Era una ragazza carina ed *era* innocente.

«Voglio la mia roba dal bagagliaio» gli disse. La sua voce era ridotta a un filo.

«Perché?» chiese lui. «Non puoi andare a piedi da qui: casa tua è a chilometri di distanza ed è buio.»

Li aveva portati fuori da The Hollows, oltre il caseificio, fino a un parco pubblico che in teoria chiudeva al tramonto, ma dove nessuno si prendeva la briga di sprangare i cancelli. Erano a quasi cinque chilometri dalla città, circondati da duecento ettari di liriodendri, tsughe, faggi, sanguinelle, querce rosse e bianche. I ragazzi della scuola lo frequentavano spesso, a volte per giocare, a volte – di sera – per bere o pomiciare. Lui ci andava per farsi otto chilometri di corsa e gli era capitato di fare i compiti su uno dei tavoli da picnic o lungo l'impetuoso Black River, giusto per starsene alla larga da sua madre, da tutti.

«Senti» disse, alzando i palmi. «Mi dispiace. Aspettiamo i ragazzi e poi ce ne andiamo tutti.»

Sarah gli lanciò uno sguardo irritato, poi marciò fino all'inizio del sentiero ghiaioso che si addentrava nel parco. «Melody!» gridò. «Andiamo. Ho i compiti da fare.»

La sua voce rimbalzò sulle pareti rocciose, erose dal ghiaccio, tornò indietro tesa e inquieta. Ma la ragazza non si mosse, seguitò a fissare il folto del bosco anche se nessuno le rispondeva.

«Mi dispiace» disse ancora Jones, arrivandole al fianco. «Non avrei dovuto dirlo. Sono uno stronzo.»

Si accorse che lei tremava, perciò le mise sulle spalle il suo giubbotto della squadra scolastica. Lei parve in dubbio se rifiutare, poi gli rivolse un debole sorriso e se lo strinse addosso. Jones notò l'armoniosa curva del naso, la forma piena delle labbra. Aveva palpebre pesanti, che le davano quasi un'aria sonnolenta, ma il colore degli occhi – nocciola con pagliuzze verdi e oro – splendeva nella luce ambrata.

«Chi l'ha detto?» gli chiese, dopo un momento. «Perché dovrebbero dire una cosa simile di me? Io non… Non ho…»

Jones diede un calcio a una pietra, che schizzò tra i cespugli.

«Lascia perdere» disse Sarah.

Lui alzò le spalle. «Sai che c'è? Probabilmente non l'ha detto nessuno. Probabilmente era solo Crosby che faceva il deficiente. È un tipo… sai… problematico.» Descrisse un cerchio col dito a lato della tempia e fece una faccia strana. Risero tutti e due, e Jones sentì che l'imbarazzo tra loro era svanito. Ma un attimo dopo, ecco Travis e Melody apparire sul sentiero.

«Che c'è di tanto divertente?» abbaiò il ragazzo.

Melody aveva il muso lungo e pareva sforzarsi di trattenere le lacrime. «Schiodiamo di qui» disse passando loro accanto, diretta alla macchina. «Voglio andare a casa.»

«Che è successo?» chiese Jones.

«Melody lancia il sasso e nasconde la mano, ecco che è successo» rispose Travis, gli occhi fissi su di lei, mentre apriva e chiudeva il pugno.

La Murray si voltò. «Chiudi il becco, Travis» strillò e il suono della sua voce riecheggiò per il parco.

«Che problema hai?» domandò Sarah. Con passo deciso andò a piazzarsi davanti a Crosby.

L'esatta sequenza degli eventi – chi disse cosa – si faceva confusa. Jones avrebbe sempre ricordato un crescendo caotico di voci, come strida di gabbiani che si contendono il cibo sulla spiaggia; e se stesso in disparte, a guardare, persino tentato di tornarsene in macchina e attendere che la finissero. Avrebbe ricordato Melody che diceva di non essere una sgualdrina, o qualcosa del genere, Sarah che chiedeva perché Travis avesse messo in giro quelle chiacchiere sul suo conto visto che nemmeno la conosceva.

Ma soprattutto avrebbe ricordato l'elettricità della rabbia crescente, i loro volti pallidi, tirati.

«Sei un perdente, Travis Crosby. Un perdente nato.»

Sarah non poteva conoscere il peso di quelle parole, ciò che significavano per lui. Non poteva sapere che Travis se le era sentite ripetere mille volte, in mille terribili modi, da un padre che non aveva mai una parola gentile per suo figlio. Era solo la brutta risposta di una ragazzina che non era abituata a usare gli insulti. La pronunciò con disprezzo e si voltò per andarsene.

«Come mi hai chiamato?» La voce di Travis era incandescente.

Jones vide che lei si girava a guardarlo, pronta a ripetere. Di Crosby vedeva le spalle, dunque non avrebbe mai saputo che cosa, nel volto di lui, le avesse fatto sgranare gli occhi per la paura.

«Okay,» disse «basta così.»

Ma ormai Sarah si era messa a correre, il giubbotto della squadra di football gettato a terra. Era stato un suo impulso e Travis

275

le era andato dietro? O lui si era mosso per primo, inducendola a scappare? Non avrebbe saputo dirlo. Di fatto, Crosby la rincorreva. La ragazza scomparve nell'oscurità, lungo il sentiero, i suoi passi che echeggiavano pesanti, con Travis alle calcagna. Melody e Jones si scambiarono un'occhiata, poi partirono all'inseguimento.

«Lasciala in pace, Travis» gridò Melody.

Quando li raggiunsero, i due erano fermi, faccia a faccia: Sarah aveva raccolto un grosso ramo e dava le spalle a un lungo sentiero che portava alla valle fluviale sotto di loro.

«Sta' lontano da me» diceva piangendo, tenendo il ramo come fosse una mazza da baseball. «Vattene via.»

Dietro di lei, il sentiero scendeva ripido e tortuoso, singole pietre che facevano da gradini, ficcate nella terra come denti grigi e irregolari in gengive viscide.

Jones afferrò Travis per le spalle. «Andiamocene. Basta con questa storia.»

Ma quello si voltò e si avventò su di lui, colpendolo forte alla mascella. Sorpreso dal gesto repentino e dal dolore, Jones cadde, mentre un fiotto caldo di sangue si riversava dal naso sulle labbra e sulla camicia. Non vide cosa avvenne poi: Melody e Travis l'avrebbero sempre raccontato in modi diversi, lui affermando che Sarah gli era arrivata addosso brandendo il ramo e costringendolo a respingerla, lei sostenendo che Crosby aveva attaccato Sarah. Comunque fosse andata, il risultato fu che la ragazza cadde. E sbatté la testa su una pietra appuntita che sporgeva dal terreno. Fu il primo rumore che Jones avrebbe ricordato, ridestandosi, seguito da un silenzio assoluto. Tutto, nella foresta intorno a loro – il vento tra gli alberi, il canto di rane e grilli – sembrò fermarsi. Jones si rimise in piedi e la vide, stesa tra Melody e Travis. La Murray si era messa in ginocchio accanto a lei, che giaceva immobile.

«Sarah» mormorò, come tentando di svegliarla dal sonno. «Sarah?»

Poi alzò lo sguardo verso i due ragazzi, il volto una maschera di paura e sconforto. Le sue parole non furono più di un sussurro. «Non… Non respira.»

«No» disse Jones. «Non è… No.»

Andò a inginocchiarsi accanto a Sarah e vide la postura innaturale del collo, la strana immobilità, il colore terreo della pelle.

«Oh mio Dio.» Avvertì la prima stretta di vera paura che avesse mai conosciuto.

«Io non l'ho toccata.»

Si voltarono entrambi a guardare Travis, che cominciò a indietreggiare, le labbra socchiuse, scuotendo il capo. Poi fuggì di corsa e scomparve su per il sentiero verso la via principale.

Quella sera, Jones imparò che il corpo è una cosa che si può rompere con un gesto avventato, spezzare come un ramo secco sulla strada. La ragazza giaceva davanti a lui, distrutta, rovinata, finita. Era rimasta sospesa un istante tra la vita e la morte, il tempo di un respiro trattenuto. Ripensò al rumore che aveva sentito… quell'ultimo, tenue rumore della carne sulla pietra, il lieve schianto dell'osso che si frantumava. Così sommesso.

Poi, anni dopo si sarebbe fatta strada in Jones la graduale e terrificante consapevolezza che anche lui sarebbe morto. Anche lui, un giorno, avrebbe inspirato per non espirare più, o esalato un respiro per non emetterne altri. Avrebbe cessato di esistere, di recepire il mondo attraverso i sensi, anche se la vita avrebbe continuato ad andare avanti senza di lui. Un cieco terrore, accompagnato da una rabbia insistente, si era impadronito di Jones Cooper. Era tutto così maledettamente fragile. Non avrebbe dovuto esserlo. Una cosa tanto importante avrebbe dovuto essere più solida. Come era possibile sopportare una simile consapevolezza? Come si poteva veramente vivere, sapendo che bisognava morire? Qual era lo scopo?

Quella sera, con le sue orrende conseguenze, aleggiava ancora tra loro, sull'Explorer, mentre andavano a cercare Marshall. Non era mai svanita, vero? Ma gli anni l'avevano sepolta in profondità, coperta con i residui del vivere quotidiano. *È ancora dentro di te?* avrebbe voluto chiedere Jones. *La sogni ancora di notte?* Ma non lo fece. Conosceva la risposta: la leggeva nel volto distrutto dell'uomo accanto a lui e nel modo in cui la paura e il rimorso erano sempre lì, sotto la superficie di qualunque espressione assumesse. Questo vedeva Jones guardando Travis: non il temibile bullo che, apparentemente, vedevano tutti gli altri.

Crosby si accese un'altra sigaretta e abbassò il finestrino, lasciando entrare l'aria fredda. Jones uscì da The Acres e prese la strada principale attraverso il centro, oltrepassando la caffetteria, il negozio di libri, la pizzeria Pop's e la palestra di yoga. Una brusca svolta a destra dopo l'ultimo semaforo li portò sulla Old Farmers Road, che cominciava come via asfaltata, ma poi si riduceva a poco più di un sentiero sassoso, del tutto impraticabile dopo una forte nevicata.

Capo Crosby (tutti ancora lo chiamavano – e lo pensavano – così, benché fosse in pensione da tempo) possedeva i quaranta ettari circostanti, coperti di tuie e di pini. Correva voce che avesse ricevuto varie offerte, offerte assai generose, da alcuni immobiliaristi, ma che le aveva sbrigativamente rifiutate. Ogni inverno Jones si aspettava di dover escogitare un modo per trasportare fuori di lì il corpo gigantesco del vecchio, ma poi, ogni primavera, eccolo ricomparire con il suo pickup rosso, e un po' più magro, come un orso che esce dal letargo.

«Il mio vecchio non venderà mai questa terra» osservò Travis. «Neanche un pezzettino. Vale una fortuna.»

«Non vivrà per sempre» disse Jones.

«Vedremo» rispose l'altro, buttando il mozzicone dal finestrino.

Mentre svoltavano sul vialetto, Cooper vide l'auto di Marshall parcheggiata di traverso sotto la luce di un faretto acceso nel garage. C'era una bassa falce di luna, e un cielo stellato che, di solito, non si riusciva ad ammirare con le luci più intense della città. Casa Crosby era un edificio in pietra grezza, con un immenso comignolo che svettava tra le conifere rosse e verdi. Era cupa e massiccia, sicura di sé al punto da apparire sprezzante, come il vecchio proprietario.

A una certa distanza, sulla destra, un'antica rimessa in pietra sorgeva in pendenza, le assi grigie e scheggiate, il tetto fatiscente. Jones scese dal veicolo e si avvicinò alla Chevelle. Si inginocchiò a fatica, ignorando le giunture e la schiena che protestavano, e scorse la pozza scura sul terreno sottostante.

Quando si rialzò, fu sorpreso nel ritrovarsi Travis alle spalle. Non aveva sentito l'altra portiera aprirsi e chiudersi e credeva che se ne stesse ancora in auto, al caldo.

«Che fai, Crosby?» disse, arretrando di un passo. Sentiva il bisogno di posare la mano sull'arma che portava dentro la fondina da spalla, ma sapeva che una mossa simile – infilare una mano nella giacca – rappresentava un segnale di ostilità per un altro poliziotto. Non voleva reagire in misura eccessiva e tuttavia la vista di Travis lo rendeva nervoso. Ombre scure erano calate nei solchi del suo volto, nelle grinze sotto i suoi occhi, nelle rughe profonde agli angoli della bocca.

«Pensi mai che avremmo dovuto confessare ciò che avvenne quella sera?» chiese Travis.

Jones inspirò ed espirò profondamente. Ecco: era come se quella storia riemergesse sotto i loro piedi, piantando gli artigli nel terreno per tirarsi su. «Perché parli di questo, ora?»

L'altro tese gli angoli della bocca in un sorriso senza gioia. «Andiamo, Cooper. Tutti noi siamo morti quella sera. Siamo solo dei fantasmi, vero? Tutto è marcio, putrefatto.»

«Parla per te.»

«Fu un incidente. Non volevo farle del male. Non volevo certo… *ucciderla*.» Sull'ultima parola, la voce andò in frantumi.

«Lo so questo. Davvero.»

«Continuo a pensare che, se la cosa fosse finita lì, se avessi avuto il coraggio di confessare…» disse Travis. Lasciò la frase in sospeso e gli occhi vagare fino alla vecchia casa, al luogo in cui era cresciuto. «Il fatto è che *volevo* diventare un uomo migliore di mio padre, un padre migliore di lui. Solo, non sapevo come: non si può costruire un palazzo senza gli attrezzi giusti, lo sai.»

Jones vide che gli veniva da piangere e distolse lo sguardo: non voleva assistere al suo crollo. Gli prudeva la mano, attirata dalla pistola nella fondina. *È troppo tardi per questo, Travis* avrebbe voluto dirgli. *Siamo andati troppo oltre. Tutti i nostri errori, tutto ciò che abbiamo commesso di sbagliato… È parte di ciò che siamo, ormai. Non c'è redenzione: due persone sono morte per effetto di quello che noi abbiamo fatto o non fatto. Le tue lacrime non contano niente.*

Ma era abbastanza sicuro che lui non lo volesse sentire. Avrebbe desiderato la presenza di sua moglie: lei avrebbe saputo cosa dire. Aveva sempre tutte le risposte.

«So di non poter cancellare gli errori: non posso tornare indietro ed essere un padre migliore. Ma posso proteggere mio figlio, ora. Questo posso farlo.»

Quando Jones rialzò lo sguardo, Travis teneva in mano una

pistola, una Smith & Wesson calibro trentotto, la sua vecchia arma d'ordinanza.

«Che stai facendo, Travis?»

«Ciò che devo.»

«Che ha combinato Marshall? Possiamo trovare una soluzione insieme.»

Jones pensò a Maggie, a ciò che gli aveva detto, a quanto si fosse arrabbiata con lui, quella sera, alle accuse che gli aveva scagliato. E capì che aveva ragione su tutto. Anche Travis aveva ragione: erano fantasmi, loro due; né veramente vivi, né nella quiete eterna. Lamenti che si udivano in sottofondo: nient'altro.

«Nascondere la verità non è proteggere.» Persino mentre lo diceva, sapeva quanto fosse squallidamente ipocrita in bocca a lui. «A noi che bene ha fatto?»

Ma scorgeva la cieca determinazione negli occhi dell'altro uomo. E sapeva per istinto che non avrebbe avuto il tempo di estrarre la sua arma: aveva aspettato troppo.

Alzò i palmi in un gesto di resa. Quando vide Travis rilassarsi, gli balzò addosso, sperando che i suoi tempi di reazione fossero rallentati dall'alcol che aveva in corpo. Ma prima che lo avesse raggiunto, uno sparo squarciò la notte.

22

Era un vigliacco. Charlene aveva ragione. Era un cocco di mamma, perché lì voleva stare: a casa con la sua mamma. Solo che, al momento, si ritrovava a girare per The Hollows, indeciso se imboccare l'interstatale che lo avrebbe portato in città. Ma proprio non riusciva a immettersi sulla rampa: l'aveva già superata tre volte. Poteva arrivare a New York, e poi? Andare in un locale? Sperare di trovarla? Non sapeva dove abitassero le loro conoscenze comuni nella zona. Doveva vagare per le strade, scrutando ogni ragazza che passava?

Si passò una mano tra i capelli. Erano duri e appuntiti come l'erba sintetica, con tutto il gel che ci metteva per creare quel look studiatamente incasinato. Il gesto gli risvegliò il dolore al braccio. Non gli pareva normale che un tatuaggio facesse così male. La pelle sotto l'inchiostro era rossa, infiammata e, tamponando, gli era uscito un po' di pus. Ci mancava solo quello: che lo stupido sgorbio si infettasse. Una cosa che avrebbe fatto infuriare i suoi.

Usa le persone. Ha usato te. All'inizio non aveva avuto dubbi che a Charlene fosse successo qualcosa, ma ormai non era più sicuro di niente. Con chi era salita in auto? Dov'era andata? Perché suo padre era convinto che lui le avesse fatto del male? O che mentisse? Sul sedile del passeggero, il cellulare riprese a trillare. «Mamma» lampeggiava ansiosamente sul display. Non rispose. Per quanto desiderasse rispondere, parlare con lei, non lo fece.

Era stanco, si fermò nel parcheggio di una palestra deserta. Era passato dal drive-in del Taco Bell e si era fatto un Enchirito Menu e dei nachos mentre guidava; poi era stato da Starbucks a prendersi un cappuccino con panna montata extra e guarnizione al cioccolato. Insomma, per un po' aveva carburato, la mente che ronzava di grandi progetti, uno dopo l'altro. Ora però, il crollo, quello vero – voleva solo andarsene a casa. Ma non poteva sopportare il pensiero dei suoi: le accuse del padre, l'espressione preoccupata della madre. Se fosse rientrato, non lo avrebbero semplicemente lasciato in pace, ma gli sarebbero stati addosso tutta la notte. Si chiese come fosse vivere in una famiglia in cui non ci si sentiva obbligati a discutere tutto il cazzo di tempo su ogni piccola cosa. Non che quella lo fosse: era una cosa grave, la più grave che potesse capitare. La ragazza che amava era scomparsa. E suo padre lo riteneva coinvolto nell'accaduto.

Si fermò, spense il motore e rimase lì seduto nel parcheggio deserto. Era mezzanotte passata e da un'ora non vedeva altre auto. Appoggiò la testa al finestrino, cominciò a sonnecchiare. E, subito, a sognare. Sognò di impugnare una mazza che, nell'attimo in cui colpiva una palla lanciata da suo padre, emetteva un botto fragoroso e si spaccava in due. Il suono lo svegliò di soprassalto. Poi lo udì di nuovo.

Portato dall'aria della notte, sembrava un colpo d'arma da fuoco. Suo padre gli aveva insegnato la differenza tra uno sparo e il ritorno di fiamma di un veicolo: il primo era come uno schianto, una ripercussione, mentre il secondo era più esplosivo. Tese l'orecchio, ma sentì solo il vento tra le foglie. Abbassando il finestrino colse l'odore di erba tagliata e qualcos'altro, un lievissimo fetore di moffetta. Restò ancora in ascolto, sperando di udire di nuovo il suono, ma niente. Poi il cellulare riattaccò a squillare.

Mentre sedeva lì a guardarlo e a chiedersi se rispondere, sentì che la stanchezza e l'infelicità diventavano insopportabili. Non poteva più restarsene da solo al buio. Girò la chiave e il motore si riaccese rombando. Sapeva dove andare: un posto in cui riposare in santa pace.

Riattraversò la città e svoltò a destra; seguì la strada fin dopo la Hollows High e si portò sulla Blacksmith Bluff, la via di sua nonna. Parcheggiò sul vialetto di Elizabeth, facendo gli ultimi cinquanta metri in folle, come a casa quando non voleva svegliare suo padre. Ma, scendendo dall'auto, notò che la luce in camera da letto era accesa.

Usò la chiave che teneva nel suo mazzo e aprì la porta d'ingresso, dirigendosi nel soggiorno. Accese la luce ed entrò.

«Nonna?»

In fondo alle scale vide una luce che proveniva dal corridoio del secondo piano. Non voleva far venire un infarto alla vecchia signora, né svegliarla se stava dormendo, ma quando udì un flebile gemito lontano, si lanciò su per i gradini. Elizabeth era sul pavimento sotto la botola della soffitta, il bastone ruzzolato più in là.

«Nonna» la chiamò, inginocchiandosi.

«Ricky» gli rispose. «Devi dirlo a tutti.»

Sembrava pallida e avvizzita, lì per terra, così indifesa. Sotto la mano del ragazzo, le sue spalle parevano minuscole e fragili. Il che gli fece paura: era sempre stata una forza, solida e perenne come la vecchia quercia nel giardino sul retro.

«Nonna, va tutto bene.» Si tolse il cellulare di tasca e fece il nove-uno-uno, benché il suo primo istinto fosse di chiamare la madre. E anche se avrebbe potuto sollevare facilmente l'infortunata per trasportarla in camera, ne sapeva abbastanza per non tentare di muoverla.

«Devi dirlo, Ricky.» Lei gli afferrò il polso, con una stretta che era una pressante esortazione.

«Ho bisogno di un'ambulanza al 173 di Blacksmith Bluff» disse lui al centralino. «Mia nonna è caduta. Si è fatta male.»

«Ricky» insisté Elizabeth. «Era già morta quando lui l'ha trovata.»

Non sapeva di che cosa stesse parlando, cercava di concentrarsi sulla voce della centralinista, mentre massaggiava il dorso della mano della nonna per calmarla.

«Ha le idee confuse» disse, senza distogliere gli occhi dai suoi. «Può contattare mio padre? Jones Cooper, capo della sezione investigativa del dipartimento di polizia di The Hollows.»

Gli fu chiesto di attendere in linea fino all'arrivo dell'ambulanza. Si infilò il telefono tra l'orecchio e la spalla.

«Va tutto bene, nonna.» Sentì la centralinista chiedere l'intervento dell'ambulanza. *Arrivo previsto: quattro minuti. Attenda, prego.*

«Era già morta, Ricky. Non l'ha uccisa lui.»

«Nonna, non ti capisco.» Avvertì una fitta di panico. Parlava di Charlene? Sapeva qualcosa? «Nonna? Di che cosa stai parlando?»

Ma lo sguardo di lei era vitreo e distante, gli passava attraverso. Esalò un respiro e allentò la presa intorno al suo braccio. In lontananza, Rick sentì il gemito delle sirene.

Dopo avere chiamato più volte il figlio invano, Maggie non sapeva che cosa fare. Pensò di telefonare a sua madre, ma poi, quando si accorse dell'ora, decise che era meglio di no. Né avrebbe «continuato a cercare» come richiesto da Jones, o preso l'auto per correre dietro a Ricky, finendo per girovagare senza meta. Non riusciva a immaginare qualcosa di più assurdo.

Quindi si ritrovò paralizzata a fissare il cordless che aveva in mano, tentando di individuare il modo di agire più appropriato: ragionevole e costruttivo, e non la reazione isterica di una madre preoccupata o quella timorosa di una moglie sottomessa. Forse Jones non conosceva bene suo figlio, ma lei sì. Avrebbe chiamato o sarebbe rientrato a casa, senza lasciar passare troppo tempo. O, per lo meno, così sperava.

Ma un attimo dopo il telefono stava trillando. Rispose senza guardare il nome sul display.

«Pronto?»

«Dottoressa Cooper?»

Provò un tuffo al cuore, udendo una voce estranea. «Sì, sono io.»

«Qui è Angie Crosby.» Nel contesto caotico di quel momento, esitò a collocare esattamente il nome. La madre di Marshall.

«Oh, Angie.» Per un attimo la sua preoccupazione per il giovane Crosby tornò in primo piano e, con vergogna, si accorse che ne era quasi contenta: una distrazione dalla sua crisi personale.

«È tardi,» disse la donna «mi dispiace.»

«No, non c'è problema. Sono sveglia» la tranquillizzò. «Che è successo?»

Silenzio all'altro capo della linea, poi un pianto sommesso.

«Angie?» insisté. «Che cos'ha?»

«Mi scusi, prima le ho riattaccato in faccia. Non volevo… Ma ora ho riflettuto.»

«Che sta succedendo?» Avvertì un fremito di paura, e qualcos'altro, qualcosa che non avrebbe mai ammesso: il sollievo di avere i piedi ben piantati per terra, di sapere che cosa fare, che cosa dire.

Angie emise qualche altro respiro tremolante, poi: «È venuto qui, prima».

«Okay» disse Maggie. «Ed è successo qualcosa tra voi due. Me ne parli.»

Smettila di fare la strizzacervelli l'avrebbe rimbrottata Jones. *Quelle domande benevole, quelle frasi guida ti servono da scudo, Maggie. Sempre calma, sempre padrona della situazione, sempre in cerca di un modo per essere "d'aiuto". Ma tu dove sei, in tutto questo? Di che cosa hai bisogno? Che cosa senti?* Aveva ragione, in un certo senso. Era sempre molto più facile aiutare gli altri che se stessi. E tuttavia, che c'era di male nell'aiutare gli altri? Era il suo lavoro.

«Gli è successo qualcosa» disse Angie. «È cambiato.»

Lei optò per il silenzio: a volte era meglio di una domanda pressante o di un'affermazione perentoria per indurre le persone a parlare.

«Ha detto che Travis era nel giusto» proseguì l'altra dopo un secondo. «Che tutte le donne sono puttane, che ti usano. Specialmente io.»

Maggie si rese conto che stava stritolando il telefono. Era talmente china sul tavolo che il bordo le premeva sulle costole. Si costrinse a raddrizzare la schiena, trasse un respiro. Sentendo che Angie non continuava, chiese: «L'ha colpita?».

Di nuovo il pianto soffocato. «Mi ha spinto contro la libreria. Ho battuto la testa su uno spigolo: abbastanza forte da perdere conoscenza.»

«Mi dispiace così tanto, Angie. Sta bene ora?»

«Sì, ma quando mi sono ripresa, lui non c'era più.»

Maggie avrebbe voluto maggiori dettagli su come si era svolto l'incontro e su che cosa avesse prodotto quell'escalation di violenza, pur sapendo, già dagli ultimi comportamenti di Marshall nel suo studio, che la rabbia gli montava dentro e attendeva solo l'occasione giusta per traboccare.

«Quando ho parlato con lei, prima, ero sconvolta per l'accaduto» spiegò Angie. «Pensavo di cambiare la serratura e che la prossima volta non gli avrei aperto la porta tanto facilmente, ma non volevo metterlo nei guai, sa... Molti dei suoi problemi sono colpa mia, dottoressa Cooper, e lo so bene. L'ho abbandonato con Travis.»

Si rimise di nuovo a piangere e anche lei sentì che le si velavano gli occhi: udiva così chiaramente il dolore e la frustrazione nella voce dell'altra donna.

«Allora che cosa è cambiato dalla nostra ultima conversazione?» le chiese. «È tornato a casa sua?»

«No, no. Dopo aver parlato con lei, mi sono ricomposta. E ho avuto una tremenda intuizione. Tengo delle armi in casa: una rivoltella e una pistola semiautomatica. Ho il porto d'armi e sono addestrata a usarle.»

«Angie.»

«Sono sparite, dottoressa Cooper. Marshall ha rubato le mie pistole.»

Quelle parole le diedero un immediato senso di malessere, come se non potesse più respirare. Le mille domande incredule che avrebbe voluto porre – *Non le teneva sotto chiave? Come sapeva, lui, che c'erano e dove trovarle? A che ora è successo e quanto ha impiegato a chiamarmi?* – le restarono in gola. Il meglio che riuscì a dire fu: «Oh mio Dio, Angie. Ha telefonato alla polizia?».

La sentì che si soffiava il naso, poi: «No».

«Che cosa?» disse. «Perché no?»

La donna tirò su col naso. «Non voglio che finisca nei guai.»

Maggie emise un respiro lento e prolungato. «Okay. Ciò che deve fare adesso è chiudere questa chiamata e denunciare il furto al locale dipartimento di polizia. Deve dire che Marshall è mentalmente instabile e che è armato.»

«Non voglio denunciare mio figlio alla polizia, dottoressa Cooper.»

«Non ha scelta. Non si tratta più solo di Marshall.»

Si ritrovò a fissare una sua fotografia con Ricky e Jones – tutti eleganti e sorridenti – appesa alla parete di fronte. Il figlio aveva forse tre anni. All'epoca le capitava di pensare quanto fosse difficile proteggerlo dai capitomboli o dalle delusioni, preoccuparsi di quel che mangiava, di quanto tempo passava davanti al televisore. Ma rispetto a ciò che sarebbe venuto dopo, ora quei giorni le parevano idilliaci e innocenti: era incredibile in quanti modi diversi si potesse mancare nei confronti del proprio figlio, senza nemmeno rendersene conto.

«Angie» disse Maggie, cercando di adottare un tono pacato ma fermo. «Segnali il furto delle armi e avverta la polizia della zona, nel caso fosse ancora nei paraggi. Io farò lo stesso qui a The Hollows.»

L'altra restava in silenzio. Maggie la sentiva respirare.

«Angie.»

«Credevo che volesse aiutarlo» ribatté, con voce risentita. *Povero Marshall* pensò Maggie. *Come poteva avere una possibilità con dei genitori così?*

«Questo è aiutarlo. Lo aiutiamo a non fare del male ad altri o a se stesso.» Non era ovvio?

«Okay» disse Angie. «Grazie, grazie tante.»

La sentì sbattere giù il telefono e soffocò un moto di rabbia.

Chiamò Jones e non ebbe risposta. Gli lasciò un messaggio in segreteria. Poi fece il numero della centrale – quello non riservato alle emergenze – e riferì a Cheryl, l'agente di servizio, le novità su Marshall. Infine, in mancanza di altre opzioni, tentò con Chuck, il cui numero era riportato su un biglietto sopra il telefono.

«Ferrigno» disse il detective, riuscendo chissà come a trasmettere stanchezza e irritazione semplicemente scandendo il proprio nome.

«Sono Maggie.»

«Che succede?»

Gli disse di Marshall e delle pistole rubate. «Jones lo sa?» chiese lui, non appena ebbe finito.

«No, non riesco a contattarlo.»

«Okay, devo andare.»

«Perché? Che succede?»

«Resta lì, Maggie. Ti richiamo fra un po'.»

Ferrigno chiuse la comunicazione senza aggiungere una parola. Lei, frustrata per quell'ennesima conversazione interrotta bruscamente, sbatté il telefono sul tavolo, emettendo un piccolo ruggito rabbioso. Non poteva restarsene lì tutta la notte ad aspettare una chiamata: doveva fare qualcosa. Ma non sapeva che cosa. Frugò in cerca del suo cellulare e, quando lo trovò, si rese conto che era scarico. Lo avrebbe ricaricato in auto.

Prima di varcare la soglia, tuttavia, si voltò e riprese in mano il cordless. Lanciò un'occhiata all'orologio mentre componeva il numero che, per qualche ragione, sapeva a memoria, anche se raramente aveva motivo di chiamare Henry Ivy a casa. Forse lo ricordava perché era sempre lo stesso da quando Henry era ragazzo, nella casa in cui era cresciuto, anche se i genitori di lui si erano ormai trasferiti in Florida. L'uomo rispose subito, con voce pronta e ben desta.

«Sono Maggie.»

«Maggie. Che succede?»

«Sto venendo a prenderti. Ho bisogno del tuo aiuto.»

Udì il cigolio del materasso, lenzuola che venivano scostate.

«Okay» disse Henry. «Mi farò trovare pronto.»

23

Il cielo sopra di loro era pieno di stelle. Jones alzò gli occhi verso le cime ondeggianti dei pini. Forse, se avesse distolto lo sguardo avrebbe scoperto che era stato tutto un sogno, un'illusione, un orribile scherzo dell'immaginazione. Ma no: Melody era seduta a gambe incrociate accanto a Sarah, stringendo la sua mano bianca. Dondolava, cantava qualcosa sottovoce.

«Dobbiamo andarcene di qui» disse, quando si accorse che la guardava.

«Dobbiamo chiamare la polizia» ribatté Jones, alzandosi. Si accorse di avere il volto inondato di lacrime: se le asciugò con la manica, ma continuavano a scendere.

«L'hai baciata?» gli domandò Melody, di punto in bianco.

«No.» Jones guardò il corpo di Sarah e seppe che si trovavano tutti sull'orlo di un abisso di dolore e sofferenza, che la vita come la conoscevano era finita. L'avrebbe vista e rivista, negli anni, in ogni cadavere accasciato per terra che gli fosse capitato di trovarsi davanti. E sarebbe stato sempre lo stesso sentimento: un vano, crescente desiderio che le cose fossero diverse, insieme alla certezza che era impossibile tornare indietro, che quelli erano gli ultimi momenti di pace, prima che qualcuno fosse annientato dal dolore.

«Dobbiamo andarcene» disse Melody. «Lui troverà il modo di

scaricare la colpa su di noi. Porterà qui suo padre e troveranno il modo. Riesce sempre a cavarsela.»

Jones stava per protestare, ma lei lo interruppe.

«È la tua auto. Tu le hai dato un passaggio, io ho portato l'erba. Sono fatta anche adesso. Dobbiamo andarcene. Sarah è morta. Non c'è niente che possiamo fare per lei.»

Ripensandoci in seguito avrebbe ricordato come la Murray fosse calma, logica persino, molto più matura dei suoi anni. Lui si sentiva a un passo dalla crisi isterica, sul punto di scoppiare. Lei si alzò e cominciò lentamente a condurlo via dal povero corpo esanime di Sarah.

«Non possiamo lasciarla qui» replicò Jones. «Chiameremo la polizia e diremo che è stato un incidente. È stato un incidente!»

«Dobbiamo andare. Non voglio che anche la mia vita finisca questa sera.»

Tempo dopo, durante la sola e unica conversazione mai avuta sull'argomento, Melody avrebbe giurato e spergiurato che era stato lui a volersene andare, lei a voler restare e chiamare la polizia; avrebbe sostenuto che lui l'aveva praticamente trascinata alla macchina, mentre lei protestava con forza. Ma Jones non rammentava i fatti in quel modo. Nei suoi ricordi, erano tornati insieme alla Mustang. Lui le aveva aperto la portiera, come gli era stato insegnato, e lei era salita. Lasciarono Sarah. La lasciarono nei boschi, al buio, sola. Per tutto il tragitto fino a casa di Melody, Jones lottò contro un reflusso di bile.

«Fa' come dice lui» gli disse la ragazza. «Se sosteniamo la sua versione, saremo salvi.»

Jones accettò e, già mentre lei scendeva dall'auto, gli eventi della serata gli sembravano strani e distanti, come una cosa vista in tivù quando si è già mezzi addormentati: confusa, indistinta, irreale.

Non appena si fermò sul vialetto di casa sua, ecco la madre che lo attendeva sulla porta. Lo attendeva sempre sulla porta o alla finestra, come se si aspettasse, prima o poi, di non vederlo tornare.

«Sei in ritardo» gli disse. Gli aprì la porta a zanzariera. «Ti ho tenuto la cena in caldo.»

«Mi dispiace» rispose lui. «Ho dato un passaggio a Travis Crosby.»

«Dov'è il giubbotto? Fa freddo.»

Dov'era il giubbotto? Più tardi ricordò di averlo messo intorno alle fragili spalle di Sarah e che lei lo aveva gettato a terra mentre scappava. Lo aveva dimenticato. Non ricordava di averlo visto quando erano tornati alla macchina, ma, del resto, ricordava così poco: se n'era andato da lì come stordito dallo choc. L'aveva preso Travis? In quel momento gli venne in mente che le cose di Sarah – lo zaino con i libri, la custodia del violino – erano ancora nel suo bagagliaio. Sentì le ginocchia che gli si piegavano e, un attimo dopo, era davvero in ginocchio ai piedi delle scale, con la testa tra le mani.

«Jones! Che c'è che non va? Che hai?»

Glielo disse. Le disse tutto ciò che era successo dal momento in cui Crosby era salito in auto al momento in cui li aveva mollati nel bosco. E una volta finito di raccontare, sentì un peso che gli si levava dal cuore. La madre venne a sedersi accanto a lui sui gradini, raccogliendo le ginocchia al petto, sotto il malridotto abito bianco da casa. Jones non osava alzare gli occhi per guardarla in faccia, così li posò sulla pelle incartapecorita delle caviglie, sui reticoli di venuzze che le serpeggiavano lungo le gambe. Quando trovò il coraggio di levare lo sguardo, si accorse che lei lo stava fissando, l'espressione del volto indecifrabile.

«Mamma. L'abbiamo lasciata lì. È ancora lì» le disse.

«Come hai potuto farlo?»

«Non lo so. Io non...» cominciò. «Che cosa devo fare?»

«Con tutto quel che ho fatto per te. Come hai potuto farmi questo?»

Lui la fissò a sua volta, incredulo. «A te?»

«Ti porteranno via.»

«Mamma.» Stentava a credere alle sue orecchie.

Abigail aveva una luce folle negli occhi. «Farai come ti ha suggerito la ragazza. Terrai la bocca chiusa e ti adeguerai alle mosse di Travis Crosby.»

«Ma...» disse lui. Il terreno sotto i piedi gli pareva fatto di nebbia: non trovava un appiglio. «Lei è ancora là fuori.»

Sua madre venne a inginocchiarsi davanti a lui e lo prese per le spalle. L'alito le puzzava di fumo.

«Ascoltami. La ragazza è morta: non c'è niente che tu possa fare per lei. Vuoi gettare la tua intera vita nel cesso?»

Ma sapevano entrambi che il punto non era lui o la sua vita. Ormai era una questione tra lui e sua madre: con quel gesto rischiava di separarli. La guardò: gli occhi scuri e spietati, la linea sottile delle labbra serrate, la pelle chiara, arrossata dall'emozione. Non le importava niente di suo figlio, né di quella ragazza morta, abbandonata nel buio.

«Non è giusto.» Ma le parole suonavano deboli e inefficaci, perché Jones, comunque, non si mosse.

In ogni caso, lei non parve sentirle. «Se dovesse essercene bisogno, giurerò che sei venuto subito a casa. A chi pensi che crederanno? A me o a quella tossica sciamannata e a quel piccolo delinquente di Crosby?»

Era rimasto lì seduto a sentirla parlare, finché la madre non lo aveva sospinto – sempre pontificando – in cucina e non gli aveva messo davanti la cena. Dall'odore nauseante.

Abigail era una pessima cuoca. Tutto ciò che preparava era troppo condito o troppo cotto. Jones spostò pezzi di cibo nel piatto con la forchetta, mandò giù qualche boccone per farla contenta.

Il resto della serata trascorse in maniera confusa: una doccia, i compiti, poi il letto come tutti gli altri giorni. Solo che lui era ancora nel parco con Sarah e lei era viva, e lui la baciava. E magari le chiedeva di uscire venerdì sera. Era una ragazza carina: gli piaceva il modo in cui si era sentito con lei accanto, in auto. Si chiese come sarebbe stato tenerle la mano. E invece era stesa a terra, rigida e sempre più fredda.

Dopo che Abigail se ne fu andata a dormire, guardò dalla finestra e vide che aveva cominciato a scendere una nevicata leggera. Cedette: non poteva lasciarla laggiù. Prese un giaccone dall'armadio e uscì di casa, facendo scivolare la Mustang all'indietro lungo il vialetto e avviando il motore solo quando fu in strada. Ciò nonostante, mentre partiva, vide accendersi la luce in camera di sua madre.

Quando arrivò al parco, il viale di accesso era coperto da un sottile strato di neve scintillante. Il cancello grande era stato chiuso con il lucchetto: in tanti anni che ci veniva non era mai successo. Lo scavalcò senza difficoltà, dopo aver parcheggiato lì davanti. Sentiva il pizzico freddo dei fiocchi di neve sul viso, sul collo, sulle mani.

Si aspettava di ritrovare il giubbotto all'inizio del sentiero, dove Sarah lo aveva lasciato cadere, ma non c'era più. Seguì la stradina fino alla scaletta di pietre e fissò il punto in cui l'avevano abbandonata. Il corpo era sparito.

Con la neve leggera che copriva il terreno, non c'era più alcuna traccia della loro presenza lì. Jones avvertì una scintilla di speranza. Si erano sbagliati? Sarah si era alzata da dove giaceva e aveva ritrovato la strada di casa? Arrivò all'inizio della scala e guardò in basso. Vedeva bene fino in fondo, ma laggiù non c'era nessuno. Percorse un tratto di sentiero guardando tra i cespugli, chiedendosi se, forse disorientata, non si fosse addentrata nel parco. Ma non c'era proprio nessuno, lì. Alla fine se ne andò, la neve che gli scricchiolava sotto i piedi, il vento che aumentava gemendo tra gli alberi. Mentre faceva ritorno all'auto, la neve fresca stava già coprendo le sue impronte. Quando la raggiunse, erano ormai quasi completamente sparite.

Jones impiegò un secondo a realizzare che si trovava a terra, fuori, al gelo. La mano gli corse immediatamente alla pistola, ma la fondina era vuota. Passò alla cintura, in cerca del telefono: niente anche lì. Provò più rabbia che paura: perché aveva abbassato la guardia con Travis Crosby? Poi ecco il dolore, bruciante, nel fianco, e un orribile stretta nel petto. Si domandò lucidamente: *È finita?* Sarebbe andato incontro alla morte, come Sarah, solo sulla terra fredda, a chilometri da chiunque lo amasse? Sapeva di non meritare di meglio, ma... No, non sarebbe andata così. Col cazzo.

L'Explorer era solo a cinque o sei metri di distanza. Al suo interno la radio, ovviamente. Nel bagagliaio c'era un fucile, nascosto in un vano chiuso a chiave sotto il tappetino. Udì voci lontane, all'aperto. Giungevano oltre le cime degli alberi, si disperdevano nell'aria; era difficile dire da che direzione o a che distanza. Poi sentì un grido lacerante, se di rabbia o d'agonia, di uomo o di donna, non riuscì a capire con certezza. Ma lo esaltò, gli provocò una scarica di adrenalina in tutto il corpo e, un istante dopo, arrancava carponi verso il suv.

Da qualche parte udì la suoneria di un cellulare. Sembrava il suo, ma non aveva la forza né il tempo di provare a cercarlo; Travis doveva averlo gettato tra i cespugli, lì vicino. Radio o fucile? Prima il fucile, decise.

Quando raggiunse il retro dell'Explorer, si aggrappò paraurti per rimettersi in piedi. Il dolore che sentì sembrò scuotere il mondo intero. Il respiro gli usciva spezzato e gli faceva dolere il petto, la schiena, l'addome. La camicia e il giaccone erano inzuppati di sangue, ma il proiettile doveva averlo colpito solo di striscio, al ventre: qualche vantaggio nell'essere ingrassato c'era. Si tolse le chiavi di tasca e, con un immenso sforzo, premette il portello posteriore per aprirlo. Scostò facilmente il tappetino, aprì il vano e prese il fucile, carico. Nel suo stato, gli parve insostenibilmente pesante: se si fosse trovato nelle condizioni di sparare, il rinculo l'avrebbe messo ko.

Una volta armatosi, si diresse alla radio per chiedere rinforzi. Ma un secondo grido lacerò la notte. Jones sentì un brivido lungo la schiena, un dolore pulsante nel petto. Dopo l'urlo, l'aria parve innaturalmente silenziosa, quindi si udì la forte detonazione di un'arma da fuoco. E un'altra. Poi più nulla. Jones strinse il fucile e si addentrò nel bosco sul retro di casa Crosby.

Maggie osservò Henry che usciva dalla porta d'ingresso e la chiudeva a chiave. Si chiese quante volte gliel'aveva visto fare negli anni della loro amicizia. Ai tempi del liceo lui non aveva un'auto e, l'ultimo anno, lei lo scarrozzava spesso in giro, gli dava un passaggio andando a scuola. Sentì il familiare slancio di affetto per lui e il senso di gratitudine per il loro legame duraturo. Qualche volta, come quella sera, si sentiva più vicina a lui che al marito.

Avevo sempre creduto che sposassi Henry le aveva detto Elizabeth poco prima del matrimonio con Jones.

Henry? No.

Perché no?

Non c'è passione, mamma. Nessuna chimica.

Voi giovani non lo volete proprio capire. La chimica non serve, anzi, vi complica la vita.

Che cosa? Tra te e papà non c'era chimica?

Oh sì, tra noi sì aveva detto lei con un sorriso malizioso.

Mamma!

All'epoca, Maggie trovava assurdo sostenere che la passione non servisse a nulla. Era abbastanza sveglia da sapere che non bastava, da sola, a far durare un matrimonio, ma capiva pure che senza non restava niente: anche una fiamma eterna ha bisogno di una scintilla d'accensione. Dopo quasi vent'anni di matrimonio e di esperienza, tuttavia, cominciava a comprendere ciò che intendeva sua madre. Alcuni credevano che la scintilla fosse tutto, continuavano a cercarla, a volerla, lasciandosi dietro una scia di rapporti finiti. Le sue pazienti avevano quelle avventure scabrose e chiudevano la relazione ufficiale solo per scoprire che non appena la vita di ogni giorno – conti, lavoro, parenti impiccioni – faceva capolino, anche la nuova passione diventava la solita vecchia solfa.

Henry arrivò quasi di corsa all'auto e salì al posto del passeggero.

«Che succede?» domandò. Allungò una mano e si allacciò la cintura.

Lei gli disse tutto: di Jones e Ricky e di Angie Crosby, secondo cui Marshall aveva rubato le sue pistole. Henry ascoltò attentamente, annuendo, gli occhi fissi su un punto imprecisato tra loro.

Alla fine rimase in silenzio un momento. Poi: «E allora, che facciamo?».

Maggie l'osservò. Notò le rughette sotto gli occhi, le tempie ingrigite. Era più affascinante ora che ai tempi del liceo, si disse, come se finalmente si fosse adattato al suo aspetto. Quando l'uomo alzò gli occhi, lei distolse rapidamente lo sguardo, vergognandosi di aver pensato una cosa simile in un momento del genere.

«Speravo che avessi qualche idea.»

Henry si sistemò i polsini della giacca.

«Be', sono andato dai Crosby, oggi.» La informò del suo incontro con Travis. Lei capì che lo aveva turbato, risvegliando vecchi ricordi e sentimenti, ma lui, con voce neutra, si limitò a riferire i fatti e Maggie preferì non indagare.

«Marshall non è da Leila e famiglia» disse infine. «Loro stanno prendendo le distanze. Se si fosse presentato lì, la zia mi avrebbe chiamato.»

Allora si ricordò del cellulare e lo cercò, frugando nella borsa, quindi lo attaccò al caricabatterie che pendeva dall'accendisigari.

«Non so se andare a cercare Ricky o Marshall» disse, fissando il display. Era così lento a caricarsi che persino con lo spinotto inserito impiegava del tempo a riattivarsi.

«Rick è sveglio e con la testa sulle spalle» osservò Henry. «Non farà niente di stupido.»

Fu contenta di sentirglielo dire. Lei si fidava di suo figlio e le faceva piacere scoprire che non era acritico orgoglio materno.

«Marshall, invece, è in una brutta situazione» proseguì Henry. «Se la polizia lo trova armato, potrebbe essere la fine per lui.»

«Henry» esclamò, guardando l'amico. La sua fronte era solcata dalla preoccupazione. «La polizia che lo trova armato è lo scenario migliore. Mi preoccupa ciò che potrebbe succedere se *non* lo trova. E in fretta.»

«Okay» disse l'uomo, stropicciandosi gli occhi. «L'unica possibilità che mi viene in mente è andare a casa di Capo Crosby. La proprietà è totalmente isolata ed è tardi. Marshall, a quanto ne so, è rimasto in buoni rapporti con il nonno. Non vedo dove altro potrebbe andare.»

Suonava logico, anche se Maggie temeva un incontro con il vecchio Crosby. C'era qualcosa in quegli occhi lattiginosi che le metteva puntualmente addosso la voglia di fuggir via. Forse era solo l'odio intenso che sua madre nutriva per lui: le scelte di Elizabeth avevano sempre un che di contagioso. Accese il motore.

«Stavo pensando che Ricky potrebbe essere andato a casa di mia madre» aggiunse, quasi riflettendo ad alta voce. «Ma non riesco a immaginarlo che la disturba nel cuore della notte. E se lui fosse lì, lei mi avrebbe chiamato.»

Fece manovra e percorse il vialetto in retromarcia. Henry le posò una mano sulla spalla. «Sta bene» disse. «Magari si è intrufolato in casa della nonna ed è andato a dormire. Vuoi che passiamo per vedere se c'è la macchina?»

L'idea la tentava, ma Elizabeth viveva dall'altra parte della città e Ricky era al sicuro se si trovava lì. La vera emergenza era Marshall. Lo disse a Henry.

«Dov'è Jones?» le chiese lui.

«Non ne ho idea.» Non voleva suonare brusca o arrabbiata, ma d'altronde lo era. Perché dover contare su un amico in un momento critico? Perché non poteva avere accanto suo marito?

«Andrà tutto bene,» la rassicurò Henry «vedrai.»

Ma il nodo che sentiva nello stomaco le diceva qualcos'altro.

24

Le voci non si sentivano più. Era solo con il suo respiro, mentre avanzava faticosamente nel bosco. L'unica luce proveniva dalla luna d'argento sopra di lui. Giù, vicino al lago, vide la vecchia rimessa delle barche. Sapeva che il capo aveva un'imbarcazione, un vecchio cabinato. Ricordava di averlo preso qualche volta con Travis per andare a pesca, bersi un goccio, sdraiarsi a prua. L'ultima volta che gli era capitato di parlare con il capo, il vecchio gli aveva detto che navigava ancora, che lo usava per pescare.

Si fermò, cercando di regolarizzare il respiro, di ignorare il dolore al fianco e quello al petto. Nel cielo sopra di lui vide l'ombra di un grosso uccello che volteggiava: un allocco che sfruttava la poca luce per cacciare. Un attimo dopo era di nuovo in ginocchio. Se avesse creduto in Dio, avrebbe scelto quel momento per pregare, ma non ci credeva: non credeva in niente. Neppure in se stesso.

Dopo avere scoperto che il corpo di Sarah non c'era più, Jones era andato a casa di Crosby e aveva visto il grosso pickup rosso del capo parcheggiato davanti alla rimessa. Prima ancora che spegnesse il motore, Travis gli si fece incontro sui gradini dell'ingresso. Aveva le mani in tasca, la figura ingobbita come un avvoltoio. Oltre la porta a zanzariera, Jones vide l'imponente figura di Capo Crosby.

Mentre scendeva dalla Mustang, sentì il ticchettio del motore che si raffreddava nell'aria notturna.

«Che ci fai qui, Cooper?» Travis gli venne vicino.

«Dov'è?» chiese.

«Chi?» Il ragazzo assottigliò gli occhi in quella che gli parve la caricatura di un'espressione minacciosa. Ma lui, guardandolo, non vedeva altro che paura.

«Sarah.»

«Non so di che cosa stai parlando.» Travis spostò il peso del corpo all'indietro e guardò il cielo.

«Andiamo, Crosby. È stato un incidente.»

In quel momento il capo uscì di casa. Jones lo fissò e avvertì la solita paura che provava quando aveva intorno quell'uomo. Era un demonio, un mostro – l'avrebbe capito pienamente solo in seguito – ma in quel momento era anche un'autorità, uno che tutti, a The Hollows, guardavano con rispetto e ammirazione. La sua vista li zittì entrambi.

«Ragazzo» disse il capo. «È finita. Vattene e tieni la bocca chiusa.»

«No. Dov'è?» Il suo corpo era scosso da un tremito: di paura, di rabbia. L'espressione sul volto di Travis era lo specchio del suo cuore.

Capo Crosby scese i gradini di casa e li raggiunse con passo disinvolto. «Hai dimenticato lì il giubbotto» disse. «C'è il suo sangue sopra, dappertutto.»

Di nuovo Jones ricordò che aveva le cose di Sarah nel bagagliaio. L'uomo dovette leggergli il panico in volto, perché emise la tipica risata dei Crosby, quella che Jones avrebbe udito ogni volta che sentiva ridere Travis.

«Be', vedo che non sei uno stupido come il tuo vecchio» disse Capo Crosby. «La domanda è: sei un vigliacco come lui?»

Quelle parole lo trafissero nel profondo. In un istante tutta la sua rabbia, persino la paura lo abbandonarono: era soltanto paralizzato dalla vergogna. E fu in preda a quella vergogna che prese ogni decisione nelle ore successive. E negli anni successivi.

Gli ci volle un secondo per distinguere Marshall dall'albero cui era appoggiato. Il ragazzo era seduto a terra con una pistola in mano. Alla luce della luna appariva pallido come uno spettro, debole, afflosciato come uno spaventapasseri privo del sostegno.

Era così strano vederlo lì che, per un attimo, Jones pensò a un'allucinazione. Quella inquietante commistione di passato e presente lo disorientava. Se fosse stato in piedi, anziché in ginocchio, sarebbe forse passato oltre, tanto il ragazzo era immobile e silenzioso.

«Sei ferito, figliolo?» chiese.

Marshall non pareva sentirlo; sembrava assente, inebetito. Jones si alzò e gli si avvicinò lentamente. Allungò una mano, gli tolse la pistola, una semiautomatica. Era calda al tocco: aveva sparato di recente. Dal peso si capiva che era carica. Il ragazzo non oppose resistenza e lasciò ricadere il braccio lungo il fianco. Jones infilò l'arma nella fondina vuota.

Marshall girò la testa, alzò gli occhi su di lui. «Come lo capisci se sei una persona buona o cattiva?» domandò.

Jones non conosceva la risposta. Come poteva? Pensò di nuovo a sua moglie: se fosse stata lì, avrebbe saputo cosa dire. Maggie era sempre sicura su quel genere di cose. Conosceva la risposta alle domande difficili.

«Non lo so» disse. Aveva la sensazione che il momento richiedesse sincerità e che quello fosse il massimo di onestà che poteva offrire. «Non lo so proprio.»

Il giovane Crosby annuì lentamente e lo guardò con un'espressione che pareva di gratitudine.

«Che è successo qui, Marshall? Parlami. Dov'è tuo padre?»

Ma il ragazzo aveva lo sguardo vacuo di chi sta entrando in uno stato di choc. Jones si chinò su di lui: non sembrava ferito. Non c'era sangue, né alcun segno di un trauma fisico.

«L'hai portata qui? È qui che hai portato Charlene dopo averla fatta salire in auto?»

L'altro annuì, assente. «Mi dispiace. Mi dispiace per ogni brutta azione...»

«Marshall» disse Jones. Si chinò a raccogliere il fucile, che gli era sfuggito quando era caduto in ginocchio. «Dov'è, figliolo?»

In quel momento gli parve di scorgere un lampo di luce e sentì avvicinarsi un veicolo. Sperò che fosse Chuck: non era poi così improbabile che si dirigesse a casa di Crosby, una volta finito con Strout, in cerca di Marshall. Avrebbe visto il suv sul vialetto, notato che il fucile era stato rimosso dal suo alloggiamento. Si sarebbe inoltrato nel bosco con la pistola spianata, da poliziotto in gamba qual era.

Perché non aveva detto a qualcuno dove andava o chiamato rinforzi? Poteva giustificarsi chiamando in causa l'urgenza della situazione, la fretta di arrivare a Charlene (sempre che si trovasse veramente lì), ma in realtà era solo per la sua solita arroganza, per avventatezza: gli stessi difetti che lo avevano spinto ad abbassare la guardia con Travis, poi a dirigersi verso la rimessa delle barche anziché cercare prima aiuto.

Guardò il ragazzo a terra, anche se, a dire il vero, non era più un ragazzo, con l'ombra di barba sulle guance, alto almeno quanto il padre. Se avesse avuto le manette con sé, lo avrebbe fatto mettere a pancia sotto, bloccandogli le mani dietro la schiena. Ma erano sparite anche quelle e, in ogni caso, aveva la netta sensazione che Marshall non sarebbe andato da nessuna parte.

«Resta dove sei» gli ordinò. «Non muoverti finché non torno a prenderti.»

«Sì» disse lui, ma Jones ebbe l'impressione che stesse rispondendo a una domanda che non gli aveva posto.

Quella sera aveva lasciato la proprietà dei Crosby e, come gli era stato chiesto di fare, non disse mai più una parola di quel che era accaduto a Sarah. Quando tornò a casa, sua madre era sull'orlo della crisi isterica: dov'era stato? Che cosa aveva fatto?

«È finita» le disse. «Non è mai successo.» Ed era la verità.

Tenne gli effetti personali di Sarah chiusi nel bagagliaio per alcuni giorni, mentre intorno a lui infuriava la tempesta delle ricerche, poi del corpo ritrovato a chilometri dal punto in cui Jones l'aveva lasciata morta. Si aspettava da un momento all'altro che la polizia arrivasse con quel giubbotto, e di dover dare un bacio d'addio alla sua vita, alle sue speranze. Di fatto, quasi lo desiderava: che uomini in uniforme varcassero la sua soglia per portarlo via.

La sera del ritrovamento, spostò le cose di Sarah nella soffitta. Sua madre non ci saliva mai e anche se l'avesse fatto, avrebbe finto di non vedere, perché lei era fatta così.

Sapeva che avrebbe dovuto sbarazzarsi di quegli oggetti, bruciarli o portarli lontano da The Hollows, dove nessuno li avrebbe mai trovati, ma non lo fece. Non ci riusciva. Finché li teneva con sé, poteva aggrapparsi alla speranza, alla speranza di fare un giorno la cosa giusta, di essere l'uomo che avrebbe voluto e dovuto essere. Quel giorno, tuttavia, non arrivò mai: era un vigliacco, lo era sempre stato, proprio come suo padre. Quel padre che non era riuscito a gestire la cosa più semplice del mondo: esserci per la propria famiglia. Non aveva avuto neppure quella forza. Perché il figlio avrebbe dovuto essere diverso?

Non disse mai una parola. Nemmeno quando la sensitiva puntò il dito contro Tommy Delano e lui confessò dov'era sepolto il corpo, così lontano dal vero luogo del decesso. Nemmeno quando venne a sapere che Sarah era stata mutilata, tagliuzzata con un rasoio, violata sessualmente. Chi le aveva fatto quelle cose? Pensò a quella ragazza così carina e dolce, così forte e onesta. Gli era quasi insopportabile l'immagine di lei, come l'aveva vista nella bara aperta: gonfia, innaturale, con le ferite sul viso coperte di cerone. Lui sapeva come era morta: Travis non l'aveva violentata. A meno che... A meno che non fosse tornato più tardi a seviziarla... Ma Travis Crosby non era così, vero? Non poteva averle fatto quelle cose.

Jones non capì mai il ruolo di Tommy Delano nella vicenda e perché dicesse di averla uccisa, quando non era vero. La confessione, il processo, la sentenza... Per tutto il tempo nessuno di loro disse una parola. Solo una volta, dopo il funerale di Sarah, Jones e Melody Murray discussero di quell'orrore. Lui la trovò che l'aspettava accanto alla macchina. Aveva parcheggiato lontano dalle pompe funebri, e la ragazza lo attendeva nell'ombra, tra gli alberi lì vicino.

«Che vuoi, Mel?» domandò. Non la guardò in faccia, limitandosi ad aprire la portiera.

«Mi serve un passaggio.» Jones considerò la possibilità di salire in auto e andarsene senza una parola: non la voleva accanto, non voleva parlare con lei. Ma non poteva lasciare un'altra ragazza sola nel buio.

«Sali» acconsentì, e lei lo fece.

Si portò sulla strada, mentre dietro di lui la gente sciamava dal luogo della funzione, tornando verso i veicoli posteggiati, diretta a casa, impietrita dall'orrore.

«Perché l'hanno esposta così?» chiese Melody. «Perché ci hanno costretto a guardarla in faccia?»

Pareva distrutta, annientata dal dolore e dalla paura.

«Dov'è tua madre?» domandò Jones.

«Dov'è la tua?» ribatté lei.

Poi calò il silenzio, un orrendo silenzio tra i due, mentre realizzavano quanto fossero soli con la loro oscura consapevolezza.

«Chi l'ha ridotta così, Jones? Chi l'ha tagliata in quel modo? Chi l'ha stuprata? Tommy Delano non l'ha uccisa. È stato lui a farle quelle cose?»

«Non lo so» le disse. «Non lo so.»

«Ho sentito che ci sono più di duecento tagli sul suo corpo.»

«Smettila.»

«Abbiamo sbagliato tutto, Jones. L'abbiamo lasciata lì.»

«*Tu* hai voluto lasciarla lì.» Accostò sul ciglio della strada e si fermò.

«No» lei scosse il capo. «No.» Poi scoppiò a piangere. «Ero così terrorizzata» gemette. «Terrorizzata.»

Jones emise un sospiro profondo e per un orribile istante rimpianse che non fosse stata Melody a morire quella sera, desiderando che seduta al suo fianco ci fosse Sarah. *Lei* non avrebbe fatto l'isterica: sarebbe stata forte e coraggiosa. E avrebbe fatto la cosa giusta, quella sera. Non avrebbe abbandonato il corpo della sua amica perché fosse predato, violato. Ma la verità era che l'unica persona buona tra tutti loro se n'era andata per sempre.

«Non parlarne mai, Melody. Non dirlo ad anima viva e non ricordarlo più neanche a me. Lei è morta. Niente potrà cambiare questo fatto, niente.»

La ragazza lo guardò con una disperazione così evidente che Jones distolse gli occhi. Ogni volta che li avesse posati ancora su di lei, negli anni, l'avrebbe rivista. Sarebbe stata sempre lì, sotto la superficie. Ma Melody non avrebbe più parlato di Sarah. Non con lui.

In seguito, quando Tommy Delano si impiccò in prigione, la sua morte creò un sigillo che non si poteva più spezzare.

La rimessa delle barche di Crosby era più malridotta di quella originariamente destinata alle carrozze, adiacente alla casa padronale. Quando Jones ci entrò, vide che il tetto era crivellato di buchi, squarci frastagliati da cui si scorgeva il cielo. Le assi del pavimento cigolavano sotto i suoi piedi. Le acque del lago lambivano il molo, e la barca, ormeggiata con una lunga cima, sbatteva con ritmo lento contro il profilo in gomma che circondava il pontile.

«Crosby!» tuonò «Mi hai mancato. Pessima mira anche a distanza ravvicinata.»

La sua voce gli tornò indietro: suonava forte, sicuro di sé, ma era spaventato, con il cuore che gli martellava nel petto. Era circondato dalle ombre: Travis avrebbe potuto balzar fuori da ogni angolo con la pistola spianata.

Sul molo, vicino alla poppa della barca, vide quello che gli pareva un cumulo di vele ripiegate. Avvicinandosi scoprì che si trattava del capo, il petto gigantesco, il ventre enorme che si innalzavano come montagne. Udì un rantolo raccapricciante, un raschio che proveniva dalla gola del vecchio. Nella semioscurità, notò il sangue che gli sgorgava al centro del corpo.

Jones gli si inginocchiò accanto. Conosceva quello sguardo vuoto, la fissità di occhi che già vedevano cose precluse ai viventi. Gli pose una mano sulla spalla. Sapeva che avrebbe dovuto provare qualcosa – compassione, dolore, rimpianto – qualcosa di diverso dall'indifferenza che avvertiva sempre di fronte alla sofferenza.

«Dov'è il mio giubbotto, vecchio?» chiese.

Era l'unica cosa che gli veniva da dire. L'altro mosse la mascella, come per dire qualcosa, ma poi si limitò a sospirare. E Jones avrebbe giurato che, subito prima di esalare l'ultimo respiro, Capo Crosby avesse sorriso. Poi, finalmente, sentì il gusto amaro dell'odio che montava. Odio per Capo Crosby e per ciò che li aveva costretti a fare, tanti anni prima. Odio per se stesso, che aveva accettato.

«È morto?»

Si voltò con il fucile in mano. C'era una sagoma scura all'ingresso della rimessa.

«Non ti muovere» disse Jones. «Mani in alto.»

La figura obbedì prontamente. «Jones, sono io, Henry Ivy.»

Avvertì un moto di sollievo. «Ivy, che ci fai qui?»

«Sono venuto con Maggie.»

Lo disse come se avesse dovuto suonare logico. Intorno stava calando la nebbia. Jones si ritrovò a concentrare tutta l'attenzione sul suono prodotto dalla barca contro il molo, sullo strano odore che veniva dal corpo del capo. Perché Ivy andava in giro con sua moglie nel cuore della notte? Ma si sorprese ad annuire. Certo! Non avrebbe potuto restarsene ad aspettare accanto al telefono, mai. E chi altro poteva chiamare per accompagnarla se non Ivy? Se non l'amico d'infanzia che l'amava (lei era troppo ingenua per capirlo) in silenzio da decenni?

«Dov'è?» chiese, abbassando la pistola. «Dov'è mia moglie?»

«Con Marshall» rispose Ivy, spostandosi alla luce. «Sei ferito?»

«Sta bene? Maggie sta bene?»

«Benissimo. Si sta prendendo cura di Marshall. Il capo è... morto?»

«A quanto pare sì» confermò Jones, lanciando un'altra occhiata al corpo.

Si chiese se Ivy avesse sentito la domanda che aveva posto al vecchio e, nel caso, se fosse in grado di darle un senso. Si chiese se qualcuno avrebbe pianto Capo Crosby. E se era stato suo figlio o suo nipote a ucciderlo. Il professore stava fissando il cadavere sul molo con uno sguardo privo di espressione.

«Devi chiamare rinforzi» gli disse.

«Già fatto. Appena abbiamo visto la tua auto, abbiamo chiamato il nove-uno-uno.»

In quel momento, Jones udì l'urlo delle sirene.

«Non hai un bell'aspetto. Lascia che ti aiuti.»

«È stato Travis a spararmi.»

Persino mentre lo diceva, non sembrava reale: sembrava una cosa successa anni e anni prima, il cui ricordo fosse già sfocato. La realtà concreta intorno a lui andava scomparendo: il molo sotto i suoi piedi, Henry Ivy di fronte a lui. Cominciava a vedere bagliori di luce bianca davanti agli occhi.

L'uomo gli andò incontro dicendo qualcosa, tendendo le mani per aiutarlo, ma Jones non lo sentiva. Stava pensando a Charlene, pensando che se Marshall avesse voluto nasconderla nella proprietà, poteva averla portata sulla barca: era isolata dalla casa, l'acqua avrebbe attutito e disperso ogni rumore. Si domandò se, come sempre, avesse troppo poco da dare e se fosse troppo tardi per darlo.

Riuscì a scendere dal molo incespicando e a salire sull'imbarcazione, che oscillò sotto il suo peso. Per poco non perse l'equilibrio. *Non cadere* si disse. *Se cadi ora, non ti rialzi più.* Sentì Ivy che lo chiamava, le sirene più vicine, ma lui arrivò semplicemente alla stretta scala che portava alla cabina e, con un certo sforzo, scese.

Ed eccola lì. Per un attimo credette di avere di fronte un altro cadavere, una vita spezzata, abbandonata. Era immobile e pallida, legata ai polsi e alle caviglie, la testa piegata da un lato. Un pezzo di nastro isolante grigio le copriva la bocca. Avvertì il tremendo senso di perdita di quella notte nel parco, quella rabbia impotente a lui ben nota per una cosa che non poteva cambiare. Ma poi lei aprì gli occhi e lo vide. Jones pensò che iniziasse a dimenarsi: invece la ragazza richiuse gli occhi e si mise a piangere.

Lui le fu subito accanto, la slegò e le tolse il nastro adesivo dalla bocca. Quando le sciolse i polsi e la ragazza gli mise le braccia intorno al collo singhiozzando, si ritrovò a singhiozzare anche lui, non solo per Charlene, o per il dolore che provava al petto e che minacciava di stroncarlo, ma, finalmente, per Sarah e per la parte di sé che era morta con lei.

«Marshall, dimmi che è successo.» Maggie si inginocchiò accanto al ragazzo.

Si tolse il cappotto e glielo mise intorno. Era pallido e tremante. Lo sguardo di Maggie tornava di continuo verso il folto degli alberi dove aveva visto sparire Henry, guidato dal suono della voce di Jones.

«Crosby!» l'aveva sentito urlare, ma non aveva afferrato il resto.

Marshall le prese la mano e la strinse. Lei represse l'impulso di scostarsi: qualcosa in quella stretta disperata, lo sguardo folle negli occhi di lui, l'atterriva e la svuotava, come se il giovane le risucchiasse la vita stessa. Cercò di ritrarsi un poco, ma la presa era troppo forte.

«Aveva ragione» disse Marshall e la tirò più vicino. «Aveva ragione su tutto.»

Il modo in cui lo disse, ringhiando fra i denti serrati, le diede i brividi.

«Chi?»

«Mio padre.»

«Marshall, no.»

Ma un attimo dopo, ecco Henry che usciva dagli alberi portando Charlene, come una bambolina di pezza logora e sporca tra le sue braccia, con Jones che arrancava dietro di loro. Maggie colse il bianco grigiastro innaturale della sua pelle. Chiamò a raccolta tutte le forze per sfuggire alla morsa di Marshall e si alzò per correre incontro a suo marito.

«Mi dispiace» le disse lui, non appena lo ebbe raggiunto. Tra le sue braccia perse l'ultimo residuo di forza e il suo peso li trascinò entrambi a terra.

«Mi dispiace così tanto» ripeté.

Poi, come in un sogno, il bosco di Crosby si riempì di luce e di persone che Maggie conosceva, persone che conosceva da sempre, ciascuno con la divisa della sua esistenza da adulto – paramedici, agenti di polizia… – in una sorta di macabra festa mascherata.

«È viva?» domandò a Henry, il quale affidò Charlene a un paramedico e rimase immobile con aria sbigottita.

«Sì, grazie a Dio. Sì» le rispose, mettendosi in ginocchio accanto a loro. «L'hai salvata, Jones.»

Lui scosse il capo. «Ho solo avuto fortuna.»

Sull'ambulanza, Maggie sedette accanto a suo marito, tenendogli la mano. Aveva una maschera per l'ossigeno sul volto, il davanti della camicia era zuppo di sangue. Ogni respiro pareva una dura conquista.

Lei sentiva la propria voce ripetere di continuo: «Va tutto bene, va tutto bene, va tutto bene» e si era stampata in faccia un sorriso confortante. Non voleva che Jones, guardandola, capisse che cosa provava: gelido terrore.

Dal lunotto dell'ambulanza, vide Marshall condotto via dagli agenti, le braccia ammanettate dietro la schiena.

«È ancora là fuori» sentì dire a Chuck. «Ci serviranno più uomini per trovarlo nella proprietà: sono ettari ed ettari da battere a tappeto.»

«Hanno preso Crosby?» chiese Jones da sotto la mascherina.

«Travis? No» gli rispose.

«Il vecchio è morto» precisò Jones.

«Ne parleremo dopo. Può occuparsene Chuck.»

Si fece forza per tenerlo steso sulla barella, ma di fatto lui non provò ad alzarsi come si era aspettata, annuì soltanto e chiuse gli occhi.

«Ti amo, Jones» gli disse. Ma lui non parve sentirla.

Quando arrivarono all'ospedale, c'era già un carosello di furgoni della tivù e di auto della polizia parcheggiate con i lampeggianti accesi che giravano in silenzio. Dal vetro posteriore, Maggie vide Charlene che veniva tirata fuori da un altro veicolo e trasportata di corsa nell'edificio, inseguita da un nugolo di giornalisti e di flash. Sembrava incredibilmente piccola sulla lettiga: la bambina che in effetti era. Gli occhi di Charlene spaziarono oltre il punto in cui si trovava Maggie, senza vedere. Quell'immagine la riempì d'orrore, per tutto ciò che la ragazza aveva passato, per tutto ciò che l'aspettava: non ultimo il circo mediatico che avrebbe certamente fatto seguito a quell'evento terribile. Sotto i suoi occhi arrivò Melody, correndo, e prese la mano alla figlia. Maggie constatò, colpita, che non era isterica, non faceva sceneggiate davanti alle telecamere: appariva forte, l'espressione impassibile. Gli agenti di polizia tenevano indietro i reporter all'ingresso del pronto soccorso e, un attimo dopo, furono lei e Jones a ritrovarsi al centro della bufera: lui, in barella, che veniva spinto verso l'ospedale, lei che gli correva dietro, cercando di ignorare grida e telecamere.

Che è successo? Può dirci che cosa è successo a Charlene Murray? Starà bene? Lei chi è? Qual è il suo rapporto con la vittima?

Maggie avrebbe voluto coprirsi le orecchie, invece tenne solo lo sguardo fisso sul marito e si sentì pervadere da un senso di sollievo non appena oltrepassarono il cordone di polizia che si era formato. Poi il caos e il rumore svanirono dietro le porte chiuse.

Come hanno fatto a scoprire così in fretta ciò che è successo? si domandò. Pareva quasi che fossero rimasti in agguato, magari intercettando le frequenze della polizia. *Ma certo, certo che è andata così!*

«Lei deve aspettare qui: non può proseguire.» Una giovane (come poteva una ragazza tanto giovane lavorare in ospedale?) le si parò innanzi, ponendole una mano decisa sul braccio.

«È mio marito» protestò Maggie.

«Deve aspettare qui, signora, mi dispiace. Verrà qualcuno a darle notizie.»

E poi lo portarono via, per un lungo corridoio bianco, finché scomparve dietro altre porte. Maggie sentì che le sue ginocchia stavano per cedere. Stava accadendo veramente? Non *poteva* essere.

«Mamma? Che sta succedendo? Era… Era *papà* quello?»

Si voltò, trovandosi davanti suo figlio, pallido e spaventato. Non le passò neanche per la mente di chiedergli come fosse arrivato lì: lo afferrò soltanto, stringendolo forte a sé. Avrebbe voluto dirgli che ora tutti stavano bene, che sarebbe andato tutto per il meglio, ma non poteva affermarlo con certezza. Proprio non poteva.

25

Maggie prese la biancheria di sua madre dal comò: tre camicie da notte, alcune paia di mutande e qualche reggiseno. Tutti capi abbastanza nuovi, che lei stessa l'aveva accompagnata a comprare di recente. Prese anche cinque felpe tra le preferite di Elizabeth, ognuna con la sua frasetta spiritosa – tipo: SE RIESCI A LEGGERE QUESTA SCRITTA, STAI INVADENDO IL MIO SPAZIO – e le infilò nella valigia aperta. Il giorno che, a quanto giurava la vecchia signora, non sarebbe mai dovuto giungere, era infine arrivato: Elizabeth si trasferiva per un po' a casa di sua figlia, di suo genero e del suo tatuato nipote.

Maggie sapeva che avrebbe dovuto temere la presenza di ben due pazienti da accudire (nessuno dei quali era una persona facile nemmeno da sano), ma tutto ciò che riusciva a provare, in realtà, era gratitudine. Certo, qualche giorno da infermiera sarebbe bastato a farle cambiare idea, ma per il momento, ancora scossa all'idea che nel giro di una notte aveva rischiato di perdere due fra le persone più importanti della sua vita, era felice di riaverle entrambe sotto lo stesso tetto per un po'.

Il fruscio di un ramo contro la finestra della camera le fece balzare il cuore in gola: per la prima volta capiva, nel suo piccolo, il concetto di disturbo post-traumatico, l'idea di essere talmente bombardati da rumore, confusione, stress, che il cervello chiude bottega, rifiutandosi di elaborare ulteriori stimoli. Era un fascio di nervi. Il General Hospital brulicava di giornalisti dell'intero Paese, praticamente accampati nel parcheggio. Forze dell'ordine statali e federali affollavano la mensa dell'ospedale. Una vera e propria caccia all'uomo era in corso per rintracciare Travis Crosby, ancora latitante. E Maggie, come quasi chiunque altro, non riusciva ancora a credere a ciò che era successo.

Sentiva Ricky al piano di sotto. Stava radunando i libri di Elizabeth, il suo lavoro a maglia e qualche album di fotografie: tutte cose che sua nonna aveva richiesto. Maggie gli aveva anche domandato di dare una pulita al frigorifero e il ragazzo – insolitamente calmo, in qualche misura cambiato dagli ultimi avvenimenti – si era messo all'opera senza discutere. Non avevano parlato molto di ciò che provava o di come stesse rielaborando la consapevolezza di quanto accaduto a Charlene. Aveva tentato di vederla, ma Melody si era opposta, sostenendo che la figlia non era ancora pronta a trovarsi di fronte gli amici. Le domande occasionali di Maggie su come stesse gestendo interiormente la situazione venivano liquidate con lente alzate di spalle e monosillabi.

Maggie prese l'orologio di sua madre dal vassoietto d'argento sul comò. A quanto ricordava, Elizabeth aveva portato quell'orologio – un regalo di nozze del marito – ogni giorno della sua vita: un filo sottile di diamanti e oro, un piccolo quadrante in madreperla con le ore in numeri romani. Era leggero nella sua mano, sembrava fatto di niente. Da bambina lei lo aveva sempre desiderato, lo metteva quando si travestiva da signora. E anche se sua madre teneva molto a quell'oggetto, glielo aveva sempre lasciato tenere un pochino.

«Un giorno sarà tuo comunque» le aveva detto una volta.

«Quando?» Maggie ricordava di averle chiesto. Aveva avvertito un fremito di eccitazione misto a timore, benché non ne comprendesse la ragione. Era troppo piccola per capire che cosa intendeva sua madre.

«Un giorno.»

Ma non oggi. Ricoverata al General Hospital con una frattura dell'anca – probabilmente riportata giorni prima della caduta dalle scale – Elizabeth era irritabile e a disagio, si rendeva insopportabile a chiunque tentasse di assisterla. Eppure, chissà come, veniva trattata con deferenza dalle infermiere e, soprattutto, dal medico, che un tempo era stato un ottimo studente alla Hollows High. Elizabeth voleva il suo orologio. Maggie se lo mise al polso per portarlo sano e salvo alla madre, poi rabbrividì nel chiudere il cinturino, lo tolse e lo infilò nella tasca dei pantaloni.

Jones era ugualmente infelice, mentre si riprendeva dalla ferita d'arma da fuoco. Il proiettile di Travis Crosby si era annidato nella carne del ventre ed era stato rimosso chirurgicamente.

«Salvato dal grasso addominale in eccesso» aveva esclamato il dottore, durante la convalescenza. Piuttosto indelicato, si era detta lei.

Jones, però, aveva risposto: «È quello che ho pensato anch'io. Se avessi perso quei dieci chili su cui mi ha stressato tanto, sarei morto adesso. E bravo dottore!».

Ma sua moglie gli leggeva la paura nel viso esangue, negli occhi privi di luce. A quanto lui stesso le aveva confidato, si era creduto sul punto di avere l'attacco di cuore che temeva da una decina d'anni. *Pensavo che sarei morto là fuori, Mags.* Il suo cuore, le sue arterie, però, erano forti. Il dolore al petto? Il respiro affannoso? Attacchi di panico, gli aveva spiegato il dottore: potevano essere dolorosi e terribili come un problema cardiaco.

Guardandosi nello specchio, Maggie sentì l'impulso che reprimeva da tempo crescere fino al punto di scoppiare. I capelli erano un groviglio impossibile, sulla sua giacca c'era ancora del sangue. La pelle del volto era terrea, floscia.

Dentro di lei, il pianto attendeva di esplodere. Attendeva che Elizabeth e Jones stessero meglio, che Rick fosse abbastanza forte da affrontare ciò che era successo a Charlene. Sarebbe esploso una volta rimasta sola. I rumori al piano di sotto le ricordarono che non poteva permettersi di crollare in quel momento: Rick era stoico, ma le profondità di quella tragedia erano vulcaniche e lei temeva che l'eruzione non fosse troppo lontana.

«Ti chiedo di andare a casa a riposarti un po', adesso» le aveva detto Elizabeth. «Sembri una donna sull'orlo di una crisi di nervi. Sei stata sveglia tutta la notte. Devi prenderti cura anche di te stessa, Maggie: non l'hai mai voluto capire.»

Se n'era andata, più che altro per irritazione nei confronti della madre, ma Elizabeth aveva ragione. E anche Jones. Entrambi vedevano qualche cosa in lei che li spaventava. E non sbagliavano a spaventarsi. Maggie era a malapena capace di fermarsi sull'orlo del precipizio, mentre altri cadevano giù: cercava solo di mantenere l'equilibrio per ritrarsi prima che fosse troppo tardi. Un giorno avrebbe anche potuto far male i suoi conti e precipitare: questo temevano Elizabeth e Jones. Quella notte, davanti al verde inquietante degli occhi di Marshall, aveva pensato di annegare in quell'abisso di bisogno e disperazione. Capiva perché la zia del ragazzo si era tirata indietro, portando la sua famiglia con sé. E perché anche lei doveva fare lo stesso.

«Come fai a sapere se sei una persona buona o cattiva?»

Marshall era impantanato su quel punto, lo era da quando lei e Henry l'avevano trovato nel bosco vicino a casa Crosby. E lo era ancora quando Maggie era passata a trovarlo prima di lasciare l'ospedale. Non riusciva a tirarlo fuori da quel circuito mentale. Non era una domanda lineare, date le circostanze. E c'erano così tanti modi per rispondere.

Charlene sarebbe tornata a casa dalla madre quel giorno, dopo avere passato la notte in ospedale per sottoporsi a una serie di analisi, permettere la raccolta di elementi probatori e reintegrare i liquidi. Era fortemente disidratata. Aveva riportato una commozione cerebrale, lividi ed escoriazioni. Era stata stuprata ripetutamente: non da Marshall, secondo quanto appurato, ma da Travis Crosby. Le lesioni fisiche sarebbero guarite, ma a preoccupare Maggie erano quelle meno evidenti: le ferite più gravi erano di natura psichica. Fisicamente si sarebbe rimessa nel giro di alcune settimane, ma il trauma provocato al suo spirito, alla sua mente, avrebbe richiesto molto, molto più tempo per guarire. Stando a quanto Maggie aveva sentito, la ragazza sosteneva di non ricordare ciò che era successo a casa per indurla a tentare la fuga. Ricordava solo di avere contattato Marshall per farsi dare un passaggio a New York, che lui l'aveva portata alla rimessa delle barche di Crosby e l'aveva trattenuta laggiù contro il suo volere. Melody non permetteva a nessuno di avvicinare la figlia, e dai resoconti ottenuti da Jones emergevano dettagli macabri sulla prigionia di Charlene.

Uscendo dall'ospedale, si era imbattuta in Melody nella zona fumatori. Il puzzo nella stanza era quasi insopportabile per lei, ma era entrata ugualmente.

«Melody?»

«Maggie» aveva detto la donna, strappata bruscamente ai suoi pensieri.

«Come sta Charlene?»

L'altra aveva scosso il capo. «Distrutta. Maggie, è distrutta.» Poi si era messa a piangere e Maggie era andata a sedersi accanto a lei, le aveva tolto la sigaretta di mano e l'aveva spenta. Melody si era appoggiata a lei, si era lasciata cullare lentamente.

«Quel che le ha fatto… È un mostro. Dio, lo è *sempre* stato. Vorrei che Henry Ivy lo avesse ucciso quella volta, davvero. Non hai idea di quanto il mondo sarebbe stato migliore senza Travis Crosby.»

«Mi dispiace così tanto.»

«Tu non sai, Maggie. Non sai quello che ha fatto.»

Lei aveva continuato a tenerla stretta.

«Voglio che mi porti Charlene, non appena sarà pronta. Niente soldi, ovviamente: desidero solo aiutarla, Melody. Aiutarla a superare questa cosa, se posso. Parlare è talmente importante per lei, adesso.»

«Con me non parlerà. Non mi dirà che cosa è realmente successo.»

«A volte è difficile dialogare con i genitori; lo ricorderai anche tu, no? È un rapporto così complicato, esplosivo. Per questo ha bisogno di una persona che possa essere imparziale. Ti prego. Portamela presto, Melody.»

«È colpa mia. In mille modi diversi. Sai quanto è terribile capire che fare del tuo meglio non è stato nemmeno lontanamente sufficiente? Sono stata una madre a metà.»

«Facciamo tutti quello che possiamo, Melody. Nessuno di noi è perfetto e commettiamo degli errori. Non sei stata tu a fare questo a Charlene. Qualunque sbaglio tu abbia commesso, non le hai fatto *questo*.»

Era rimasta seduta a lungo con lei.

Il suono del campanello di sotto, le fece realizzare che se ne stava lì, assorta davanti allo specchio da troppo tempo. Era *davvero* il caso che si riposasse un po' prima di rivedere Charlene: avrebbe dovuto essere forte e lucida.

«Mamma» chiamò Ricky; lei scese le scale e trovò un uomo alto, biondo e piuttosto giovane in tuta da lavoro grigia che attendeva nell'ingresso. La toppa ricamata sul petto diceva: AAA DISINFESTAZIONI, CHARLIE. Le ci volle un secondo per ricordare i rumori che avevano indotto Elizabeth a salire in soffitta nel cuore della notte.

«Ah» disse, tendendogli la mano. «Dev'essere lei il signore che sta aiutando mia madre con quel problema di roditori.»

«Charlie» rispose lui. La stretta era ferma e sicura. «Lo risolveremo. Suo figlio mi dice che la signora Monroe è caduta. Come sta?» Qualcosa nel tono gentile di quell'uomo le fece venire voglia di piangere.

«Presto starà bene» disse Maggie. Si scostò per lasciarlo entrare in casa. «Conosce la strada?»

«Sì.»

Quando Charlie ridiscese, avevano quasi finito. La valigia di Elizabeth era accanto alla porta; il frigorifero era stato svuotato e il suo contenuto gettato fuori, nel bidone della spazzatura.

In una mano l'uomo teneva una trappola coperta, nell'altra un secchio giallo. La prima si scuoteva, s'impennava: qualunque cosa ci fosse dentro stava ringhiando e sibilando. La sollevò un po'.

«Un procione» disse. «Uno grosso.» Alzò il secchio. «E con famiglia.»

Maggie si avvicinò e si chinò a guardare: all'interno, tre cuccioli di procione squittivano, addossati l'uno all'altro, guardandola con occhi sgranati e pieni di terrore.

«Oh, poveri piccoli» esclamò, sentendo Ricky che arrivava dietro di lei.

«Si erano rintanati davvero bene. Ho dovuto spostare un sacco di roba per piazzare le trappole e catturarli. Mi dispiace per il disordine, lassù.»

«Nessun problema.» Maggie non ricordava l'ultima volta che era andata in soffitta, ma sapeva bene che quel posto era sempre stato un caos tremendo.

«Che fine faranno?» chiese Ricky. Il tono della sua voce le fece tornare in mente lo scoiattolino che aveva cercato di salvare.

«Li libererò insieme» rispose Charlie. «C'è un posto in cui vado spesso, proprio fuori città. È un parco statale, forse lo conoscete. In realtà dovrei allontanarmi di più, ma non ho mai visto animali ritornare da lì. E per loro è un bel posto.»

Maggie conosceva quel parco: Jones ci andava spesso da ragazzo, ma nessuno di loro due ci metteva piede da anni.

«Uno dei piccoli non ce l'ha fatta. Ecco l'odore che avevo sentito l'altro giorno. Dovrò tornare su a ripulire.»

«Oh» disse Maggie. Era sciocco dispiacersi, ma non poteva evitarlo.

«Fatemi portare questi sul pickup e torno subito a concludere il lavoro.»

Quando ebbe finito, si ritrovarono nell'ingresso e, appoggiandosi al tavolino sotto lo specchio, Maggie gli firmò un assegno. Ricky stava già aspettando in auto. Lei avrebbe accompagnato fuori Charlie e chiuso la porta.

«Ho sentito che hanno trovato la ragazza… L'amica di suo figlio.»

«Sì» gli disse, alzando lo sguardo. «Come sa…?»

«Sono quello che l'ha vista salire in macchina e poi ha avvertito la polizia della chiazza di liquido della trasmissione. Secondo il detective Ferrigno, è così che l'hanno trovata.»

«Oh» disse Maggie. Guardò fuori e vide Ricky in auto, che si sporgeva in avanti, evidentemente cercando una stazione radio decente. «Accidenti.»

Charlie le spiegò della conversazione avuta con Elizabeth, del servizio al telegiornale e di come quegli elementi avessero ridestato la sua memoria.

«È stato molto in gamba» commentò lei. Pareva un brav'uomo, una persona gentile, e si sorprese a sorridere.

«Avrei solo voluto saperlo prima. Spero che ora stia bene.»

«Credo che ci vorrà del tempo.» Gli porse l'assegno e tirò fuori un biglietto da dieci dollari che, per caso, aveva nella tasca posteriore dei pantaloni.

«Grazie» disse lui. Inserì l'assegno in una cartelletta a clip, consegnandole la fattura, piegò la banconota e se la mise in tasca.

«Comunque, sono contento che l'abbiano trovata. Una ragazza che conoscevo scappò, una volta. Mai più saputo niente. È la cosa peggiore che si possa immaginare, non sapere, credo. Continuare a farsi domande.»

Forse era vero, era anche peggio del dolore: la mente, la psiche, si adattava meglio alla catastrofe che all'incertezza. Maggie sperò di non doversi mai trovare nell'una o nell'altra situazione.

«Oh» aggiunse lui voltandosi, sul punto di uscire. «La porta di accesso alla soffitta era inceppata. Non sono riuscito a chiuderla.»

«Okay, controllerò. A volte, se il tempo fa il matto, diventa difficile da manovrare.»

Quando Charlie se ne fu andato, tornò di sopra e armeggiò per qualche minuto con la scaletta, cercando di ricordare come facesse sua madre a sbloccarla. Le passò per la mente di andare a chiamare Ricky, ma poi riuscì nell'intento e, d'impulso, si mise a salire. Non entrava lassù da moltissimo tempo. Si domandò se i dipinti di suo padre fossero a portata di mano: stava pensando di farne incorniciare alcuni, sperando che la invogliassero a dedicarsi una buona volta alla pittura.

Starnutì subito per la puzza di umidità e di muffa dell'ambiente, certamente acuita dalle operazioni di Charlie per stanare il procione. Alzò una mano e tirò la cordicella che accendeva la luce. Dalla piccola finestra sul retro vide tutta The Hollows che si estendeva davanti a lei: il campanile, i giardini pubblici, il liceo in lontananza. Nello stato d'animo di gratitudine in cui si trovava al momento, provò uno slancio d'affetto per la città in cui era nata, dove era tornata sposando Jones e crescendo un figlio con lui. Quella mattina Ricky le aveva comunicato di punto in bianco – forse intuendo che aveva disperatamente bisogno di una buona notizia – che si era deciso a iscriversi a Georgetown. *Washington ha una scena musicale piuttosto vivace* aveva detto. *È fantastico* aveva risposto lei. *Sono davvero orgogliosa di te. E lo sarà anche tuo padre.* Poi, insieme all'orgoglio e alla felicità, era giunta inaspettata anche una tristezza dolente: la maternità significava dire addio, ogni giorno di più.

Lasciò correre lo sguardo sulla distesa di cianfrusaglie e, verso la parete di fondo, vide quello che le pareva un ammasso di tele. Si fece strada in mezzo al ciarpame, oltrepassando la vecchia macchina da cucire (Elizabeth non aveva mai cucito niente in vita sua, e anche il lavoro a maglia, a dire il vero, si limitava alla sciarpa più lunga del mondo), la sua vecchia bicicletta, una pila di dischi, un baule (vai a sapere quel che c'era dentro). Persino alcune cosette da bebè di Ricky (come diavolo avevano fatto a finire lì da casa sua?) se ne stavano a prender polvere in un sacco di tela. Subito prima di arrivare ai quadri, le cadde l'occhio su un altro sacco di plastica grigia. Era evidentemente lì che i procioni avevano fatto il nido: c'era un piccolo avvallamento, coperto di peli e scagliette di pelle morta. Maggie avrebbe dovuto ripulire: puzzava. Meglio ancora: avrebbe gettato il sacco, una volta svuotato, e poi sarebbe tornata a sistemare. Per qualche ragione, però, mentre si accingeva a procedere, avvertì un fremito di paura lungo la spina dorsale. Si inginocchiò e aprì la lampo.

Dentro c'erano la custodia di un violino e un vecchio zaino. Maggie non aveva mai suonato il violino, né aveva mai posseduto uno zaino come quello: di colore blu, semplice, senza fronzoli. Sentì prosciugarsi la salivazione, mentre apriva la custodia e osservava lo strumento all'interno. Il legno splendeva come se fosse stato appena lucidato. Pizzicò le corde: lo strumento sembrava malamente scordato. Una taschina all'estremità della custodia conteneva alcuni rettangoli di colofonia per l'archetto. Sul velluto rosso della fodera era ricamato un nome, in filo nero. Si sforzò di non guardarlo, distogliendo gli occhi per evitare di leggerlo. Le sue mani avrebbero voluto richiudere bruscamente il coperchio, ficcare tutto nel sacco grigio e dimenticare di averne mai scoperto il contenuto, ma, naturalmente, non poteva farlo. Si costrinse a leggere il nome. Sarah.

«Mamma, tutto bene? Hai una faccia.»

Era corsa fuori dalla casa di sua madre, saltando in macchina come se cercasse di non prendere la pioggia. Solo che non stava piovendo. Seduta al posto di guida, appariva pallida, tremante.

«Che è successo? Hai visto un altro procione?»

«Sono solo stanca» disse. La sua voce suonava roca. «Comincio ad accusare il colpo, credo.»

Tutti parlano sempre di quanto le madri conoscano bene i figli.

Nessuno, invece, sembra mai far caso a quanto i figli conoscano bene le madri. Ricky sapeva sempre quando lei mentiva. Non lo faceva molto spesso, a onor del vero, e non le veniva troppo bene. Decise di non insistere – erano entrambi sotto stress – ma quello era anche il primo momento di tranquillità che passavano insieme e lui aveva una cosa importante di cui discutere.

«La nonna ha detto delle frasi senza senso, quando l'ho trovata» cominciò. Maggie aveva messo in moto e stava facendo marcia indietro sul vialetto.

«Tipo?» Sembrava assente, con la testa altrove.

«Roba strana, come: "Era già morta, quando lui l'ha trovata". » La madre frenò di colpo e si voltò a guardarlo; la sua pelle chiara era mortalmente pallida, gli occhi azzurri parevano plumbei come un temporale – succedeva ogni volta che era triste o arrabbiata.

«Credevo stesse parlando di Charlene,» continuò lui «ma non era così. Oggi, quando sei uscita a prendere la macchina, le ho chiesto cosa intendeva. Ha risposto che non se lo ricorda più.»

Maggie non aveva ancora detto niente. Lo fissava, ma non lo vedeva? Lo sguardo era vitreo, distante.

«Io non ci ho creduto… Che non ricordasse» spiegò il ragazzo. «Non mi guardava in faccia. Mi ha detto di dimenticare "i vaneggiamenti di una vecchia rintronata".» Sulle ultime parole, fece la sua migliore imitazione di Elizabeth, ma Maggie non sorrise nemmeno, continuò solo a guardarlo fisso con la stessa espressione assente. Lui proseguì, anche se cominciava a sentirsi a disagio. «Ha detto che era già abbastanza imbarazzante il modo in cui l'avevo trovata, di non rigirare il coltello nella piaga.»

Maggie mise il cambio automatico in posizione parcheggio e reclinò la testa sul volante.

«Mamma?»

Rick le posò una mano sulla spalla e si spaventò sentendo che veniva scossa da un singhiozzo. Di rado aveva visto piangere la madre: un paio di volte dopo una lite con Jones, forse; o quando era morto un suo paziente. E quando avevano litigato per il tatuaggio, le aveva visto gli occhi velarsi di lacrime. Ma non l'aveva mai vista crollare.

«Mamma? Che c'è? Perché stai piangendo?»

Sentendola singhiozzare, venne voglia di piangere anche a lui. Sua nonna, suo padre e Charlene feriti, a pezzi... Tutto lo stress e il carico di sofferenze di quella situazione sfociavano in una pressione crescente dietro i bulbi oculari, un dolore lancinante al collo e alle spalle. Provò l'impulso di aprire la portiera e correre, correre finché non fosse stato così esausto da non sentire più nulla. Ma non lo fece: rimase al suo posto, accanto alla madre.

«Scusami, va tutto bene» disse lei, alzando la testa di scatto e guardandolo. Si asciugò le lacrime, poi allungò una mano e gliela posò sul viso. Il palmo era umido e caldo. «Mi dispiace.»

«Mamma» ribatté, chinandosi in avanti ad abbracciarla. «Non ho tre anni. Sei autorizzata a piangere.»

Lei sostenne il suo sguardo per un secondo, poi annuì rapidamente e cominciò a frugare nella borsa. Tirò fuori un pacchettino di kleenex, si soffiò il naso e si asciugò gli occhi. Gli porse un fazzoletto pulito e Rick lo prese anche se non ne aveva bisogno.

«Mamma, che cosa voleva dire, secondo te?»

«Sai che c'è, ragazzino? Non ne ho proprio idea. Le parlerò.»

Inserì di nuovo la retromarcia e cominciò a percorrere a ritroso il vialetto. In quel momento, Ricky provò un senso di sollievo: ne aveva parlato con sua madre, sentendo il forte bisogno di farlo, e ora che si era confidato, la tensione che aveva dentro in parte lo lasciò.

«Quando incontrerai Charlene, le diresti che vorrei vederla? Solo da amico. Glielo dirai? Che voglio solo essere suo amico.»

«Ed è vero?» gli domandò lei. Svoltò sulla via principale, che li avrebbe riportati a casa.

Sembrava rinfrancata, ma non ancora la Maggie di sempre. La voce era tesa e distante.

«Non lo so» rispose il ragazzo, buttando fuori l'aria. «Non lo so cosa voglio.»

Il ticchettio della freccia gli giunse insolitamente forte e si accorse che aveva spento la radio. Si chinò a riaccenderla: aveva cercato della musica che potesse piacere a sua madre, una stazione che trasmetteva prevalentemente brani anni Ottanta. C'era una canzone che non riconosceva.

«È vero, sai?» disse Maggie. «Non hai più tre anni. Sei abbastanza grande da capire che Charlene ha vissuto un'esperienza terribile, una cosa che richiederà tempo, molto tempo, per essere superata. Sei pronto a restarle accanto, da amico, durante questo percorso? A essere ciò di cui ha bisogno, quando ne ha bisogno, mettendo da parte i tuoi desideri?»

«Sì» disse lui. «Credo.» Non gli piacque come suonava la sua voce, bisbetica e infantile.

«Bene» rispose la madre. «È una buona cosa.»

Riprese a guidare. Non si scambiarono una parola fino a casa.

«Hai fame?» gli chiese poi.

«Ordino qualcosa al cinese, magari?» propose lui. *Aveva* fame. *Moriva* di fame.

«Buona idea.» Maggie infilò la mano nella borsa e gli passò il portafoglio. «Io solo una zuppa.»

Dopodiché salì in camera sua e chiuse la porta. Rick rimase ai piedi delle scale e la guardò, sentendo che avrebbe dovuto scusarsi, o confortarla... qualcosa del genere. Invece si limitò a prendere il cordless e, con la carta di credito di lei, ordinò cibo sufficiente a sfamare l'intero quartiere; poi accese il televisore e svuotò la mente per un po'.

Ancora più impressionante del violino fu vedere ciò che conteneva lo zaino: libri di testo che Maggie ricordava bene, blocchi per gli appunti coperti di scarabocchi e ghirigori, nome e indirizzo di Sarah ordinatamente scritti all'interno delle copertine (rossa per il quaderno di matematica, blu per inglese, verde per scienze). Una verifica di biologia in cui aveva preso 8+. E c'era un bigliettino, che evidentemente lei e Melody si erano passate per giorni. «Io dico che Jones Cooper è il più carino della scuola... secondo te? Fighissimo! Oggi vieni da me a guardare Mtv?»

Odiava il fatto di aver trovato quelle cose, di averle toccate. E le era quasi intollerabile chiedersi come fossero arrivate nella soffitta di sua madre. Chi ce le aveva messe?

In bagno aprì la doccia, si tolse i vestiti e si mise sotto il getto quasi bollente. Lasciò che le bagnasse completamente i capelli, le tamburellasse sulle spalle. Prese il gel doccia dalla mensolina, strizzò il tubetto su una spugna e cominciò a sfregarsi tutto il corpo, tanto forte che faceva male. Voleva pulire via tutto, liberarsi della pelle in cui era rinchiusa. Non sapeva dare un nome a tutto ciò che provava: rabbia, timore, il desiderio di rimozione che l'attirava per un'istintiva paura. *Poteva* essere stata una qualche bizzarra coincidenza a far giungere quegli oggetti incriminanti nella soffitta di Elizabeth, vero? Sua madre e suo marito erano entrambi ignari della loro presenza?

Jones ne parla mai? aveva chiesto Melody. Era una domanda così strana che non smetteva di tornarle in mente, la tirava per la giacca. E poi c'erano le parole di Elizabeth a Ricky: *Era già morta quando lui l'ha trovata.* Dio, che cosa significavano?

Ma anche peggiore di tutti quegli interrogativi era l'immagine di Jones che le era apparsa la sera prima: la sua frenetica ricerca nella camera del figlio, le cose che aveva detto. *Chiunque è capace di qualsiasi cosa, con il giusto concorso di circostanze e la giusta motivazione.*

L'acqua non le pareva mai abbastanza calda: aveva la testa leggera, la pelle arrossata. Ma almeno in solitudine poteva piangere. In auto si era trattenuta a malapena, ora buttò fuori tutto, sapendo che nessuno la sentiva.

Di colpo ricordò com'era essere innamorata di Jones. Non il tipo di amore che condividevano ora, ma quello spasmodico, disarmante, vorace che aveva provato per lui subito dopo il funerale di suo padre. Una passione che era una città in fiamme, un incendio di proporzioni bibliche che infuriava incontrollato accanto al vuoto desolato della scomparsa di papà. Una distrazione che le teneva occupata la psiche, le impediva di naufragare nel dolore della perdita.

Al secondo appuntamento – era venuto in città e l'aveva portata a cena da Joe Allen, poi a vedere *Cats* anche se lei ci era già stata – Maggie sapeva che l'avrebbe sposato. Lui sembrava a disagio come tutti i provinciali a New York: guardavano la gente, tanto più glamour di quanto loro riusciranno mai a essere, colpiti dai suoni, dalle luci, dalle folle di persone in movimento. Le era piaciuto questo, in lui: che era umile, disposto a uscire dal suo ambiente per stare con lei. Era abituata all'arroganza degli uomini che incontrava lì: pareva che il solo fatto di essere newyorkesi bastasse a riempirli di autocompiacimento. Già adorava il profumo di terra, il sapore salmastro di lui, la solidità del suo corpo possente. Era più che lussuria: era fame.

«Perché non te ne sei andato da The Hollows?» gli aveva chiesto.

Nel ristorante c'era chiasso: una comitiva di turisti accanto a loro festeggiava qualcosa con tanto di risate fragorose e tintinnio di bicchieri.

Lui aveva scosso il capo, sorseggiato il vino rosso che aveva ordinato. Già allora ne sapeva parecchio di vini: aveva scelto un Nobile di Montepulciano Riserva.

E lei sapeva di essere piacevolmente colpita, anche se si preoccupava di quanto potesse costare.

«Non avevo veramente scelta» si era sentita rispondere. Un coro di risa era esploso al tavolo accanto.

«Tua madre. Era malata.»

«Già.» Lui aveva abbassato gli occhi sul bicchiere. «In parte era per questo.»

Era stato allora che l'aveva vista. L'ombra. Gli era balenata sul viso per poi sparire in un batter d'occhi, ma lei l'aveva vista. Il modo in cui Jones si era rabbuiato sentendo nominare la madre. Maggie sapeva qualcosa di Abigail da ciò che Elizabeth le aveva raccontato: come facesse una sceneggiata ogni volta che il figlio doveva giocare in trasferta; come lo tenesse a casa da scuola quando non si sentiva bene, scrivendogli poi una giustificazione «Per motivi di salute»; come importunasse gli insegnanti se riteneva che non l'avessero valutato equamente. *Quella donna è pesante!* si lamentava la signora Monroe.

«Ma soprattutto è che non riuscivo proprio a vedermi lontano da The Hollows.»

«Ti senti parte di quel posto.»

«Più che altro, non sento di poter diventare parte di un altro.»

Dopo il musical si erano ritrovati fermi sul marciapiede, tra le persone in fila che si accalcavano in cerca di un taxi. C'era stato un momento d'imbarazzo in cui Jones aveva guardato in su, verso gli immensi edifici, e lei aveva abbassato gli occhi sul programma che teneva in mano.

«Ho l'auto in un parcheggio a qualche isolato da qui» le aveva detto lui, voltandosi a indicare in direzione del centro. Durante lo spettacolo si erano tenuti la mano e dopo l'intervallo Jones aveva cominciato a fare una cosa carina: carezzarle il braccio con l'altra mano, descrivendo circoli lenti e leggeri. Quel gesto in qualche modo le aveva acceso un fuoco dentro e, in certi momenti, aveva rischiato di perdere il controllo. «Vuoi fermarti a bere qualcosa?»

«Portami a casa, Jones.»

Avevano preso un taxi? O erano arrivati alla macchina? Non se lo ricordava più. Ricordava solo di averlo condotto nel suo minuscolo bilocale; e lui che la baciava sul collo mentre apriva la porta. Una volta entrati, la borsa di Maggie e i cappotti erano finiti sul pavimento. Un'ambulanza era passata ululando sotto la finestra, riempiendo il locale di luci e suoni.

«Non provavo qualcosa di così intenso per qualcuno» le aveva detto lui «da così tanto tempo. Forse da sempre, Maggie.»

Lei se l'era sempre immaginato con una sfilza di donne: le reginette dei balli scolastici di tutto il mondo che gli si gettavano ai piedi, come accadeva al liceo. Ma quelle ragazze, in apparenza tanto promettenti, erano ormai semplici madri e casalinghe, sposate con uomini che facevano i pendolari a New York. Le aveva viste tutte al funerale di suo padre. Non c'era nulla che non andasse in loro: sembravano tutte carine, normali, soddisfatte della propria vita. Ma la luminosità che la bellezza giovanile conferiva loro un tempo, la sicurezza del proprio successo che si percepiva tangibilmente in loro presenza erano scomparse. L'aveva molto sorpresa scoprire che Jones era single. E ancor di più realizzare che era sola anche lei: improvvisamente, si era resa conto che la sua passione era sempre stata dedicata agli studi e al lavoro.

«Neanch'io» aveva risposto.

Non ricordava i dettagli di quella notte d'amore, ma ricordava un avvolgente senso di felicità e sollievo, un profondo senso di appagamento, come un ritorno a casa.

Pareva così tanto tempo fa. Lo era, in effetti. E gli anni, la vita tra quel momento e il presente erano stati un mosaico di giorni buoni e cattivi, di fallimenti e successi, di gioie e delusioni, come ogni esistenza che non sia deviata dalla catastrofe, dalla tragedia, grandiosa o trascurabile che sia. In qualche modo gli oggetti che aveva trovato in soffitta – anche se non sapeva come ci fossero arrivati o chi ce li avesse messi – le davano la sensazione che tutta la sua vita si ergesse su fondamenta marce. Si sentiva come sul punto di sprofondare nel terreno della sua esistenza.

Mentre chiudeva il rubinetto, pensò a una frase che Jones le aveva detto la loro prima notte di nozze. Una frase che le tornava in mente spesso, riempiendola di un senso di profonda tenerezza nei confronti del marito. La rievocava quando era arrabbiata con lui, nei momenti in cui lo sentiva più distante, e non mancava mai di ridarle lo stesso piacere, lo stesso brivido dell'istante in cui Jones l'aveva pronunciata.

Le aveva detto: «Maggie, mi hai salvato».

Solo ora, quasi due decenni dopo, si domandò che cosa significasse.

26

Per lo più le aveva parlato. Di sua madre, di suo padre, di come si sentisse una perdente, un'emarginata.

Senza la solita maschera di trucco, Charlene dimostrava circa dodici anni. Sedeva raggomitolata sul divano di Maggie, con un paio di pantaloni della tuta e una vecchia t-shirt nera, stringendo a sé un cuscino. I capelli erano appena lavati, tirati indietro con un cerchietto, come una bambina.

«Una volta mi ha chiesto di cantare mentre si masturbava.»

Levò su Maggie uno sguardo privo di espressione, quasi sfidandola a mostrarsi scioccata.

«E questo come ti ha fatto sentire?»

Soffiò fuori l'aria dal naso. Faceva la dura, l'indifferente, ma Maggie vedeva che le mani le tremavano.

«Da schifo.» Sputò praticamente le parole. «Ma la sai una cosa strana? Una parte di me era, tipo, lusingata. Sono fuori? Voglio dire, ero legata su una barca. *Legata*, capisci, a cantare, con lo stronzo che se lo menava. E pensavo: *Wow, gli piacciono proprio le mie canzoni.*»

Maggie annuì, trattenendo un sorriso. Charlene era tosta, dotata di una notevole forza interiore – un bene per chi aveva subìto ciò che era capitato a lei.

Glielo disse. «Non sei fuori, Charlene.»

«L'avevo contattato perché non sapevo a chi altro rivolgermi. E tenevo troppo a Rick per chiedergli di aiutarmi.» Le rivolse uno sguardo imbarazzato. «So di averlo ferito. Mi dispiace.»

«Non è questo il punto, adesso» disse Maggie. Le fece un sorriso. «Al momento ci interessa aiutarti ad affrontare ciò che ti è successo, in modo che tu possa superarlo e voltare pagina con serenità. Il tuo rapporto con Rick riguarda solo voi, d'accordo?»

La ragazza sospirò, come liberata da un fardello. «D'accordo, grazie.»

Rimase in silenzio per un attimo, guardandosi le unghie, poi continuò.

«Mi ero addormentata in macchina. Ero così stanca. Avevo anche dato di stomaco a bordo strada. Quando mi sono svegliata, era buio pesto. E non eravamo più sull'interstatale. Non sapevo dov'ero.»

Trasse un respiro profondo, spezzato, e guardò fuori dalla finestra. «Rick è qui?»

«No. È all'ospedale con sua nonna.»

Si allungò e prese in mano uno dei fior di loto di cristallo posati sul tavolino a lato del divano. Lo tenne sollevato in controluce e ne ammirò i riflessi iridati sulla parete di fronte. Lo girò a destra e a sinistra per farli danzare sulle librerie, sui ritratti di famiglia e sui disegni a pastello di Ricky, sulla porta di legno che conduceva in sala d'aspetto.

«Marshall ha detto che voleva mostrarmi una cosa» disse, continuando a ruotare il cristallo. «E, d'improvviso, ero nel panico. Nessuno sapeva dove fossi e mi sono resa conto che lo conoscevo ben poco. Ma ho deciso di fare la parte della curiosa, di simulare. Pensavo di prendere tempo e aspettare l'occasione buona per filarmela se le cose fossero degenerate.»

Maggie notò che i tratti delicati del suo volto apparivano tesi, pallidi, gli occhi luccicanti. Le concesse il rispetto del silenzio.

«È tutto confuso.» Charlene posò il fior di loto, si massaggiò la nuca. «Mi ha colpito alle spalle, credo. Il dottore dice che ho riportato una commozione, che la mia memoria potrebbe essere annebbiata per un po', magari anche per sempre, su questo particolare. Ma credo che mi abbia colpito da dietro con qualcosa. E subito dopo ricordo di essermi ritrovata su quella barca sporca e puzzolente. Mi sono risvegliata al buio, legata e imbavagliata.»

Maggie andò a prendere una scatola di fazzolettini sul suo tavolo e la porse alla ragazza, che aveva ormai abbandonato la maschera da dura e aveva cominciato a piangere.

«A volte se ne stava solo seduto lì a fissarmi.»

Altro silenzio. Maggie sentì il bip del computer che segnalava l'arrivo di una mail.

«Non mi ha mai toccata» disse Charlene. Si interruppe per asciugarsi gli occhi e soffiarsi il naso. «Dopo avermi legata e imbavagliata, intendo. Voleva solo parlare di ciò che ti dicevo: se era una persona buona o cattiva, e come sappiamo questo genere di cose. Ma non voleva che io gli rispondessi: mi ha tolto il nastro isolante una sola volta per darmi dell'acqua, ed è stata la volta in cui mi ha chiesto di cantare. Poi mi ha lasciata sola per lunghi momenti. Non mi ha mai portato cibo.»

Sprofondò la testa tra le mani e le spalle furono scosse da un tremito.

Maggie abbandonò ogni professionalità e andò a mettersi accanto a lei sul divano, prese la sua figura sottile tra le braccia e la tenne stretta, mentre singhiozzava.

«Ero così terrorizzata.» Le parole uscirono in una sorta di lamento attutito. Charlene era più forte di quanto avrebbe immaginato. Aveva un ottimo dominio delle sue emozioni e nessuna paura di esprimerle. «Non sapevo mai se sarebbe tornato, o se mi avrebbe lasciata a morire là dentro.»

«Lo so, piccola» disse Maggie. «Ti riprenderai.» Si sorprese a ninnarla un pochino. Quando Charlene si scostò leggermente e i singhiozzi cessarono, le diede un buffetto e tornò alla sua poltrona.

«Poi il padre ci ha trovato» riprese la ragazza. Emise una risatina amara. «Ho creduto di essere salva.»

«Che è successo?»

«Mi ha violentata» rispose. Lo disse con il tono neutro di una constatazione. «Due volte. E sai la cosa strana? Non ha quasi detto una parola. È venuto una sera, subito dopo che Marshall se n'era andato. Doveva averlo seguito fino al lago, ed era stato ad aspettare, ad ascoltare...»

«Mi dispiace così tanto» si lasciò sfuggire Maggie. Si rese conto di essere pericolosamente vicina a varcare il confine tra personale e professionale. Capì che avrebbe dovuto indirizzare Charlene a un collega, che era troppo coinvolta emotivamente per essere la sua terapeuta.

«La sola cosa che mi ha detto è stata: "Ho scopato anche tua madre. Ma tu sei una fighetta più appetitosa".» Cominciò a singhiozzare sul serio.

Maggie avvertì un moto di ira e tristezza, così immediato che pareva scaturire direttamente da Charlene. Ma tentò di darsi un contegno e annuì con un cauto cenno del capo. «Vuoi parlare di come ti sei sentita mentre accadeva?»

La ragazza la guardò. C'era qualcosa di oltraggiato e confuso nel suo sguardo.

«Non lo so. Disgustata, credo. Lui era così spaventoso, freddo. E mi terrorizzava l'idea che avesse avuto quel legame con mia madre, di cui non ero a conoscenza. Non lo so, era come se stesse succedendo altrove, a qualcun altro. Mi sentivo scollegata. Faceva male, sì, ma faceva male *a qualcun altro*.»

Si riassestò sul divano, raccolse le gambe sotto di sé.

«C'erano i topi, laggiù. Dappertutto. Correvano sul molo, sulla barca. Avevo paura che mi salissero addosso, che mi mordessero, ma si sono tenuti alla larga.»

Il riferimento ai topi ricordò a Maggie la soffitta di sua madre. Represse un'altra ondata ripugnante di paura e furore. Se ne sarebbe preoccupata più tardi: Charlene poteva ancora essere aiutata, Sarah non più.

«La seconda volta che mi ha violentato, c'era anche Marshall.»

Maggie pensò alla telefonata del ragazzo, cercò di ricostruire la tempistica. Aveva già rapito Charlene. Da dove stava chiamando? Probabilmente, pensò, non importava, ormai.

«Marshall era lì e suo padre è arrivato. Ricordo di aver sentito qualcosa subito prima: un botto. Ma, a quel punto, ero talmente fuori, stordita. Morivo di fame, di sete, e sentivo dolore... anche se in quel modo distante che ho detto.»

Lo sguardo di Charlene cominciava ad appannarsi. Maggie si alzò e prese una bottiglietta di plastica dal mini frigo che aveva accanto alla macchinetta del caffè. Aprì il tappo e Charlene gliela tolse di mano; ne bevve quasi la metà in un unico sorso, come se stesse ancora morendo di sete.

«Ha detto una frase tipo: "Ti mostro l'unica cosa a cui servono le donne, figliolo", ma ecco che Marshall aveva una pistola. Io l'ho vista, suo padre no: era già... su di me; non avevo nemmeno la forza di oppormi.

«Poi Marshall ha cominciato a sparare. Dio, che rumore: non me l'immaginavo. È stato orribile. Non so com'è riuscito a mancarlo, fatto sta che un attimo dopo il padre gli è passato davanti ed è scappato. Lui si è voltato per spargli ancora, ma nel frattempo era arrivato il vecchio: l'ha preso in pieno petto. Ricordo che Marshall si è messo a gemere e a piangere. E se n'è andato via.»

Scosse il capo al ricordo, come se stesse cercando di ricollocare i pezzi nel posto giusto. «È come se tutto fosse successo in un programma alla tivù. Un'immagine sfocata.»

«Dai tempo al tempo, Charlene. La mente prende le distanze dall'orrore: è un meccanismo di sopravvivenza.»

La ragazza bevve un altro sorso d'acqua.

«La cosa successiva che ricordo è il signor Cooper. Era ferito anche lui, ma mi ha salvato. Ho sempre pensato che mi odiasse.»

Maggie sorrise. «Non ti ha mai odiato. È… è un uomo difficile da capire, a volte.»

«Be'» disse. «Ringrazialo per me.»

«Lo farò. O magari potrai farlo tu.»

Poi: «Che cosa succederà a Marshall?».

Maggie scosse il capo. «Non lo so di preciso.»

Sapeva che il ragazzo avrebbe dovuto sostenere delle accuse: rapimento, omicidio colposo, detenzione illegale di armi da fuoco erano tutte probabili. Gli serviva un avvocato, questo era certo. Non era chiaro se sarebbe stato incriminato come adulto o come minore. Maggie era sicura che l'evoluzione della sua condizione mentale avrebbe influito.

«È strano, ma persino con tutto ciò che è successo,» osservò Charlene «mi dispiace per lui. Sembrava così triste, così smarrito. Credo abbia veramente bisogno d'aiuto.»

«Ci sono persone che si prenderanno cura di lui.» Già mentre lo diceva, Maggie si domandava se fosse vero. «Avrà tutta l'assistenza necessaria.»

«È una buona cosa» replicò Charlene. Suonava giovane e insicura.

«Parliamo del perché sei scappata di casa.»

La ragazza si appoggiò allo schienale del divano. «Ho litigato con mia madre. Per il telefonino.»

«Quello che ti ha comprato Graham.»

«Già. È stato stupido, ma tutti hanno il cellulare. Persino lui lo capiva.»

«I tuoi amici – Britney e Rick in particolare – sostengono che avevi paura di lui. Che era invadente con te. È vero?»

Charlene alzò le spalle. Maggie notò che i suoi occhi vagavano da un punto all'altro della stanza, posandosi ovunque tranne che su di lei. «Non so. È a posto, credo. Lui e mia madre hanno un rapporto davvero tormentato: riescono a tirar fuori il peggio l'uno dell'altra.»

Si chiese che cosa non dicesse. «Tua madre ha dichiarato a Jones di avere colpito Graham con una mazza da baseball.»

Charlene alzò lo sguardo, le sopracciglia inarcate per la sorpresa. «Gliel'ha detto?»

«Hanno trovato sangue in cucina.»

Annuì e tornò ad abbassare gli occhi.

«È allora che me ne sono andata. L'ultima volta che avevano litigato, mi ci ero trovata in mezzo e avevo rimediato un occhio nero. Mi ero ripromessa di non farlo succedere mai più.»

«Lui com'era, quando sei uscita?»

«Sdraiato sul pavimento, che gemeva e imprecava contro mia madre. Lei urlava. Non credo neppure si siano accorti che me ne andavo. Non so che cosa sia successo dopo. C'era del sangue e Graham non aveva un bell'aspetto.»

Scosse il capo. «Mamma ha detto che se n'è andato. Che non tornerà più. Non posso dargli torto.»

Rimase in silenzio per un minuto, poi: «Non ho conosciuto il mio vero padre. È morto. Credo che lei lo amasse davvero. Parla sempre di lui, anche adesso. Pensa che le cose sarebbero andate diversamente se ci fosse stato papà».

Maggie ricordava solo vagamente il primo marito di Melody, un uomo che la Murray aveva incontrato al college. Scoprì che le sfuggiva il nome. Brian, forse? O Ryan? Era morto in un incidente stradale, ucciso da un automobilista ubriaco mentre tornava a casa. Strano, non ci pensava da anni: Melody aveva subito una grave perdita.

«Non serve a molto ragionare a quel modo, pensare a come sarebbero le cose se non fosse successo questo o quello. Dobbiamo affrontare le circostanze così come si presentano e adattarci.»

Charlene non rispose subito, staccò un filo dall'orlo dei pantaloni.

«Ma non se ne può quasi fare a meno, quando le cose vanno male, no? Rimpiangere che non vadano meglio» disse infine. «È naturale.»

«È naturale, ma resta più costruttivo guardare avanti, anziché indietro. E possiamo farlo anche quando ci sembra in contrasto con le nostre inclinazioni naturali.»

«Per questo volevo partire, andare a New York.»

«Per stare con il tuo ragazzo?»

Charlene si guardò di nuovo i piedi. Si mise il pollice in bocca e cominciò a rosicchiare l'unghia. Maggie ricordò che Melody faceva lo stesso.

«Non era – non è – il mio ragazzo.» Emise una risatina. «Era un tizio che avevo incontrato. Aveva detto che potevo stare da lui per qualche giorno. Dicono tutti così.» Guardò Maggie con un sorriso di autocritica. «Aveva una band che suona in un paio di locali dell'East Village. Aveva detto che stava per firmare un contratto discografico.» Si tolse il pollice di bocca e sospirò. «Ma credo che fossero tutte stronzate. Comunque, non ha nemmeno risposto alle mie chiamate. Credevo di amarlo. Penso sempre di essere innamorata, all'inizio. È una sensazione così infuocata, di capovolgimento dell'esistenza. Questo non è amore, giusto?»

Maggie non poté impedirsi di sorridere. Ricordava di avere avuto l'età di Charlene, quando ogni sentimento era così potente da farti sembrare impossibile che qualcun altro provasse la stessa cosa.

«Probabilmente no» rispose. «L'amore non è solo un forte sentimento iniziale, quel primo impeto violento. Deve esserci anche dell'altro.»

«Tipo amicizia.»

«Esatto.»

Charlene fissò lo sguardo fuori dalla finestra. «Sono così stanca» disse. «Mi sento come se dovessi essere stanca e triste per sempre.»

«Non lo sarai» la rassicurò Maggie. «Ma devi lavorare sodo per uscirne. Ti indirizzerò a un consulente che ti aiuti a elaborare il tutto.»

La ragazza le lanciò un'occhiata. Aveva uno sguardo corrucciato. «Non puoi essere tu il mio strizzacervelli?»

Lei esitò: «Facciamo qualche seduta e vediamo come va. Ho paura che il nostro legame mi impedisca di essere una buona terapeuta per te».

Charlene scavallò le gambe e rinfilò i piedi nelle calzature con cui era venuta: un paio di pantofole cinesi con delle roselline ricamate.

«Okay» disse.

«Non preoccuparti» aggiunse Maggie, mantenendo un tono di voce leggero. «Ti faremo superare questa cosa.»

Un altro muto cenno di assenso. Ma la ragazza continuava a non alzare gli occhi.

«Ero vergine… prima del fatto.» Pronunciò la frase con un filo di voce: Maggie dovette sporgersi in avanti per sentirla. «Volevo solo farti sapere che non sono una troietta o roba simile. Ho sempre avuto paura che pensassi questo di me, che andavo a letto con Rick.»

Maggie si sforzò di non lasciar trasparire la sorpresa sul suo volto, ma non avrebbe fatto comunque differenza: la ragazza non levò gli occhi per vedere che reazione avessero causato le sue parole, si limitò a piegarsi in avanti, scoppiò di nuovo a piangere. Maggie tornò a sedersi accanto a lei, le circondò le spalle con un braccio. Charlene si spostò, posandole la testa in grembo e lei la lasciò sfogare, massaggiandole la schiena.

«Mi dispiace che tu abbia dovuto passare tutto questo» mormorò. «Mi dispiace tanto.»

Ebbe l'impressione di dirlo un po' troppo spesso, ultimamente, di scusarsi per quanto fosse brutto il mondo, per le cose orribili che vi accadevano e per come fosse ingiusto. Pensò a sua madre e a Jones, alla sua terribile scoperta in soffitta e a ciò che poteva significare per tutti loro. Fuori dalla finestra la luce si andava attenuando e lei provò l'impulso insopprimibile di affrontare ciò da cui si nascondeva in quello studio, là dove aiutava gli altri, ma spesso fuggiva da se stessa.

Tutto sembrava diverso. Non avrebbe saputo dire come, ma, mentre usciva dallo studio della dottoressa Cooper, nella nebbia piovigginosa, tutto – gli alberi, il cielo, l'erba del prato, il vialetto bagnato, persino l'auto di sua madre – pareva cambiato. Si sentiva così fin da quando aveva ripreso conoscenza in ospedale: quando si era svegliata nella semioscurità, vedendo Melody che dormiva su una poltrona accanto al letto, la luce che entrava dalla porta semiaperta, ogni cosa le era apparsa sfocata, con i colori sbagliati, come in uno di quei vecchi film. C'era un letto vuoto accanto al suo, e il primo pensiero era stato di chiedersi perché la donna non si fosse allungata lì sopra: sembrava così scomoda in poltrona. Una cosa strana a cui pensare, date le circostanze, ma era stato così.

Poi il dolore era affiorato alla coscienza. L'indolenzimento di tutto il corpo: i polsi, la schiena, il collo. Anche *là sotto* le faceva male, dentro e fuori, un dolore sordo. E, ancora, aveva avvertito una pungente secchezza della gola, un pulsare dietro gli occhi. Le faceva male tutto, ma solo un po', come quando lei e sua madre avevano subito un leggero tamponamento, un paio di anni prima. Si sentiva come se il suo corpo fosse stato scosso violentemente. Sapeva che avrebbe potuto alzarsi e uscire con le sue gambe e le sembrava inappropriato, perché ciò che provava dentro era così freddo, nero e brutto che avrebbe voluto rimanere in trazione, o rinchiusa in un'ingessatura integrale, attaccata a una macchina. Così si sentiva dentro: danneggiata oltre ogni possibilità di riparazione. Non era giusto che non fosse esteriormente evidente.

Si fermò sulla porta dei Cooper, temendo il passaggio dalla sicurezza dello studio all'interno fumoso e troppo riscaldato dell'auto di sua madre. Chissà come, ora, il mondo le sembrava troppo grande, minaccioso: c'erano troppi spazi aperti in cui potevano succedere brutte cose e lei si sentiva così piccola. Ma inspirò a fondo e raggiunse velocemente la macchina. Senza correre, anche se avrebbe voluto. Non si rese conto che stava trattenendo il respiro finché non ebbe chiuso la portiera e abbassato la sicura. Mentre si allacciava la cintura, il cuore le batteva come se si fosse fatta due chilometri di corsa.

«Com'è andata?»

Melody la fissava in quel modo nuovo, come se Charlene fosse una specie di aliena, qualcuno che non riconosceva e di cui non sapeva che fare. Ma non era per cattiveria. In un certo senso era per prudenza, per delicatezza.

«È andata… non lo so… bene, credo. Parlarne, sai? Con una professionista e tutto il resto...»

Melody rispose con un lento cenno del capo. D'impulso, Charlene allungò la mano per prendere la sua. La donna sgranò un po' gli occhi per la sorpresa, poi quasi sorrise. Ma il sorriso le morì subito sulle labbra, come se non avesse motivo di essere lì.

«Le hai raccontato tutto, Charlene?»

Sembrava così triste, svuotata chissà come di ogni energia. Le rughette attorno agli occhi si erano fatte più accentuate. E da un paio di giorni non si dava la pena di truccarsi, mostrandosi sciatta e provata.

«Di Graham, intendi? No» disse lei. «Ovviamente, no, mamma.»

«È colpa mia, tutto questo, lo so.»

«No, mamma, è mia.»

Si sentì di nuovo quel tremore dentro. Avvertì il forte impulso a posare il capo in grembo a sua madre, come nell'infanzia, anche se, fino a pochi giorni prima, si sarebbe data fuoco ai capelli piuttosto che fare una cosa simile. Ora non tollerava nemmeno di perderla di vista troppo a lungo: non voleva rimanere da sola.

Melody le posò le mani sulle spalle, le diede una scossetta leggera.

«No, Charlene: niente di tutto questo è colpa tua. Ci sono cose che si erano messe in moto ancor prima che tu nascessi.»

Lei scosse il capo e represse un'altra crisi di pianto. Era spossante piangere tutto il tempo.

«Charlene» disse Melody, abbassando gli occhi sul sedile. «Dio, c'è così tanto che non puoi capire.»

Ma non era vero: lei capiva tutto. C'era stata.

Quando Charlene era scesa di sotto, aveva trovato sua madre sul pavimento della cucina, in lacrime. Dapprima aveva pensato che si fosse rotto qualcosa, spargendo a terra un liquido rosso, scuro, vischioso, poi aveva visto la mazza accanto a Melody. E nei pochi istanti successivi aveva creduto che fosse ferita: il modo in cui si piegava, come per un terribile dolore all'addome…

Poi aveva visto Graham, pallido e gemente sul pavimento, una mano alla testa.

«Tu, maledetta pazza puttana» diceva, lentamente e sottovoce, ripetendolo di continuo come un mantra.

«Che è successo?» aveva chiesto Charlene. Si era tenuta a distanza, restando accanto alla porta. Quella era una novità: Graham a terra sanguinante, apparentemente con una ferita seria. Ricordava ancora il prezzo che aveva pagato, l'ultima volta, per essersi intromessa tra i due, quindi preferiva rimanere alla larga.

Melody aveva alzato di scatto gli occhi su di lei, come se non si fosse resa conto che era in casa. E forse era proprio così: magari marito e moglie non sapevano che lei era di sopra a mettersi lo smalto. La borsa della madre era sul piano di lavoro della cucina, con una pila di corrispondenza accanto: a quanto pareva, erano appena rientrati. Poi Charlene l'aveva vista: la bolletta del suo cellulare, in cima al mucchio (si era dimenticata di intercettare la posta, al ritorno da scuola) e aveva sentito chiudersi lo stomaco.

Melody si era accorta che stava guardando il documento. «Dov'è quel telefono, Charlene?» Aveva usato un tono sorprendentemente gentile, quasi dolce. «Portamelo. Adesso.»

«Mamma. No.»

Non le avrebbe consegnato il telefono: era suo. Sapeva Dio se se l'era guadagnato, sopportando Graham. «Non è una tragedia. Tutti hanno un cellulare. E a scuola lo spengo.»

Si era voltata a guardare il patrigno. Pareva veramente malridotto. *Tutto quel sangue veniva dalla sua testa?*

«Charlene» le aveva detto lui. «Chiama il nove-uno-uno. Sono ferito.»

Ma sua madre si era messa a gridare che le portasse il maledetto telefono e il frastuono di quelle urla, come un allarme, la vista di tutto quel sangue l'avevano sconvolta. Era corsa di sopra a ripescarlo dalla borsa. Perché non aveva digitato il nove-uno-uno in quel momento? Sarebbe stata la mossa più saggia. In seguito aveva avuto un sacco di tempo per pensare che, se l'avesse fatto, nulla di tutto ciò che era destinato a succedere sarebbe effettivamente successo. Ma non aveva fatto quell'unica cosa, la cosa giusta. Come al solito.

Era scesa portando il telefono. Continuava a non voler entrare in cucina, perciò l'aveva passato alla madre facendolo scivolare sul pavimento. Melody si era alzata, traballando come un'ubriaca, anche se Charlene sapeva che era sobria. Aveva sollevato la mazza sopra la testa e lei si era messa a strillare: «No, mamma, no!», perché credeva che stesse per colpire Graham. Invece, aveva infierito sul cellulare, gridando: «Credi che non sappia che cosa le hai fatto? Credi che non veda? Finisce qui, stupida merda. Fin dove pensavi che ti avrei lasciato arrivare?».

Charlene era ammutolita di fronte alla scenata della madre e, in preda alla nausea per la paura e il senso di colpa, aveva continuato a fissarla mentre abbatteva la mazza sul telefonino, quasi senza riuscire a colpirlo, ormai, perché era ridotto in frantumi. Finché la donna non aveva semplicemente esaurito le energie, accasciandosi di nuovo a terra, in lacrime.

«Non l'ho mai toccata» aveva esclamato Graham. Aveva tentato faticosamente di rialzarsi. Il volto era mezzo coperto di sangue. «Diglielo, Charlene.»

Lei aveva scosso il capo, aperto la bocca per parlare, scoppiando invece in singhiozzi. Poi, finalmente: «Non mi ha mai toccato, mamma. Non l'ha fatto».

Melody aveva alzato lo sguardo, prima sulla figlia, poi di nuovo sul marito.

«Lo so questo» aveva detto. Le era apparsa in volto una smorfia cattiva, la sua voce era un ringhio: «Se l'*avessi* toccata, saresti morto».

«Mel, ti prego, portami all'ospedale. Sto male.»

Graham era ricaduto sul pavimento, l'occhio vitreo, privo di espressione. Il gemito che emetteva quasi non pareva umano, sembrava provenire dall'oltretomba.

«Mamma» aveva detto Charlene. «Dobbiamo aiutarlo.»

Tuttavia non si risolveva ancora a entrare in cucina. Melody si limitava a guardarla, e lei era certa che a quel punto avrebbe cominciato a darle della sgualdrina, ad accusarla di avere avvelenato l'esistenza a tutti.

Invece aveva detto: «Mi dispiace, Char. Ho mancato verso di te in ogni modo possibile». Lei non sapeva come rispondere. Si erano messe a piangere tutte e due.

«Chiamo il nove-uno-uno» aveva detto Charlene.

«No.» Melody si era alzata, asciugandosi gli occhi; suonava più calma, più forte. «Aiutami, Char. Porta il pickup in garage e dammi una mano a farcelo salire. Lo accompagno io.»

«Credo sarebbe meglio…»

«*Fallo e basta, Charlene!*»

E lei lo aveva fatto, aveva spostato il veicolo nel box, anche se sua madre non le aveva lasciato prendere nemmeno il foglio rosa, e aveva chiuso la porta basculante. Poi aveva aiutato a issare Graham sul pickup, sforzandosi allo stremo, come sua madre, mentre lui seguitava a gemere. Un lato del volto appariva gonfio e violaceo, ma il sanguinamento dal cranio e dal naso era diminuito.

«Charlene» aveva detto Melody dal finestrino al posto di guida: «Graham e io concorderemo che cosa dire su quello che è successo. Tu non c'eri, d'accordo?».

«Ma…»

La madre aveva alzato un palmo. «Per favore, Charlene, non dire una parola. Non *puoi*, lo capisci? Fai solo finta che non eri qui. Le cose saranno diverse per noi, d'ora in avanti.»

Non le era piaciuta l'espressione spaventata, disperata sul volto della madre: sembrava sconvolta. Aveva comunque annuito.

«Mamma» aveva detto, ma la porta del garage si stava già aprendo e Melody percorreva il vialetto in retromarcia. Un attimo dopo erano spariti in fondo alla via.

Lei era tornata in casa. Ripensandoci ora, non ricordava di aver provato nulla, concentrata com'era sul compito di ripulire tutto quel sangue. Era andata al computer e aveva cercato informazioni su come fare, poi si era armata di alcuni prodotti in lavanderia ed era riuscita a ottenere un discreto risultato, anche se le sembrava di intravedere ancora un alone sul linoleum. Dopo un bel po' di tempo passato a strofinare con la candeggina, le era venuta la nausea, si era sentita la testa leggera. Aveva gettato tutto – guanti, stracci, spazzola – nel bidone delle immondizie.

A lavoro finito, aveva guardato l'orologio: erano le sette passate. Sapeva che Rick la stava aspettando da Pop's. Avrebbe potuto chiamarlo, chiedergli di passare a prenderla, ma, no: non lo avrebbe fatto. Sapeva di avere oltrepassato una soglia, con sua madre. Rick non poteva seguirla e lei non avrebbe mai potuto tornare indietro da lui. A quel pensiero, al pensiero di lui che l'aspettava, di come avrebbe semplicemente potuto andare a farsi una pizza con Rick, pomiciare sui sedili posteriori della sua auto, ridere e lamentarsi con lui di The Hollows e dei loro stupidi genitori, paura e tristezza l'avevano abbandonata, sostituiti dalla rabbia.

Era andata in camera sua e aveva stipato alcuni effetti personali in uno zaino. In un cassetto, dentro un salvadanaio di Hello Kitty, aveva quasi mille dollari in contanti, risparmiati in anni di mancette e regali di Natale o di compleanno; li aveva ficcati dentro la borsa ed ecco: fine della sua vita a The Hollows.

Aveva scritto qualche riga a Rick e aggiornato lo stato su Facebook. Aveva anche tentato di chiamare Steve, il ragazzo per cui si era presa una cotta in città, ma senza ottenere risposta. Le era parso un brutto segno, ma gli aveva lasciato comunque un messaggio, convincendosi che sarebbe stato lì ad attenderla al suo arrivo.

Poi si era ricordata che Marshall Crosby le aveva offerto un passaggio. Si era accorta del modo in cui quel ragazzo la guardava, con una specie di smania disperata: sapeva che sarebbe venuto a portarla ovunque desiderasse. Così gli aveva scritto e poi si era avviata senza nemmeno aspettare una risposta. Non voleva che venisse a prenderla a casa: doveva sparire prima del ritorno della madre. E sentiva il bisogno di camminare, di pensare, perciò aveva scelto un punto a metà strada tra le loro abitazioni, calcolando che non ci sarebbe voluto molto per arrivarci a piedi.

Aveva lasciato la sua stanza senza voltarsi indietro. Ricordava di aver pensato che doveva allontanarsi da quella gente, da quella brutta vita, prima che la uccidesse. Ed era uscita, sola, incontro al freddo della sera.

«Ho fatto una cosa orribile, Charlene.»

Non avevano mai veramente parlato dell'episodio: quando Charlene aveva chiesto di Graham, Melody le aveva detto che si erano accapigliati di nuovo sul pickup. Lui l'aveva sbattuta fuori e lei era tornata a casa a piedi. Graham aveva espresso la volontà di andarsene a caccia, per prendersi il tempo di pensare al futuro della loro relazione. Si era allontanato e non era più riapparso, risultava irraggiungibile al telefono... Una bella liberazione.

Ma Charlene sapeva, come lo sa una figlia, che era una bugia. Dopo che lo avevano trasportato a bordo del pickup, l'uomo non era in condizioni di riprendersi e litigare, e certo non di sbattere fuori Melody e mettersi alla guida. Lei, però, s'era ben guardata dal dirlo. Anche perché voleva che fosse vero. Lo voleva con tutte le sue forze.

Ora, tuttavia, domandò: «Che gli è successo, mamma?».

Melody la guardò battendo le ciglia, come se non fosse sicura di aver capito a cosa si riferiva.

Poi: «Non sto parlando di Graham».

Charlene si sentì confusa. «E di che cosa allora? Che hai fatto?»

Melody mise la retromarcia e percorse il vialetto dei Cooper. Lei alzò gli occhi verso la finestra di Rick e vide che la luce era spenta. Non era ancora pronta a rivederlo, ma scoprì che le mancava più di quanto avrebbe immaginato. Forse l'amore, il vero amore, non era affatto quel che pensava lei. Forse non era un incendio incontrollato, una scossa tellurica, ma una mano tesa, una spalla robusta, una voce che ti sussurra all'orecchio. Forse l'amore non cambiava il mondo, ma rendeva solo due vite migliori, un po' meno dure, un po' meno sole.

«Voglio che non ci siano più segreti, Charlene. Posso confidarti una cosa che non ho mai detto ad anima viva?» La madre evitava il suo sguardo, tenendo gli occhi fissi sulla strada davanti a loro.

Lei era stanca, il peso che aveva da portare le pareva già fin troppo pesante, ma quella donna sembrava così triste, così sola.

«Certo che puoi, mamma.»

Allungò la mano a prendere la sua e, mentre viaggiavano verso casa, Melody raccontò a Charlene di un'altra ragazza verso cui aveva mancato, secoli fa.

Qualche anno prima, Maggie aveva visto un documentario sui sensitivi che risolvono casi giudiziari. Era un programma squallido della tivù via cavo, con dovizia di musiche melodrammatiche e pessime inquadrature, ma lei lo aveva guardato ugualmente, perché trattava anche la vicenda di Sarah Meyer, con riprese di The Hollows e interviste a persone che conosceva.

Era stata la sensitiva, una donna di nome Eloise Montgomery, a condurre la polizia sulla pista di Tommy Delano, sostenendo di avere avuto una visione dell'omicidio di Sarah. Lei era legata alla famiglia della ragazza, in quanto prestava occasionalmente servizio dai Meyer come donna delle pulizie.

Il suo nome comincia per T aveva detto. Una gracchiante registrazione delle sue dichiarazioni faceva sembrare la voce strana e soprannaturale. *È uno che la conosce bene. L'ha osservata, l'ha desiderata. Vedo boschi, un precipizio di terrore. Oh Dio. Lei è arrabbiata. E terribilmente spaventata. Lui è malato. Brama il contatto con le donne, con le ragazze, ma le odia anche. E odia se stesso per il fatto di desiderarle.*

Eloise sosteneva di avere avuto delle visioni la sera della scomparsa di Sarah, pur non sapendo (l'avrebbe appreso il mattino dopo) che la ragazza non si trovava. Aveva impiegato alcuni giorni per convincere gli investigatori a prestarle ascolto e, alla fine, l'avevano fatto solo per disperazione.

Ma c'è dell'altro. L'accaduto non è ben chiaro e potrebbe rimanere un mistero per sempre. Mi dispiace, ma lei se n'è andata ormai, non è più con noi, è in pace. I morti ci vedono con amorevole distacco. Non c'è dolore per lei, adesso. Solo musica.

Non appena aveva suggerito che il nome dell'assassino cominciava per T, i sospetti si erano incentrati su Tommy Delano. L'uomo era stato visto su una strada vicino al luogo del ritrovamento del cadavere e, quando gli inquirenti erano andati a interrogarlo, aveva tagliato la corda.

Non si capiva esattamente come sapesse di essere sospettato. Avevano trovato la sua stanza piena di ritagli su Sarah, foto di lei e di altre ragazze della scuola, le sue mutandine nel bagagliaio dell'auto. Lui era scomparso a piedi sulle colline dietro la sua abitazione: comportamento strano, visto che disponeva di un mezzo di trasporto.

È stanco e spaventato, desidera tornare a casa. Sa che lo state cercando. Vuole solo che sia finita. Lo troverete, molto presto.

E l'avevano trovato. La confessione era giunta poche ore dopo.

Eloise Montgomery si guadagnava ancora da vivere come sensitiva-detective, viaggiando per il mondo e aiutando le forze dell'ordine con i casi insoluti e irrisolvibili. Per qualche ragione, il suo dono si limitava a donne e ragazze: quelle scomparse, quelle uccise, quelle rapite. Il sito web lo affermava con chiarezza: «Non contattatemi per altre tipologie di soggetti: i miei talenti sono molto specifici». Qualche anno dopo i fatti di The Hollows, e in seguito alla soluzione di un altro caso importante, Eloise si era messa in società con il detective, ormai in pensione, che aveva indagato sulla scomparsa di Sarah Meyer, Ray Muldune. Maggie lo riconosceva vagamente dalla fotografia.

Ma c'è dell'altro. L'accaduto non è ben chiaro. E potrebbe rimanere un mistero per sempre. Quelle erano le parole che aveva in mente, mentre lasciava la città, al tramonto. E poi c'era la strana sensazione che le era rimasta addosso dopo la telefonata. Aveva scovato il numero di Eloise Montgomery sul sito, componendolo d'impulso, sicura di trovare la segreteria. Invece le aveva risposto un'anziana signora, con la televisione che gracchiava in sottofondo e un cane che abbaiava da qualche parte in lontananza.

«Eloise Montgomery?» aveva chiesto Maggie.

«Sì.» Il tono era quello di una abituata a pazientare mentre la gente pensava a cosa dirle.

«Forse le sembrerà strano,» aveva esordito «ma avrei qualche domanda su un vecchio caso.»

«Che cosa posso fare per lei?» Magari era solo il suo copione: darti l'idea che stesse aspettando la tua chiamata, che già sapesse ciò che stavi per chiedere.

«Si tratta di Sarah Meyer. L'omicidio.»

«Ah» aveva detto. «Sì.»

Dalla voce sembrava sul punto di continuare, ma non l'aveva fatto e di colpo Maggie si era sentita impacciata, incerta su come proseguire. Di sicuro non avrebbe rivelato a una sconosciuta ciò che era emerso dalla soffitta di sua madre. Che cosa le era venuto in mente? Perché aveva fatto quell'assurda telefonata?

«Ha nuove informazioni sul caso» aveva detto l'altra. «È preoccupata per persone a lei vicine.»

La voce era sommessa, quasi suadente, ma Maggie non riusciva ancora a tirar fuori una parola. Il suo cuore era un uccello in gabbia che sbatacchiava spaventato contro le sbarre. Avvertì l'impulso di riattaccare.

«Sono libera, al momento» aveva spezzato il silenzio Eloise. «Sa dove abito?»

Lei stava giusto fissando l'indirizzo sulla pagina web.

«Sì.»

«Può venire?»

«Okay» aveva risposto. «A dopo.»

E la Montgomery aveva riappeso. Maggie si era alzata, prendendo in fretta le sue cose e lasciando lo studio prima di cambiare idea. Il bisogno di andare da quella donna, di sentire ciò che aveva da dire sul caso era magnetico: una spinta possente, capace persino di allontanarla dalla famiglia in quel momento di estrema emergenza. La parte di lei che si era sempre dedicata ad assistere, gestire, rimediare, controllare, per una volta taceva.

Lungo il tragitto ebbe il tempo di razionalizzare. Probabilmente, quasi tutti quelli che chiamavano Eloise con riferimento a un vecchio caso pensavano di avere nuove informazioni. E per la maggior parte, potevano essere motivati dalla preoccupazione per qualcuno che amavano. Maggie aveva sentito che quella era la tecnica di molti sedicenti sensitivi: giocare con le probabilità, sfruttare appigli visivi o verbali per avanzare ipotesi apparentemente ragionevoli sull'individuo che avevano di fronte. Per gli psicologi non era molto diverso. Le persone erano uniche, ciascuna con una vita interiore incredibilmente complessa, un mosaico di personalità, storia e percezioni; la loro vita interiore era una vasta, nebulosa simbiosi tra memoria e momento presente, nessun episodio o esperienza indipendente dagli episodi e dalle esperienze che l'avevano originato. Ma i problemi che la gente affrontava erano sempre gli stessi ed elementi quali l'aspetto, il tono, il linguaggio del corpo, l'espressione del volto segnalavano moltissimo a un occhio esperto, a una persona dotata di empatia. La sua riluttanza a parlare aveva certamente rivelato alla Montgomery tutto ciò che le serviva sapere sul perché la stesse chiamando.

Quando si fermò sul vialetto, davanti a una casetta bianca, Maggie si sentiva ormai più tranquilla, più sicura di sé e delle sue intenzioni. L'abitazione era situata nei pressi di una stretta strada sterrata, a una trentina di chilometri da The Hollows. Sorgeva in cima a un pendio, linda e ben tenuta, e tutto – le assicelle bianche del rivestimento, le persiane nere, la porta rossa – appariva ridipinto di fresco. Sotto le grandi querce che torreggiavano nella proprietà, erano accumulati qua e là mucchietti di foglie rastrellate.

Mentre saliva lungo il sentierino di pietre, fino alla veranda, foglie gialle e arancioni le svolazzavano intorno. Il sole era sceso sotto l'orizzonte, ma il clima era di nuovo mite, il freddo gelido del giorno prima solo un ricordo.

Mentre suonava il campanello e attendeva alla porta, Maggie notò tre grosse zucche accanto all'ingresso, insieme ad altre più piccole, ornamentali, e pensò che quell'anno lei non si era nemmeno disturbata a tirar fuori le decorazioni autunnali. L'idea, chissà perché, le fece venire le lacrime agli occhi. Le stava giusto asciugando, quando Eloise aprì.

«Comincerò col dirle che non sono tenuta al segreto professionale, quindi tutto ciò che non vuole farmi sapere, lo tenga per sé. Non sono un avvocato, né un prete.»

La Montgomery sedette di fronte a Maggie, passandosi le dita tra i corti capelli sale e pepe. Lei se la ricordava più robusta, più imponente. Ora aveva l'aspetto di una che non s'interessa molto al cibo, con braccia e gambe magre, le clavicole che spuntavano vistosamente sotto la pelle. Eppure c'erano tre crostate a raffreddare sul piano della cucina, dove Eloise l'aveva fatta accomodare, che riempivano l'aria con un profumo invitante di dolce appena sfornato. La padrona di casa le aveva offerto il caffè e Maggie aveva rifiutato, ma lei gliene aveva messa ugualmente una tazza davanti, con latte e un cucchiaino di zucchero. Maggie ne bevve un sorso per educazione e scoprì che era esattamente ciò che le serviva.

«Ero al terzo anno di liceo, quando Sarah è stata uccisa» spiegò. «Mia madre, Elizabeth Monroe, era la preside della Hollows High.»

«La ricordo. Una brava persona.»

«Sì,» disse Maggie «grazie. Recentemente ha subito un infortunio. Mio figlio l'ha trovata in stato di semi-incoscienza; nel delirio, gli ha detto alcune cose che mi hanno turbato, cose che mi hanno riportato alla mente Sarah Meyer.»

La donna annuì lentamente, si guardò la punta delle dita. Maggie notò che erano screpolate, le unghie rosicchiate fino alla carne viva, e sanguinanti.

«Ha detto a mio figlio: "Era già morta quando lui l'ha trovata". Ora sostiene di non ricordarsi niente, ma a me ha fatto suonare un campanello.»

Eloise la fissò con i suoi occhi scuri, come se sapesse che qualcosa di più concreto l'aveva spinta ad andare fin lì. Lei distolse lo sguardo, spostandolo qua e là per la cucina. Una gallinella in ceramica, una lavagna coperta di annotazioni scarabocchiate, il piano di lavoro scrostato agli angoli: guardava ovunque tranne che in quelle pozze oscure.

«Una volta, parecchio tempo fa, sua madre si è seduta dove sta lei adesso: non credeva che Tommy Delano avesse ucciso Sarah Meyer.»

Maggie emise un risolino sorpreso. «No,» disse «scusi, senza offesa, ma non ce la vedo proprio mia madre che va da una sensitiva.»

Eloise sorrise. «Era venuta a chiedermi il perché delle mie dichiarazioni. Mi accusava di essere un'imbrogliona.»

«E lo è? Un'imbrogliona?»

Si sorprese di se stessa per aver posto la domanda. Era irrispettosa, sfrontata e certo non da lei: più il genere di sua madre, in effetti.

Ma Eloise si limitò a scuotere lentamente il capo. «Vorrei esserlo. Vorrei che fosse tutta una fregatura, un espediente che mi sono inventata per far soldi. Vorrei non avere passato metà della mia vita a vedere cose che nessuno voleva vedere.»

Non c'era rabbia o amarezza nel tono, solo la mestizia di chi è rassegnato alla propria condizione. Maggie notò svariati flaconi di medicinali, tutti allineati lungo il lavandino.

«Che cosa rispose a mia madre?» Il frigo cominciò a ronzare e sentì alcuni cubetti cadere dalla vaschetta nel freezer.

«Capto frequenze, immagini. Il modo migliore per descriverlo è dire che ho dentro come uno scanner: vedo cose con un grado variabile di nitidezza. Alcune hanno senso, altre no. A volte ho un legame con le persone coinvolte, come nel caso della famiglia di Sarah, altre volte le cose che vedo sono dall'altra parte del mondo. Non c'è uno schema costante.»

Carezzò il bordo del tavolo con la punta delle dita: pareva aver concluso il suo discorso.

«Tommy Delano ha ucciso Sarah?» chiese Maggie.

«Lo credevo, pur sapendo che la vicenda era molto più complessa di quanto io riuscissi a vedere. Sapevo che aveva dentro una rabbia tremenda, qualcosa che viveva in lui fin dall'infanzia. Non dipendeva da lui: era una maledizione che affliggeva il suo spirito, qualcosa di ereditato, che non poteva esorcizzare. Sapevo che era divorato da una brama ardente di lei, che l'aveva spiata, seguita a lungo. Si era tenuto dentro il demone finché aveva potuto, ma quello si dibatteva in lui. L'ho visto toccarla, tagliarla.»

Gli occhi di Eloise avevano acquistato un luccichio particolare, lo sguardo era fisso oltre le spalle di Maggie, come se lei non fosse più nemmeno nella stanza, ma la voce era calma, priva di emozione, quasi parlasse di una cosa vista in tivù.

«Così dissi allora, perché era ciò che vedevo. Più tardi lui confessò.»

«E oggi che ne pensa?»

La donna levò l'indice, si alzò e lasciò la stanza. Quando tornò, un momento dopo, aveva una busta in mano.

«Qualche giorno dopo la morte di Tommy, in prigione, mi arrivò questa. Si era impiccato, come ricorderà. *Quella cosa* lo aveva fatto impiccare: quella rabbia tremenda.»

Maggie avvertì un brivido, l'impulso di alzarsi e scappare via, ma rimase inchiodata alla sedia. Fuori il sole era tramontato, faceva buio. Le pareva che fossero le uniche due persone al mondo.

«È un biglietto scritto in punto di morte. Me l'ha mandato lui.»

«Perché? Perché avrebbe scelto di mandarlo a lei?»

«Voleva che qualcuno sapesse la verità: chi era, che cosa aveva fatto. Sosteneva di sentirmi dentro la sua testa. Non so se fosse vero. Ne dubito, ma ho imparato a non giudicare: ci sono troppe cose che non arriviamo a comprendere.»

Le porse la lettera. Maggie allungò la mano per prenderla ed Eloise la trattenne per un attimo. La sua stretta era delicata ma ferma. Lei alzò gli occhi a incontrare quelli della donna e vi trovò solo gentilezza.

«Sapevo che un giorno sarebbe venuta a chiedere delle risposte» disse. «L'ho saputo fin dal giorno in cui sua madre è stata da me.»

Qualcosa nelle sue parole, o nel tono della sua voce, le diede nuovamente voglia di piangere. «Come è possibile?»

Eloise si riappoggiò allo schienale e si cinse la vita con le braccia. «Perché avevo detto a sua madre di smettere di cercare. Le avevo detto di accettare la situazione com'era, di lasciarli andare, Sarah e Tommy Delano. Le avevo detto che, se non l'avesse fatto, avrebbe perso sua figlia. Non sapevo il perché: sapevo solo che non spettava a lei indagare e che, se l'avesse fatto, avrebbe pagato un prezzo altissimo.»

L'informazione ebbe un violento impatto e centrò in pieno il bersaglio. Maggie ricordò ciò che le aveva detto Elizabeth in auto, quando le aveva chiesto chi mai potesse essere l'assassino di Sarah, se non Delano. *Sai, la possibile risposta è ciò che mi ha impedito fin dall'inizio di porre la domanda.*

Ma Elizabeth non era una donna superstiziosa, una che si piegasse agli ammonimenti di una sensitiva. Lo disse a Eloise, che rispose con un rispettoso cenno del capo. Maggie si rese conto che Eloise era una persona abituata a non essere creduta. La cosa non la turbava minimamente, ma più tempo Maggie trascorreva in sua compagnia, più la trovava credibile: forse sua madre aveva provato la stessa sensazione.

Tenne la busta in mano per un istante, poi sfilò il foglio che conteneva. Il messaggio di Tommy era scritto con grafia sinuosa e infantile.

Gentile signorina Montgomery,
credo che lei sia l'unica persona al mondo a conoscermi. Sento i suoi occhi su di me e so che riesce a vedere chi sono, ma non mi giudica. Ci

sono cose che le devo dire, le devo far comprendere. Lei vede molto, ma non tutto. Le dirò che non ho ucciso io Sarah Meyer, ma l'avevo già uccisa cento volte in altrettanti modi diversi. E voglio dirle che l'amavo, che pensavo a lei costantemente. Molte volte, come anche lei ha detto alla polizia, la seguivo. Ero nelle vicinanze quando è morta. È stato un incidente. Si trovava in compagnia di alcuni ragazzi e c'è stata una lite. Lei è sfuggita a uno di questi, correndo, ed è caduta, ha battuto la testa contro una roccia. L'hanno abbandonata lì, nel buio, così l'ho presa con me: mi apparteneva. L'avrei voluta calda e urlante, ma l'ho presa com'era: fredda e silenziosa.

Lei sa che cosa le ho fatto. C'era anche lei. Sentivo la sua presenza anche se, in quel momento, non lo capivo. Quindi non scriverò qui quelle cose: sono incubi. Odio chi sono, l'ho sempre, sempre odiato. Ho subito delle pressioni perché confessassi: mi sono stati addosso per ore. Ma non è per questo che ho ammesso di averla uccisa. L'ho fatto perché un giorno l'avrei uccisa veramente. E se non lei, un'altra. Non potevo più trattenere l'animale in gabbia, specie non dopo che aveva sentito il sapore del sangue. È un bene che io sia rinchiuso qui, insieme a quell'essere. Non si rammarichi pensando di avere sbagliato: ha colto nel segno in tutti i sensi.

Questa è l'ultima parola che un essere vivente sentirà da me. E non conosco nessuno a cui mancherò. Tutti pensano che io sia un mostro. Lo sono. Spero che la mia mamma mi stia aspettando, ma ne dubito. Ricordo com'era prima che la spingessi giù dalle scale. So che mi amava, ma quando mi guardava, era così triste.

Suo,

Tommy Delano

Il dolore sembrò irradiarsi alle dita direttamente dal foglio. Maggie si ritrovò a pensare a Marshall, un altro ragazzo disturbato che si trasformava in un uomo pericoloso e instabile. Pensò al violino di Sarah nella soffitta di Elizabeth, a Charlene che piangeva sul suo divano, a sua madre e suo marito nei loro letti d'ospedale. Pensò a Ricky che sarebbe partito per il college e fu contenta che se ne andasse lontano – lontano da quel posto – pur sapendo che la perdita l'avrebbe annientata. C'era qualcosa in The Hollows che non ti mollava mai: ti tratteneva lì anche se volevi andartene, o ti riportava indietro appena abbassavi la guardia. Ti allettava con promesse che non manteneva – sicurezza, tranquillità, serenità – finché, un bel giorno, ti ritrovavi troppo stanco anche solo per desiderare di vivere altrove.

«Mia madre sapeva di questa lettera? Sono sicura di sì.»

Eloise annuì. «Gliel'ho fatta leggere dopo che era passato un po' di tempo; non so esattamente perché: le ha procurato solo altro dolore. Ma tendo a seguire i miei impulsi e ho scoperto che, in genere, hanno un senso, anche quando io per prima non lo capisco.»

Maggie pensò a sua madre, alla sua ferma determinazione, alla sua sicurezza su ciò che è giusto e ciò che è sbagliato. Come aveva potuto vivere con quella consapevolezza?

«Eloise» disse. «Lei sa chi ha ucciso Sarah?»

La donna guardò fuori dalla finestra sopra il lavandino, poi tornò a posare lo sguardo sulla visitatrice.

«No. Mi dispiace.»

Maggie le credette.

27

Henry Ivy chiudeva raramente la porta. Quando era ragazzo le porte erano sempre aperte e, anche se The Hollows era cambiata molto da allora, di rado gli veniva in mente di farlo: quasi non riusciva a ricordare l'ultima volta che aveva usato la chiave. Ora, però, in piedi sulla veranda, notò che era socchiusa. Lui non l'avrebbe lasciata così: era vecchia e s'inceppava, specialmente in serate umide come quella, dopo che il giorno prima aveva fatto freddo. In quei casi, poi, gli toccava chiuderla del tutto e poi spalancarla di colpo.

Per un attimo pensò di andarsene, girare sui tacchi e tornarsene all'auto, chiamando la polizia con il cellulare. Ma se poi non ci fosse stato nessuno là dentro, avrebbe fatto la figura dell'idiota. E se tutti a The Hollows lo amavano e lo rispettavano, se lo stimavano per il suo lavoro, nessuno l'aveva mai considerato un duro. Non era l'uomo che avrebbero chiamato se serviva un eroe. A The Hollows, quell'uomo era Jones Cooper. Se avesse fatto intervenire la polizia per un'intrusione immaginaria, gli agenti sarebbero stati molto educati e comprensivi… ma poi sai le risate, al bar, alla fine del turno. La storia sarebbe giunta alle mogli, e alle amiche delle mogli. Un paio di giorni e Margie, la receptionist della scuola, l'avrebbe guardato con un sorriso di commiserazione.

Aprì la porta ed entrò in anticamera, si fermò ad ascoltare. L'aria sembrava diversa. C'era uno strano odore, qualcosa di sgradevole. Passò in soggiorno, sulla destra, e vide Travis Crosby seduto sulla poltrona dallo schienale alto, accanto al caminetto.

La stanza era esattamente come l'aveva arredata la madre di Henry decenni prima (quando i suoi genitori gli avevano venduto la casa per trasferirsi in Florida, si erano ricomprati tutto, laggiù). Lui aveva sempre pensato di rivendere la mobilia che gli stava intorno fin dall'infanzia, buttare giù un po' di muri e ristrutturare, ma non l'aveva mai fatto, unicamente per una specie di inerzia che si era impadronita della sua esistenza. Ma andava tutto bene. Lui era sempre stato bene. Così si diceva.

«Che ci fai qui, Crosby?»

Non si sentiva particolarmente allarmato, pur ritrovandosi un ricercato nel soggiorno. In un certo senso gli pareva quasi di averlo aspettato, come se avessero un affare in sospeso che non erano mai riusciti a concludere.

«Andavo alle riunioni della Alcolisti Anonimi. Al dipartimento lo pretendono: "Devi promettere che curerai la tua dipendenza come una malattia e, quando sarai guarito, ti restituiranno il distintivo". Ma non è così che funziona. Ti rimettono sul libro paga, ma non per strada. Finisci dietro una scrivania, magari all'archivio delle prove, se sei fortunato.»

Henry notò una bottiglia semivuota di Jack Daniel's e un sacchetto di patatine ai piedi dell'uomo. Evidentemente era lì da un po' e si era servito senza complimenti in cucina e nel mobiletto bar.

«Ma io non ho scelto di diventare un poliziotto per archiviare scartoffie.»

«No» disse lui. «Hai scelto di diventare un poliziotto per continuare ad angariare la gente *ed* essere pagato per farlo.»

Travis emise una risatina irritata, si terse nervosamente il sudore dalla fronte. «Non hai mai capito quando è il caso di tenere la bocca chiusa, Ivy.»

Fu allora che Henry si accorse della pistola: piatta, nera, lucida minaccia. E tuttavia continuava a non sentire paura, ma solo una sorta di elettrica consapevolezza. Provava la stessa cosa che l'aveva indotto a colpire Travis il giorno della partita: qualcosa di brutto, schiacciante, ma date le circostanze non sgradito.

«Che cosa vuoi, Crosby?»

«Penso ancora a quel giorno, sai? Quando mi hai picchiato davanti a tutta la scuola…»

«Anch'io.»

«Mi sembra quasi che tutto abbia cominciato a precipitare a partire da lì, che dopo quel giorno non sia mai più successo niente di buono.»

Travis lo squadrò con gli occhi umidi, rosso in volto, le gambe nervose. Era gonfio, repellente, con una macchia scura su camicia e pantaloni. Henry ricordava ancora il ragazzo slanciato e crudele di un tempo: tanto più minaccioso per la sua bellezza e il suo fascino. L'uomo che aveva di fronte era un relitto.

«Stai scherzando, vero? Mi hai torturato per anni. E ora vuoi dare a me la colpa di averti rovinato la vita? Un classico!»

La logica avrebbe voluto che Henry cercasse di blandire Travis, conscio della pistola che l'altro aveva in pugno. Ma Henry era stanco di starsene tranquillo, di fare la cosa più giusta, la cosa più logica. Non aveva fatto altro per tutta la vita e che cosa ci aveva guadagnato? Che cosa aveva da mostrare come risultato di tanta correttezza? A pensarci bene, far vedere i sorci verdi a Travis Crosby era stato l'unico gesto autentico che avesse compiuto.

«Durante la disintossicazione, ti dicono che devi rimediare, chiedere scusa alle persone cui hai fatto del male a causa della dipendenza, ma io continuavo a pensare: e tutti quelli che hanno fatto del male a me? Che mi hanno rovinato la vita? Mio padre, tu, la mia ex moglie. Quando comincerete a rimediare anche *voi*?»

«A quanto pare, ti sfugge il punto, Crosby.»

«Io non credo.»

Travis si alzò in fretta e Henry fece istintivamente un passo indietro. Vide un sorriso da predatore che gli sollevava gli angoli della bocca.

«E ciò che mi fa davvero infuriare,» continuò Travis «ciò che mi *uccide*, è che mio figlio parla sempre di te, come se fossi una specie di oracolo. *Il signor Ivy dice questo, il signor Ivy dice quello.*» La voce si era trasformata in una crudele imitazione. «Tu! Il frocio con cui ho pulito il pavimento per anni. Lui ti guarda con ammirazione.»

Allora, Henry capì che tutta la tristezza, la paura, la scarsa autostima che sussistevano in Marshall erano state anche in suo padre. E, probabilmente, in Capo Crosby prima di loro. Per la prima volta in vita sua, Travis gli fece compassione.

«Ti vuole bene» gli disse. «Ti ama così tanto. Più di quanto tu non creda.»

Ma Travis non sembrò prestargli ascolto. Era perso nell'uragano che gli infuriava dentro.

«A volte penso che, se non fosse stato per quella volta alla partita, non avrei accumulato tanta rabbia. Non l'avrei inseguita e lei non sarebbe caduta.»

«Non so di che cosa stai parlando.»

«Non ha importanza, ora, è troppo tardi per lei, troppo tardi per me.»

Henry inspirò a fondo, posando gli occhi ovunque meno che sulla pistola. Era surreale trovarselo nel soggiorno dei suoi, così distrutto, sconfitto, ancora pieno di rancore, malgrado gli anni che erano passati. Si sorprese a domandarsi perché le persone si aggrappano alla rabbia e alla tristezza, vi si avvinghiano, permettendo loro di dirigere il corso di un'intera esistenza, ma faticano invece tanto a trovare l'amore e a non lasciarselo sfuggire. Si accorse che Travis stava tremando.

«Senti» gli disse. «Mi dispiace di averti fatto del male quel giorno.»

Non stava solo tentando di calmare un uomo con la pistola in mano, gli dispiaceva davvero. Gli dispiaceva di essersi lasciato trascinare così in basso. Non aveva mai dimenticato quanto fosse doloroso procurare dolore a un altro, anche se lo meritava.

Gli parve che Travis si ammorbidisse un po', le spalle che cascavano dalla rigida postura in cui le aveva tenute fino a quel momento.

«Cristo, Ivy, persino ora sei proprio un finocchio del cazzo.»

Non provò altro che pietà, mentre Travis alzava la pistola e gliela puntava alla tempia. Indietreggiò e chiuse gli occhi, mentre l'altro tirava il grilletto. Ma non ci fu alcuna detonazione, solo un piccolo clic e poi il silenzio.

Henry aprì gli occhi giusto in tempo per cogliere la delusione attonita sul volto dell'altro; avrebbe fatto ridere, non fosse stato così disgustoso. L'uomo crollò sulla poltrona, ululando disperato, il volto rigato di lacrime.

Lui si chinò e gli prese facilmente l'arma di mano. Controllò il tamburo. Travis aveva premuto il grilletto con la camera di scoppio vuota, ma in effetti c'erano ancora tre pallottole. Per un momento che sembrò dilatarsi, Henry immaginò quanto sarebbe stato facile sparare a Travis, invocando poi la legittima difesa. Date le circostanze e le rispettive reputazioni, nessuno avrebbe dubitato della sua parola.

Ma fu solo una breve fantasticheria. Pensò a Marshall, che aveva perduto così tanto. E a se stesso, a ciò che sapeva dell'assurdità di ogni vendetta, di come non fosse altro che una falsa vittoria. Ma soprattutto, pensò a Travis Crosby, a come la sua vita presente e futura sarebbe stata una punizione migliore di qualunque altra lui avesse potuto sperare di infliggergli.

Voltò le spalle all'uomo in lacrime e chiamò la polizia.

Maggie indugiava sulla porta della camera d'ospedale in penombra e guardava suo marito. Non sembrava grande e imponente come sempre: sembrava fragile, indifeso. L'orario di visita era finito da un pezzo, ma le infermiere la conoscevano e nessuna si era mossa per fermarla quando era passata accanto alla loro postazione.

Giunta alla stanza di Jones, tuttavia, non si decideva a entrare. Che cosa avrebbe detto? Come avrebbe potuto porre le domande che le premevano? Lui cosa le avrebbe risposto? E loro due chi sarebbero diventati dopo quel confronto?

Solo Jones avrebbe potuto nascondere le cose di Sarah nella soffitta di sua madre: lo sapeva con certezza. Elizabeth non ci saliva da anni e, quando ci aveva provato, non era nemmeno riuscita a fare la scala. Inoltre, sì, forse sua madre era colpevole di non aver posto una domanda scomoda, di essersi inchinata, per qualche oscura ragione, alle fosche predizioni di Eloise Montgomery, ma non avrebbe mai occultato le prove che dimostravano il coinvolgimento di qualcuno nell'omicidio di una ragazza. Non avrebbe potuto continuare a vivere tranquillamente, sapendo di avere quelle cose sotto il suo tetto.

«Mags? Dov'eri andata? Eravamo preoccupati: il tuo cellulare dava solo la segreteria.»

Entrò e prese una sedia, andando a mettersi accanto al marito.

Nella luce fioca sembrava se stesso da giovane, il rubacuori di The Hollows, il ragazzo che lei aveva adorato in silenzio. Si domandò come potesse essersi portato dentro quel peso tanto a lungo, senza mai nemmeno la possibilità di accennare a quanto fosse doloroso, soffocante.

«Jones» disse. Gli pose una mano sul braccio.

«Che c'è Maggie? Ricky sta bene?»

«Sta bene.»

«Perché ho pensato a lui. Ho commesso un'infinità di errori con quel ragazzo. Posso fare meglio.» Emise un profondo sospiro. «Non è troppo tardi, vero?»

A quella domanda, malgrado ciò che li attendeva, Maggie si sentì invadere da un senso di sollievo. L'unica cosa che contava era quanto si amavano, come si rapportavano l'uno con l'altro in seno alla famiglia: quella era la radice, il tronco vitale, il resto erano solo foglie che spuntavano e poi cadevano, venivano rastrellate via e lasciavano il posto ad altre.

«Non è mai troppo tardi, Jones.»

Allora gli raccontò che cosa aveva trovato nella soffitta di sua madre, dov'era stata mentre lui la cercava al telefono. E quando lui cominciò a piangere, gli si sdraiò accanto e lo strinse finché non ebbe smesso. Poi parlarono come non avevano mai fatto da quando si erano innamorati, con l'intensità della scoperta. Jones le disse ogni cosa della sera in cui Sarah era morta, e di ciò che era accaduto in seguito. E Maggie seppe che, per la prima volta nel loro matrimonio, le stava rivelando tutto se stesso.

28

Certe volte, Chuck Ferrigno non amava il suo lavoro. I suoi genitori avevano sempre tentato di dissuaderlo: volevano che facesse il commercialista, mettendo a frutto il suo talento per i numeri. Ma i numeri lo annoiavano. A differenza di altri, lui non vedeva la poesia o la musica delle equazioni matematiche: gli pareva tutto così arido, prevedibile, diverso dalla vita reale. La vita era caotica e imprecisa, determinata dalle variabili dell'umanità, più che da valori costanti. Questo era ciò che lo attirava, che lo motivava a compiere il suo dovere. E poi da giovane non aveva desiderato altro che correre e inseguire, far rispettare la legge, aiutare le persone bisognose. Irrompere nei palazzi in fiamme per salvare i bambini. Avere una pistola.

Ma il lavoro non era quasi mai così, ovviamente. Ogni tanto capitava un momento all'altezza dei suoi sogni di gioventù, ma in genere le incombenze somigliavano più a ciò che stava facendo ora: starsene in piedi in un'area di sosta a bordo strada, guardando un cadavere in decomposizione su un pickup, e soppesando le implicazioni, paventando la montagna di scartoffie.

Graham Olstead, marito di Melody Murray, era morto da un pezzo, a giudicare dal suo aspetto. Nell'abitacolo si trovavano il fucile da caccia appeso alla rastrelliera e una cassetta di provviste che gli sarebbe bastata per qualche giorno; accanto a lui, un borsone con dei vestiti di ricambio.

Melody Murray aveva dichiarato che il marito voleva andare a caccia e, apparentemente, il suo programma era stato esattamente quello. Ma, per qualche oscura ragione, si era fermato nell'area di sosta e lì era morto. Chuck aveva la sensazione di sapere perché: l'aveva già visto succedere.

«Ematoma subdurale.» Katie sembrava parlare solo per se stessa. Non aveva fatto una piega davanti al corpo, non si era neppure ritratta per l'odore. Si voltò verso di lui e, quando lui la guardò, vide la stessa pelle liscia, intatta, priva di segni del tempo, che vedeva sul volto dei suoi bambini. Era troppo giovane per quel lavoro. Ora capiva perché i suoi non avrebbero voluto che facesse il poliziotto; forse più tardi avrebbe cercato di convincere quella dolce fanciulla di provincia a diventare maestra d'asilo o roba del genere.

Si stava alzando il vento e, sul tratto di autostrada oltre il bosco, il clacson di un camion risuonò funereo nell'aria notturna. La luna era nascosta da una cortina di nubi, il cielo aveva assunto un'inquietante tinta cenere.

«Se ha preso un colpo alla testa con la mazza da baseball, ci potrebbe essere stato un periodo di lucidità, come sostiene Melody Murray, durante il quale sarebbe stato in grado di camminare, di parlare.» Katie indicò gli effetti personali nell'abitacolo. «Sarebbe stato in grado di prepararsi per il viaggio, di mettersi alla guida. Ma se il sangue del vaso sanguigno rotto non si fosse coagulato perfettamente? E magari, se Olstead si è preso un Motrin per il dolore, è successo proprio questo. Poi, qualche ora dopo…» Lasciò la frase in sospeso, alzando un esile palmo in direzione del cadavere. Gli andò più vicino e Chuck la seguì.

Katie indicò il livido violaceo che spiccava sulla tempia di Graham, così vistoso e inquietante sulla cute biancastra.

«Non lo sapremo fino all'autopsia» disse. «È solo una teoria. Il coroner sta arrivando.»

Vedendo che il detective non commentava, aggiunse: «Prendo la fotocamera».

A Chuck non piaceva arrestare le donne, ma avrebbe dovuto richiedere un mandato e portare dentro Melody Murray. Avrebbe preferito che Jones fosse lì per farlo: gli pareva quasi che a lui non sarebbe dispiaciuto affatto. Si chiese – non per la prima volta – come stessero esattamente le cose tra loro: era sicuro che dovesse esserci qualcosa sotto. Tutti, in quella città, sembravano legati in qualche modo a tutti gli altri.

Poiché veniva da New York, lui lo trovava strano – era abituato al distacco, all'anonimato della folla – ma a sua moglie piaceva The Hollows: le piaceva andare dal lattaio e incrociare tre persone che conosceva, ricevere una chiamata dalla vicina qualche porta più su perché i ragazzi stavano giocando fuori dalla via privata in cui avevano il permesso di girare in bici. Lui, invece, lo trovava opprimente: che tutti sapessero i fatti tuoi, passassero a casa tua portando biscottini fatti in casa, commentassero la prestazione di tuo figlio a una partita di calcio cui tu non avevi potuto assistere. Si domandò come fosse crescere in un posto e restarci per il resto della vita, essere definito per sempre dalle tue amicizie d'infanzia, non sapere mai se eri arrivato a essere la persona che volevi, perché restavi in eterno quella che eri stato da giovane.

Guardò Katie, china sul cadavere. Per la prima volta dal suo arrivo sembrava a disagio, con la fronte aggrottata, la maschera professionale che le scivolava via.

«Credo che mia madre sia uscita con lui» disse. «Molto tempo fa, al liceo.»

«Questo non mi sorprende» replicò Chuck. «È una piccola città.»

«Diceva che beveva troppo. Che era un balordo.»

Il detective spostò lo sguardo sul morto: un estraneo, uno che non aveva mai incontrato in vita sua. Si chiese se fosse vero, se il solo fatto di dire una cosa la rendesse vera, in un certo senso. C'era una storia che suo padre raccontava sempre, sul ragazzo che aveva messo in giro una maldicenza ai danni di un bravo medico nella città in cui viveva. Quando poi era andato a scusarsi, il dottore gli aveva chiesto di sventrare un cuscino e lasciare che il vento portasse via le piume dell'imbottitura. Poi gli aveva domandato di rimetterle tutte nella federa, cosa ovviamente impossibile: quelle piume erano arrivate lontano, atterrando in luoghi in cui, magari, non le si vedeva, non le si trovava, ma c'erano.

«Tu, però, non lo conoscevi…»

«L'avevo solo visto in giro per The Hollows. Come tutti.»

Il modo in cui lo disse indusse Chuck a guardarla di nuovo.

«Non avevi frequentato il John Jay College?» le chiese.

«Sì.»

«Perché sei tornata a casa?»

Lei scosse il capo, sempre fissando il corpo. «Non lo so. Mi mancavano mia sorella e i bambini. Il mondo là fuori, la città… Sembrava tutto così immenso. E io mi sentivo piccola piccola.»

Ci fu un'altra folata di vento, che piegò ancor di più le cime degli alberi e li fece mormorare più forte. L'aria, all'improvviso, sapeva di pioggia e Chuck percepì un mal di testa da sinusite in arrivo. Quel posto era infernale per le sue allergie.

Katie si allontanò e cominciò a scattare foto, mentre altre due autopattuglie entravano nell'area di sosta, con i lampeggianti accesi e senza sirene. Aveva chiamato rinforzi per mettere in sicurezza la scena del crimine. Osservò gli agenti bloccare l'ingresso del parcheggio, quindi attraversare l'area.

Trasse di tasca il cellulare per richiedere un mandato di arresto, poi guardò Katie, ma era totalmente assorta nel suo lavoro, la conversazione tra loro già dimenticata. Si annunciava una notte di piena attività.

Leila odiava la casa di suo padre. Quando lui era vivo ci andava quel poco che il senso del dovere e l'obbligo le imponevano, e anche ora che era morto, non riusciva a provare alcun affetto per quel posto. Passando da una stanza all'altra, ancora esattamente come sua madre le aveva arredate tanti anni prima, sentiva solo un fastidioso torpore, una persistente incredulità per quell'epilogo amaro. Aveva atteso la pena, la rabbia, il dolore: tutto ciò che si dovrebbe provare di fronte alla morte violenta di un padre, ma avvertiva solo un sommesso brontolio di nausea, un profondo silenzio interiore.

Si lasciò cadere sul rigido divano e si ritrovò a fissare il portacaramelle in cristallo, vuoto, posato sopra un polveroso centrino sul vecchio tavolino da caffè in mogano. Era stato testimone di ogni miseria che suo padre e suo fratello avevano messo in atto entro le quattro mura di quell'abitazione, restandosene lì a far niente per anni, giusto un gradevole ornamento. Proprio come sua madre. Leila l'aveva sempre amata e sentiva la sua mancanza ogni giorno, ma quella donna – che Dio l'avesse in gloria – era debole, rimaneva in disparte a osservare ogni abuso, dal più meschino al più criminale. Continuando ugualmente ad alzarsi prima dell'alba per preparare la colazione al marito, salutarlo sulla soglia con un bacio e un sorriso.

Leila registrò i passi pesanti del marito e dei figli in giro per casa. Il vecchio orologio sopra il televisore – una mostruosità in legno che non funzionava bene – segnava quasi le nove. Aveva esaurito le energie pulendo e organizzando, recuperando i documenti importanti del padre, una qualche indicazione delle sue ultime volontà, e prendendo gli accordi necessari. Si stava facendo tardi, troppo per usare ancora il telefono, e non avrebbe sopportato altre vecchie scatole in cui frugare, altre vecchie foto da guardare. Quelle le odiava più di ogni altra cosa: immagini che sua madre disponeva accuratamente negli album, etichettandole con brevi didascalie nella sua calligrafia sinuosa. Odiava vedere loro quattro in varie pose, rigidi e finti, che sorridevano all'obiettivo. Ogni volta che osservava una di quelle fotografie, riusciva solo a ricordare che cosa era successo subito prima o subito dopo. Lei e Travis con i pigiamini uguali, il venticinque dicembre, sorridenti, circondati dai doni e da brandelli di carta da regalo… Quanto avevano? Forse sei e otto anni? Didascalia di sua madre: «I nostri angeli la mattina di Natale!». Leila ricordava suo padre rimproverare la moglie perché aveva speso troppo in giocattoli e, più tardi, picchiare Travis perché aveva rotto un piatto aiutando a sparecchiare la tavola. Ricordava il fratello strillare cercando di scappare al piano di sopra, il padre che lo inseguiva gridando: *Stupida merdina.*

Capo, per favore. È natale! diceva sua madre. Perfino lei lo chiamava Capo. A un certo punto era diventato il suo nome. C'erano anche foto di lui da giovane: in uniforme, il giorno del matrimonio. Era stato bello, una volta, forte e virile, con spalle larghe e labbra sottili. Aveva la fronte ampia e un naso largo e lungo che, chissà come, sembrava perfetto per la sua faccia, ma quegli occhi… Quegli occhi color acqua e ghiaccio erano sempre socchiusi, ridotti a due fessure, come se vedesse attraverso la pelle e la carne ogni cosa marcia e cattiva che nemmeno sapevi di avere dentro. Lei non aveva idea di come fosse essere amati dal proprio padre, essere stretti e confortati, adorati come si diceva fossero le bambine dai loro papà. Lui non le aveva detto una sola volta che le voleva bene, non l'aveva mai abbracciata, baciata, se non con il più totale imbarazzo. Lei aveva smesso di sperarci molto tempo prima, ma sapere che la vita di lui era finita com'era finita, lasciandola con uno spazio vuoto dove avrebbe dovuto esserci il suo ricordo, le faceva cadere le esili spalle, svuotandola di ogni energia residua. E ancora niente lacrime, niente tristezza.

«Hai già elaborato il lutto anni fa» le aveva detto suo marito. «È morto da quando sei al mondo, per te, tesoro.» Mark aveva ragione. Aveva sempre ragione.

Vide il suo riflesso deformato nel televisore, si passò una mano tra i capelli scuri, ravviando le ciocche sfuggite alla coda di cavallo. Aveva della polvere sotto l'occhio destro e si ripulì.

«Mamma?» Era Ryan. «Stai bene?»

Il ragazzo si lasciò cadere pesantemente accanto a lei e piazzò i piedi sul tavolino basso, facendo traballare il piatto di cristallo. Stava per rimproverarlo, ma perché? Poteva saltarci sopra a quel tavolino, farlo a pezzi, ridurre il piatto in frantumi con i suoi anfibi… a lei che importava? E a chi altro? Era spazzatura, niente di più. Non avrebbe tenuto un solo oggetto di quella casa.

Guardò suo figlio e ripensò a quand'era un tenero fagottino tra le sue braccia. Ora quando lo rimproverava doveva alzare gli occhi per guardarlo in faccia. A volte, se aveva bisogno di far valere la propria autorità, cercava di rimanere su un gradino, per guadagnare in altezza. *Ryan e Tim, sistemate quelle stanze! Avete superato da mezz'ora il coprifuoco! Consideratevi in castigo!*

Ma erano bravi ragazzi. L'ascoltavano. Era riuscita a tenerli lontani da Travis e da suo padre appoggiandosi alla famiglia di

Mark, dove gli uomini trattavano i loro cari con affetto e rispetto, non con distacco e aggressività. Sposando Mark aveva spezzato la catena di miserie e violenza che affliggeva i Crosby di generazione in generazione, e ne era orgogliosa.

«Guarda che cosa ho trovato nell'armadio di sopra» disse Ryan. Aveva ancora sulla pelle un po' dell'abbronzatura che si era preso insegnando nuoto al locale campo estivo, durante le vacanze. In grembo teneva un giubbotto sportivo del liceo, con la scritta Hollows High Football.

«Di tuo zio, immagino.»

Il ragazzo scosse il capo e glielo porse. Il nome ricamato sul davanti era Jones Cooper. Sembrava nuovo: le maniche in pelle bianca ancora lucide, il resto in lana blu, rigido e impeccabile.

«Mmm» disse lei. «È strano. Come è arrivato qui?»

Ryan rispose con un'alzata di spalle, la sua forma prediletta di comunicazione. «Scommetto che il signor Cooper lo rivorrebbe indietro.»

«Anch'io. Mettilo in macchina. Passerò a casa sua domani.»

Mentre il figlio usciva rumorosamente – che avevano i ragazzi? Perché generavano baccano semplicemente per il fatto di *esistere*? – pensò con un senso di colpa alla sua conversazione con Maggie Cooper. Aveva praticamente riattaccato in faccia a una brava psicoterapeuta che cercava di aiutare suo nipote. Si domandò se Maggie comprendesse perché era arrivata a un simile gesto. Aveva corso un grosso rischio tendendo la mano a Marshall, esponendo i suoi ragazzi al disastro che Travis aveva creato. L'aveva fatto solo perché sapeva che erano abbastanza forti da poter aiutare il cugino, ma solo finché Travis ne fosse rimasto fuori.

Lei era in qualche modo responsabile di quel che era successo? La ragazza rapita, l'uccisione di suo padre... Ora suo fratello era latitante, probabilmente ancora nella proprietà, da qualche parte. Uscì in veranda e sentì il legno marcescente che gemeva sotto i suoi piedi: se non stavano attenti, uno di loro avrebbe rischiato di sfondare le assi col tallone, prima o poi. Si appoggiò alla ringhiera e guardò verso il folto degli alberi. Il cielo sopra di lei era limpido e punteggiato di stelle, la luna stava calando: una bella serata all'acquarello in un luogo in cui non aveva mai trovato bellezza, amore o conforto. La vista degli alberi neri la lasciava fredda, furente. Avrebbe messo in vendita quel posto appena possibile; solo il terreno valeva una fortuna e lei ne avrebbe usata una parte per aiutare suo nipote. Non lo avrebbe lasciato alle autorità e di certo Angie, la madre, non sarebbe stata di molto aiuto.

Leila udì il richiamo di un allocco, otto note tristi nell'aria. *Chi piange per te? Chi piange per te?* Pensò di gridare il nome di Travis nella notte, ma sapeva che, se anche l'avesse sentita, non sarebbe venuto. Non c'era unità, il loro rapporto tra fratelli distorto e confuso dagli abusi del padre, dall'assenza della madre. Non sapevano essere una famiglia l'uno per l'altra: non avevano potuto impararlo. Angie, con tutti i suoi limiti, l'aveva intuito anni prima. *Voi due non parlate neanche la stessa lingua. Il vecchio non picchia mai te, non ti umilia. Sarete anche fratello e sorella, ma tu non hai subito lo stress di essere l'unico figlio maschio di Capo Crosby.*

Il cellulare vibrò nella tasca dei jeans, facendola trasalire. Lo prese e guardò il display: Hollows General Hospital. Si affrettò a rispondere.

«Zia Leila?» In linea una voce giovane, fragile e impaurita.

«Marshall.»

Fu sorpresa dall'ondata di sollievo che sentì all'udire quella voce. L'aveva sempre trovata dolce e gradevole all'orecchio. Persino ora, con la coscienza di ciò che il nipote aveva fatto, di ciò che era diventato sulla falsariga di suo padre, ricordava quando era nato, quando erano nati tutti e tre – Marshall, Ryan, Tim –, la dolce innocenza che risiedeva nei loro occhi grandi, nelle loro guance paffute. A volte, specie quando dormivano, vedeva ancora la luce dell'infanzia sui volti rilassati dei suoi figli. Loro erano stati protetti, adorati, favoriti dalla fortuna e dalla loro personalità. Per questo erano più giovani della loro età. Dormivano a pancia in su, con le braccia spalancate, i volti sereni, abbandonati. Marshall dormiva raggomitolato in posizione fetale, con una smorfia in faccia, avvoltolato nelle coperte come se fossero un involucro protettivo.

«Mi dispiace» le disse. Suonava stordito, probabilmente era sotto farmaci. «Non volevo che succedesse niente di tutto questo. Ho fatto del male a mia madre, a Charlene. Anche se le amavo, ho fatto loro del male. Sembra una maledizione.»

È una maledizione, pensò. *La violenza è una maledizione: ti gela il sangue, ti altera il dna. Di padre in figlio, di generazione in generazione, tornando indietro nel tempo, e andando avanti finché qualcuno non dice basta.*

«Lo so, Marshall. Capisco.» Stringeva il telefono con due mani.

«È stato lui a *violentarla*» disse il ragazzo. La voce era rotta dall'emozione. Cominciò una tirata frenetica che Leila dovette sforzarsi di seguire. «Mio *padre*, anche se sapeva che l'amavo. Mi sono messo a sparare. Non potevo credere a quanto fosse forte quel rumore. Ed ero così arrabbiato, spaventato. Io non le avrei mai fatto del male. Volevo solo qualcuno con cui parlare e credevo che lei avrebbe capito: è una poetessa. Ma un attimo dopo stavo sparando con la pistola che ho preso a casa di mia madre.»

Si fermò a riprendere fiato. «Volevo uccidere mio padre, zia Leila. Se se ne fosse andato, pensavo, avrei smesso di sentire la sua voce nella mia testa. Invece ho ucciso il nonno: non volevo.»

«Oh Dio, Marshall.» In quel momento, le lacrime infine arrivarono. Un fiume di lacrime che scorreva fin da prima della sua nascita. E trascinarono con sé una rossa marea di rabbia e di dolore, così potente che quasi la travolse.

«So di avere fatto delle cose cattive, zia Leila, ma non credo di essere una persona cattiva. Voglio dire, posso fare meglio. Secondo la dottoressa Cooper, noi siamo più di ciò che facciamo; non siamo solo la somma dei nostri errori. Lo credi anche tu?»

Lei inspirò a fondo. Forse non lo aveva mai sentito parlare tanto. Era un ragazzo chiuso, sembrava faticare a mettere le parole in fila, tanto che discutere con lui era quasi penoso, veniva voglia di aiutarlo a finire le frasi.

«Lo credo anch'io, Marshall, sì.»

«So che non ho il diritto di chiedertelo, ma puoi aiutarmi, zia Leila?»

Una parte di lei non voleva. Una parte di lei desiderava chiudere la comunicazione e tagliare fuori lui, suo padre, suo nonno, tutti quegli uomini malati che avevano seminato devastazione sul loro cammino. Quella parte sapeva che la cosa migliore sarebbe stata andarsene il più lontano possibile, e di corsa. Solo sentendolo parlare in quel momento, capiva per la prima volta quanto fosse instabile, disturbato. Leila non sapeva se al danno si potesse rimediare, o se lo si potesse solo contenere, ma un'altra parte di lei, la madre che era in lei, la parte che voleva credere nella capacità dell'amore di cambiare tutto e tutti, tenne duro.

«Sì, Marshall, ti aiuterò. Farò tutto ciò che posso.»

29

Una volta amava sua madre. *Ricordava* di averla amata, di aver pensato che era la donna più bella del mondo. Gli piaceva il suo profumo, il suono della sua voce, la sensazione della sua mano sulla fronte quando era malato. E quell'amore non era mai morto del tutto: era stato sepolto, soffocato sotto strati e strati di rabbia e risentimento, vergogna e crolli emotivi. Ma quando pensava ad Abigail, ormai, tutto ciò che avvertiva era un'ostinata apatia. Persino i sentimenti negativi che provava per lei si erano consumati da tempo, bruciati per autocombustione. In vita, era stata una voragine senza fine di bisogni da soddisfare; a tal punto l'aveva risucchiato nel suo vuoto che, quando era morta, gran parte di ciò che sarebbe potuto diventare se n'era andato con lei: la parte che sapeva come si ama un figlio, la parte in grado di sopportare il monotono tran tran giornaliero di una vita senza allarmismi e scene isteriche, quella che sapeva gestire l'intimità di un rapporto autentico.

Guardò Matty Bauer che veniva issato sulla lettiga fuori dal pozzo franato. Era solo sei metri di profondità, ma la luce, lassù, sembrava lontana, lontanissima. Non avrebbe dovuto trovarsi lì; gli altri avevano protestato: era a malapena in condizioni di riprendere il lavoro di routine. Ma era dovuto andare: se quel buco era destinato a intrappolare qualcuno, sarebbe stato lui. Sepolto vivo. In fondo lo era già.

Con Travis e Melody in prigione, Maggie ed Elizabeth finalmente a conoscenza di tutta la verità su ciò che era avvenuto a Sarah quella sera, a Jones pareva che il cielo sopra di lui fosse pieno di enormi nubi temporalesche in attesa del minimo calo di pressione per travolgere il mondo con folgori, tuoni e acqua. Ma c'era solo silenzio. Tutti e tre l'avevano tenuto stretto: lui, Melody e Travis. Non avrebbero allentato – non potevano allentare – la presa sul segreto che si erano portati dentro così a lungo. Jones sospettava che nessuno dei tre sapesse come. La terribile verità di quella sera si era intessuta nella narrazione personale di ciascuno: neppure sapevano chi sarebbero stati altrimenti.

«Devi affrontare questa cosa e superarla» gli aveva detto Maggie, dopo che si era confidato. «Non puoi più portarla con te. Come l'affronterai, che cosa dovrai fare sta a te deciderlo. Io ti sosterrò.»

«Vuoi che dica a qualcuno la verità? Che confessi alle autorità ciò che è avvenuto quella sera?»

Lei non aveva risposto subito. Gli era sembrata piccola e triste, seduta sulla poltrona accanto al suo letto d'ospedale. Nemmeno lui sapeva quali sarebbero state le conseguenze, di che cosa avrebbe dovuto rispondere ora, dopo tanti anni. Sarebbe toccato a giudici e avvocati stabilire chi dovesse pagare per cosa. Sarah Meyer, Tommy Delano, Capo Crosby – persino i genitori di Sarah – erano tutti morti e sepolti. A chi sarebbe servito andare a rivangare il passato? Era giusto riesumare quell'orrore solo per scaricarsi la coscienza e liberarsi del senso di colpa attraverso la confessione e la conseguente punizione? Per lo meno avrebbe dovuto rinunciare al posto, vero?

Era colpevole di vigliaccheria, di passività, di aver lasciato che un uomo innocente fosse condannato per omicidio. Ma Tommy Delano non era un uomo innocente: non era colpevole di omicidio, ma di altre cose sì. Lui stesso aveva confessato nella lettera a Eloise Montgomery che era solo questione di tempo prima che i suoi appetiti sfuggissero al controllo. Forse, in un certo senso, il loro silenzio aveva salvato la vita ad altre ragazze. Ma, no, quella era solo una razionalizzazione, un mero desiderio. Avevano sbagliato, punto e basta.

«Non so che cosa tu pensi di dover fare» era stata infine la risposta di Maggie.

Aveva accostato le ginocchia al petto, abbracciandosi le gambe, e guardandolo con gli occhi spalancati. C'era qualcosa nella sua espressione, come se si preparasse a dire addio.

«Stiamo venendo a prenderla, detective. Tenga duro.»

La voce sopra di lui lo riportò alla realtà.

«Come sta Matty?» gridò. Le parole parvero rimbalzare e vorticare. Ogni tanto, terra e pietrisco si staccavano da una parete e gli piovevano addosso.

«Sta bene.» Non sapeva di preciso chi gli stesse rispondendo. «È con sua madre, già diretto in ospedale.»

«Okay. Ottimo.»

Era freddo e silenzioso laggiù nel buco. Lì Jones scoprì di avere le idee più chiare: riusciva a pensare con lucidità per la prima volta da anni. Non c'era mai stato un posto in cui nascondersi nella quiete della solitudine e lui, del resto, l'aveva sempre evitato: teneva sempre la televisione o la radio accese, un libro o un giornale in mano, un bicchiere di vino o di birra sul tavolo. Aveva costruito tutta una vita sull'evitare se stesso, tuffandosi a capofitto in ciascuna delle quotidiane distrazioni che un mondo lavoro-dipendente ci offre. Ma sapeva. Conosceva se stesso, ciò che era, che cosa avrebbe fatto. Ne aveva mai dubitato?

Soppesò le scelte possibili. Quando Leila Crosby (no, non Crosby: il suo nome da sposata era Leila *Lane*. Perché non se lo ricordava mai?) gli aveva riportato il giubbotto, ritrovato svuotando la casa di suo padre, si era sentito come se il cerchio si fosse chiuso. Aveva constatato che l'indumento era lindo come il primo giorno, non coperto di sangue e di terra come se l'era immaginato in tutti quegli anni: il capo aveva mentito. Ma fosse stato anche totalmente insanguinato, non avrebbe fatto alcuna differenza: alla sua vista, si era sentito male, avvertendo, prepotente, l'impulso di piangere e gridare dal dolore. Era riuscito a stento a contenersi davanti a Leila.

«Che diavolo ci faceva lì, Jones?»

«Non ne ho idea. Forse l'aveva preso Travis? In effetti avevo perso un giubbotto, all'ultimo anno. Mia madre era furiosa per aver dovuto scucire altri centocinquanta dollari.» Le bugie gli venivano facili. Era stato sempre così.

Aveva preso il giubbotto e l'aveva infilato nel sacco, che stava ancora in soffitta da Elizabeth, poi aveva trasferito il tutto nel bagagliaio dell'auto.

La pioggia cadeva più forte, i lampi si susseguivano, il tuono echeggiava con tale regolarità che sembrava di sentir passare un treno merci. Non c'era più. Il fardello che si era portato dentro per cent'anni. Era in quel buco, coperto di terra, finalmente sepolto. Aveva agito d'impulso. Non sapeva come avrebbe spiegato a Maggie ciò che si era deciso a fare, non sapeva quale sarebbe stata la reazione di lei alla sua vigliaccheria. Probabilmente l'avrebbe lasciato. Non subito: avrebbe stretto i denti, tentando di riconciliare le sue azioni con l'amore che sentiva per lui. Ma alla fine lo avrebbe lasciato. Era inevitabile, del resto: non la meritava. Non l'aveva mai meritata.

Si voltò per allontanarsi dallo scavo e vide una figuretta snella, incappucciata, che si muoveva verso di lui. Si guardò intorno in cerca di un veicolo parcheggiato, ma non ne vide – non che distinguesse granché sotto la pioggia, con i fari dell'Explorer che lasciavano nel buio totale tutto quello che si trovava al di là del fascio di luce. Posò la mano sulla pistola, mentre la figura si avvicinava. Solo quando fu a meno di un metro, si rese conto che era suo figlio.

Ricky si scostò il cappuccio. La pioggia gli aveva appiattito i capelli, lavando via in parte la schifezza che ci impiastrava sopra; ora gli penzolavano flosci ai lati del volto. Gli sembrò di essere tornato a quando lo tirava fuori, nudo, dal bagno, gli frizionava la zazzera con un asciugamano e gli baciava le guance, il pancino, dicendo: *Ti voglio tanto bene, Ricky*. Lui gli buttava le braccia al collo e diceva: *Anch'io ti voglio bene, papino*. Era così facile amarsi, allora. Jones riusciva a gestire facilmente i bisogni di suo figlio, lo aiutava in cose semplici come prender sonno o imparare a far pipì in piedi, lo consolava se aveva gli incubi. Poteva rincorrerlo per casa o giocare a nascondino per ore, cose che Maggie non sempre aveva il tempo o la pazienza di fare. Non ricordava quando quella spontaneità avesse abbandonato il loro rapporto, quando la posta in gioco avesse cominciato a sembrare troppo alta e lui a temere di essere troppo permissivo, incapace di lasciar andare le cose come andavano.

«Papà, che fai?»

Non sapeva come rispondere, quindi si limitò a scuotere il capo.

«So tutto» disse Rick. Si asciugò il viso bagnato di pioggia e si rimise il cappuccio. Un lampo illuminò il cielo, il tuono che seguì era più debole dei precedenti: il temporale cominciava ad allontanarsi.

«Di che?» Jones non poteva credere che Maggie glielo avesse detto. Non lo avrebbe mai fatto, e neppure Elizabeth: non era un problema di Ricky, un fardello per le sue spalle.

«Melody ha raccontato a Charlene dell'incidente» spiegò Ricky. «Ha detto a Charlene come è morta quella ragazza, Sarah, e che tutti voi avete mantenuto il segreto.»

Avrebbe voluto negare, scostare il figlio e scappare via, ma non poteva, non più. Non c'era altro posto dove andare, dove fuggire. Invece, si coprì gli occhi con le mani. Come poteva guardare in faccia il suo ragazzo con una macchia simile sulla coscienza?

«Papà, non è stata colpa tua.»

Sentì la mano del figlio sul braccio e si sorprese di quanto sembrasse grande e forte. Ricordò quando gli stava tutto intero in braccio, un fagottino che pesava poco più di quattro chili.

«Sì, invece» rispose ora guardandolo negli occhi. Aveva passato tanto tempo a tentare di insegnargli che è necessario assumersi la responsabilità delle proprie azioni: doveva fare lo stesso. «Per molti versi è stata colpa mia più che di chiunque altro. Ero quello che guidava, ho lasciato che Travis la convincesse a salire in macchina.» Fu costretto a interrompersi un secondo, la gola che gli si serrava intorno a quelle parole. Ma poi proseguì.

«Non voleva venire con noi, quella sera, ma io permisi a Crosby di insistere. Più tardi, le riferii ciò che Travis diceva alle sue spalle e fu quello a farla infuriare. Sono stato io il cardine della vicenda. Se anche solo una delle mie azioni fosse stata diversa, sarebbe ancora viva.»

«Papà.» Ricky alzò una mano per farlo tacere, ma ormai le parole gli sgorgavano fuori, inarrestabili.

«Poi, dopo la caduta, ero sempre io a guidare, mentre ce ne andavamo via. Melody e io la lasciammo nel parco. Avrei potuto tornare a prenderla. *Tentai* di farlo, ma quando alla fine ci riuscii, lei non c'era più.»

Il ragazzo gli mise tutte e due le mani sulle spalle. «Papà, ascolta. Qualunque cosa tu abbia fatto, non l'hai uccisa. È stato un incidente.»

«Non è così semplice, io…»

«Ti prego, ascolta» disse ancora Ricky. «La madre di Charlene le ha spiegato che fu Tommy Delano a portare via il corpo, quando voi ve n'eravate andati. L'aveva seguita e fu lui a farle quelle cose.»

Jones fissava suo figlio con gli occhi sbarrati: era calmo e pacato. Lui non aveva mai parlato di quei fatti se non con Maggie: stentava quasi a credere che, in un modo o nell'altro, Ricky ne sapesse praticamente più di lui sulla notte che aveva cambiato la sua vita.

«No» disse. «Furono Travis e Capo Crosby a prenderla. Spostarono il corpo per incastrare il povero Tommy. E io ho continuato a tacere anche allora.»

«No, papà. La mamma di Charlene ha detto che, quando il capo e Trevis tornarono a cercarla, videro Tommy Delano che la metteva in auto e gliela lasciarono portar via.»

La pioggia si era ridotta a un'acquerugiola, ma erano entrambi bagnati fino all'osso. Jones sentiva rombare il tuono, che si allontanava ulteriormente. Non si era mai concesso di soffermarsi su ciò che era avvenuto a Sarah, di chiedersi se Travis fosse stato veramente capace di farle subire quello scempio. Non aveva mai voluto conoscere le orribili risposte a domande che non osava porre e lo disse a suo figlio.

«Papà, è stato un episodio terribile, spaventoso, ma non è accaduto per colpa tua. Non l'hai uccisa tu, non hai violato il suo cadavere. Hai commesso degli errori, sì, ma devi smetterla di punirti adesso. È ora.»

Jones non riusciva quasi a sopportare di sentire quelle parole. Lui sarebbe stato così comprensivo e indulgente con suo figlio? Sapeva che la risposta era no.

«Avrei dovuto dire qualcosa» insisté. La sua voce suonava debole e impotente come il rimorso stesso. «Almeno quello avrei dovuto farlo.»

Ricky gli levò le mani dalle spalle, per sprofondarle nelle tasche. «Forse eri spaventato» disse. «Forse non avevi nessuno che ti aiutasse a essere forte. Papà, eri solo un ragazzo, più giovane di me adesso.»

Guardò il terreno bagnato. Era così facile per Ricky perdonarlo? Non aveva parole per quel figlio che era due volte più uomo di quanto lui fosse mai stato.

«Ricordi quando ho rubato quel cd al Sound Design?» domandò Ricky. «Avrò avuto dodici anni. Mi cadde dal giubbetto mentre salivo in macchina e tu sapevi che non avevo soldi miei. Mi obbligasti a riportarlo indietro: dicesti che non me ne sarei goduto una sola nota, sapendo che l'avevo rubato.»

Jones ricordava, eccome. Ricordava lo choc al vedere quel cd, l'ondata di delusione che aveva provato, ma soprattutto la paura. Era così spaventato all'idea di avere in qualche modo rovinato suo figlio, di avergli passato una tara caratteriale che aveva indotto Ricky a rubare ciò che desiderava, anziché chiederlo o lavorare per pagarlo. Non rammentava le parole che aveva usato con il ragazzino, ma di sicuro erano state dure, persino crudeli, e lo sguardo avvilito sul suo volto… quello l'aveva ancora in mente, non l'avrebbe dimenticato mai.

«Dovetti rientrare da solo nel negozio, consegnare il cd e chiedere scusa. Ti odiai per questo. Pensai che eri cattivo e stupido, perché chiunque altro al mondo avrebbe fatto il furbo. E sai cosa?

Me lo sarei goduto quel cd, fino all'ultima traccia. Ma oggi so che avevi ragione. Certo! Tu però, forse, non avevi qualcuno che ti aiutasse a fare la cosa giusta, ad assumerti le tue responsabilità. Se non mi avessi costretto a restituire ciò che avevo rubato, io non lo avrei mai fatto. Mai nella vita! E magari avrei rubato ancora e ancora, e un giorno mi sarei fatto prendere, pagando un prezzo ben più alto di un po' d'imbarazzo.»

Quando suo figlio era diventato così intelligente? – si chiese Jones. Allungò una mano a toccare il volto di Ricky, sfiorò la guancia liscia. Poi lasciò cadere la mano sulla sua spalla stringendogliela affettuosamente. Avrebbe voluto attirarlo a sé, abbracciarlo, baciargli la testa. Perché era così difficile? Con qualcosa che somigliava a uno sforzo, lo strinse a sé. Lo tenne un secondo, ma poi dovette scostarsi, sentendosi impacciato e a disagio.

«È troppo tardi per me, Ricky. E non credo di meritare la tua comprensione, ora.»

Il ragazzo guardò suo padre con gli occhi sgranati. «Tu l'hai salvata.»

«Chi?»

«Charlene. Ha detto che sei salito su quella barca e l'hai portata via. Ha detto che non è mai stata così felice di vedere qualcuno in vita sua. Quando ti ha visto, ha capito che era salva. E hai salvato il ragazzino che era caduto nel pozzo, anche se sei ancora ferito.»

«È il mio lavoro. Il mio dovere.»

«Sì, ma è un lavoro che non tutti potrebbero fare. Mamma ha ragione. Ha detto che ti importa delle persone, che le aiuti: questo sei tu.»

Jones non sapeva che cosa dire al ragazzo, quindi si limitò a restarsene lì e guardarlo in faccia. Somigliava talmente a Maggie: tratti delicati, con grandi occhi intelligenti. Erano tante le cose su cui sua moglie aveva ragione: per esempio sul fatto che da anni non guardava veramente suo figlio, riusciva a vedere solo gli aspetti che lo facevano arrabbiare. Ora, invece, capiva che Ricky era in possesso della saggezza e della generosità di sua madre, della sua stessa volontà di risolvere, di salvare.

«Come mi hai trovato?» chiese.

«Ti abbiamo seguito a casa della nonna, poi fin qui. Non sapevamo di preciso che cosa intendessi fare, ma volevamo essere con te quando l'avresti fatto. Abbiamo tentato un paio di volte di chiamarti al cellulare, ma non hai risposto.»

Ricky si voltò e indicò il SUV che si era fermato giusto dietro al veicolo del padre. Jones, prima, con la pioggia scrosciante, non l'aveva visto. Maggie scese e guardò in su, il cielo che si andava rasserenando.

«Mamma non mi ha raccontato niente» precisò Ricky. «Sono andato da lei dopo aver parlato con Charlene. Volevamo che lo sapessi, abbiamo pensato che ti potesse aiutare ad accettare la situazione. E volevamo dirtelo di persona.»

Mentre smetteva completamente di piovere, Jones si sentì come se le varie particelle della sua vita si aggregassero, si unissero. Tutto ciò che era – un marito, un padre, un uomo profondamente segnato dall'esistenza – e tutto ciò che era stato – la stella del football al liceo, il figlio pieno di rabbia di sua madre, un ragazzo spaventato senza la forza di fare ciò che era giusto – si stavano fondendo sotto gli occhi di Maggie e Ricky. E, per la prima volta a sua memoria, non aveva paura.

30

Era solo il suo secondo giorno da scrittore full-time e Charlie era già sicuro di avere commesso un grave errore. Wanda lo aveva aiutato a sistemare l'appartamento, a pulire e riorganizzare in modo da riconvertire la seconda camera da letto in uno studio. L'aveva aiutato a comprare una scrivania, a scegliere un nuovo computer.

«Sei ancora giovane, Charlie. Hai qualche soldo da parte. Smettila di sprecare il tempo a uccidere roditori e concediti un tentativo. Finisci il tuo romanzo e prova a venderlo, che hai da perdere? Non è che tu stia rinunciando a una sfavillante carriera.»

«Non lo so, Wanda.»

«Se non ci provi, un giorno lo rimpiangerai. Una cosa è tentare e fallire, un'altra non tentare affatto: finiresti divorato dai rimorsi.»

Che aveva quella donna? Tutto ciò che diceva gli sembrava vangelo. Ma ora che si ritrovava solo davanti al foglio bianco, allo schermo luminoso e vuoto del suo computer nuovo di zecca, nel silenzio dell'appartamento, si sentiva disperato, completamente inadeguato. Non era uno scrittore: quella era solo una favola che si era raccontato. Rileggendo il romanzo che andava scrivendo ormai da dieci anni, stentava a credere quanto fosse orribile. Come aveva potuto illudersi di valere qualcosa? Chiamò sua madre.

«Allora? Com'è la vita da scrittore?»

«Una tragedia.»

Lei ridacchiò indulgente. «Oh, il mio artista tormentato.»

«Forse mi riprenderanno al lavoro.»

«È il secondo giorno e stai già gettando la spugna?» Schioccò la lingua in segno di disapprovazione.

«Mamma?»

«Che c'è, tesoro?»

«Che cosa ti ricordi di lei?»

Ci fu un istante di silenzio, poi la sentì emettere un sospiro.

«Lily? È stato molto tempo fa. Mi sembra di ricordarla con quell'aria sempre così triste. Era uno scricciolo – minuscola, delicata, con una vocina sottile. Ma aveva una tristezza dentro… intensa, furiosa.»

Lui aveva dimenticato il suo aspetto, stranamente. L'essenza di Lily lo accompagnava sempre: sentiva ancora il profumo della sua pelle, ricordava il modo in cui pronunciava il suo nome. Ma nelle poche fotografie di lei che gli erano rimaste, non somigliava ai suoi ricordi: sembrava una qualsiasi teenager di periferia, con un brutto taglio di capelli e un maglioncino fatto a mano, una ragazzina e niente più. Nella sua mente, invece, era una bellezza luminosa, capace di fermargli il cuore con un certo sguardo.

«Hai mai dubitato di me? Hai mai pensato che avrei potuto farle del male?»

«Mai, nemmeno per un minuto. Conosco il mio ragazzo. Sei dolce e buono di natura, Charlie. Non hai un grammo di cattiveria in corpo.»

«Grazie, mamma.»

«È di questo che stai scrivendo?»

Si lasciò cadere sul letto e posò il capo su uno dei cuscini nuovi che Wanda aveva scelto per lui. Era grigio-argento, con righine ricamate, complemento ideale del piumone blu e delle tende coordinate. Lei gli aveva anche fatto togliere tutti i suoi vecchi libri dagli scatoloni per disporli sui ripiani della libreria e impilarli ad arte qua e là per l'appartamento. *La casa di uno scrittore dovrebbe essere piena di libri. Per l'ispirazione.*

«In un certo senso, sì, ma tutto quello che è successo qui, sai, la ragazza che è stata rapita e che io ho visto salire in auto… Anche quello ha catturato la mia attenzione, per così dire.»

«Un'altra ragazza scomparsa. Hai un filo conduttore, mi sembra.»

Charlie le raccontò il resto della storia. Come la madre di Charlene e il padre del ragazzo che l'aveva sequestrata, insieme a un detective di The Hollows, avessero ammesso comportamenti che avevano causato la morte accidentale di un'altra giovane, alla fine degli anni Ottanta. Come un altro uomo fosse stato condannato ingiustamente, per poi togliersi la vita in carcere.

«Che cosa li ha spinti a confessare tanti anni dopo? I genitori di quella povera ragazza! Orribile per loro riesumare tutta la storia a quel modo.»

«Credo che i parenti della vittima siano deceduti.»

«È terribile.»

Charlie sentiva la televisione in sottofondo. Gli pareva quasi di vedere la madre in cucina, nella casa dove era cresciuto. Sul tavolo c'era un romanzo in brossura con una tazza di caffè accanto, bevuta a metà, e tutto era lindo, ogni cosa al suo posto, il lavandino della cucina immacolato, le presine pulite, appese a gancetti di plastica sopra il fornello. In pensione, era diventata una massaia migliore di un tempo.

«Dov'è papà?» Come se ci fosse bisogno di chiederlo.

«A giocare a golf con Frank.» Charlie si domandò come faceva lei a sopportarlo. Se suo padre avesse mai prestato loro la metà dell'attenzione che tributava a quello stupido sport… Ma non lo aveva fatto e questo era quanto.

«Gli hai detto che ho lasciato il lavoro per finire il romanzo?» Odiava quel suo modo di sentirsi intimidito dal padre, quel timore che lui disapprovasse. Anche se, nel suo rapporto col vecchio, non c'era molto altro.

«No, Charlie. Ovviamente no. Comunque, non sarebbe la fine del mondo se chiamassi quando sai che è in casa. *Potresti* fare uno sforzo.»

«Per parlare di che? Io non gioco a golf.»

La madre lasciò passare un momento. La sentì che si limava le unghie. «Sai, una volta anche tuo padre scriveva. Poesie, racconti. Era piuttosto bravo. Negli anni, poi, ha smesso.»

Quella era davvero una novità. «Sul serio? Accidenti.»

«Dovresti fargli qualche domanda, una volta o l'altra.»

«Forse.» Poi: «Sarà meglio che torni a scrivere».

«Ti voglio bene.»

«Anch'io.»

Charlie chiuse la comunicazione, ma non si alzò dal letto. Il sole filtrava nella stanza dallo spiraglio tra le tende. Sentì le voci e, a intermittenza, il martello pneumatico degli operai che stavano ristrutturando la vecchia casa dall'altra parte della via. Fuori dalla finestra, sapeva che l'aria era divenuta fredda e i rami degli alberi tracciavano un intrico di linee contro il cielo. Mentre se ne stava lì sdraiato, pensò a Lily, a quanto fosse infantile l'amore che aveva provato per lei rispetto a quello, appena sbocciato, per Wanda. Pensò a Charlene Murray e, per la centesima volta, rimpianse di non averla chiamata, quella sera: avrebbe potuto risparmiarle un mondo di dolore… o forse no. Pensò alla vicenda che aveva seguito sulla stampa locale: un'altra ragazza scomparsa, uccisa anni prima, la verità sulla sua morte finalmente rivelata, ma troppo tardi perché potesse giovare a qualcuno. Lì c'era qualcosa: una storia. Avvertiva come tutte quelle anime fossero legate da fili impalpabili d'amore e vissuto comune, segreti e rimpianti. Avvertiva una commistione di passato e presente, come l'uno non potesse esistere senza l'altro. Voleva addentrarsi in quei meandri, fino ad arrivare al punto in cui avrebbe compreso tutto quanto, dato un senso a quei legami, troppo fragili per essere definiti facilmente. E conosceva un solo modo. Si alzò dal letto, sedette al computer e cominciò a scrivere.

31

Non c'erano furgoni della tivù, quando Jones si fermò sul vialetto. Era la prima volta da giorni che non si ritrovava sotto casa almeno un reporter a caccia di dichiarazioni, pronto a scattargli una brutta istantanea di nascosto o magari a lanciargli un insulto per provocare una reazione. La cosa non lo irritava quanto si sarebbe aspettato: per lo più li ignorava, nemmeno li degnava di uno sguardo. Mentre parcheggiava il SUV di Maggie e spegneva il motore, pensò che si erano persi il giorno giusto per accaparrarsi una notizia, visto che, sui sedili posteriori, aveva tutto il contenuto del suo ufficio in tre scatoloni. Non era stato licenziato: aveva presentato le dimissioni, accolte con riluttanza dal capo del dipartimento di polizia di The Hollows, Marion Butler, che lo conosceva fin dai tempi dell'accademia.

«Non credo che l'episodio richieda le tue dimissioni, Jones» gli aveva detto, abbassando gli occhi sul piano della scrivania. Erano occhi che riuscivano a gelarti il sangue nelle vene e, quando li aveva spostati su di lui, Jones vi aveva colto tutta la sua tristezza.

«Sappiamo entrambi che non è così» aveva detto.

Lei si era passata la mano sottile tra i riccioli grigio-argento (era grigia dal giorno in cui l'aveva conosciuta).

«Si è trattato di un incidente» aveva insistito. Si era seduta al tavolo, prendendo in mano la lettera che lui le aveva consegnato. «E tu eri solo un ragazzo: sai bene che molto probabilmente non verrà formalizzata alcuna accusa.»

Lo sapeva, e le era grato di continuare a credere in lui, ma non faceva differenza.

«Avevo la possibilità di scegliere. E ho nascosto all'intera città un terribile segreto.»

Lei gli aveva rivolto un cauto cenno di assenso, indicando la poltroncina di fronte alla scrivania per invitarlo a sedere. Fuori dall'ufficio dalle pareti in vetro, il piano era silenzioso, come se tutti si fossero immobilizzati dietro ai loro divisori per origliare la conversazione.

«Dall'anno scorso ti è stata riconosciuta la pensione.» Il tono di Marion manifestava ora il senso pratico che Jones tanto ammirava in lei. La Butler era diretta e lineare: niente artifici, niente finzioni.

«Questa è una buona cosa e, sai, forse era ora di cambiare vita.»

«Ne sei sicuro? Io mi batterei per conservarti il posto, se ce ne fosse bisogno. Tanti anni di fedele servizio alla città contano.»

Ma, no, *era* sicuro. Anzi, sentiva che avrebbe dovuto lasciare anni prima. Troppe volte lo aveva desiderato, poi non si era deciso per miriadi di ragioni. Ora, il futuro gli si stendeva davanti come una pagina bianca.

Prese uno degli scatoloni dai sedili posteriori ed entrò in casa. Trovò Charlene seduta al tavolo della cucina, che beveva una tazza di caffè e leggeva il «People Magazine» in pigiama, come se abitasse lì. Cosa che, con buona pace di Jones, al momento faceva.

«Salve, signor Cooper» disse. Alzò gli occhi dalla rivista e parve registrare l'espressione sul suo volto. «Com'è andata?»

«Come credi che sia andata, Charlene?» chiese lui.

«Uhm… Male?»

Si versò una tazza di caffè e andò a sedersi di fronte a lei.

«Le tue domande di ammissione al college come vanno?»

«Mi sto solo prendendo una piccola pausa.»

Con Melody in attesa di giudizio per la morte di suo marito, Charlene si era ritrovata senza un posto dove stare. Quando Ricky e Maggie si erano presentati da lui, con la richiesta di accoglierla finché sua madre non fosse stata rilasciata o, nel peggiore dei casi, finché la ragazza non fosse partita per il college, a settembre, Jones aveva sorpreso se stesso accettando.

Erano legati, ormai, vero? Tutti loro. La sera in cui Sarah era morta, e da quel giorno in poi, i corsi separati delle loro vite si erano intrecciati in modi che nessuno di loro avrebbe potuto prevedere o anche solo immaginare. Addirittura, i loro figli non ancora nati erano stati indirizzati su traiettorie destinate a entrare in collisione tra loro. Jones sentiva che prendere Charlene con sé era una sorta di atto dovuto, un modo per raddrizzare almeno in parte i torti di tanti anni prima.

Charlene aveva voti discreti, punteggi di tutto rispetto ai test di valutazione e il desiderio di andarsene da The Hollows per sempre. Finalmente aveva capito che l'istruzione era il modo per farlo. A disposizione c'erano i soldi lasciati da suo padre e i proventi della vendita della casa natale di Melody, saggiamente investiti dalla madre in un fondo fiduciario per la figlia. Stando alle condizioni stabilite quando il fondo era stato istituito, il denaro sarebbe stato accessibile a Charlene solo per finanziare gli studi e al conseguimento del diploma di maturità, non certo per essere sperperato a New York in cerca di un contratto discografico. Jones si sentiva leggermente in colpa perché, in cuor suo, era contento che la ragazza avesse già deciso di orientarsi sulle scuole newyorkesi: Fordham,

Hunter e, più tardi, la New York University. Ricky sarebbe andato a Georgetown da solo.

I due sostenevano che il loro rapporto, ormai, era fondato esclusivamente sull'amicizia, ma lui vedeva come suo figlio guardava Charlene. Lei era un pozzo senza fondo di esigenze, in cui sperava con tutto il cuore che Ricky non sarebbe caduto.

«Come sta tua madre?»

La feroce tristezza che le leggeva in faccia dalla notte in cui l'aveva portata via dalla barca si stava lievemente attenuando, ma per lo più, quando la guardava, vedeva ancora un esserino smarrito. E in parte si sentiva responsabile per questo.

«Sta bene. È stata legittima difesa, sa? Io l'ho visto avventarsi su di lei: ha colpito solo per salvarsi.» Abbassò gli occhi sulla rivista. «Non voleva certo ucciderlo: è stata ferita e usata da così tanta gente in vita sua…» Jones avrebbe voluto posarle una mano sulla spalla, in segno di conforto, ma esitava a toccarla. Sembrava delicata e fragile.

«Sarà meglio che torni al computer» disse Charlene. «Lunedì ricomincio la scuola e voglio che sia tutto pronto.»

«Mi sembra un'ottima idea, ragazza.»

«Ehi, signor Cooper! Grazie, per averlo chiesto.» Se ne andò senza aspettare una risposta.

Lui annuì a se stesso, guardando fuori, nel cortile sul retro. La piscina era stata coperta per l'inverno e gli aceri avevano perso le foglie. C'era *davvero* bisogno di una ripulita. Ovviamente aveva tutto il tempo, adesso.

Si era appena rifugiato in un cantuccio quieto e silenzioso, disponendosi a contemplare il futuro, quando sentì lo strascichio di piedi e il picchiettio di bastone che gli annunciavano l'arrivo della suocera, altra ospite indesiderata e semi permanente.

«Spogliato di pistola e distintivo, il poliziotto in pensione si prepara a contemplare ciò che gli resta» sentenziò, poggiando una teiera sul fornello.

«Ciao, Elizabeth.»

Avevano superato il peggio discutendo accanitamente, ma le recriminazioni di entrambi erano ancora sul tavolo, pronte a saltar fuori a ogni occasione. La verità era che avevano la stessa colpa: non aver parlato, non aver dato l'allarme. *La sola ragione per cui siete così arrabbiati l'uno con l'altra è che siete colpevoli della stessa riluttanza ad agire. Perdonate voi stessi e forse riuscirete a perdonarvi a vicenda.* A Elizabeth non piaceva essere «analizzata» più di quanto piacesse a lui, così, quando Maggie era nei paraggi, si sforzavano tutti e due di fare la faccia sorridente. Ma, al momento, Maggie aveva una seduta.

«Allora! Quando pensi che ci lascerai?»

«Non tanto presto, detective. Oh, è vero: sei solo Jones adesso. Signor Cooper.»

Venne a sedersi davanti a lui, strascicando i piedi. Appariva fragile e provata: non aveva più la stessa energia dall'ultimo incidente e quella nuova condizione di debolezza rendeva un po' meno divertenti le schermaglie con lei.

«Che cosa ci vorrà perché tu seppellisca l'ascia di guerra, Elizabeth?»

L'anziana signora si appoggiò allo schienale della sedia e lo guardò. «Proprio non riesco a digerire l'idea che quelle cose fossero nella mia soffitta. Che tu ce le abbia nascoste.»

Dietro insistenza di Maggie, Jones stava vedendo uno psicoterapeuta in una cittadina dei paraggi. Ci andava ogni settimana con un misto di paura e risentimento nello stomaco, tornando esausto come non gli era mai capitato in vita sua. Prendeva una tazzona di caffè da Starbucks, pompava al massimo i Led Zeppelin o Van Morrison per tentare di scrollarsi via quella stanchezza che gli penetrava fin dentro le ossa. Ma gli rimaneva ugualmente addosso per almeno un giorno, dopo ogni seduta, inchiodandolo al divano. Il terapeuta era un uomo della sua età, un tizio dai modi affabili e con una testa di foltissimi capelli corvini, che portava sempre impeccabili pantaloni sportivi e camicie colorate. Il dottor Black. Avevano parlato molto degli oggetti che Jones aveva conservato, del perché li avesse tenuti, di che cosa potessero significare e del motivo per cui, più recentemente, aveva scelto la soffitta di sua suocera per occultarli.

«Lo so» rispose. «Mi dispiace. Ho tradito la tua fiducia. Sembrava un posto sicuro in cui nascondere quella parte di me stesso.»

Lei si guardò le mani, si rigirò la fede intorno all'anulare sinistro.

«Qualche giorno dopo che ero andata a trovare Tommy Delano in prigione, andai a parlare con Capo Crosby» disse. «Era così subdolo, quell'uomo. Mai che un pensiero compassionevole o gentile entrasse in quel suo cervello da gallina.»

Non gliel'aveva mai detto. Jones bevve un sorso di caffè e attese che proseguisse, ma lei non lo fece.

«Che cosa ti disse Crosby?» le chiese infine. Guardò il cortile, un'immagine che aveva sotto gli occhi da quasi vent'anni. Ma tutto, lì – la piscina coperta, i mobili da esterno, la pergola coperta di rampicanti – gli pareva diverso, chissà come più nitido, più concreto.

«Mi disse una cosa che non ho mai riferito a nessuno. Fu una delle ragioni per cui, poi, la sensitiva riuscì a condizionarmi così tanto.»

«Ti ascolto.» Eccome se l'ascoltava, si sentiva formicolare i palmi delle mani.

«Avevano trovato altre foto nella camera di Tommy Delano: foto dell'annuario scolastico, qualche istantanea… Foto di altre ragazze della scuola. Una di loro era Maggie.»

Jones lasciò decantare l'informazione, inspirando a fondo e poi buttando fuori lentamente l'aria, cercando di non immaginare Delano con la fotografia di una giovane, innocente Maggie tra le mani macchiate di grasso.

«Mi ero sbagliata su di lui» disse Elizabeth. «E Capo Crosby? Non aveva mentito. Delano aveva effettivamente commesso le azioni che lui gli attribuiva. Probabilmente avrebbe fatto di peggio a un'altra ragazza, con il passar del tempo. Magari…» Lasciò in sospeso la frase.

«"Mi ero sbagliata"» ripeté Jones, come testando il suono delle parole. Sentiva un bisogno prepotente di alleggerire il tono, per sfuggire all'orrore di ciò che Elizabeth stava dicendo. «Non credo di averti mai sentito pronunciare questa frase.»

Lei sorrise debolmente. «Non era mai stato necessario.»

«Mmm» rispose, e le rivolse un cenno di scherzosa deferenza.

«Uscendo dall'ufficio di Crosby ero furiosa e insoddisfatta. E terrorizzata. Ero convinta che il capo non mi avesse raccontato tutta la storia. E ovviamente non l'aveva fatto. Così andai a trovare quella sensitiva, Eloise Montgomery. Andai da lei per smascherarla, per costringerla ad ammettere che era un'imbrogliona.»

Non avevano mai parlato così, prima. Non veramente. Le parole che si erano scambiati nelle ultime due settimane erano state rabbiose e urlate, concepite per scaricare colpe e ferirsi l'un l'altra, ma sedendo con lei, in quel momento, Jones scoprì che Maggie aveva ragione, come sempre: non ce l'aveva realmente con Elizabeth, aveva agito per paura, proprio come lui.

«Là nella sua cucina, però, Eloise mi fece una tazza di tè e mi raccontò ciò che aveva visto. Le credetti. Qualcosa nella sua voce, nei suoi occhi, mi riempì d'orrore e di una sorta di timore reverenziale. Non dimenticherò mai ciò che mi disse: "Se non smette di fare domande, se non si decide a seppellire questa storia, perderà sua figlia". Non so descrivere come mi sentii a quelle parole. Mi trafissero nel profondo.»

Jones posò la mano sulla sua e lei non si ritrasse. La sua pelle era soffice e rugosa. «Le chiesi che cosa intendesse dire: mi rispose che non lo sapeva. Ma io, ovviamente, continuavo a rivedere Sarah com'era nella bara aperta, rigida, innaturale, quegli orribili tagli coperti di cerone. Il solo pensiero della fotografia di Maggie nella stanza di quell'uomo, il pensiero di perdere mia figlia a quel modo, fu sufficiente a tapparmi la bocca per sempre.»

Un'unica lacrima le scese lungo la guancia. Scansò la mano di Jones e prese un fazzolettino dalla tasca, tamponando furiosamente.

«Ma ora penso che forse parlasse di te» continuò. Forse intendeva che non saresti stato qui per riportarla a The Hollows. Se la verità su quella notte fosse venuta a galla, la tua vita sarebbe sicuramente cambiata. Magari anche in meglio: forse avresti lasciato questo posto, ma non lo so…»

«Non lo sappiamo, infatti» concluse lui. «E non importa. Contano solo le cose come sono adesso.»

«Mio marito diceva sempre: "Il passato è storia, il futuro è un mistero, il presente è un dono".»

«Un uomo saggio.»

«Mi manca ogni giorno.»

«Lo so.»

Elizabeth allungò una mano a toccargli il volto. «Sei sempre stato un bravo ragazzo, Jones Cooper.»

Era sarcastica, in quel momento? Forse, ma Jones si disse che non importava granché.

Maggie rientrò in punta di piedi dalla porta che dava nel suo studio e la richiuse piano. Si era diretta in cucina per vedere se il marito fosse tornato dall'ufficio e l'aveva sentito parlare con sua madre.

Aveva deciso di lasciar loro un po' di privacy ed era rimasta nascosta, origliando come una bambina. Non ne era stata particolarmente fiera quando, poi, alzando gli occhi verso il pianerottolo di sopra, si era accorta che Ricky e Charlene stavano facendo lo stesso. Si erano scambiati un'occhiata colpevole, tutti e tre, ma nessuno si era mosso di un centimetro e, quando Elizabeth aveva svelato a Jones ciò che si era tenuta dentro per decenni, gli sguardi di Maggie e Ricky si erano incontrati.

Si lasciò cadere sulla poltroncina in pelle dietro la scrivania e guardò la sfilza di e-mail ancora inevase sullo schermo – Angie Crosby che si interessava dei progressi di Marshall, Henry Ivy che proponeva un caffè, una richiesta di consulto da parte di un collega nella città vicina – ma scoprì che non riusciva realmente a concentrarsi: lo scambio tra sua madre e Jones aveva scatenato un profluvio di ricordi. E, d'un tratto, le riaffiorò alla memoria il dettaglio mancante che la tormentava fin dalla scomparsa di Charlene, quello che proprio non riusciva a ricordare.

Qualche giorno prima della sparizione di Sarah, Maggie era rimasta a scuola dopo le lezioni per collaborare alla realizzazione dell'annuario. Una studentessa dell'ultimo anno coinvolta nel progetto, Crystal James – una ragazza che sua madre approvava – le avrebbe dato un passaggio al ritorno. Ma quando si era messa ad aspettarla all'ingresso, nella luce del crepuscolo che già andava scemando, Crystal non compariva da nessuna parte. Lei era arrivata al parcheggio sul retro, pensando che forse la stesse aspettando all'auto. Girando intorno all'edificio, aveva sentito voci schiamazzare. Alcuni ragazzi si erano riuniti intorno al deposito recintato degli autobus, dove Tommy Delano stava lavorando.

L'aveva visto succedere troppe volte. Quel genere di cattiverie la faceva infuriare e si era avvicinata al gruppo. Non ricordava chi fossero i presenti... Forse Dennis e Larry. Forse Greg.

«Smettetela, ragazzi. Dateci un taglio.» La sua voce era suonata debole e inconsistente, non certo forte e autoritaria come quella di sua madre.

Quelli si erano voltati, pronti a scagliare insulti nella sua direzione, come testimoniavano i loro sguardi. Riconosciutala, si erano morsi la lingua. Essere la figlia della preside conferiva qualche vantaggio.

«Stavamo solo scherzando.»

«Non è divertente» aveva ribattuto Maggie. D'improvviso si era sentita in imbarazzo, con tutti quegli occhi addosso. «Andatevene a casa.»

Ricordava l'espressione sul volto di Tommy Delano, una sorta di timida gratitudine. E qualcos'altro. Dopo che i ragazzi si erano allontanati, lei era rimasta lì impalata a scrutare il parcheggio in lontananza, alla ricerca del maggiolino giallo di Crystal.

«Grazie» aveva detto Tommy. «Grazie mille. Sei davvero gentile. Proprio come la tua mamma.»

Lei aveva rizzato il pelo a quel paragone, ma sapeva che era inteso come un complimento. «Non dovrebbero importunarla» aveva detto. «È davvero scorretto.»

«Ci sono abituato.»

Si era voltata a guardarlo e qualcosa, nell'espressione di lui, l'aveva spinta a indietreggiare. C'era un che di bramoso e di inquietante nell'energia che sprigionava e, d'un tratto, si era sentita a disagio a ritrovarsi sola con lui, anche se li separava la recinzione.

«Che ci fai qui così tardi?» le aveva chiesto Tommy, avvicinandosi.

«Sto aspettando Crystal.»

«L'ho vista andare via un po' di tempo fa» aveva detto, intrecciando le dita alla rete metallica. «Forse ha dimenticato che doveva darti un passaggio...»

Maggie aveva provato un tuffo al cuore, senza saperne la ragione.

«Posso accompagnarti io, se vuoi. Ho praticamente finito, qui.» Il tono era dolce e gentile, ma ogni terminazione nervosa del corpo di lei aveva cominciato a formicolare.

«Chiamo mia madre, grazie.»

Lui le aveva rivolto un'alzata di spalle che voleva mostrare indifferenza, senza riuscirci troppo bene. «Tua madre mi accompagnava sempre a casa, quando venivo a scuola qui.»

«Davvero?»

Allora Maggie si era rilassata un po'. Se Tommy piaceva a sua madre, probabilmente era okay. Anche se non le pareva di averglielo mai sentito nominare.

«Ehi, Maggie.»

Si era voltata, trovandosi di fronte Travis Crosby con la sua vecchia Dodge ammaccata, sempre piena di acciacchi.

«Ho appena visto Crystal sulla Old Farmers Road.» Aveva il braccio fuori dal finestrino. «Le è fuso il motore. Era preoccupatissima all'idea che tu la stessi aspettando qui al buio. Mi ha chiesto di riportarti a casa.»

Non se l'era fatto ripetere due volte e si era messa letteralmente a correre verso la Dodge.

«Grazie comunque, Tommy» aveva gridato a Delano.

Non le era permesso salire in auto con i ragazzi e sua madre *non* approvava Travis Crosby: era sicura di passare un guaio, se Elizabeth lo avesse saputo.

«Non ti preoccupare» le aveva detto Travis, mentre gli si sedeva accanto. «Terrò la bocca chiusa.»

«Grazie» aveva risposto lei, sorpresa dal sollievo che provava nell'allontanarsi da Tommy.

«Non dovresti parlare con quel tizio. È uno strambo, sai? Ha ucciso sua madre.»

«Sono solo chiacchiere» aveva risposto lei, guardandosi indietro. Delano era ancora appoggiato alla recinzione e la guardava.

«No» aveva insistito Crosby. «È vero. Me l'ha detto mio padre. L'ha spinta giù dalle scale e si è messo a sedere sul primo gradino a guardarla morire.»

Maggie si era sentita percorrere da un brivido. Travis aveva allungato la mano e acceso il riscaldamento. «Fa ancora freddo» aveva detto. «Non sembra primavera.»

«No» aveva risposto lei. «È vero.»

Poi: «Grazie per il passaggio».

«Nessun problema. Crystal è una gran gnocca, forse ora farà caso al sottoscritto.» Le aveva rivolto un sorriso sornione e lei era scoppiata a ridere. Ricordava il profumo della sua colonia: Polo, il classico di tutti i mister muscolo delle squadre scolastiche dell'epoca; e ricordava la canzone alla radio: *Angel in blue* della J. Geils Band. C'era una lattina di Pepsi incastrata tra i sedili e si sentiva il liquido sciabordare all'interno, mentre l'auto procedeva.

«Sei veramente un cane, Travis.»

«Uof, uof!»

Avevano chiacchierato fino a casa e lei si era dimenticata il momento trascorso con Delano. Anche nei giorni e nelle settimane seguenti, non aveva più ripensato alla conversazione con quell'uomo: era rimasta sepolta nel profondo, inaccessibile. Fino a oggi. Che cosa sarebbe successo se avesse accettato un passaggio da lui? O se, poche settimane dopo, non si fosse ritrovato in prigione, per morire lì dentro? Tommy Delano aveva scritto a Eloise che non sarebbe riuscito ancora a lungo a tenere a bada i suoi appetiti. Quanto avrebbe dovuto scontare per aver violato e mutilato un cadavere, se la verità sulla vicenda di Sarah fosse venuta a galla? Sarebbe tornato libero a The Hollows, mentre lei viveva ancora lì?

Quando Crosby aveva imboccato il vialetto di casa sua, il fondo della Dodge aveva sfregato contro il bordo della pavimentazione, nel punto in cui si ricongiungeva alla strada. Si era udito lo stridio del metallo sul cemento, poi il motore aveva cominciato a sputacchiare e si era spento. Maggie e Travis si erano scambiati un'occhiata.

«Merda» aveva detto lui.

Avevano guardato entrambi verso la casa, e visto Elizabeth che attendeva sulla porta, per poi uscire in veranda. Travis aveva tentato di riavviare l'auto, ma quella si era limitata a un triste suono tossicchiante. Elizabeth si era avvicinata, con le braccia intorno alla vita e un'espressione corrucciata.

«Sei morta» era stato il commento di Travis. «Mi dispiace.»

Lei era scesa, il ragazzo aveva abbassato il finestrino e si erano messi tutti e due a balbettare giustificazioni.

«In casa, Maggie.»

«Ma, mamma…»

«Subito, per favore.»

«A Crystal si è rotta la macchina» aveva detto. Ricordava quel moto di rabbiosa frustrazione. Era qualcosa che spesso provava ancora verso sua madre, verso la sua cocciutaggine nel non ascoltare, verso le sue occasionali manifestazioni di arroganza.

«Non sai come si usa un telefono?» aveva esclamato la madre. Una domanda che non richiedeva risposta. «Ora vai. Mi occuperò di te fra un minuto.»

Non c'era modo di spiegare la tensione percepita faccia a faccia con Tommy Delano, di spiegare che sarebbe salita sull'auto di *chiunque* solo per allontanarsi da lui. Ci aveva provato quella sera, ma sua madre, al solito, si era rifiutata di ascoltare, convinta che la figlia stesse solo accampando scuse per aver trasgredito le regole. La punizione era stata una settimana senza tivù.

«Mi aspetto di più da te, Maggie.»

Seduta nello studio, quelle sensazioni appena ridestate si infransero su di lei, un'onda dopo l'altra, come se fossero passati giorni, non decenni. Le implicazioni erano enormi, ma al tempo stesso quasi troppo vaghe per poterle considerare. Maggie aveva sempre espresso la propria sofferenza tramite la preoccupazione. Fin da ragazzina si agitava prima dei compiti in classe, della presentazione di un progetto, della recita scolastica; rigirava i problemi – suoi e degli altri – all'infinito nella mente. In età adulta era incline a un timore oscuro, all'occasionale ma potente sensazione di presagio che la svegliava in piena notte, costringendola talvolta a vagare per casa prima dell'alba. Ricordava il detto di suo padre quanto Elizabeth, e come lui sedesse accanto a lei sul letto, le posase la mano sulla fronte, ammonendola dolcemente su quanto fosse inutile preoccuparsi.

Ma Maggie sapeva che era impossibile vivere la vita a quel modo. Tutto era intessuto insieme in un unico, grande arazzo – il passato, il presente, il futuro – colori e trame che si univano e si intrecciavano. Era quasi impossibile isolare il momento presente da ciò che era venuto prima e da ciò che poteva accadere dopo: lo sapeva dai colloqui con i pazienti, lo sapeva nel suo cuore.

E se l'auto di Travis non si fosse rotta quella sera, urtando il gradino della pavimentazione? Forse Crosby non avrebbe avuto bisogno di chiedere un passaggio a Jones Cooper, qualche giorno più tardi; i due non si sarebbero ritrovati insieme e Jones, da solo, avrebbe superato Sarah, a piedi sulla via, senza nemmeno voltarsi a guardarla. Lei sarebbe rientrata illesa e Tommy Delano avrebbe continuato a girare libero per la città, combattendo le sue orribili pulsioni, ma finendo probabilmente per esserne sopraffatto. Si sforzò di trarre una conclusione. Come tutti i «se», però, quella domanda non aveva una vera risposta, nulla di solido a cui aggrapparsi: solo fantasie, scherzi dell'immaginazione che scivolavano tra le dita come sabbia.

«Mags?» La voce del marito la strappò ai propri pensieri. Con sorpresa, lo vide sulla porta: non ricordava che fosse mai entrato nello studio. Era strano averlo lì, stranamente elettrizzante, persino.

«Stai bene?» le domandò Jones, varcando la soglia. «Sei pallida.»

«Sì» rispose. Si alzò e andò da lui, si lasciò stringere nel suo forte abbraccio.

«Com'è andata?» gli chiese. «Il tuo ultimo turno.»

«Sai che c'è? È andata bene. Mi sento… piuttosto bene, tutto considerato.» Poi: «A che cosa stavi pensando? Proprio adesso».

«Jones, ho sentito la tua conversazione con mia madre.»

L'uomo si scostò per guardarla. «Mi dispiace. È sconvolgente, lo so.»

«Ho appena ricordato una cosa, una cosa successa tanto tempo fa.»

Si spostò sul divano, e lui venne a sedersi accanto a lei. Sul tavolino da caffè, Maggie vide l'opuscolo che si era fatta spedire da una scuola d'arte della City. Stava pensando di prendere lezioni di pittura a olio una volta la settimana, magari il sabato, dopo che Ricky fosse partito per Georgetown. E sperava di convincere Jones ad accompagnarla, che cominciassero magari a passare un po' più di tempo in città, facendo le cose che lei amava e che aveva lasciato in sospeso per troppi anni. La vita era breve, brevissima: chi poteva sapere quanto rimaneva a ciascuno di loro?

Poi si rivolse a suo marito, gli raccontò le cose che era riuscita a ricordare. Mentre parlava, anche Ricky entrò nella stanza e, senza chiedere, si lasciò cadere sulla poltrona davanti a loro. Infine, ecco Elizabeth comparire sulla soglia, Jones doveva avere lasciato la porta aperta, una cosa che Maggie non faceva mai. E, per qualche ragione, sua madre e suo figlio lo avevano seguito dentro quello spazio privato. Non era fastidioso averli intorno; era bello, persino.

Raccontando loro ciò che ricordava, avvertì una sorta di timore reverenziale al pensiero di come tante vite diverse si fossero attorcigliate e aggrovigliate intorno a ciascuno di loro, alterando, favorendo e a volte sbarrando il cammino dell'uno o dell'altro. Non solo i membri della sua famiglia, ma persone all'apparenza lontanissime, come Travis, Marshall, Melody, Sarah ed Eloise Montgomery, Tommy Delano… Al pensiero di come i reciproci legami fossero terribilmente fragili quanto indissolubili.

Nota dell'autrice

Molto tempo fa, una ragazza che conoscevo scomparve. Io vivevo in una tranquilla cittadina del New Jersey con la mia famiglia. Avevo quindici anni. Quella ragazza e io suonavamo insieme nell'orchestra della scuola, ci salutavamo incrociandoci nei corridoi: non potrei dire che eravamo propriamente amiche, ma la sua sparizione e, in seguito, il ritrovamento del corpo, il caos che ne seguì, la paura e la tristezza che il suo assassinio si lasciò dietro, mi hanno accompagnato, nella vita, in forme che solo di recente sono riuscita a comprendere.

Ciò premesso, questo romanzo – che, per una via o per l'altra, tento di scrivere ormai da vent'anni – non si riferisce a quell'evento, né a quella ragazza in particolare. Non è mia intenzione sfruttare la sua memoria o causare altro dolore ai suoi cari, al punto che neppure farò il suo nome in questa sede. Tutto ciò che è contenuto in questo libro ha solo una somiglianza estremamente vaga con quegli avvenimenti e non ho compiuto alcuna ricerca per precisare il mio confuso ricordo della cronologia o dei particolari della vicenda. La storia qui narrata e i suoi personaggi sono esclusivamente frutto della mia immaginazione; persino la città in cui è ambientata è fittizia e non ricalca alcun luogo in cui io abbia soggiornato. Come sempre, le eventuali inesattezze e le licenze a beneficio della narrazione sono da ascrivere interamente alla mia responsabilità.

Ringraziamenti

Ogni autore ha bisogno di punti di riferimento, luoghi a cui attinge per ricordare a se stesso ciò che è reale, ciò che è imperituro, ciò che ha valore. Per quanto lo scrittore lavori nella solitudine della propria mente, l'editoria è una questione di relazioni. Personalmente e professionalmente ho la fortuna di poter contare su persone che mi aiutano a tenere i piedi per terra e la testa tra le nuvole. Approfitto dell'occasione per manifestare loro il mio affetto e la mia gratitudine.

Mio marito Jeffrey e nostra figlia Ocean Rae sono la luce dei miei occhi. Tutto ciò che sono e tutto ciò che faccio è dovuto a loro. Mi ispirano, mi allietano, mi stimolano, mi danno forza un giorno dopo l'altro, e riempiono d'amore la mia esistenza. Ogni volta che ho bisogno di ricordare che cosa conti veramente a questo mondo, rivolgo lo sguardo su di loro. Non sarò mai abbastanza riconoscente per la mia splendida, pazza famigliola.

La mia bravissima agente, Elaine Markson, e il suo meraviglioso assistente, Gary Johnson, regolano il mio universo professionale e sono gli amici più amorevoli e incoraggianti che si possano desiderare. Quest'anno festeggiamo un decennio di collaborazione, dunque nemmeno comincio a elencare tutto ciò che hanno fatto e continuano a fare per me, basti dire che, senza di loro, cadrei letteralmente a pezzi.

L'ho detto mille volte, ma vale la pena ripeterlo: una casa editrice come la Crown/Shaye Areheart Books è il sogno di ogni scrittore, piena di persone intelligenti, creative, appassionate, che hanno veramente a cuore i libri. Shaye Areheart è una magnifica editor e una delle persone più grintose, appassionate e amorevoli che io conosca. Le sono grata per la sua amicizia non meno che per la sua abilità di editor e responsabile di redazione. Jenny Frost è un'accanita e indefessa sostenitrice dei suoi autori e una brillante manager: sono molto felice di ritrovarmi sotto la sua ala in questo burrascoso settore. Porgo inoltre i miei umili ringraziamenti a Philip Patrick, Jill Flaxman, Whitney Cookman, David Tran, Jacqui LeBow, Andy Augusto, Kira Walton, Patty Berg, Donna Passannante, Katie Wainwright, Annsley Rosner, Sarah Breivogel, Linda Kaplan, Karin Schulze, Kate Kennedy e Christine Kopprasch. Ciascuno di loro contribuisce con il suo talento unico all'impresa e, insieme, costituiscono il team più straordinario che io abbia avuto modo di conoscere nell'arco della mia carriera. Naturalmente non potrò mai elogiare abbastanza l'ottimo reparto vendite, in prima linea in un settore altamente competitivo come il nostro: ogni mio libro che riesce ad arrivare sugli scaffali lo deve in larga parte al loro impegno.

Come sempre, la mia famiglia e i miei amici continuano a offrirmi amore e sostegno, incoraggiandomi costantemente in questa folle esistenza di scrittrice. I miei genitori, Joe e Virginia Miscione, sono i miei fan più accaniti: non si stancano di tappezzare con i miei libri gli scaffali delle librerie nella loro zona e di comprare copie su copie. Io spero sempre che non lo facciano! Mamma, papà, questo è per voi. Anche mio fratello, Joe Miscione, e sua moglie, Tara Teaford Miscione, divulgano instancabilmente il verbo. E Tara è una delle mie prime lettrici più importanti. Grazie, ragazzi.

Che cosa sarebbe una donna senza le sue migliori amiche? Io non potrei pubblicare una riga senza l'editing infallibile della mia cara, dolce, divertente e brillante amica Heather Mikesell. Non rifiuta mai, pur sapendo che la marcherò stretta finché non avrà letto tutto ciò che le ho mandato! E mi pare proprio di non avere mosso un passo in questo viaggio senza Marion Chartoff e Tara Popick, le mie amiche di più vecchia data. Non credo che avrei trovato la mia strada senza di loro: di certo sarebbe stato molto, molto meno divertente.

Come sempre, sono in debito di gratitudine con le persone che hanno messo a disposizione il loro tempo e le loro competenze per colmare le mie lacune. L'agente speciale (in pensione) Paul Bouffard continua a essere la mia fonte di informazioni per questioni legali e illegali. La sua instancabile resistenza di fronte al fuoco di fila delle mie continue domande e perplessità è sempre sorprendente; anche se ho notato che mi evita in palestra: sa che, con me intorno, non sarebbe al sicuro nemmeno sul tapis roulant. Un ringraziamento particolare a Wendy Bouffard per la sua straordinaria amicizia, per il viaggio a Brantingham che mi ha tanto ispirato e, naturalmente, per come si è rassegnata al fatto che io mi riferisca ostinatamente a suo marito sempre e soltanto come all'agente speciale Bouffard.

Il dottor Richard Capiola, direttore sanitario del centro di salute mentale The Willough, a Naples, è stato una preziosissima fonte nella mia ricerca sul rapporto paziente-terapeuta, nonché sulle particolari difficoltà che psicologi, psichiatri e psicoterapeuti incontrano nella pratica professionale e nella vita privata. Ho conosciuto il dottor Capiola a una conferenza a Naples. Non sapeva che, in cambio delle poche dritte che gli ho fornito sulla scrittura, sarebbe stato costretto a rispondere a miriadi di domande. È un uomo di rara pazienza.

Steve Collins, meccanico straordinario, mi ha offerto la sua consulenza, tra l'altro, sulle *muscle car* e il loro restauro. Ringrazio la sua splendida moglie, Lee, per l'apprezzamento costante ai miei romanzi.

Sono una ragazza fortunata.

Nella stessa collana

Keigo Higashino

Il sospettato X

**UNA SFIDA
TRA DUE MENTI
MATEMATICHE,
DOVE NIENTE
PUÒ ESSERE LASCIATO
AL CASO**

KEIGO HIGASHINO (Osaka, 1958),
prima di fare lo scrittore a tempo pieno, ha lavorato come ingegnere. Dai
suoi thriller, tutti bestseller, sono stati
tratti film e serie tv di enorme successo.
Il sospettato X ha vinto il Naoki Prize,
uno dei più prestigiosi premi letterari
giapponesi. Ha venduto oltre 2 milioni
di copie ed è stato tradotto in 14 paesi.

Volume rilegato - pp. 336 - euro 12,90

Nel loro piccolo appartamento in un quartiere decentrato di Tokyo, Yasuko e
Misato, madre e figlia, vivono cercando di lasciarsi alle spalle il ricordo di Togashi,
ex marito e patrigno, un uomo violento e alcolizzato. Quando però Togashi ri-
compare alla porta di casa con l'ennesima richiesta di denaro e le solite minacce,
Yasuko perde il controllo e, con l'aiuto della figlia, lo uccide. Ma qualcuno lì
accanto ha sentito tutto: è Ishigami, il vicino di casa, un solitario professore di
matematica, da tempo segretamente innamorato di Yasuko. Ishigami aiuterà le
due donne: farà sparire il cadavere e costruirà un alibi inoppugnabile, congegnato
secondo le regole ferree di un teorema. Un atto di totale devozione alla scienza e a
Yasuko. Solo una mente altrettanto deduttiva e razionale può individuare l'anello
debole della catena: il dottor Yukawa, assistente di Fisica all'Università Imperiale,
compagno di studi di Ishigami, e già collaboratore della polizia.

In una emozionante partita a scacchi in cui ogni mossa è un esame della psicologia
dell'avversario, *Il sospettato X* è un thriller di una suspense e una raffinatezza uniche.

A.J. Cross

Ossa fredde

**IL PRIMO ROMANZO DI
UNA SERIE DESTINATA A
CONQUISTARE IL MONDO
DEL LEGAL THRILLER.**

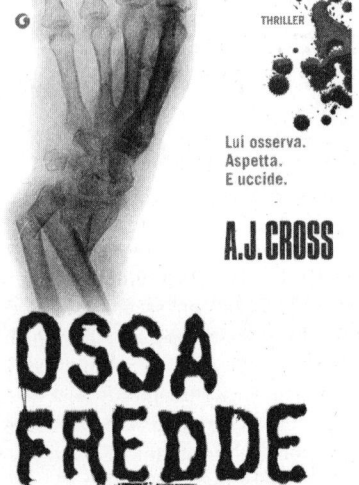

A.J. CROSS, proprio come la protagonista della serie, è psicologa forense e criminologa. Per questo ha scelto di firmare il suo primo romanzo con uno pseudonimo. Si occupa soprattutto di testimonianze di minori e di reati a sfondo sessuale. Vive a West Midlands, nel Regno Unito.

Volume rilegato - pp. 544 - euro 12,90

Kate Hanson, psicologa forense e professoressa universitaria, è una delle più fidate collaboratrici della polizia di Birmingham. Quando nei dintorni della città vengono ritrovate le ossa di una ragazza, tutto fa pensare a Molly James, un'adolescente scomparsa diversi anni prima di cui si è persa ogni traccia. Il caso è complesso e l'Unità delitti insoluti lo affida subito alla Hanson: la più brava; l'unica in grado di risolverlo.

Non appena Kate con la sua squadra analizza i resti e riesamina l'intera documentazione, le appare evidente che molti, troppi particolari sono stati trascurati al momento della scomparsa della ragazza, e la cosa non sembra casuale. Ma proprio mentre le indagini sono a un punto morto, vengono alla luce altri resti umani nella radura in cui Molly era stata seppellita: due ragazze, entrambe sparite più o meno nello stesso periodo, molto simili a lei. L'assassino quindi è un killer seriale, un «recidivo», che sceglie le sue prede in base a criteri prestabiliti e che si diverte a rimuovere con precisione chirurgica il tessuto dai loro volti.

John Rector

Il bosco degli orrori

«FORTE, CUPO, PERFETTO. UNA SCRITTURA DA MAESTRO»

D. Peoples, sceneggiatore
di *Blade Runner*

JOHN RECTOR è un autore americano che negli ultimi anni si è imposto all'attenzione della critica e del pubblico per i suoi thriller, balzati subito in testa alle classifiche. Ha scritto *Already Gone* e *The Cold Kiss*, che presto diventerà un film. Vincitore del prestigioso Porterhouse Prize, vive a Omaha, in Nebraska.

Volume rilegato - pp. 272 - euro 12,90

Quando Dexter McCray si risveglia dopo una sbronza, accanto a lui c'è l'amico Gregg, sceriffo della contea. Dexter non ricorda nulla, ma scopre che ha minacciato la ex moglie con una pistola per poi avventurarsi nei campi fino al bosco, alla guida del suo trattore. Poche ore dopo, proprio in quel bosco, Dexter scorge qualcosa di terribile. Tra l'erba incolta, con indosso ancora la divisa da cameriera del Riverside Café, giace il corpo senza vita di Jessica, una ragazzina di soli sedici anni. Gregg è assalito dal terrore. E se a ucciderla fosse stato lui? È possibile che in quello stato di nebbia perenne si sia spinto tanto oltre? Per paura di essere accusato di omicidio, decide di non chiamare la polizia e di venire a capo della faccenda per conto proprio. Perché una cosa è certa: tra quegli alberi si nascondono orribili segreti, e Dexter non arriverà a scoprirli da solo. Ad aiutarlo sarà Jessica. O meglio, qualcosa che di Jessica sembra aver preso le sembianze.
Un romanzo ad altissima suspense psicologica, in cui realtà e allucinazione si confondono in un incubo senza fine.

Harry Bingham

Parla con i morti

«ERANO ANNI CHE NON SCOPRIVAMO UN PERSONAGGIO COSÌ ORIGINALE.»

Direttore editoriale di Orion

HARRY BINGHAM (1967) ha lavorato dieci anni nel campo dei fondi d'investimento per poi dedicarsi a tempo pieno alla scrittura. *Parla con i morti* è stato venduto in molti paesi.

Volume rilegato - pp. 432 - euro 12,90

Duplice omicidio: una donna e la figlia di sei anni vengono trovate uccise in un appartamento dei quartieri malfamati di Cardiff, Galles. In un angolo della casa viene trovata la carta di credito di un miliardario scomparso in un misterioso incidente aereo. Del caso si occupa anche l'agente investigativo Fiona Griffiths, coraggiosa, intuitiva, entrata in polizia da pochissimo tempo. Fiona è sicura che la morte di madre e figlia sia solo parte di una vicenda ben più complessa: quella che scopre è una realtà terrificante; troppo, per non lasciarsi coinvolgere. Perché Fiona non è un'agente comune. C'è un buco nero nel suo passato, due anni di cui nessuno sa nulla, forse nemmeno lei. Due anni che però sono legati a ciò che le sta accadendo ora e che non può confidare a nessuno. Perché è così a suo agio in presenza di un cadavere? Perché il contatto con i morti le infonde tanta quiete? Con una delle protagoniste più affascinanti nel panorama del thriller internazionale, *Parla con i morti* è il primo capitolo di una trilogia che vi farà perdere il sonno.

Gregg Hurwitz

Il prossimo sarai tu

GREGG HURWITZ è autore di molti
bestseller, sceneggiatore per la Warner
Bros., la Paramount, la MGM, e di numerosi fumetti Marvel, tra cui *Wolveri-
ne*. I suoi romanzi sono tradotti in oltre
20 lingue.

Volume rilegato - pp. 544 - euro 15,90

Mike Wingate, imprenditore edile, sembra aver ottenuto tutto quello che desiderava nella vita: ha un lavoro che lo realizza, una moglie che adora e una
figlioletta brillante. Ma poco prima di ricevere un riconoscimento per aver costruito un lotto di case di nuova generazione, scopre che uno dei suoi fornitori
l'ha imbrogliato: i lavori non sono in regola e accettare il premio sarebbe una
truffa. Ricattato dall'amministrazione locale, è costretto ad andare alla cerimonia
e a posare per i fotografi insieme al governatore. Dopo pochi giorni, mentre si
trova a una festa con la moglie, viene minacciato da due sconosciuti. Per Mike
è solo l'inizio di un lungo incubo: di notte comincia a svegliarsi convinto di
sentire delle voci che provengono dalla camera della bambina, mentre di giorno si accorge di essere pedinato. A quanto pare il suo passato, che nasconde
inquietanti segreti, sta tornando improvvisamente a galla, minacciando quanto
ha di più caro e facendo sprofondare la sua vita in un abisso di paura e violenza.

Certificato PEFC

Questo prodotto è
realizzato con
materia prima
da foreste gestite in
maniera sostenibile e
da fonti controllate

PEFC™
PEFC/18-31-356   www.pefc.it

Stampato presso Giunti Industrie Grafiche S.p.A.
Stabilimento di Prato, azienda certificata PEFC™